【臺灣現當代作家
研究資料彙編】80

東方白

國立台灣文學館
出版

部長序

　　從歷史的角度檢視特定時代的文學表現，當代作家及作品往往是研究的重心；而完整的臺灣文學史之建構，更有賴全面與紮實的作家及作品研究。臺灣文學自荷蘭時代、明鄭、清領、日治、及至戰後，行過漫長的時光甬道，在諸多文學先輩和前行者的耕耘之下，其所累積的成果和能量實已相當可觀；而白話文學運動所造就的新文學萌芽，更讓現當代文學作品源源不絕地誕生，作家們的精彩表現有目共睹。相應於此，如何盤整研究資源、提升無論是專業學者或一般大眾資料查找的便利性，也就格外重要。

　　由國立臺灣文學館規畫、籌編的《臺灣現當代作家研究資料彙編》，即可說是對上述問題的最好回應。本計畫自 2010 年開始啟動，五年多來，已然為臺灣文學史及相關研究打下厚重扎實的基礎。臺文館不僅細心詳實地為作家編選創作生涯中的重要紀錄，在每一冊圖書中收錄豐富的作家照片、手稿影像，並編寫小傳、年表，再由學有專精的學者撰寫研究綜述、選刊重要評論文章，最後還附有評論資料目錄。經過長久的累積和努力，今年，已進入第六個年頭，即將完成總共 80 位作家的研究資料彙編。在本階段所出版的作家，包括詹冰、高陽、子敏、齊邦媛、趙滋蕃、蕭白、彭歌、杜潘芳格、錦連、蓉子、向明、張默、於梨華、葉笛、葉維廉、東方白共 16 位，俱為夙負盛名的重量級作者，相信必能有助於臺灣文學的推廣與研究的深化。

　　這套全方位的臺灣現當代文學工具書，完整呈現了臺灣作家的存
在樣貌、歷史地位與影響及截至目前的相關研究成果，同時也清晰地
勾勒出臺灣文學一路走來的變貌與軌跡，不但極具概覽性，亦能揭示
當下的臺灣文學研究現況並指引未來研究路徑，可說是認識臺灣作家
與臺灣文學發展的重要讀本依據，相信必能為臺灣文學研究奠定益加
厚實的根基；懇請海內外關心及研究臺灣文學之各界方家不吝指正，
以匯聚更多參與及持續前行的能量。

文化部部長　

館長序

　　時光荏苒，「臺灣現當代作家研究資料彙編」第五階段已接近尾聲，16 冊圖書的出版，意味著這個深耕多年的計畫，又往前邁進一步，締造了新的里程碑。

　　「臺灣現當代作家研究資料彙編計畫」乃是以「臺灣現當代作家評論資料目錄」（2004～2009 年）為基礎，由其中所收錄的 310 位作家、十餘萬筆研究評論資料延展而來。為了厚實臺灣文學史料的根基，國立臺灣文學館組織了精實的顧問群與編輯團隊，從作家的出生年代、創作數量、研究現況……等元素進行綜合考量，精選出 100 位作家，聘請最適合的專家學者替每位作家完成一本研究資料彙編。圖書內容包括作家生平重要影像、文學活動照片、手稿或文物影像、作家小傳、作品目錄和提要、文學年表；另有主編撰寫的作家研究綜述，再從龐雜的評論資料中挑選具有代表性的評論文章，並附上完整的作家評論資料目錄。這套叢書不僅對文學研究者而言是詳實齊全的文獻寶庫，同時也為一般讀者開啟平易可親的文學之窗，讓大家可以從不同角度、多面向地認識一位作家的創作、生平與歷史地位。

　　本計畫自 2010 年啟動，截至目前為止，以將近六年的時間，完成了 80 位臺灣重量級作家的研究資料彙編，在本階段將與讀者見面的有詹冰、高陽、子敏、齊邦媛、趙滋蕃、蕭白、彭歌、杜潘芳格、

錦連、蓉子、向明、張默、於梨華、葉笛、葉維廉、東方白共 16
人。這是一場充滿挑戰的馬拉松，過程漫長艱辛，卻也積聚並見證
了臺灣文學創作與研究的能量。為了將這部優質的出版品推介給廣
大的讀者，發揮其更大的影響力，臺文館於 2015 年 8 月接續推動
「臺灣文學開講——臺灣現當代作家研究資料彙編行銷推廣閱讀計
畫」，透過講座與踏查，結合文學閱讀、專家講述、土地探訪，以
顯影作家創作與生活的痕跡，歡迎所有的朋友與我們一同認識作
家、樂讀文學、親炙臺灣的土地，也請各界不吝給予我們批評、指
教。

國立臺灣文學館館長　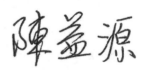

編序

◎封德屏

緣起

　　1995 年 10 月 25 日，在臺灣師範大學教育大樓的 201 室，一場以「面對臺灣文學」為題的座談會，在座諸位學者分別就臺灣文學的定義、發展、研究，以及文學史的寫法等，提出宏文高論，而時任國家圖書館編纂張錦郎的「臺灣文學需要什麼樣的工具書」，輕鬆幽默的言詞，鞭辟入裡的思維，更贏得在座者的共鳴。

　　張先生以一個圖書館工作人員自謙，認真專業地為臺灣這幾十年來究竟出版了多少有關臺灣文學的工具書，做地毯式的調查和多方面的訪問。同時條理分明地針對研究者、學生，列出了十項工具書的類型，哪些是現在亟需的，哪些是現在就可以做的，哪些是未來一步一步累積可以達成的，分別做了專業的建議及討論。

　　當時的文建會二處科長游淑靜，參與了整個座談會，會後她劍及履及的開始了文學工具書的委託工作，從 1996 年的《臺灣文學年鑑》起始，一年一本的編下去，一直到現在，保存延續了臺灣文學發展的基本樣貌。接著是《中華民國作家作品目錄》的新編，《臺灣文壇大事紀要》的續編，補助國家圖書館「當代文學史料影像全文系統」的建置，這些工具書、資料庫的接續完成，至少在當時對臺灣文學的研究，做到一些輔助的功能。

　　2003 年 10 月，籌備多年的「臺灣文學館」正式開幕運轉。同年五月《文訊》改隸「財團法人台灣文學發展基金會」，為了發揮更大的動能，開

始更積極、更有效率地將過去累積至今持續在做的文學史料整理出來，讓豐厚的文藝資源與更多人共享。

於是再次的請教張錦郎先生，張先生認為文學書目、作家作品目錄、文學年鑑、文學辭典皆已完成或正在進行，現在重點應該放在有關「臺灣現當代作家評論資料目錄」的編輯工作上。

很幸運的，這個計畫的發想得到當時臺灣文學館林瑞明館長的支持，於是緊鑼密鼓的展開一切準備工作：籌組編輯團隊、召開顧問會議、擬定工作手冊、撰寫計畫書等等。

張錦郎先生花了許多時間編訂工作手冊，每一位作家的評論資料目錄分為：

（一）生平資料：可分作者自述，旁人論述及訪談，文學獎的紀錄。

（二）作品評論資料：可分作品綜論，單行本作品評論，其他作品（包括單篇作品）評論，與其他作家比較等。

此外，對重要評論加以摘要解說，譬如專書、專輯、學術會議論文集或學位論文等，凡臺灣以外地區之報刊及出版社，於書名或報刊後加註，如中國大陸、香港、新加坡等。此外，資料蒐集範圍除臺灣外，也兼及中國大陸、香港、新加坡、日本、韓國及歐美等地資料，除利用國內蒐集管道外，同時委託當地學者或研究者，擔任資料蒐集工作。

清楚記得，時任顧問的學者專家們，都十分高興這個專案的啟動，但確定收錄哪些作家名單時，也有不同的思考及看法。經過充分的討論後，終於取得基本的共識：除以一般的「文學成就」為觀察及考量作家的標準外，並以研究的迫切性與資料獲得之難易度為綜合考量。譬如說，在第一階段時，作家的選擇除文學成就外，先考量迫切性及研究性，迫切性是指已故又是日治時期臺籍作家為優先，研究性是指作品已出土或已譯成中文為優先。若是作品不少而評論少，或作品評論皆少，可暫時不考慮。此外，還要稍微顧及文類的均衡等等。基本的共識達成後，顧問群共同挑選出 310 位作家，從鄭坤五、賴和、陳虛谷以降，一直到吳錦發、陳黎、蘇

偉貞，共分三個階段進行。

　　「臺灣現當代作家評論資料目錄」專案計畫，自 2004 年 4 月開始，至 2009 年 10 月結束，分三個階段歷時五年六個月，共發現、搜尋、記錄了十餘萬筆作家評論資料。共經歷了三位專職研究助理，近三十位兼任研究助理。這些研究助理從開始熟悉體例，到學習如何尋找資料，是一條漫長卻實用的學習過程。

接續

　　「臺灣現當代作家評論資料目錄」的專案完成，當代重要作家的研究，更可以在這個基礎上，開出亮麗的花朵。於是就有了「臺灣現當代作家研究資料彙編暨資料庫建置計畫」的誕生。為了便於查詢與應用，資料庫的完成勢在必行，而除了資料庫的建置外，這個計畫再從 310 位作家中精選 50 位，每人彙編一本研究資料，內容有作家圖片集，包括生平重要影像、文學活動照片、手稿及文物，小傳、作品目錄及提要、文學年表。另外每本書分別聘請一位最適當的學者或研究者負責編選，除了負責撰寫八千至一萬字的作家研究綜述外，再從龐雜的評論資料中挑選具有代表性的評論文章，平均 12～14 萬字，最後再附該作家的評論資料目錄，以期完整呈現該作家的生平、創作、研究概況，其歷史地位與影響。

　　第一部分除資料庫的建置外，50 位作家 50 本資料彙編（平均頁數 400～500 頁），分三個階段完成，自 2010 年 3 月開始至 2013 年 12 月，共費時 3 年 9 個月。因為內容充實，體例完整，各界反應俱佳，第二部分的 50 位作家，接著在 2014 年元月展開，第一階段出版了 14 本，此次第二階段計畫出版 16 本，預計在 2016 年 3 月完成。

　　首先，工作小組必須掌握每位編選者進度這件事，就是極大的挑戰。於是編輯小組在等待編選者閱讀選文的同時，開始蒐集整理作家生平照片、手稿，重編作家年表，重寫作家小傳，尋找作家出版品的正確版本、版次，重新撰寫提要。這是一個極其複雜的工程。還好這些年培養訓練出

幾位日漸成熟的專案助理，在《文訊》編輯部同仁的協助之下，讓整個專案延續了一貫的品質及進度。

成果

　　雖然過程是如此艱辛，如此一言難盡，可是終究看到豐美的成果。每位編選者雖然忙碌，但面對自己負責的作家資料彙編，卻是一貫地認真堅持。他們每人必須面對上千或數百筆作家評論資料，挑選重要或關鍵性的評論文章，全面閱讀，然後依照編選原則，挑選評論文章。助理們此時不僅提供老師們所需要的支援，統計字數，最重要的是得找到各篇選文作者，取得同意轉載的授權。在起初進度流程初估時，我們錯估了此項工作的難度，因為許多評論文章，發表至今已有數十年的光景，部分作者行蹤難查，還得輾轉透過出版社、學校、服務單位，尋得蛛絲馬跡，再鍥而不捨地追蹤。有了前面的血淚教訓，日後關於授權方面，我們更是如臨深淵、如履薄冰，希望不要重蹈覆轍，在面對授權作業時更是戰戰兢兢，不敢懈怠。

　　除了挑選評論文章煞費苦心外，每個作家生平重要照片，我們也是採高標準的方式去蒐集，過世作家家屬、友人、研究者或是當初出版著作的出版社，都是我們徵詢的對象。認真誠懇而禮貌的態度，讓我們獲得許多從未出土的資料及照片，也贏得了許多珍貴的友誼。許多作家都協助提供照片手稿等相關資料，已不在世的作家，其家屬及友人在編輯過程中，也給予我們許多協助及鼓勵，藉由這個機會，與他們一起回憶、欣賞他們親人或父祖、前輩，可敬可愛的文學人生。此外，還有許多作家及研究者，熱心地幫忙我們尋找難以聯繫的授權者，辨識因年代久遠而難以記錄年代、地點、事件的作家照片，釐清文學年表資料及作家作品的版本問題，我們從他們身上學習到更多史料研究可貴的精神及經驗。

　　但如何在規定的時間內，完成每個階段資料彙編的編輯出版工作，對工作小組來說，確實是一大考驗。每一冊的主編老師，都是目前國內現當

代臺灣文學教學及研究的重要人物，因此都十分忙碌。每一本的責任編輯，必須在這一年多的時間內，與他們所負責資料彙編的主角——傳主及主編老師，共生共榮。從作家作品的收集及整理開始，必須要掌握該作家所有出版的作品，以及盡量收集不同出版社的版本；整理作家年表，除了作家、研究者已撰述好的年表外，也必須再從訪談、自傳、評論目錄，從作品出版等線索，再作比對及增刪。再來就是緊盯每位把「研究綜述」放在所有進度最後一關的主編們，每隔一段時間提醒他們，或順便把新增的評論目錄寄給他們（每隔一段時間就有新的相關論文或學位論文出現），讓他們隨時與他們所主編的這本書，產生聯想，希望有助於「研究綜述」撰寫的進度。

在每個艱辛漫長的歲月中，因等待、因其他人力無法抗拒的因素，衍伸出來的問題，層出不窮，更有許多是始料未及的。譬如，每本書的選文，主編老師本來已經選好了，也經過授權了，為了抓緊時間，負責編輯的助理們甚至連順序、頁碼都排好了，就等主編老師的大作了，這時主編突然發現有新的文章、新的資料產生：再增加兩三篇選文吧！為了達到更好更完備的目標，工作小組當然全力以赴，聯絡，授權，打字，校對，重編順序等等工作，再度展開。

此次第二部分第二階段共需完成的 16 位作家研究資料彙編，年齡層較上兩個階段已年輕許多，因此到最後的疑難雜症，還有連主編或研究者都不太清楚的部分，譬如年表中的某一件事、某一個年代、某一篇文章、某一個得獎記錄，作家本人絕對是一個最好的諮詢對象，對解決某些問題來說，這是一個好的線索，但既然看了，關心了，參與了，就可能有不同的看法，選文、年表、照片，甚至是我們整本書的體例，於是又是一場翻天覆地的大更動，對整本書的品質來說，應該是好的，但對經過多次琢磨、修改已進入完稿階段的編輯團隊來說，這不啻是一大挑戰。

1990 年開始，各地縣市文化中心（文化局），對在地作家作品集的整理出版，以及臺灣文學館成立後對日治時期作家以迄當代重要作家全集的

編纂，對臺灣文學之作家研究，也有了很好的促進作用。如《楊逵全集》、《林亨泰全集》、《鍾肇政全集》、《張文環全集》、《呂赫若日記》、《張秀亞全集》、《葉石濤全集》、《龍瑛宗全集》、《葉笛全集》、《鍾理和全集》、《錦連全集》、《楊雲萍全集》、《鍾鐵民全集》等，如雨後春筍般持續展開。

　　經過近二十年的努力，臺灣文學的研究與出版，也到了可以驗收或檢討成果的階段。這個說法，當然不是要停下腳步，而是可以從「臺灣現當代作家評論資料目錄」所呈現的 310 位作家、10 萬筆資料中去檢視。檢視的標的，除了從作家作品的質量、時代意義及代表性去衡量外、也可以從作家的世代、性別、文類中，去挖掘有待開墾及努力之處。因此這套「臺灣現當代作家研究資料彙編」，大部分的編選者除了概述作家的研究面向外，均有些觀察與建議。希望就已然的研究成果中，去發現不足與缺憾，研究者可以在這些不足與缺憾之處下功夫，而盡量避免在相同議題上重複。當然這都需要經過一段時間去發現、去彌補、去重建，因此，有關臺灣文學的調查、研究與論述，就格外顯得重要了。

期待

　　感謝臺灣文學館持續推動這兩個專案的進行。「臺灣現當代作家評論資料目錄」的完成，呈現的是臺灣文學研究的總體成果；「臺灣現當代作家研究資料彙編」的出版，則是呈現成果中最精華最優質的一面，同時對未來臺灣文學的研究面向與路徑，作最好的建議。我們可以很清楚的體會，這是一條綿長優美的臺灣文學接力賽，我們十分榮幸能參與其中，更珍惜在傳承接力的過程，與我們相遇的每一個人，每一件讓我們真心感動的事。我們更期待這個接力賽，能有更多人加入。誠如張恆豪所說「從高音獨唱到多元交響」，這是每一個人所期待的。

編輯體例

一、本書編選之目的，為呈現東方白生平、著作及研究成果，以作為臺灣文學相關研究、教學之參考資料。

二、全書共五輯，各輯內容及體例說明如下：

輯一：圖片集。選刊作家各個時期的生活或參與文學活動的照片、著作書影、手稿（包括創作、日記、書信）、文物。

輯二：生平及作品，包括三部分：

1. 小傳：主要內容包括作家本名、重要筆名，生卒年月日，籍貫，及創作風格、文學成就等。

2. 作品目錄及提要：依照作品文類（論述、詩、散文、小說、劇本、報導文學、傳記、日記、書信、兒童文學、合集）及出版順序，並撰寫提要。不收錄作家翻譯或編選之作品。

3. 文學年表：考訂作家生平所進行的文學創作、文學活動相關之記要，依年月順序繫之。

輯三：研究綜述。綜論作家作品研究的概況，並展現研究成果與價值的論文。

輯四：重要文章選刊。選收國內外具代表性的相關研究論文及報導。

輯五：研究評論資料目錄。收錄至 2015 年 11 月底止，有關研究、論述臺灣現當代作家生平和作品評論文獻。語文以中文為主，兼及日文和英文資料。所收文獻資料，以臺灣出版為主，酌收中國大陸、香港、日本和歐美國家的出版品。內容包含三部分：

1. 「作家生平、作品評論專書與學位論文」下分為專書與學位論文。

2. 「作家生平資料篇目」下分為「自述」、「他述」、「訪談」、「年表」、「其他」。

3. 「作品評論篇目」下分為「綜論」、「分論」、「作品評論目錄、索引」、「其他」。

目次

輯一◎圖片集

影像◎手稿◎文物

1938年，東方白（由父親手抱）出生得時，受家人疼愛，小時候的全家福多以東方白
為中心拍攝留影。（翻攝自《真與美（一）》，前衛出版社）

約1940年，「全家總動員」到淡水海水浴
場遊玩，前排左三為東方白。（翻攝自
《真與美（一）》，前衛出版社）

約1941年，約三歲的東方白與父親，攝於
家北面巷口正對面的陳祖厝花園。（文
訊文藝資料中心）

約1942年，就讀愛育幼稚園的東方白（第一排坐者右五）。（翻攝自《真與美（一）》，前衛出版社）

1949年，臺北太平國民學校（今太平國民小學）畢業紀念照。第三排左一為東方白；第一排
左五為校長徐鳳銓，左六為導師葉秋楠。（翻攝自《真與美（一）》，前衛出版社）

1950年代初期，就讀建國中學初中部的東方白與同班好友瞿樹元（右），攝於東方白家門口。（翻攝自《真與美（一）》，前衛出版社）

約1960年2月，東方白至高雄訪延平高中時期的同學戴天和（左），兩人同遊臺南。（翻攝自《真與美（二）》，前衛出版社）

約1960年春，臺北清真寺甫於新生南路上落成，就讀臺灣大學的東方白偕系上知友陳又亮（左）、劉佳明（中）共訪其建築之美與回教之靜。（翻攝自《真與美（二）》，前衛出版社）

約1962年，大學三年級時的東方白（立者右二），於臺中成功嶺接受為期三個月的預官訓練。（翻攝自《真與美（三）》，前衛出版社）

1963年冬，當兵時期的東方白（左三）與軍中兩個班的軍官參加滑雪訓練，攝於合歡山。（翻攝自《真與美（三）》，前衛出版社）

1965年冬，東方白與筆下的莎河，攝於加拿大薩克屯（Saskatoon）。
（翻攝自《真與美（四）》，前衛出版社）

1967年，東方白（左）獲碩士文憑之日，與指導教授格雷（Don M. Gray）
合影於加拿大薩克其萬大學（University of Saskatchewan）。（翻攝自
《真與美（四）》，前衛出版社）

1968年5月，東方白與夫人鄭瓊瓊（CC）結婚照，攝於加拿大薩克屯。（翻攝自《真與美（四）》，前衛出版社）

1969年8月，東方白帶領薩克其萬大學「中國同學會」到薩克屯北面的亞伯王子國家公園（Prince Albert National Park）旅行，與產後一個月的夫人CC合影，攝於華詩閣秀湖岸（Waskesiu Lake）。（翻攝自《真與美（四）》，前衛出版社）

1975年12月，東方白（後排立者右四，著白衣者）
邀時任臺灣獨立建國聯盟主席的張燦鍙（前排右
三）至加拿大演講，攝於薩克屯一所中學的禮堂
內。（翻攝自《真與美（五）》，前衛出版社）

1978年9月，東方白與彭明敏（右）合影於加拿大
落磯山上。（翻攝自《真與美（五）》，前衛出
版社）

1979年12月，為蒐集《浪淘沙》創作背景資料，返
臺尋古探幽。與陳宏正相約拜會《民眾日報》副刊
主編鍾肇政，隨後一行人轉訪黃春明，合影於臺北
——黃春明任職的愛迪達運動鞋公司門前。左起：
黃春明、東方白及其夫人鄭瓊瓊、鍾肇政、陳宏正
（手提《浪淘沙》相關歷史資料）。（翻攝自《真
與美（五）》，前衛出版社）

1979年12月，為蒐集《浪淘沙》創作背景資料返臺，環島途中訪葉石濤、彭瑞金，攝於高雄左營。右起：東方白、葉石濤、彭瑞金及其夫人許素貞。（翻攝自《真與美（五）》，前衛出版社）

1982年7月，旅行歐洲。途中遊英國中部史特拉福（Stratford-upon-Avon）──莎士比亞出生地，攝於莎士比亞故居。（翻攝自《真與美（五）》，前衛出版社）

1984年冬，東方白出席由加拿大亞伯達大學（University of Alberta）東亞研究系舉辦，葛浩文（右）主講的「Confession of a Translator」演講會，會後於亞大校園合影。（翻攝自《真與美（六）》，前衛出版社）

1987年7月，北美臺灣文學研究會成員訪加拿大，合影於東方白宅前。前排左起：鄭炯明、李敏勇及其夫人蘇麗明、張富美、簡上仁；後排左起：東方白及其岳母、夫人鄭瓊瓊、林衡哲母親、友人、胡民祥（後）、林衡哲、林鎮山（後）。（翻攝自《真與美（六）》，前衛出版社）

1987年8月，齊邦媛（右）旅行加拿大，遊歷落磯山與露意湖，攝於東方白自宅前。（翻攝自《真與美（五）》，前衛出版社）

1990年12月，東方白與張良澤（左）立於東京慈眼寺「芥川龍之介墓」兩旁。（翻攝自《真與美（六）》，前衛出版社）

1991年11月，東方白獲第14屆吳三連文藝獎，受邀出席由臺灣筆會、客家學會聯合設宴之慶祝會，席間與林文義（左）、林文欽（右）成為結拜兄弟，攝於臺北。（翻攝自《真與美（六）》，前衛出版社）

1993年12月3日，因獲第八屆臺美文教基金會人文科學成就獎，受邀返臺。返臺期間，拜會王昶雄夫婦。左起：林玉珠、鄭瓊瓊、東方白、王昶雄。（翻攝自《王昶雄全集——第十一冊·影像卷》，臺北縣文化局）

1993年12月，東方白結束回臺領獎行程，返加途中停留美國數日，至聖塔芭芭拉（Santa Barbara）訪白先勇（左），一夜暢談，攝於白先勇宅第。（翻攝自《真與美（三）》，前衛出版社）

1996年，東方白與七等生（左）合影於臺北蒙地卡羅咖啡廳。（翻攝自《真與美（三）》，前衛出版社）

2002年10月，東方白與艾琳達（右），為國立文化資產保存中心籌備處（今國立臺灣文學館）與攝影師林柏樑合作之「文學的容顏——臺灣作家群像攝影展」作品。（國立臺灣文學館提供）

2002年11月6日，東方白訪文訊雜誌社。（文訊文藝資料中心）

2005年5月，前衛出版社推出《浪淘沙》新排珍藏版，於臺北國賓飯店舉行「《浪淘沙》暨相關著書發表會」。左起：歐宗智、東方白、鄭瓊瓊、歐宗智夫人。（歐宗智提供）

2005年9月，旅行北歐，停留莫斯科期間，託旅行團導遊雇私人司機，專程前往托爾斯泰的雅莊，與夫人鄭瓊瓊合影於托爾斯泰巨宅前。（翻攝自《真與美（七）》，前衛出版社）

1950年代中期，東方白花一週時間，以VENUS牌5B軟心繪畫鉛筆，臨摹李奧納多・達文西名畫《蒙娜麗莎》。（翻攝自《真與美（二）》，前衛出版社）

1950年代中期，東方白鋼筆畫作《Schopenhauer叔本華》（下圖左）、《Hegel黑格爾》（下圖右），分別作於 The Philosophy of Schopenhauer 與 The Philosophy of Hegel 二書扉頁上。（翻攝自《真與美（二）》，前衛出版社）

THE PHILOSOPHY OF SCHOPENHAUER

THE MODERN LIBRARY
OF THE WORLD'S BEST BOOKS

The publishers will be pleased to send, upon request, an illustrated folder setting forth the purpose and scope of THE MODERN LIBRARY, and listing each volume in the series. Every reader of books will find titles he has been looking for, handsomely printed, in unabridged editions, and at an unusually low price.

TO PAUL WILLIAM FRIEDRICH

When a man has finally reached the point where he does not think he knows it better than others, that is when he has become indifferent to what they have done badly and he is interested only in what they have done right, then peace and affirmation have come to him.

HEGEL, in one of the casual notes preserved at Widener in his own hand.

1950年代中期，東方白用家裡一架有四組八度音階的小風琴所作之鋼琴曲譜〈哀思曲〉。（翻攝自《真與美（二）》，前衛出版社）

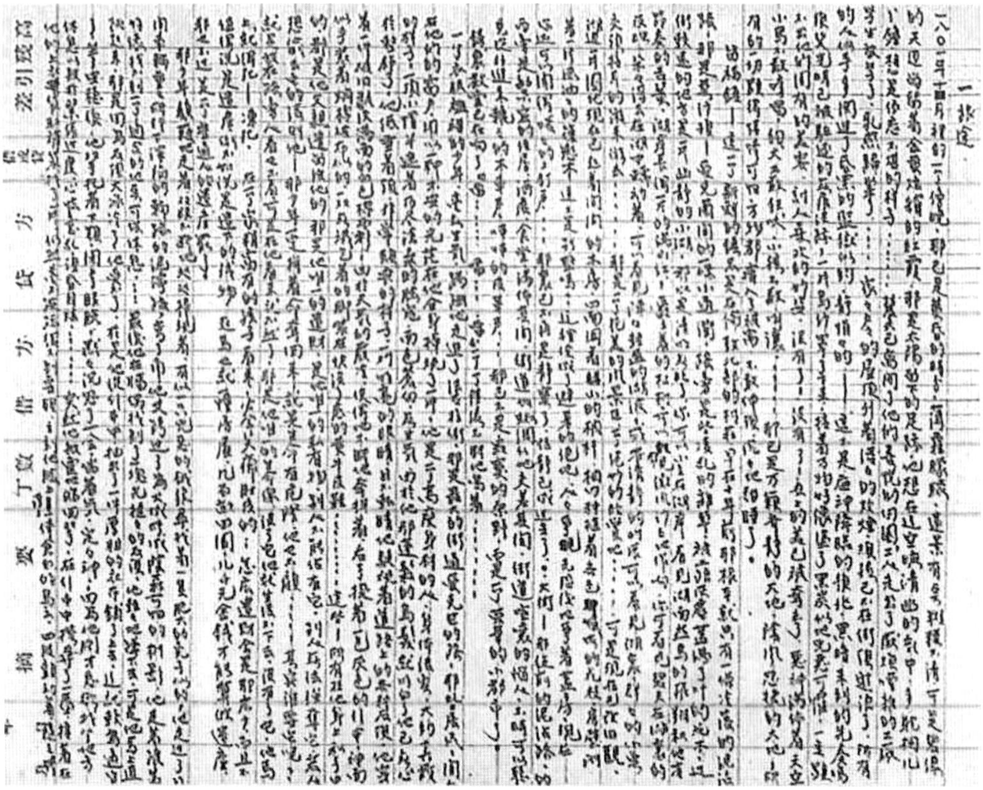

1952年，東方白長篇小說處女作〈狂飆世界〉手稿。（翻攝自《真與美（一）》，前衛出版社）

1980～1989年，東方白大河小說
《浪淘沙》手稿。（國立臺灣文
學館提供）

1992～2008年，東方白文學自傳
《真與美——詩的回憶》手稿。
（國立臺灣文學館提供）

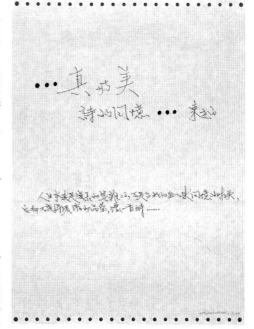

2003年11月3日，東方白致歐宗智信函。歐宗智因從事文學研究與寫作工作，多年與東方白魚雁往返，東方白於信中述及「為什麼要寫小說」，並分享關於文學評論的想法。（歐宗智提供）

2006年4月，東方白發表於《文訊》第246期〈長篇短談——長篇小說創作的一些經驗談〉手稿。（文訊文藝資料中心）

輯二◎生平及作品

小傳◎作品◎年表

小傳

東方白，男，本名林文德，籍貫臺灣臺北，1938 年 3 月 19 日生。

臺灣大學農業工程學系（水利組）畢業，加拿大薩克其萬大學
（University of Saskatchewan）工程系碩士、博士。曾任薩克其萬大學水文
系研究員、亞伯達省環保局水文部工程師。現已退休，旅居加拿大。曾獲
吳濁流文學獎、吳三連文藝獎、臺美文教基金會人文科學成就獎、鹽分地
帶文藝營臺灣新文學貢獻獎、臺灣文學家牛津獎。

東方白創作文類以小說為主，兼及散文。其文學之路發軔甚早，高中
時期即開始創作，1957 年於《聯合報》發表第一篇短篇小說〈烏鴉錦之
役〉；大學時期，創造力豐富，完成許多短篇小說與散文作品，相繼刊載於
各大報刊雜誌。東方白以大河小說《浪淘沙》為人所知，然而在短篇小說
方面亦有所經營。1969 年以最早完成的短篇小說〈臨死的基督徒〉為題，
集結其他創作，出版第一本作品集，由作家的第一本書，窺知其擅寫寓言
色彩濃重、富含哲理故事的稟賦，生與死、罪與罰等西方小說之母題是東
方白小說的重要課題。短篇小說集《東方寓言》更是展現東方白的短篇小
說藝術，透過淡化時空的寓言敘事，探索人世與天道種種問題，彰顯普遍
的人性經驗，其短篇小說時見憂悒之成色，然呂興昌以為東方白：「在痛苦
的生命本質中閃動著一絲希望的光華。」

長篇小說上，以《露意湖》、《浪淘沙》為代表。其長篇延續短篇小說

對人性的關注，將人物置放於時間的長軸裡，刻畫人物與歷史的互動，在大環境中掙扎，同時尋求克服的可能。《露意湖》描寫留學生擺盪在自主與傳統之間的戀愛悲劇，其自言是「建立在一個淒美的純愛追求、一種徒然的掙扎上」。大河小說《浪淘沙》以三個臺灣家族為主軸，藉由描述三代間的人世滄桑與悲歡離合，刻畫百年來臺灣人民的歷史命運，考究細膩，人物多有所本；是書另一特色則是多語言的混用，適時將客家話、福佬話等歌謠、諺語融於文本，塑造生動之對話，以貼近臺灣的語言使用狀況。齊邦媛以為《浪淘沙》：「記錄了一個奇異的政治支配人生的時代，感喟於政治浪潮沖刷下命運的擺盪。」李喬指是書：「是純粹『寫實風格』的小說，作者理性客觀，完全是『旁觀角色』的敘述。又因為加入許多史地翔實資料，頗有人類學『民俗誌』的風味。」

　　散文創作上，東方白自言是「『順其自然』寫出來的」，因此行文之際求辭達意盡，不刻意追求文采與句構，是以其散文特色為哲學性的思考與感悟。《夸父的腳印》為散步於加拿大白溪、莎河時的沉思錄；《迷夜──美之群影》記錄東方白與白先勇、歐陽子等作家的交往，呈顯其對藝術、文學的領受。除了以上兩種文類，東方白還作有文學自傳《真與美》共七冊，描寫其成長過程與文學養成，葉石濤以為《真與美》「深刻地凝視了這些瑣事後所隱藏的某些真理」。

　　東方白創作態度嚴謹，透過文學記錄時間長河，尋思天人之際。筆耕勞力，又時為世態變化所憂，而有文學僧之譽。寫作《浪淘沙》以致心力交瘁，幾度病倒，其中對臺灣歷史背景的還原、考據之確實，在在可見其人文關懷以及對鄉土的眷戀，以寫史之心為時代浪潮下的百年臺灣留下見證。鄭清文語東方白之特質：「在於敏銳、熱心、執著，有了這些特質，他不但能夠寫，而且也能寫得大。」實為評價東方白之文學成就、為人處世之定音。

作品目錄及提要

【散文】

盤古的腳印

臺北：爾雅出版社
1982 年 5 月，32 開，148 頁
爾雅叢書 112

臺北：爾雅出版社
1983 年 8 月，32 開，149 頁
爾雅叢書 112

本書自《臺灣時報》、《臺灣文藝》精選發表篇章，為 1970～
1980 年間的沉省語錄。全書收錄〈燭〉、〈高深〉、〈百萬富
翁〉、〈祕密〉、〈富人反而窮〉等 201 篇。正文前有東方白
〈自序〉，正文後有東方白〈跋〉、〈東方白作品書目〉、〈東
方白寫作年表〉。
1983 年爾雅版：增訂正文後〈東方白寫作年表〉。

夸父的腳印

臺北：前衛出版社
1990 年 10 月，新 25 開，245 頁
前衛小叢書 3

本書記錄作者每日於加拿大白溪、莎河散步時的所思所想，
為 1980～1985 年間的沉省語錄與未選入《盤古的腳印》部
分文章之結集。全書收錄〈見仁見智〉、〈人生的十字路
口〉、〈批評〉、〈人面獸身的思芬克斯〉、〈鐘擺〉等 349 篇。
正文前有東方白〈自序〉，正文後有〈東方白作品書目〉、
〈東方白寫作年表〉。

父子情——東方白散文選

臺北：前衛出版社
1994 年 8 月，25 開，241 頁
新臺灣文庫 28

本書結集創作於 1950～1990 年代的散文作品，兼具寓言風格與自傳色彩，呈顯其對生命及藝術的哲思。全書收錄〈野貓〉、〈盲〉、〈獵友〉等 24 篇。正文前有 16 張與收錄文章相關之照片、東方白〈自序〉，正文後有〈本書作品著作年表〉、〈東方白寫作年表〉、〈東方白作品書目〉。

神農的腳印

臺北：九歌出版社
1995 年 1 月，32 開，217 頁
九歌文庫 398

本書以數百則精言雋語析論經驗世界的奧祕與真理，內容涵蓋宗教、政治、歷史、文學、哲學等層面，為作者數十年沉潛東西方文化與藝術的省思哲言。全書收錄〈輿論〉、〈比喻〉、〈讀書與累〉、〈帆與羅盤〉、〈顯微鏡與望遠鏡〉等 400篇。正文前有東方白〈自畫像（代序）〉，正文後有東方白〈文學之誼（後記）〉。

迷夜——美之群影

臺北：草根出版公司
1995 年 11 月，25 開，350 頁
草根文學 01

本書藉與艾琳達、韓秀、蕭泰然、白先勇、歐陽子等九位人士的交往因緣及探訪過程，發展為一篇篇既真又美的散文，呈現其對藝術和生活的文學性領受。全書收錄〈迷夜〉、〈幽會〉、〈麗〉等 12 篇。正文前有 14 張與收錄文章相關之照片、陳燁〈魔法精靈——《迷夜——美之群影》導讀〉、東方白〈自序〉，正文後有〈東方白作品書目〉、〈東方白寫作年表〉。

浪淘沙之誕生——《浪淘沙》創作十二年日記

臺北：前衛出版社
2005 年 2 月，25 開，542 頁
臺灣文學研究系列 19

全書收錄 1978～1989 年之日記，以繫年方式分 12 部分呈
現。正文前有作家照片、日記手稿及東方白〈自序〉、歐宗
智〈都云作者癡，誰解其中味？——我看《浪淘沙之誕
生》〉，正文後有〈東方白寫作年表〉、〈東方白作品書目〉。

【小說】

露意湖

臺北：爾雅出版社
1978 年 9 月，32 開，450 頁
爾雅叢書 39

臺北：爾雅出版社
1984 年 1 月，32 開，452 頁
爾雅叢書 39

臺北：爾雅出版社
1996 年 1 月，32 開，456 頁
爾雅叢書 39

長篇小說。本書以第一人稱描寫留學生陳秉鈞與丁黎美的愛
情悲劇。全書分四部，依其於美加相識、熱戀、訂婚，返臺
後因家人反對而無法結合的過程敘事，述寫愛情擺盪在自
主、家庭與傳統間，錯綜複雜的人為與命定主題，並以「露
意湖」作象徵意象，刻畫男、女主角之尋美與美的故事。正
文前有林鎮山〈在水之湄（代序）——論東方白的《露意
湖》〉，正文後有東方白〈跋〉、〈東方白寫作年表〉。
1984 年爾雅版：修訂正文後〈東方白寫作年表〉，增編 1979
～1983 年間的創作及發表訊息。
1996 年爾雅版：以 1984 年版為基礎，正文前新增東方白
〈湖濱憶往——寫在《露意湖》五版之前〉，正文後〈東方
白寫作年表〉增編 1984～1995 年間的創作及發表訊息。

十三生肖

臺北：爾雅出版社
1983 年 9 月，32 開，191 頁
爾雅叢書 132

臺北：爾雅出版社
1994 年 5 月，32 開，185 頁
爾雅叢書 132

中、短篇小說集。全書收錄〈十三生肖〉、〈棋〉、〈船〉、〈普陀海〉、〈長城〉、〈太子〉、〈鳥語花香〉、〈如斯世界〉、〈異鄉子〉共九篇。正文前有東方白〈自序〉，正文後附錄東方白〈自畫像〉、〈東方白作品書目〉、〈東方白寫作年表〉、〈本書作品著作年表〉。
1994 年爾雅版：修訂正文後〈東方白作品書目〉、〈東方白寫作年表〉，增編 1984～1992 年間的作品書目、創作及發表訊息。

前衛出版社 1990　　前衛出版社 1991

前衛出版社 1994　　前衛出版社 1996

浪淘沙（上、中、下）

臺北：前衛出版社
1990 年 10 月，25 開，2097 頁
新臺灣文庫 18

臺北：前衛出版社
1991 年 9 月，25 開，2079 頁
新臺灣文庫 18

臺北：前衛出版社
1994 年 6 月，25 開，2080 頁
新臺灣文庫 18

臺北：前衛出版社
1996 年 5 月，25 開，2084 頁
新臺灣文庫 18

臺北：前衛出版社
2005 年 5 月，25 開，2067 頁
新臺灣文庫 18

長篇小說。分浪、淘、沙三部，描寫 1895 年乙未割臺至戰後動亂歲月的臺灣人集體經驗。時間軸上，涵蓋臺灣近百年間大大小小的歷史事件，空間則橫跨臺灣與日本、中國、南洋及美加等地，透過臺

灣第一位女醫師丘雅信（福佬人）、早稻田大學畢業的教育家江東蘭（客家人）、福州人的後代周明德三個家族的滄桑史，寫下臺灣人歷史腳跡的大河巨構。正文前有作家照片、《浪淘沙》首與末頁手稿、東方白〈命定——《浪淘沙》誕生的掌故〉、鍾肇政〈含淚的歡呼——聞東方白巨著《浪淘沙》完成書感〉、鍾肇政〈滾滾大河天上來——序東方白《浪淘沙》〉、〈《浪淘沙》故事概要〉、〈《浪淘沙》主要家系人物表〉，正文後有鄭瓊瓊〈《浪淘沙》的背後〉、陳明雄〈東方白臺語文學的心路〉、林鎮山〈人本主義的吶喊——試論東方白的《浪淘沙》〉、東方白〈銘謝〉、〈東方白作品書目〉、〈東方白寫作年表〉。

前衛出版社 2005

1991 年前衛版：正文前新增東方白〈修定版序〉，正文後修訂〈東方白作品書目〉、〈東方白寫作年表〉，增編 1991 年的作品出版訊息。

1994 年前衛版：以 1991 年版為基礎，正文前新增葉石濤〈臺灣人命運的史詩〉，刪去《浪淘沙》故事概要，正文後修訂〈東方白作品書目〉、〈東方白寫作年表〉，增編 1991～1993 年間的作品書目及創作、發表、文學活動訊息。

1996 年前衛版：以 1994 年版為基礎，正文前新增齊邦媛〈冰湖雪山和南國鄉夢——賀《浪淘沙》七版問世〉，正文後修訂〈東方白作品書目〉、〈東方白寫作年表〉，增編 1994～1995 年間的作品書目及創作、發表、文學活動訊息。

2005 年前衛版：以 1996 年版為基礎，正文前鍾肇政〈滾滾大河天上來——序東方白《浪淘沙》〉、齊邦媛〈冰湖雪山和南國鄉夢——賀《浪淘沙》七版問世〉移至正文後，新增東方白〈十足與圓滿——《浪淘沙》第十修定版序〉，正文後修訂〈東方白作品書目〉、〈東方白寫作年表〉，增編 1996～2005 年間的作品書目及創作、發表、文學活動訊息。

前衛出版社 1991

OK 歪傳

臺北：前衛出版社
1991 年 11 月，新 25 開，170 頁
前衛小叢書 4

臺北：草根出版公司
2000 年 5 月，25 開，156 頁
臺灣文學名著 22

中篇小說。本書由「太史孫」為「OK」立傳，諷喻動員戡亂時期的臺灣當局，以滑稽突梯的筆觸揭示臺灣政治權力結構，並藉「阿蘭」受婦女解放運動啟發，暗示臺灣人正萌芽的自尊自覺，為作者對臺灣歷史與政治的隔海觀察。正文前

草根出版公司 2000

有東方白〈序〉，正文後附錄〈《OK 歪傳》可以 OK 了〉、
〈願太史孫自策共勵〉、〈東方白作品書目〉、〈東方白寫作年
表〉。
2000 年草根版：正文前改〈序〉篇名為〈自序〉，新增彭瑞
金〈政治文學的壽命——兼論《OK 歪傳》〉。

東方白集／林瑞明、陳萬益主編

臺北：前衛出版社
1993 年 12 月，25 開，314 頁
臺灣作家全集・短篇小說卷／戰後第二代 5

中、短篇小說集。本書為「臺灣作家全集」之一。全書收錄
〈臨死的基督徒〉、〈□□〉、〈房子〉、〈孝子〉、〈黃金夢〉、
〈尾巴〉、〈奴才〉、〈阿姜〉、〈☯〉、〈十三生肖〉、〈船〉、〈異
鄉子〉共 12 篇。正文前有作家照片、手跡及鍾肇政〈緒
言〉、羊子喬〈寓言虛構與現實刻畫的結合——《東方白
集》序〉，正文後有呂興昌〈走出痛苦的寓言——談東方白
短篇小說的憂患主題〉、方美芬，許素蘭編〈東方白小說評
論引得〉、東方白編；方美芬增訂〈東方白生平寫作年表〉。

芋仔蕃薯

臺北：草根出版公司
1994 年 11 月，12×18.8 公分，111 頁
草根文庫 1

中篇小說。本書以第一人稱落筆，分上、下二部分，記述一
位「外省人」在臺灣成長、受教育與其後在美國生活 12 年
的生命經驗。小說自幼、青年時期開始，回溯其人格養成及
「外省身分」為他在求學過程中帶來的優勢與影響；隨家人
移民美國後，因在工作上被老闆指責「你的英語不好！」開
始反思小時候憑恃「國語」好而有優越感的價值觀，並透過
與一群中國「民運學生」交往的事件，表述其從所未有的自
覺與臺灣意識。正文前有東方白〈詩譯代序〉。

真與美（一）詩的回憶──幼年篇‧童年篇‧少年篇

臺北：前衛出版社
1995 年 11 月，25 開，333 頁
新臺灣文庫 31

本書結集連載於《文學臺灣》的文學自傳篇章，為東方白以文學之筆，寫下饒富小說趣味的長篇之作。全書分三部，「第一部‧幼年篇」共五章：1.祖先、2.父母、3.誕生、4.人之初、5.幼稚園；「第二部‧童年篇」共五章：1.戰禍、2.兵燹、3.太平國校、4.永樂市場、5.入中考試；「第三部‧少年篇」共九章：1.童子軍、2.銀像、3.OA 公用、4.救國團、5.金像、6.幽靈之舞、7.少年與海、8.蝴蝶夢、9.懺悔錄。正文前有東方白〈初序〉，正文後有〈東方白作品書目〉。

真與美（二）詩的回憶──青年篇（上）

臺北：前衛出版社
1996 年 12 月，25 開，305 頁
新臺灣文庫 34

本書上承《真與美（一）詩的回憶──幼年篇‧童年篇‧少年篇》，為青年時期的回憶錄。「第四部‧青年篇」因分量多，分上、下二冊。全書共 12 章：1.休學、2.圓山、3.烏鴉錦之役、4.哀思曲、5.大姐、6.雪玉、7.靜子、8.寶仙、9.延平中學、10.辰美、11.無門關、12.大學之道。正文前有作家照片、手跡及東方白〈初序〉、東方白〈再序〉，正文後有〈東方白作品書目〉。

真與美（三）詩的回憶──青年篇（下）

臺北：前衛出版社
1997 年 5 月，25 開，352 頁
新臺灣文庫 35

本書上承《真與美（二）詩的回憶──青年篇（上）》。全書共六章：13.春風裡、14.成功嶺、15.現代文學、16.哥哥爸爸真偉大、17.三人集、18.CC。正文前有作家照片、手跡及東方白〈初序〉、彭瑞金〈再序──《真與美》的一些聯想〉，正文後有〈東方白作品書目〉。

真與美（四）詩的回憶——成年篇

臺北：前衛出版社
1999 年 12 月，25 開，316 頁
新臺灣文庫 40

本書上承《真與美（三）詩的回憶——青年篇（下）》，「第
五部・成年篇」自搭機赴加拿大留學落筆。全書共 13 章：1.
太平洋、2.雪國、3.格雷教授、4.莎河與我、5.寂寞秋、6.
麗、7.夢中、8.自由之路、9.學生不老、10.返鄉、11.世界孤
兒、12.貝德湖、13.OK 歪傳。正文前有作家照片、東方白
〈初序〉、彭瑞金〈再序——文學回憶錄〉，正文後有〈東方
白作品書目〉。

魂轎

臺北：草根出版公司
2002 年 11 月，12.2×17.3 公分，318 頁
臺灣文學讀本 03

中、短、極短篇小說集。全書分三部分，「精短篇小說」收
錄〈古早〉、〈生日卡〉、〈我〉、〈空〉、〈殼〉共五篇；「短篇
小說」收錄〈鐘靈〉、〈百〉、〈魂轎〉、〈所羅門的三民主
義〉、〈跪〉、〈髮〉共六篇；「中篇小說」收錄〈芋仔蕃薯〉
一篇。正文前有陳芳明〈大河與細流——序東方白短篇小說
集《魂轎》〉、東方白〈自序〉，正文後附錄林鎮山〈解構父
權——東方白的〈古早〉與《芋仔蕃薯》〉、〈本書作品著作
年表〉、〈東方白寫作年表〉、〈東方白作品書目〉。

小乖的世界／阿良伯圖

臺北：草根出版公司
2002 年 11 月，12.2×17.3 公分，266 頁
臺灣文學讀本 04

中篇小說。本書以一父親是外省人，母親是臺灣人——外省
第二代「小乖」的成長史，演繹 1980 年以降 20 年間臺灣人
的心靈面貌，並藉此探述族群與兩岸關係議題。正文前有彭
瑞金〈《小乖的世界》——東方白的小說演繹〉、東方白〈自
序〉，正文後有〈東方白生平寫作年表〉、〈東方白作品書
目〉。

真美的百合

臺北：草根出版公司
2004 年 11 月，11.6×17.2 公分，574 頁
臺灣文學讀本 12

臺北：草根出版公司
2005 年 5 月，11.6×17.2 公分，574 頁
臺灣文學讀本 12

長篇小說。本書原限定於美洲發行。全書描寫一知識分子被
誣以共產黨罪名入獄，出獄後改以務農維生，在臺北大屯山
山腳下楓樹湖落地生根的故事。小說透過對政治受難者與家
庭成員分離聚合的描寫，表現其在白色恐怖時代的生活苦
境，此外，更藉宗教情懷與相濡以沫的親情，帶出「愛」與
「寬恕」之主題，擺脫悲苦情境，為小說人物之心靈畫下充
滿希望的圖像。正文前有東方白〈自序〉、歐宗智〈臺灣長
篇小說藝術美學的突破──東方白《真美的百合》探析及其
他〉，正文後有〈東方白寫作年表〉、〈東方白作品書目〉。
2005 年草根版：始於臺灣發行。修訂正文後〈東方白寫作年
表〉、〈東方白作品書目〉，增編美洲限定版出版後之作品出
版資訊。

第一冊　　　　第二冊　　　　第三冊

浪淘沙之丘雅信家族

臺北：草根出版公司
2005 年 6、7 月，25 開，877 頁
臺灣文學名著 29、30、31

長篇小說。共三冊，收錄長篇小說《浪淘沙》丘雅信的家族故事。正文前有
〈《浪淘沙》主要家系人物表〉。

浪淘沙之周明德家族
臺北：草根出版公司
2006 年 12 月，25 開，603 頁
臺灣文學名著 32

長篇小說。本書收錄長篇小說《浪淘沙》周明德的家族故事。正文前有〈《浪淘沙》主要家系人物表〉。

浪淘沙之江東蘭家族
臺北：草根出版公司
2006 年 12 月，25 開，527 頁
臺灣文學名著 33

長篇小說。本書收錄長篇小說《浪淘沙》江東蘭的家族故事。正文前有〈《浪淘沙》主要家系人物表〉。

【書信】

臺灣文學兩地書（與鍾肇政合著）／張良澤編
臺北：前衛出版社
1993 年 2 月，25 開，333 頁
新臺灣文庫 24

本書為東方白與鍾肇政在 1979～1991 年間書信往返的總集結，記錄《浪淘沙》艱辛的創作歷程，以及美麗島事件過後，臺灣社會文化的情勢與轉折，同時也可看出兩人的文學觀點及深厚友誼。正文前有鍾肇政〈序〉、東方白〈美里之夜〉、張良澤〈編者序〉，正文後有張良澤〈編後語〉。

【合集】

臨死的基督徒

臺北：水牛出版社
1969 年 3 月，40 開，264 頁
水牛文庫 98

本書為小說、散文與翻譯合集，是東方白的第一本出版作品。全書收錄小說〈臨死的基督徒〉、〈□□〉、〈少女的祈禱〉、〈母親〉、〈中秋月〉、〈兩朵白玫瑰〉、〈早晨的夕陽〉、〈幽會〉、〈天堂與人間〉、〈夢中〉、〈錢從天上飄下來〉、〈線〉、〈把船漂到臺灣海峽去〉、〈忌妒〉、〈烏鴉錦之役〉、〈波斯貓〉、〈重逢〉、〈勝利的敗仗〉共 18 篇；散文〈老樹，麻雀與愛〉、〈噢！可愛的天使〉、〈迎上前去〉等七篇；翻譯〈一個雨天快樂的週末〉、〈一個善良的婆羅門的故事〉、〈伏爾泰筆記選譯〉共三篇。正文前有東方白〈自序——並論寫作〉，正文後有〈著作年表〉。

臺灣學生書局 1977

爾雅出版社 1995

黃金夢

臺北：臺灣學生書局
1977 年 10 月，32 開，196 頁
學生書苑 59

臺北：爾雅出版社
1995 年 1 月，32 開，201 頁
爾雅叢書 24

本書為小說、散文與翻譯合集。全書收錄小說〈黃金夢〉、〈草原上〉、〈房子〉、〈熊的兒子〉、〈飄〉、〈復活〉共六篇；散文〈莎河與我〉、〈白溪與我〉、〈麗〉等五篇；翻譯〈上帝知道一切，等待吧！〉一篇。正文前有東方白〈自序〉，正文後有〈本書作品著作年表〉。
1995 年爾雅版：正文後改〈本書作品著作年表〉篇名為〈本書各篇原載出處〉，新增〈東方白作品書目〉、〈東方白寫作年表〉。

東方寓言
臺北：爾雅出版社
1979 年 9 月，32 開，292 頁
爾雅叢書 58

臺北：爾雅出版社
1992 年 8 月，32 開，296 頁
爾雅叢書 58

本書為小說與散文合集，精選創作於 1950～1970 年代 25 年間的作品。全書分「憂天篇」、「憂世篇」、「憂時篇」、「憂民篇」、「不憂篇」五部分，收錄小說〈道〉、〈池〉、〈東東佛〉、〈臨死的基督徒〉、〈□□〉、〈島〉、〈尾巴〉、〈草原上〉、〈阿姜〉、〈奴才〉、〈孝子〉、〈房子〉、〈☯〉共 13 篇；散文〈父子情〉一篇。「憂世篇」另列有〈黃金夢〉篇名存目，附「作者小語」說明未收錄該作全文之緣由。正文前有東方白〈蝶語（代序）〉，正文後有東方白〈跋〉、〈本書作品著作年表〉、〈東方白作品書目〉、〈東方白寫作年表〉。
1992 年爾雅版：修訂正文後〈東方白寫作年表〉，增編 1979 ～1992 年間的創作及發表訊息。

雅語雅文——東方白臺語文選
臺北：前衛出版社
1995 年 4 月，25 開，187 頁
臺語文學叢書 4

臺北：前衛出版社
1995 年 7 月，25 開，187 頁
臺語文學叢書 4

本書以臺文改寫已發表的華文作品，為散文與小說合集；按語文教科書方式編排，逐篇附「本文生字」，並將生字彙集總列於書後。全書收錄散文〈上美的春天〉、〈學生沒嫌老〉、〈論姦情〉等六篇；小說〈道〉、〈池〉、〈孝子〉、〈黃金夢〉、〈阿姜〉、〈奴才〉共六篇。正文前有東方白〈論語文（自序）〉，正文後附錄〈本書生字〉、東方白〈臺灣語文草議〉、〈東方白作品書目〉。
再版：增附陳德利、陳美枝擔任聲音演出之卡式帶五捲。

真與美

臺北：前衛出版社
2001 年 3、4 月；2008 年 2 月，25 開

《真與美》共七冊。本部書以前衛出版社於 1990 年代推出的四冊《真與美》為
基礎，另增三冊新作。每冊正文前均有作家照片，第一～六冊正文前有東方白
〈初序〉，第七冊正文前有東方白〈序〉。

真與美（一）詩的回憶──幼年篇・童年篇・少年篇
臺北：前衛出版社
2001 年 3 月，25 開，314 頁
東方白文學自傳 1

本書收錄 1995 年版《真與美（一）詩的回憶──幼年篇・
童年篇・少年篇》，正文前新增作家照片、手跡及葉石濤
〈臺灣作家的自畫像──《真與美》〉、齊邦媛〈怎樣的人生
可以寫「詩的回憶」？〉，正文後刪去〈東方白作品書目〉。

真與美（二）詩的回憶──青年篇（上）
臺北：前衛出版社
2001 年 3 月，25 開，304 頁
東方白文學自傳 2

本書收錄 1996 年版《真與美（二）詩的回憶──青年篇
（上）》，正文後刪去〈東方白作品書目〉。

真與美（三）詩的回憶──青年篇（下）
臺北：前衛出版社
2001 年 3 月，25 開，352 頁
東方白文學自傳 3

本書收錄 1997 年版《真與美（三）詩的回憶──青年篇
（下）》，正文後刪去〈東方白作品書目〉。

真與美（四）詩的回憶──成年篇

臺北：前衛出版社
2001 年 4 月，25 開，313 頁
東方白文學自傳 4

本書收錄 1999 年版《真與美（四）詩的回憶──成年篇》，正文後刪去〈東方白作品書目〉。

真與美（五）詩的回憶──壯年篇（上）

臺北：前衛出版社
2001 年 4 月，25 開，320 頁
東方白文學自傳 5

本書上承《真與美（四）詩的回憶──成年篇》，「第六部‧壯年篇」因分量多，分上、下二部分。全書共 12 章：1.愛城行、2.白溪與我、3.黃金夢、4.父子情、5.露意湖、6.奴才、7.臺灣館、8.民主床、9.大河濫觴、10.尋古探幽、11.XYZ、12.巴黎鴻爪。

真與美（六）詩的回憶──壯年篇（下）‧中年篇

臺北：前衛出版社
2001 年 4 月，25 開，344 頁
東方白文學自傳 6

本書上承《真與美（五）詩的回憶──壯年篇（上）》。全書分二部，「第六部‧壯年篇（下）」共三章：13.冬天的故事、14.哈雷彗星、15.Hang on, Never Give up；「第七部‧中年篇」共十章：1.偉大的讀者、2.臺灣文學研究會、3.三破天荒、4.迷你演講、5.慈眼寺、6.上美的花、7.乾杯、8.十分快樂（上）、9.十分快樂（下）、10.詩的回憶。正文後有彭瑞金〈顛覆小說、解構文學？──東方白《真與美》的嘗試解讀〉、林鎮山〈話說皓月當空／年華似水而不知東方之既白──東方白的《真與美》〉、曹永洋〈豐富之旅──總校記〉、東方白〈後記與銘謝〉、〈東方白作品書目〉、〈東方白寫作年表〉。

真與美（七）詩的回憶──忘年篇

臺北：前衛出版社
2008 年 2 月，25 開，299 頁
東方白文學自傳 7

本書上承《真與美（六）詩的回憶──壯年篇（下）・中年篇》，收錄「第八部・忘年篇」。全書共六章：1.艾琳達、2.韓秀、3.芋仔蕃薯、4.波羅的花、5.波羅的花（續）、6.波羅的花（又續）。正文前有歐宗智〈生命原汁寫成的作家自傳──談《真與美》的寫作特色〉，正文後有歐宗智〈充滿文學趣味的新體遊記──兼介東方白〈波羅的花〉〉。

頭：東方白短篇精選集／應鳳凰、歐宗智編選

臺北：前衛出版社
2011 年 7 月，25 開，275 頁
本土名家 01

本書為小說與散文合集，結集早期短篇小說、「沉省語錄」小品短文，以及 2005～2007 年間發表的極短篇作品。全書收錄小說〈臨死的基督徒〉、〈□□〉、〈黃金夢〉、〈奴才〉、〈魂轎〉、〈黃玫瑰〉、〈頭〉、〈命〉、〈網〉、〈絕〉、〈罐〉、〈鬱〉、〈蛋〉、〈色〉共 14 篇；散文〈秋葉〉一篇。每篇作品後均附編者所撰的導讀。正文前有東方白〈開拓「慧」的文學──東方白精短篇語錄（代序）〉、歐宗智〈真善美的永恆追求──東方白短篇小說創作導論〉，正文後有東方白〈後記〉、〈附錄一──本書各篇原載出處〉、〈附錄二──東方白寫作年表〉。

文學年表

1938 年 （昭和 13 年）	3 月	19 日，生於臺灣臺北下奎府町一丁目（近今大同區太原路），父林萬居，母謝紅桃。本名林文德，家中排行第三。
1942 年 （昭和 17 年）	夏	就讀愛育幼稚園。
1944 年 （昭和 19 年）	本年	就讀太平國民學校。時值大東亞戰爭後期，開學不到三個月，為躲避美軍空襲，隨母親疏遷至和尚洲（今蘆洲）的鄉下。
1949 年	本年	畢業於太平國民學校，考入建國中學初中部。
1952 年	本年	畢業於建國中學初中部，考入同校高中部。 初讀達芙妮・杜穆里埃（Daphne du Maurier）長篇小說《蝴蝶夢》，模仿《蝴蝶夢》的時空，發揮想像寫作長篇小說〈狂飆世界〉，因體認到憑空想像寫作之飄渺，寫兩頁後廢稿。
1953 年	9 月	10 日，完成〈野貓〉。
	本年	完成〈盲〉初稿。
1954 年	本年	完成〈獵友〉。 完成短篇小說〈臨死的基督徒〉初稿，後修改重寫，於初稿完成後九年，經七次退稿，始於《現代文學》刊出。
1955 年	本年	高三，因長時間用功於課內與課外書，用腦過度且頭痛

不止，終致神經衰弱，休學三年。

1957 年	8 月	完成短篇小說〈烏鴉錦之役〉。
	9 月	14 日，短篇小說〈烏鴉錦之役〉發表於《聯合報》副刊，為首篇發表作品。
1958 年	2 月	完成長篇小說〈雪麗〉，自認非成熟之作，未曾發表。與初戀對象分手為〈雪麗〉的創作動機，學習歌德因失戀寫作《少年維特的煩惱》，落筆撰寫〈雪麗〉，為增加故事背景之真實感，騎腳踏車沿淡水至基隆一帶海岸實地觀察、筆錄，耗時五個月，完成〈雪麗〉28 萬字之作。
	8 月	就讀延平高中補習學校（1959 年改制為延平高級中學）夜間部，續讀高三，後轉日間部。
1959 年	本年	畢業於延平高級中學，考入臺灣大學農業工程學系（水利組）。
1960 年	本年	完成短篇小說〈忌妒〉、〈母親〉、〈早晨的夕陽〉。
1962 年	2 月	17 日，完成短篇小說〈幽會〉。
	5 月	短篇小說〈母親〉發表於《臺大青年》51 年度第 2 號。
	8 月	13 日，完成短篇小說〈波斯貓〉。
	10 月	1 日，短篇小說〈波斯貓〉發表於《聯合報》8 版。 18 日，完成短篇小說〈少女的祈禱〉。
	12 月	13 日，完成短篇小說〈線〉。
	本年	完成短篇小說〈重逢〉、〈臨死的基督徒〉定稿。 完成〈噢！可愛的天使〉、〈盲〉定稿。
1963 年	2 月	完成短篇小說〈錢從天上飄下來〉。
	3 月	18 日，完成〈第一千零一個「雨，雨傘與女人」的故事〉。

		27 日，完成短篇小說〈中秋月〉。
4 月		〈噢！可愛的天使〉發表於《臺大青年》52 年第 2 期。
5 月		1 日，完成短篇小說〈把船漂到臺灣海峽去〉。
		2 日，完成〈迎上前去〉。
		短篇小說〈錢從天上飄下來〉發表於《大學論壇》。
6 月		〈迎上前去〉發表於《臺大青年》。
10 月		25 日，完成短篇小說〈勝利的敗仗〉。
		〈盲〉發表於《青年雜誌》。
		短篇小說〈臨死的基督徒〉發表於《現代文學》第 18 期。
11 月		短篇小說〈把船漂到臺灣海峽去〉發表於《綠濤》第 7 卷第 1 期。
		完成〈老樹，麻雀與愛〉。
12 月		2～3 日，短篇小說〈中秋月〉連載於《聯合報》7 版。
		〈老樹，麻雀與愛〉發表於《現代文學》第 19 期。
		短篇小說〈線〉發表於《青年雜誌》。
本年		畢業於臺灣大學農業工程學系（水利組）。
		入伍服兵役，赴宜蘭市郊「陸軍通信學校」接受專科訓練，兩個月後，轉赴臺南善化服役，銜少尉預備軍官。

1964 年	1 月		短篇小說〈忌妒〉發表於《青年雜誌》。
	2 月		6 日，完成短篇小說〈兩朵白玫瑰〉。
	3 月		14 日，完成短篇小說〈天堂與人間〉，因屢經退稿，未能發表。
			短篇小說〈早晨的夕陽〉發表於《青年雜誌》。
	4 月		短篇小說〈兩朵白玫瑰〉發表於《青年雜誌》。
			完成中篇小說〈□□〉。自軍營寄出中篇小說〈□□〉時，對文學產生冷感，致信鄭恆雄，稱〈□□〉乃最後

之作，決意停筆。

6 月　中篇小說〈□□〉發表於《現代文學》第 21 期。

7 月　自軍中退役，因失業無聊，應黃春明之邀，前往宜蘭同住多日，遠離囂塵，遊山玩水。

本年　與黃春明、七等生交知，因三人年齡、氣質及文學趣味相近，遂寫信向黃春明和七等生提議從已發表的短篇小說中，選輯三人較滿意的作品，合集出版《三人集》，惜因無資金，未能實行。

1965 年　8 月　獲加拿大薩克其萬大學（University of Saskatchewan）農工系每年 1200 加幣的獎學金。

9 月　中旬，赴加拿大薩克其萬省薩克屯（Saskatoon），攻讀薩克其萬大學工程碩士學位。

1967 年　本年　以畢業論文 "Physical Simulation of The Infiltration Equations"獲薩克其萬大學工程碩士學位。

繼續於薩克其萬大學攻讀工程博士學位。

1968 年　5 月　與鄭瓊瓊結婚。

8 月　20 日，翻譯〈雨天，快樂的週末〉。

9 月　12 日，完成短篇小說〈夢中〉。

翻譯伏爾泰（Voltaire）短篇小說〈一個善良的婆羅門的故事〉、《伏爾泰筆記》。

10 月　15 日，短篇小說〈夢中〉發表於《聯合報》9 版。

1969 年　1 月　13 日，〈雨天，快樂的週末〉發表於《聯合報》9 版，後改篇名為〈一個雨天快樂的週末〉。

3 月　《臨死的基督徒》由臺北水牛出版社出版。

7 月　2 日，長子林之偉出生。

本年　完成中篇小說〈異鄉子〉初稿。

1970 年	本年	以畢業論文"Hydrodynamics and Kinematics of Overland Flow Using A Laminar Model"獲薩克其萬大學工程博士學位。
		任職於薩克其萬大學水文系,從事薩克其萬省融雪之觀察與研究。
1971 年	2 月	24 日,完成〈學生不老〉。
	3 月	19 日,〈學生不老〉發表於《中央日報》9 版。
	6 月	首次自加拿大回臺灣省親。
	本年	次子林士偉出生。
1973 年	5 月	中篇小說〈OK 歪傳〉連載於《臺獨》第 15～28 期,至隔年 6 月止。《臺獨》由臺灣獨立聯盟於美國創刊發行,該月刊在臺灣戒嚴期間是禁書。
	8 月	6 日,完成〈麗〉。
		22～23 日,〈麗〉連載於《聯合報》14 版。
1974 年	1 月	22 日,完成中篇小說〈OK 歪傳〉。
	2 月	13 日,受聘擔任加拿大亞伯達省環保局(Alberta Environment Department)水文部工程師,自薩克其萬省移居亞伯達省愛城(Edmonton),從事亞省水文觀察與分析之工作。
	5 月	25 日,完成〈莎河與我〉。
	6 月	18 日,完成短篇小說〈草原上〉。
		21 日,〈莎河與我〉發表於《聯合報》12 版。
	10 月	15～16 日,短篇小說〈草原上〉連載於《聯合報》12 版。
	11 月	2 日,完成短篇小說〈房子〉。
		24～25 日,短篇小說〈房子〉連載於《聯合報》12 版。
	12 月	9 日,完成短篇小說〈熊的兒子〉。

1975 年　　1 月　　2 日，完成短篇小說〈黃金夢〉。

　　　　　　　　　　15 日，短篇小說〈熊的兒子〉發表於《聯合報》12 版。

　　　　　　2 月　　20 日，完成短篇小說〈飄〉。

　　　　　　3 月　　31 日～4 月 2 日，短篇小說〈飄〉連載於《聯合報》12
　　　　　　　　　　版。

　　　　　　　　　　31 日，完成短篇小說〈復活〉。

　　　　　　5 月　　2 日，翻譯托爾斯泰（Leo Nikolayevich Tolstoy）短篇小
　　　　　　　　　　說〈上帝知道一切，等待吧！〉。

　　　　　　　　　　中旬，計畫撰寫長篇小說〈露意湖〉，開始蒐集資料並
　　　　　　　　　　閱讀相關文學作品。

　　　　　　6 月　　25 日，完成〈白溪與我〉。

　　　　　　7 月　　24 日，完成短篇小說〈孝子〉。

　　　　　　9 月　　15 日，長篇小說〈露意湖〉落筆。

　　　　　　10 月　　8 日，短篇小說〈黃金夢〉發表於《中央日報》10 版。

　　　　　　　　　　短篇小說〈孝子〉發表於香港《七十年代》第 69 期。

　　　　　　　　　　為描寫長篇小說〈露意湖〉佳碧公園秋景，由小說男主
　　　　　　　　　　角吳秉鈞開車，一起上落磯山，重遊佳碧與冰府公園，
　　　　　　　　　　即景即興隨筆於攜帶的筆記本裡。

　　　　　　11 月　　7 日，完成長篇小說〈露意湖〉第一部。

　　　　　　12 月　　25 日，完成〈大文豪與小方塊〉。

1976 年　　1 月　　21 日，完成長篇小說〈露意湖〉第二部。

　　　　　　2 月　　1 日，短篇小說〈孝子〉由宏文日譯，刊於日本《臺灣省
　　　　　　　　　　民報》。

　　　　　　7 月　　28 日，完成長篇小說〈露意湖〉第三部。

　　　　　　9 月　　參加「愛城臺灣同鄉運動會」，因運動過激，脊椎受
　　　　　　　　　　傷，靜養兩個多月，不能坐、寫，長篇小說〈露意湖〉
　　　　　　　　　　之書寫完全擱置。

	12 月	30 日，〈白溪與我〉發表於《中央日報》10 版。
1977 年	4 月	7 日，強忍頭痛與背痛，完成長篇小說〈露意湖〉第四部，該作全文初稿書寫完畢。
	春	長篇小說〈露意湖〉修定稿完成，由邱文香代為謄寫，後寄予爾雅出版社。爾雅出版社發行人隱地決定出版該作，提議作品出版前先以連載方式面世，並為東方白接洽介紹報紙副刊。
	8 月	26 日，完成短篇小說〈東東佛〉。
	10 月	《黃金夢》由臺北臺灣學生書局出版。
	11 月	17 日，長篇小說〈露意湖〉連載於《中華日報》11 版，至隔年 6 月 13 日止。
	12 月	20 日，完成短篇小說〈道〉。
	本年	短篇小說〈黃金夢〉由徐張瑞基英譯為 "The Golden Dream"，刊於 *The Chinese Pen* 夏季號。
1978 年	1 月	27 日，短篇小說〈道〉發表於《聯合報》12 版。
		28 日，完成〈父子情〉，後改篇名為〈父子情深〉。
	3 月	12～13 日，〈父子情深〉連載於《中央日報》10 版。
		17 日，完成短篇小說〈尾巴〉。
	6 月	短篇小說〈東東佛〉發表於《現代文學》復刊第 4 期。
	9 月	7 日，完成短篇小說〈池〉。
		19～20 日，短篇小說〈尾巴〉連載於《中國時報》12 版。
		〈莎河與我〉由胡耀恆英譯為 "Saskatchewan River and Me"，刊於 *Seacademy*。
		長篇小說《露意湖》由臺北爾雅出版社出版。
	11 月	10 日，完成短篇小說〈島〉。
	12 月	9 日，完成短篇小說〈阿姜〉。

1979 年	1 月	4 日，完成短篇小說〈奴才〉。
	2 月	20～21 日，短篇小說〈奴才〉連載於《民眾日報》副刊。
	3 月	12 日，完成短篇小說〈☯〉，篇名後於發表時，被加上副題「合唱交響曲」刊出。
		短篇小說〈島〉發表於《現代文學》復刊第 7 期。
	4 月	7 日，完成短篇小說〈船〉。
		28 日，短篇小說〈池〉發表於《中國時報》12 版。
	6 月	2～3 日，短篇小說〈阿姜〉連載於《民眾日報》副刊。
		2～4 日，短篇小說〈☯──合唱交響曲〉連載於《中華日報》11 版。
	7 月	23 日，完成短篇小說〈十三生肖〉。
	9 月	《東方寓言》由臺北爾雅出版社出版。
	12 月	9 日，完成〈大學之美〉。
1980 年	1 月	3 日，〈大學之美〉發表於《中華日報》10 版。
		28 日，短篇小說〈十三生肖〉發表於《中國時報》8 版。
	2 月	5 日，完成短篇小說〈普陀海〉。
		17 日，完成短篇小說〈棋〉。
	3 月	16 日，大河小說〈浪淘沙〉落筆。
	5 月	5 日，完成大河小說〈浪淘沙〉第一部「浪」。
		19 日，完成〈寂寞秋〉。
		短篇小說〈普陀海〉發表於《中外文學》第 8 卷第 12 期。
	7 月	5 日，〈寂寞秋〉發表於《中華日報》10 版。
	8 月	20、23 日，撰於 1970～1975 年間的沉省語錄〈盤古的腳印〉發表於《臺灣時報》12 版。9 月開始於美國《遠東

時報》轉載。

10 月　2 日，完成〈銀像〉。

撰於 1975～1980 年間的沉省語錄〈盤古的腳印〉連載於《臺灣文藝》第 69～75 期，至 1982 年 2 月止。

11 月　14 日，〈銀像〉發表於《中華日報》10 版。

28 日，短篇小說〈棋〉發表於《聯合報》8 版；完成〈自畫像〉。

12 月　18 日，〈自畫像——不知東方之既白〉發表於《聯合報》8 版。

25 日，完成短篇小說〈長城〉。

31 日，完成短篇小說〈太子〉。

本年　短篇小說〈奴才〉由 Rosemary Haddon 英譯為 "The Slave"，刊於 *Canadian Fiction Magazine*, TRANS2, No.36/37。

1981 年　2 月　19 日，完成短篇小說〈鳥語花香〉。

3 月　大河小說〈浪淘沙〉連載於《臺灣文藝》第 71～79 期，至隔年 12 月止。

5 月　1 日，短篇小說〈奴才〉由宏文日譯，刊於日本《臺灣省民報》。

8 月　中篇小說〈異鄉子〉發表於《中外文學》第 10 卷第 2 期。

短篇小說〈船〉發表於《亞洲人》第 1 卷第 4 期。

10 月　短篇小說〈鳥語花香〉發表於《現代文學》復刊第 15 期。

1982 年　1 月　〈十分快樂〉連載於《文學界》第 1～2 集，至 4 月止。

21 日，完成〈我的畫〉。

	2 月	11 日，〈我的畫〉發表於《中華日報》副刊。
		23 日，完成短篇小說〈如斯世界〉。
	5 月	短篇小說〈長城〉、〈太子〉發表於《暖流》第 1 卷第 5 期。
		《盤古的腳印》由臺北爾雅出版社出版。
		獲第 13 屆吳濁流文學獎。
	7 月	短篇小說〈如斯世界〉發表於《文學界》第 3 集。
	12 月	短篇小說〈奴才〉由葛浩文（Howard Goldblatt）英譯為 "The Slave"，刊於 The Chinese Pen 冬季號。
1983 年	5 月	返臺奔父喪。
	8 月	《盤古的腳印》由臺北爾雅出版社出版。
	9 月	中、短篇小說集《十三生肖》由臺北爾雅出版社出版。
	11 月	大河小說〈浪淘沙〉連載於《文學界》第 8～28 集，至 1989 年 2 月止。
1984 年	1 月	長篇小說《露意湖》由臺北爾雅出版社出版。
	3 月	25 日，完成大河小說〈浪淘沙〉第二部「淘」。
1986 年	5 月	〈作家守則〉發表於《臺灣文藝》第 100 期。
1988 年	本年	身體有恙，精神持續處於憂鬱狀態，大河小說〈浪淘沙〉寫作因而完全停頓。
1989 年	3 月	19 日，大河小說〈浪淘沙〉於停筆一年半後重新落筆。
	9 月	大河小說〈浪淘沙〉連載於《臺灣文藝》第 119～126 期，至 1991 年 8 月止；第 119 期正文前有〈寄〈浪淘沙〉的讀者〉，第 126 期正文後有〈東方白的銘謝〉、〈修定版序〉。
	10 月	22 日，大河小說〈浪淘沙〉全文書寫完畢。
1990 年	10 月	大河小說《浪淘沙》（共三冊）由臺北前衛出版社出版。

《夸父的腳印》由臺北前衛出版社出版。

12 月　返臺為大河小說《浪淘沙》做巡迴演講活動。

應邀出席臺灣筆會、前衛出版社主辦之「《浪淘沙》座談會」，主持人為鍾肇政，與會者有李喬、林衡哲、陳芳明、彭瑞金、巫永福等。座談紀錄後刊於《臺灣文藝》第 123 期。

本年　大河小說《浪淘沙》獲《中國時報》開卷年度十大好書獎。

1991 年　6 月　15 日，完成〈慈眼寺〉。

8 月　20～21 日，〈慈眼寺〉連載於《聯合報》25 版。

9 月　15 日，完成〈忍耐，千萬別放棄〉。

大河小說《浪淘沙》（共三冊）由臺北前衛出版社出版。

10 月　2 日，〈上美的春天〉、〈學生沒嫌老〉發表於《自立晚報・本土副刊》19 版。

11 日，〈青盲〉發表於《自立晚報・本土副刊》19 版。

〈忍耐，千萬別放棄〉、〈遲來的銘謝〉發表於《臺灣文藝》第 127 期。

11 月　14 日，應邀返臺出席第 14 屆吳三連獎頒獎典禮，獲頒小說類文學獎。

中篇小說《OK 歪傳》由臺北前衛出版社出版。

1992 年　1 月　6～7 日，短篇小說〈黃金夢〉（臺文版）連載於《自立晚報・本土副刊》19 版。

2 月　1 日，完成短篇小說〈鐘靈〉。

15 日，文學自傳〈真與美──詩的回憶〉落筆。

3 月　25 日，短篇小說〈鐘靈〉發表於《聯合報》25 版。

文學自傳〈真與美〉連載於《文學臺灣》第 2～39 期，

至 2001 年 7 月止。

5 月　18 日，完成短篇小說〈百〉。

6 月　20 日，短篇小說〈百〉發表於《聯合報》25 版。

8 月　19 日，〈卍語集〉發表於《聯合報》25 版。

《東方寓言》由臺北爾雅出版社出版。

11 月　28 日，完成〈神韻——紀念蕭泰然小提琴協奏曲世界首演〉。

12 月　17～18 日，〈神韻——紀念蕭泰然小提琴協奏曲世界首演〉連載於《自立晚報・本土副刊》19 版。

1993 年　1 月　1 日，「神農的腳印」系列語錄始於《聯合報》刊載，首篇〈神農的腳印〉發表於《聯合報》43 版。

2 日，〈戰爭〉發表於《聯合報》51 版。

3 日，〈是非〉發表於《聯合報》27 版。

4 日，〈缺點與優點〉發表於《聯合報》25 版。

5 日，〈金礦〉發表於《聯合報》27 版。

7 日，〈專注與糊塗〉發表於《聯合報》25 版。

8 日，〈偉人〉發表於《聯合報》43 版。

10 日，〈名與利〉發表於《聯合報》24 版。

11 日，〈創造〉發表於《聯合報》25 版。

13 日，〈謊言之尊容〉發表於《聯合報》25 版。

15 日，〈真理說謊〉發表於《聯合報》27 版。

18 日，〈托爾斯泰的眼淚〉發表於《聯合報》25 版。

19 日，〈無聞〉發表於《聯合報》27 版。

20 日，〈千紙鶴〉發表於《聯合報》24 版。

21 日，〈朋〉發表於《聯合報》25 版。

22 日，〈生活文學〉發表於《聯合報》31 版。

28 日，〈傑作〉發表於《聯合報》25 版。

29 日，〈文章之難〉、〈短句〉發表於《聯合報》25
版。

30 日，〈女巫〉發表於《聯合報》25 版。

2 月　1 日，〈共黨支柱〉發表於《聯合報》25 版。

2 日，〈法網〉發表於《聯合報》27 版。

3 日，〈卡斯楚〉發表於《聯合報》25 版。

3～6 日，由臺灣筆會、臺灣文藝雜誌社主辦，前衛出版
社、臺文通訊社協辦的「第一屆臺灣文藝營」於陽明山
嶺頭山莊舉行，應邀擔任駐營作家。

5 日，〈獸性〉發表於《聯合報》31 版。

11 日，〈歷史與文學〉發表於《聯合報》25 版。

14 日，〈真〉發表於《聯合報》25 版。

與鍾肇政合著；張良澤編《臺灣文學兩地書》由臺北前
衛出版社出版。

4 月　26 日，完成〈魔法學徒〉。

5 月　18 日，完成〈從世界大河小說到臺灣大河小說〉。

6 月　23～30 日，〈從世界大河小說到臺灣大河小說〉連載於
《自立晚報・本土副刊》19 版。

7 月　8～10 日，〈魔法學徒〉連載於《聯合報》37 版。

26 日，完成極短篇小說〈古早〉。

8 月　31 日，完成〈迷夜〉。

10 月　12～14 日，〈迷夜〉連載於《自立晚報・本土副刊》19
版。

11 月　17 日，極短篇小說〈古早〉發表於《聯合報》37 版。

21 日，應邀返臺出席第八屆臺美文教基金會人才成就獎
頒獎典禮，獲頒人文科學成就獎。

28 日，應邀出席臺灣筆會於臺大校友會館舉行的演講餐

會，發表演說「文學的志業」。

12月 4～5 日，前衛出版社與臺北縣立文化中心、臺南縣立文化中心分別於各中心演講廳合辦「東方白演講會」，應邀主講「從《浪淘沙》看臺灣」。

林瑞明、陳萬益主編中、短篇小說集《東方白集》由臺北前衛出版社出版。

1994年 3月 5 日，完成〈建中二白〉。

5月 1～11 日，〈建中二白〉連載於《聯合報》37 版。

17 日，完成〈寒舍清音〉。

中、短篇小說集《十三生肖》由臺北爾雅出版社出版。

6月 25～27 日，〈寒舍清音〉連載於《自立晚報・本土副刊》19 版。

大河小說《浪淘沙》（共三冊）由臺北前衛出版社出版。

7月 4 日，前衛出版社與導演黃明川的電影工作室合作拍攝「臺灣文學紀事」系列影片，第一支影片《東方白——鴻爪雪跡浪淘沙》完成，於臺北誠品書店敦南店舉行發表會。

8月 《父子情——東方白散文選》由臺北前衛出版社出版。

9月 16 日，完成中篇小說〈芋仔蕃薯〉。

10月 16 日～11 月 4 日，中篇小說〈芋仔蕃薯〉連載於《自立晚報・本土副刊》19 版。

11月 中篇小說《芋仔蕃薯》由臺北草根出版公司出版。

1995年 1月 《神農的腳印》由臺北九歌出版社出版。

《黃金夢》由臺北爾雅出版社出版。

3月 14 日，完成〈櫻花緣〉。

4月 返臺奔母喪。

《雅語雅文——東方白臺語文選》由臺北前衛出版社出版。

7 月　《雅語雅文——東方白臺語文選》增附陳德利、陳美枝擔任聲音演出之卡式帶五捲，由臺北前衛出版社出版。

11 月　《真與美（一）詩的回憶——幼年篇・童年篇・少年篇》由臺北前衛出版社出版。

《迷夜——美之群影》由臺北草根出版公司出版。

1996 年　1 月　長篇小說《露意湖》由臺北爾雅出版社出版。

2 月　3 日，〈湖濱憶往〉發表於《聯合報》34 版。

5 月　大河小說《浪淘沙》（共三冊）由臺北前衛出版社出版。

12 月　《真與美（二）詩的回憶——青年篇（上）》由臺北前衛出版社出版。

1997 年　5 月　《真與美（三）詩的回憶——青年篇（下）》由臺北前衛出版社出版。

9 月　18 日，完成〈瘂弦與我〉。

1998 年　8 月　22～24 日，〈文學四十年——瘂弦與我〉連載於《聯合報》37 版。

1999 年　5 月　26 日，完成短篇小說〈魂轎〉。

7 月　30～31 日，短篇小說〈魂轎〉連載於《聯合報》37 版。

8 月　28 日，完成極短篇小說〈生日卡〉。

12 月　4 日，極短篇小說〈生日卡〉發表於《聯合報》37 版。

6 日，完成短篇小說〈所羅門的三民主義〉。

《真與美（四）詩的回憶——成年篇》由臺北前衛出版社出版。

2000 年　1 月　7 日，完成〈卅年雪窗〉。

2 月　〈卅年雪窗〉發表於《文訊》第 172 期。

	5 月	中篇小說《OK 歪傳》由臺北草根出版公司出版。
	6 月	20～26 日，短篇小說〈所羅門的三民主義〉連載於《自由時報》39 版。
2001 年	1 月	6 日，文學自傳〈真與美——詩的回憶〉全文書寫完畢。
	3 月	文學自傳《真與美——詩的回憶》結合已出版的四冊與新作二冊，以套書形式推出。《真與美（一）詩的回憶——幼年篇・童年篇・少年篇》、《真與美（二）詩的回憶——青年篇（上）》、《真與美（三）詩的回憶——青年篇（下）》由臺北前衛出版社出版。
	4 月	文學自傳《真與美——詩的回憶》結合已出版的四冊與新作二冊，以套書形式推出。《真與美（四）詩的回憶——成年篇》、《真與美（五）詩的回憶——壯年篇（上）》、《真與美（六）詩的回憶——壯年篇（下）・中年篇》由臺北前衛出版社出版。
	5 月	26 日，完成極短篇小說〈我〉。
	6 月	5 日，完成極短篇小說〈空〉。
	7 月	12 日，極短篇小說〈空〉發表於《聯合報》37 版。 繼《盤古的腳印》、《夸父的腳印》、《神農的腳印》出版之後，另整理沉省語錄，以「思想起」為題，連載於《臺灣文學評論》第 1 卷第 1 期～第 7 卷第 1 期，至 2007 年 1 月止。
	8 月	7 日，極短篇小說〈我〉發表於《聯合報》37 版。 20 日，完成短篇小說〈跪〉。
	12 月	短篇小說〈跪〉發表於《文學臺灣》第 40 期。
2002 年	1 月	中篇小說〈小乖的世界〉連載於《文學臺灣》第 41～43 期，至 7 月止。
	4 月	10 日，完成〈春之聲〉。

22 日，〈春之聲〉發表於《自由時報》33 版。

5 月　8 日，完成短篇小說〈髮〉。

6 月　19～20 日，短篇小說〈髮〉連載於《聯合報》39 版。

7 月　7 日，完成極短篇小說〈殼〉。

10 月　22 日，極短篇小說〈殼〉發表於《聯合報》39 版。

〈敬答歐宗智之論《浪淘沙》〉發表於《臺灣文學評論》第 2 卷第 4 期。

11 月　中、短、極短篇小說集《魂轎》與中篇小說《小乖的世界》由臺北草根出版公司出版，並返臺進行新書發表活動。返臺期間，偕妻參訪文訊雜誌社文藝資料中心，驚嘆書架上齊全的排列著自己的作品；由於當時文訊文藝中心還差一本未有館藏，東方白答應下次返臺補上，後來果真專程至《文訊》，將缺的那本簽名贈予，臨走時說「從此後，除了我家，全世界東方白的書最齊全的就在《文訊》了！」

2003 年　3 月　18 日，完成短篇小說〈黃玫瑰〉。

4 月　11 日，長篇小說〈真美的百合〉落筆。

7 月　28～29 日，短篇小說〈黃玫瑰〉連載於《聯合報》E7 版。

長篇小說〈真美的百合〉連載於《文學臺灣》第 47～54 期，至 2005 年 4 月止。

8 月　獲第 25 屆鹽分地帶文藝營臺灣新文學貢獻獎。

9 月　26 日，完成〈漫步〉。

10 月　25 日，〈漫步〉發表於《自由時報》45 版。

2004 年　7 月　19 日，長篇小說〈真美的百合〉全文書寫完畢。

《浪淘沙》、《真與美》手稿由彭瑞金夫婦自加拿大運回臺灣永久收藏。

	8 月	7 日，完成〈文學淘汰論〉。
	10 月	〈文學淘汰論〉發表於《文學臺灣》第 52 期。
	11 月	長篇小說《真美的百合》美洲限定版由臺北草根出版公司出版。
2005 年	2 月	《浪淘沙之誕生——《浪淘沙》創作十二年日記》由臺北前衛出版社出版。
	5 月	3～6 日，短篇小說〈頭〉連載於《聯合報》E7 版。

17 日，應邀出席前衛出版社於臺北國賓飯店舉辦之「《浪淘沙》暨相關著書發表會」，主持人為林育卉，與會者有歐宗智、葉金勝、黃明川等。

大河小說《浪淘沙》之丘雅信部分，由青蘋果公司（今青睞影視製作公司）改編拍攝為電視連續劇，於民視頻道播出，為臺灣首部大河連續劇。連續劇《浪淘沙》推出期間，於 4 月 22 日～5 月 21 日專程為相關宣傳活動返臺，接受各媒體專訪，並於真理大學、成功大學等校進行專題演講。

大河小說《浪淘沙》（共三冊）由臺北前衛出版社出版。

長篇小說《真美的百合》始於臺灣發行，由臺北草根出版公司出版。

	6 月	長篇小說《浪淘沙之丘雅信家族》（第一、二冊）由臺北草根出版公司出版。
	7 月	極短篇小說〈命〉、〈網〉發表於《文學臺灣》第 55 期。

長篇小說《浪淘沙之丘雅信家族》（第三冊）由臺北草根出版公司出版。

	10 月	極短篇小說〈絕〉、〈籬〉發表於《文學臺灣》第 56

期。

| 2006 年 | 3 月 | 1 日，2005 年度小說獎得主感言〈解救厚岩中的女子〉發表於《聯合報》E7 版。 |

26～29 日，〈托翁與我〉連載於《聯合報》E7 版。

短篇小說〈頭〉獲九歌年度小說獎。

4 月　〈長篇小說創作的一些經驗談〉發表於《文訊》第 246 期。

8 月　極短篇小說〈鬱〉發表於《鹽分地帶文學》第 5 期。

9 月　30 日～10 月 1 日，國家臺灣文學館主辦「臺灣大河小說家作品學術研討會」，館內另有「東方白《浪淘沙》等創作資料捐贈儀式及展覽」同步開幕，東方白的《浪淘沙》、《真與美》手稿與相關文物贈予國家臺灣文學館典藏，為有志從事大河小說之創作、研究者，提供第一手材料。

12 月　長篇小說《浪淘沙之周明德家族》由臺北草根出版公司出版。

長篇小說《浪淘沙之江東蘭家族》由臺北草根出版公司出版。

2007 年　1 月　極短篇小說〈蛋〉、〈色〉發表於《文學臺灣》第 61 期。

2 月　7 日，夫人 CC 病逝。創作遂而中止。

2008 年　2 月　《真與美（七）詩的回憶——忘年篇》由臺北前衛出版社出版。

本年　移居加拿大東部 Markham Ontario，與長子林之偉同住。

2009 年　7 月　與歐宗智談論文學之信簡（2002 年 10 月～2009 年 5 月），由歐宗智整理為〈東方文學兩地書〉發表，連載於《臺灣文學評論》第 9 卷第 3 期～第 12 卷第 3 期，至

2012 年 7 月止。

| 2011 年 | 7 月 | 應鳳凰、歐宗智編選《頭：東方白短篇精選集》由臺北前衛出版社出版。 |

2011 年　　　7 月　　應鳳凰、歐宗智編選《頭：東方白短篇精選集》由臺北前衛出版社出版。

2013 年　　　11 月　　23 日，獲真理大學第 17 屆臺灣文學家牛津獎；頒獎典禮會後，真理大學臺灣文學系與國立臺灣文學館聯合舉辦東方白文學學術研討會，與會者有陳萬益、歐宗智、戴華萱、應鳳凰等。

參考資料：

・〈東方白寫作年表〉，《盤古的腳印》，臺北：爾雅出版社，1982 年 5 月，頁 137～148。

・〈東方白寫作年表〉，《夸父的腳印》，臺北：前衛出版社，1990 年 10 月，頁 235～245。

・〈東方白寫作年表〉，《父子情——東方白散文選》，臺北：前衛出版社，1994 年 8 月，頁 227～239。

・〈東方白寫作年表〉，《真與美（六）詩的回憶——壯年篇（下）・中年篇》，臺北：前衛出版社，2001 年 4 月，頁 325～344。

・〈附錄二——東方白寫作年表〉，應鳳凰、歐宗智編選《頭：東方白短篇精選集》，臺北：前衛出版社，2011 年 7 月，頁 256～275。

輯三◎
研究綜述

東方白研究綜述

◎彭瑞金

一、東方白文學概述

　　東方白本名林文德，出生於臺北市，國立臺灣大學農業工程系水利組畢業。1965 年，獲加拿大薩克其萬大學（University of Saskatchewan）獎學金出國留學，1970 年，獲薩克其萬大學工程博士學位後，先後任職於薩克其萬大學水文系及亞伯達省環保局，迄退休。目前定居加拿大。

　　在就讀建國中學高中部的時候，即因喜愛閱讀世界文學名著，開始習作，〈臨死的基督〉這篇小說在 16 歲時即完成初稿。高中三年級時，因不明原因的頭痛，遍訪名醫求診無效，只好休學在家。因聽聞其父親講述的故事寫成〈烏鴉錦之役〉，並獲得《聯合報》副刊的刊出，讓他深受鼓舞，而有之後持續的創作。他曾戲說，要當小說家要有會說故事的父親，他第一篇獲刊出的小說，就是他父親說的故事。烏鴉錦者，1895 年乙未抗日客家名將胡嘉猷也，人稱胡老錦。林父把烏鴉錦當地名，讓兒子寫出不偏離主題的小說，是個美麗的錯誤。把各式各樣的「故事」寫成小說，也成就了東方白小說最重要的特質。

　　寫作治癒了他頭痛的毛病，自稱養病期間還完成過一部 28 萬字的長篇小說，自認為不夠成熟，未發表。1959 年，東方白從轉學的延平中學畢業，並考上臺灣大學農學院。雖然大學念的是理工，他還是陸續有作品發表於《青年雜誌》及校刊，其中〈臨死的基督〉、〈□□〉還獲得《現代文學》雜誌的刊出。也有部分作品在《聯合報》副刊刊出。迄 1965 年出國留

學前，完成約二十篇短篇小說及若干散文發表。攻讀學位期間亦偶有作品發表，在完成學位前，1969 年出版了他的第一本短篇作品集——《臨死的基督》，收錄他早即發表的短篇小說。任職期間，也持續有作品：〈OK 歪傳〉、〈草原上〉、〈熊的兒子〉、〈黃金夢〉、〈東東佛〉及長篇《露意湖》等，寄回國內發表，也有《黃金夢》、《東方寓言》等短篇小說及《露意湖》出版。在 1970 年代結束前，東方白的小說除了「說故事」之外，也加入了如「寓言」的哲理思考、《露意湖》裡聽來的愛情故事、〈奴才〉、〈黃金夢〉等批判寫實、諷諭風格的作品，呈現相當多元風貌，也相對有玩小說於股掌的輕鬆寫小說風格。在這些小說創作中間，他也有不少走溫馨、深情路線的散文，如〈莎河與我〉、〈麗〉、〈父子情〉等發表。

　　1979 年，東方白開始構思他的大部頭巨著《浪淘沙》，並開始收集資料，隔年動筆，期間仍陸續有短篇小說集《十三生肖》出版。〈奴才〉、〈父子情〉則廣被轉載及轉譯為外文。1987 年，他的頭痛舊疾復發，嚴重憂鬱，無法繼續寫作，《浪淘沙》進行到第三部無法完稿。停筆一年半之後再重新提筆寫作，1989 年，終於完成了他 150 萬字的《浪淘沙》。《浪淘沙》的創作過程，充滿了許多戲劇性的變化，和他之前的創作也在內容、性質上有很大的差異。這部作品有其歷史背景，有時代性，也有社會性，落實在臺灣的空間和歷史，有人把它視為是繼鍾肇政的《臺灣人三部曲》及李喬的《寒夜三部曲》之後，臺灣人的第三部大河小說。

　　1990 年 10 月，《浪淘沙》出版後，東方白的文學產量暴增，有哲思小品《夸父的腳印》、《神農的腳印》出版，也有臺（福佬）文小品、短篇小說創作，早期的小說創作《OK 歪傳》的出版，更著手將《浪淘沙》分章建目及將對話臺（福佬）語化。他的臺語創作集結為《雅語雅文》出版。1992 年，他開始寫《真與美》，它被稱為「東方白文學自傳」，書的副題則為「詩的回憶」，先以十年的時間完成六部，分別為「幼年篇‧童年篇‧少年篇」、「青年篇（上）」、「青年篇（下）」、「成年篇」、「壯年篇（上）」、「壯年篇（下）‧中年篇」，合計約一百二十萬字。2008 年，再出版第七部「忘

年篇」，整部《真與美》就和《浪淘沙》有了相等的分量。

　　《真與美》是一種文學形式的顛覆，也是文學分類概念的解構，兼具了小說、自傳、回憶錄，乃至詩的部分特質和要件。譬如幼、童、少年篇，能以極端細膩周密的筆觸描述童幼年發生、經歷的事，甚至在記述父祖一代的事時，也能生動傳神，不是小說筆法何來如斯傳神？他的回憶內容上天下地，從家世、家人、親友、文友、同事，乃至同時代的人與事，都是半個世紀以上的堆積，他不但寫來活靈活現有如現場重現，細節也都滴水不漏，讓人錯覺他憑的是日記或影像紀錄資料，事實上，他出國之前的日記都被家人以廢棄物丟毀或燒掉，他憑的是回憶，彌縫記憶的當然是小說，以小說來看待又何曰不宜？至於細膩的筆觸能予人如假包換的錯覺，謂之真實的傳記，人、事、時、地、物未必斑斑可考，不是書中人，不經書中事，也無從挑剔。作者已在題目暗示也暗喻，他是以文學人自居，透過他眼裡的人間真實追求的是人間之美，而不是說教的善，那不是人間之詩，又能如何作其他的詮釋？

　　寫完《浪淘沙》之後的東方白，不僅伴隨他半生的「憂鬱」雲消風散，也對自己的文學充滿了自信。雖然他原本就是一個對思考性相當自負的寫作者，而且還是一個思考事務時長於辯證的寫作者，不但多疑、好疑，也能疑。希望藉寫作敲擊自己的腦袋，也想藉作品敲擊讀者眾生的腦袋。讀者不但可以從《盤古的腳印》、《夸父的腳印》、《神農的腳印》這些夾處於他的長篇創作中完成的小品文，看到他的搞怪個性，即使在更早的小說〈黃金夢〉、〈□□〉、〈東東佛〉、〈➴〉、〈奴才〉、《OK 歪傳》等作品裡，也可以找到特立獨行到幾乎刻意標新立異的東方白思考模式和議題。但也不可否認地，這些具有自我挑戰也是向文壇、讀者伸出試探觸鬚的作品，還是有些顧忌，顯得保守。《真與美》之後的東方白，可以說是把自己放開來寫，不僅是在文類、形式、語言上不受束縛，思考也開放了。在文學成就上，《真與美》比《浪淘沙》更進一層，《浪淘沙》雖以龐然鉅構把人震懾住了，但他和寫〈烏鴉錦之役〉和寫《露意湖》時代的東方白進

「界」不大，都是寫他人故事，唯一的不同是《浪淘沙》把大時代的臺灣人、臺灣事寫進去了，東方白以及東方白的父、祖、家人都屬於那個大時代，特別是東方白自己，從 27 歲離家離鄉在空曠無際、人煙稀少的異國他鄉奮鬥了十多年後，對《浪淘沙》人物的處境，難免有自己心境的投射。基本上，《浪淘沙》還是沒有東方白的他人故事。

　　《真與美》的本尊就是似真似假的東方白——不論是虛構還是自傳的部分都構成真實的「小說人物東方白」，這種有東方白的文學是東方白文學的大躍進。其實，回頭看東方白文學的來時路，他並不缺乏這種「有我」的文學。除了某些作品中的隱喻，像〈莎河與我〉、〈白溪與我〉、〈父子情〉（後來由編輯更名為〈父子情深〉）、〈阿姜〉……都有東方白在其中，也都能引發讀者共鳴，只可惜只有片言麟角，無法組合成東方白的全貌，更無從深入東方白的內在。《真與美》的自剖，完整、深入、透澈，對讀者而言，提供了閱讀東方白文學十分重要的管道，對東方白自身而言，經過這部作品寫作過程需要的省思，不算脫胎換骨也可說是自我通體透明了。

　　《真與美》寫作對東方白最重要的意義在於他由此打開了自己，他成為樣樣作品都能寫的多元創作者，《迷夜》、《魂轎》、〈頭〉、《真美的百合》，還有他已經擬好題目並已完成部分的百篇短篇小說……後《真與美》時期的東方白用力證明了他能寫故事也能寫自己的沉思與冥想；能寫他人的故事，也能寫自己的故事；能寫聽來的或他人告訴他的故事，也能自己「編」故事書，進入一個全能全方位的創作時代，最重要的是他走進了寫作生命最健旺的時候，《真與美》開創了一個可以一直寫下去的文體，壯年之後是中年，中年之後是老年，63 歲時，他說是中年，他的老年可能是 70 歲才開始，何況老年也可以無限期延長，只要活得夠長。這中間，他曾經在第六冊出版時，作了一個「暫停」，後來還是忍不住繼續寫，就是他發明了新書寫體式的證明。中間他曾經自己發現舌癌、住院開刀，都沒有影響他創作的腳步，打倒他的是終身伴侶 CC 罹癌過世。

　　1968 年，東方白仍在攻讀博士學位時，女友鄭瓊瓊（即 CC）遠赴加

拿大和他結為連理，CC 也從此成為東方白生活、寫作、家庭、生命的重心。他自己發現罹癌時，沒有被擊倒。2007 年 2 月，CC 因癌症復發去世，東方白立即停止一切的寫作，也斷絕了所有的文學交遊。之後，雖有《真與美》第七冊及精選集出版，都是舊作或是計畫已定的出版。CC 的去世把東方白徹底擊倒了。東方白突如其來的文學生命「作結」雖讓人錯愕不已，然而細細尋思他的文學特質，也並非完全沒有跡向可察，東方白做為作家是一個說故事者，先是說別人的故事，接著說自己的故事，也許他認為他生命中最重要的倚賴走了，帶走了自己生命中絕對的大部分，自己的故事可以在此畫下休止符，再也沒有創作的動力，也再也沒有故事可說了。

二、東方白文學研究概述

關於東方白文學研究，大體上可以分為三類：

第一類是研究東方白的專著專作及學位論文。有關東方白的專書著作有四種，一是張良澤編的《臺灣文學兩地書》（1993 年，前衛出版社），是將鍾肇政和東方白二人自 1979～1991 年間往還的書信編輯成書。主要是東方白在這段期間寫作《浪淘沙》，也生了一場大病，書信中保存了紀錄。二是歐宗智著《多少英雄浪淘盡──《浪淘沙》研究與賞析》（2005 年，前衛出版社），是他的碩士論文修改後出版。從《浪淘沙》的創作理念、形式結構、人物結構、意義結構、特色等角度進行研究。三是東方白著《浪淘沙之誕生──《浪淘沙》創作十二年日記》（2005 年，前衛出版社），是《浪淘沙》創作過程的解密。作者將 1970～1989 年間的生活資料、寫作之前的前置作業，如何訪問相關人物、記錄、錄音、筆記，閱讀資料以重返歷史現場，實地勘查，整理臺灣諺語，以及 12 年間的寫作進度表，又如何在病中掙扎、從病苦中把自己拯救出來，重新拾筆將全書完成，予以公開。四是余昭玟著《東方白大河小說《浪淘沙》研究》（2013 年，春暉出版社），全書分為九章，分別從臺灣大河小說的特質與書寫場域的形成、東

方白創作歷程與《浪淘沙》的獨創性、《浪淘沙》人物論、城市語境與歷史隱喻──《浪淘沙》的臺北書寫、身體隱喻與武士精神實踐──東方白《浪淘沙》的二戰書寫、《浪淘沙》的市井性、《浪淘沙》的臺語書寫、《浪淘沙》中的歌謠及其意義、《浪淘沙》的主題等議題研究《浪淘沙》。

　　以東方白文學研究的碩士論文有 11 種，其中，游玉楓（2003 年，中興中文）、歐宗智（2005 年，東吳中文）、李世煌（2006 年，南華文學）、羅英財（2006 年，臺北教大臺灣文化）、佘姿慧（2008 年，南大國語文學）五種都是研究《浪淘沙》，雖有現代性、本土性、反殖民、小說藝術、人物及全面性研究等不同面向差異，但《浪淘沙》相關研究仍是東方白文學研究的最大聚焦點。董學奇（2005 年，嘉大中文）、翟文秀（2005 年，彰師大國文）、鍾秋月（2007 年，南華文學）則分別以《浪淘沙》和《真與美》比較、短篇小說、《真與美》為研究目標，另有以《浪淘沙》與鍾肇政《臺灣人三部曲》、李喬《寒夜三部曲》，或邱家洪的《臺灣大風雲》，及陳千武《活著回來》、李喬《孤燈》做比較研究的王淑雯（1994 年，臺大社會）、李展平（2010 年，中興臺文）、呂俊德（2011 年，臺北教大臺灣文化）等。

　　第二類是東方白的自述、自序、回憶、家人、朋友的東方白紀事、演講稿、訪問對談紀錄等。東方白是走過必留下痕跡的作家，他為自己著作寫下的序、再序、跋有 37 種之多，他自訂的年表也有 27 種（部分只是從他處取來貼上），序、跋文和他自訂的年表，為東方白文學研究提供了重要的資料。朋友、親人的東方白描述，最珍貴的資料則非和他相伴一生的 CC（鄭瓊瓊）莫屬了。東方白在寫作《浪淘沙》的後段，則從生命及文學死亡的陰谷走出來，於東方白是重獲新生，對家人而言是解脫。在舉臺歡慶《浪淘沙》出版之際，CC 寫了〈走在結冰的溪上〉、〈《浪淘沙》之旅〉、〈《浪淘沙》的背後〉告訴讀者東方白不寫的東方白。第二類東方白研究資料，大部分都是透過東方白其人的交往、觀察、面談所認識，了解東方白。

　　第三類是有關東方白作品的綜合評述或單一作品的評論，這是東方白文學研究的重心所在，也是大宗，共有 238 筆，約占東方白研究資料的67%。大約從東方白開始連載發表《浪淘沙》的第一部開始，他的文學作品才逐漸受到國內文壇矚目，《浪淘沙》完成並出版之後，東方白引起的研究、討論，不是只有他的《浪淘沙》，連帶地他的短篇小說、寓言小說、散文、臺語文創作都引發文學界、學界的討論熱潮，之後，隨著他著作出版的腳步，幾乎每一部新作的出版、發表，都能引起讀者的共鳴。單篇評論和單行本評論，都是隨著他作品發表、出版的腳步而來。

三、關於東方白評論資料彙編

　　綜合以上各類的東方白作品研究、評論資料，彙編蒐集到的資料共計480 筆，扣除同篇文字不同出處的重疊 125 筆。其餘約三百五十筆資料中，東方白自述及自訂年表超過六十多筆。彙編是從近四百多筆資料中挑選了 19 筆自述及他人評論。「自述」是東方白的自評，「他述」，有作品評論，有訪談紀錄，也有東方白印象記。作品評論方面，能夠概括東方白作品的整體面貌，是本彙編選文的理想和方向。19 篇選文分述如下：

1.東方白〈自畫像〉（自述，1983 年）

2.東方白〈父子圖〉（自述，2005 年）

3.葉石濤〈臺灣作家的自畫像——《真與美》〉（作品、評論、綜論，2000年）

4.陳燁〈文學僧——東方白紀事〉（綜論、訪談紀錄，1994 年）

5.鍾肇政〈滾滾大河天上來〉（綜論、作家印象記，1989 年）

6.鄭瓊瓊〈《浪淘沙》的背後〉（綜論、作家印象記，1990 年）

7.齊邦媛〈冰湖雪山和南國鄉夢〉（綜論、作家印象記，1996 年）

8.陳芳明〈寒風裡過澳底——雜記東方白〉（綜論、作家印象記，1992 年）

9.林鎮山〈人本主義的吶喊——試論東方白的《浪淘沙》〉（作品評論，1990 年）

10.宋澤萊〈臺灣文學的《奧狄賽詩篇》（ *Odyssey* ）──試介東方白的悲情小說《浪淘沙》〉（作品評論，1999 年）

11.鄭清文〈浪淘沙──文學長河的泳者・東方白〉（綜論、作家論，2004年）

12.彭瑞金〈顛覆小說、解構文學？──東方白《真與美》的嘗試解讀〉（作品評論，2001 年）

13.林鎮山〈解構父權：論東方白的《芋仔蕃薯》〉（作品評論，1996 年）

14.季季〈〈奴才〉評介〉（單篇作品評介，1980 年）

15.呂興昌〈走出痛苦的寓言──談東方白短篇小說的憂患主題〉（作品評論，1993 年）

16.林鎮山〈在水之湄（代序）──論東方白的《露意湖》〉（作品評論，1978 年）

17.彭瑞金〈《迷夜》──閱讀東方白的鑰匙〉（作品評論，1996 年）

18.歐宗智〈東方白小說創作理念初探──讀《臨死的基督徒》〉（作品評論，2004 年）

19.歐宗智〈挑戰另一文學高峰──東方白《魂轎》與《小乖的世界》評析〉（作品評論，2004 年）

　　東方白〈自畫像〉被收錄在 1983 年 9 月出版的《十三生肖》作為「附錄」，這個時候，他正在寫《浪淘沙》，東方白三個字尚未廣為人知，這篇自畫，畫的不是全貌，只是漫畫式地勾勒自己的特異之處，除了不避忌自己的某些怪聲怪行，和生活作息的特性，最主要的，還在強調他對文學（小說）創作的癡情，他對一切都心不在焉，對文學創作像歡喜冤家，說「發誓不再寫了」，說是「已身心俱瘁，一年裡絕對寫不出東西了。」過不了兩天，又有新作品交給編輯。這是一篇畫自己心性遠超過畫自己形貌的心靈畫像。

　　〈父子圖〉是東方白另一個面向的「自畫」。東方白曾戲說，要當小說家要有會說故事的父親，從《真與美》第一部，不但可以發現東方白有傳

奇般的人生際遇，更有傳奇般的家世及家族故事，而他的父親又是這個家族故事的啟動鈕，沒有他的父親，這個家族故事就排不出檔期上演，也不會造就一個小說家兒子把它寫出來。東方白從小就是家庭的「中心」，又是兩個家族三代盼望下出現的第一個男丁，不料卻在高中二年級時，罹患遍訪名醫、走遍佛寺神壇找不到「處方」的怪疾，但經過兩年停學不藥而癒，復學考上臺大後，身心還十分虛弱，〈父子圖〉刻畫「父親」從圓環家中送熱便當到臺大，在網球場的樹蔭下陪他吃便當，消解兒子食慾不振，不想吃飯的現象。在兒子用餐的時候，「他總是滔滔不絕對我敘說他聽來或他自己感人的故事，……」直到下午上課的預備鈴響，他才離去。這張〈父子圖〉是東方白文學的原型，傳述他對人間最深刻的感動。

　　〈臺灣作家的自畫像──《真與美》〉是臺灣文學評論大家葉石濤，對東方白作品唯一的一篇正式評論，雖然他們在 1979 年，東方白動手寫《浪淘沙》前即認識，並有書信往還，卻遲至 2000 年，《真與美》出版時，才應邀寫了這篇序。這篇序文回顧了整體的東方白文學，雖是三言兩語卻是畫龍點睛。他說《浪淘沙》「描畫了整個臺灣的天空，臺灣的土地和人民辛酸的歷史與抗爭命運盡在其中。」談到《真與美》，他舉告白文學鼻祖盧騷（Roussau）的《告白》為例，認為《真與美》繼承了作家自傳「最赤裸和真實的作家生活紀錄」的真傳。又以托爾斯泰《懺悔》為例，說它是托爾斯泰主義的原貌，是作家自述「內心深層生活的紀錄」有別於盧騷的生活層面思考的自傳。肯定《真與美》兼具盧騷的真和托爾斯泰的哲思之美，結語說：「離開了臺灣的人民和土地，東方白這位傑出的作家並不能存在。……這部回憶錄也只有臺灣作家才能寫得出來……」

　　陳燁〈文學僧──東方白紀事〉是《浪淘沙》出版後，回頭敘述她尋訪東方白的歷程的紀錄。她走訪北鍾南葉文壇二老，記錄他們對東方白的交誼、文學評價，她也在東方白開始寫他的文學自傳之後，親至加拿大，從 CC 的口中聽她講東方白，請東方白口述他的家世、出身、成長、生活、生病、寫作及文學，等於東方白在《真與美》完成前，「提供」《真與

美》的濃縮版。「紀事」為讀者提供了閱讀東方白及其文學的一條捷徑。

〈滾滾大河天上來〉是鍾肇政為《浪淘沙》出版所寫的長序。本文除了肯定東方白是臺灣大河小說創作的接棒人，也認為他以此作，「為臺灣文學豎立了一座輝煌的金字塔！」鍾肇政也在本文透露了他做為臺灣文學褓姆、護育東方白文學的幾段文壇祕辛。一是，鍾肇政在擔任《民眾日報》副刊主編時，秉持「以突破現況」為編輯理念，刊出〈奴才〉挑戰禁忌。結果平安無事，而〈奴才〉還獲得當年度兩本年度小說選入選。《浪淘沙》的前三分之一也在鍾肇政主持的《臺灣文藝》連載（後三分之二因《臺灣文藝》不再由鍾老負責，轉往《文學界》刊出）。東方白也因此獲得 1982年的吳濁流文學獎。其次，鍾肇政在本文還吐露，《浪淘沙》連載期間，曾有可能遭查禁的傳聞，鍾老也準備好為之強力抗爭。同樣，幸好未成為事實。他把《浪淘沙》誕生的波折和李喬寫《寒夜三部曲》、姚嘉文寫《臺灣七色記》的辛勞，視之為臺灣文學流淚播種者必要流下的血淚、付出的犧牲。

鄭瓊瓊以感性、真實的回憶寫下〈《浪淘沙》的背後〉。瓊瓊的枕邊人爆料，讓讀者發現，東方白是文學的天才、是偉大的作家，但愛文學甚於愛一切，他不是好的丈夫，不是好的家人，不是好的朋友、同事、房客，也許也不是好的情人，由於唯有文學的唯我獨尊，也就目中無人，但他絕對是善良、慈悲又富正義感的好人。做為要相處一輩子的終身伴侶，其艱辛又怎能以紙筆形容一二？《浪淘沙》的背後，其實是一個自信滿滿的文學天才作家的背後，何況這個文學天才自小又有天才才有的「隱疾」相隨，發不發都是枕邊人沉重的負荷。瓊瓊這篇文章是經歷過人生的狂風暴雨之後，鎮定冷靜的回想，是沉澱後的沉思，《浪淘沙》寫了十年，瓊瓊坐了十年心「牢」，《浪淘沙》完成的甜美，她最是點滴在心頭。瓊瓊這篇文章為研究東方白以及他的文學者，提供了稀世珍典。文章的結尾說，《浪淘沙》完成了，「東方白產後的餘痛仍在繼續中，叫他封筆是不可能的事，但少寫總是少病，不寫則更好。」傳達的是天底下沒有第二人可能感受的東

方白。

〈冰湖雪山和南國鄉夢〉的副題是「賀《浪淘沙》七版問世」，文章分為兩個部分，一是作者齊邦媛經過東方白多次的邀約，終於在 1987 年 8 月 5 日到愛城一覽加拿大北國的「冰湖雪山」，讓她親身體會到東方白作品中的場景，她以評論家的敏銳，發覺他書中的人物、景色和他長年相處生活奇景的可能關聯。但她去的不是時候，正是東方白陷入《浪淘沙》寫不下去的生命最低潮，除了談到他的寫作，東方白的身心都處在崩潰的邊緣。文章的另一部分是談《浪淘沙》。齊邦媛的《浪淘沙》評語是，居留加拿大 30 年的東方白「在那個遙遠的異域（至今應是第二故鄉吧），他得以馳騁於純文學的思考，可以在幽美的莎河上構思、默想，沒有在臺灣的政治圈中被『消耗』、磨損。周遭的崇山峻嶺和冰川、湖泊都已漸漸融入他胸懷中。……這些厚重的小說……」將會長久被讀者誦讀。

陳芳明〈寒風裡過澳底──雜記東方白〉，是一篇雜記東方白其人與文學的印象雜記，以東方白的寫作及生活軌跡和作者自己對話，是這篇雜記的特色。讀東方白文而欲知東方白其人，本文是一座階梯。

在冰天雪國的寂寞大地寫《浪淘沙》，林鎮山是他唯一的文學諮詢對象。〈人本主義的吶喊──試論東方白的《浪淘沙》〉應是第一篇嚴肅的《浪淘沙》書評。作者以十年親身見證《浪淘沙》的孕育、成長、完成，以見證者的角度去談這部作品，意義十分特殊。林鎮山從文藝復興時代的人本主義精神面貌來比較《浪淘沙》的精神價值。除了嚴肅的文學論述之外，本文有一段兩人因同居愛城、而相知相惜的文學情緣，林鎮山也是《浪淘沙》寫作過程的見證者。東方白說，曹雪芹寫《紅樓夢》時有「脂硯齋」，林鎮山就是他寫《浪淘沙》的脂硯齋。林鎮山認為《浪淘沙》裡的三個人物，在成長、學習的階段都受到西方文明的洗禮，都肯定人本主義那種以基督教道德為架構的西方傳統，卻又是不受教條束縛的新人本主義者，因此從來不談形式的神學，只默默地為人類謀幸福。由於他們的臺灣人身分，由於他們經歷的時代，他們的生命中都曾經遭遇喪心病狂的惡人

和壞事，但他們三人都抱著這種人本主義的情懷，看待自己的人生和世間。林鎮山在文末引《浪淘沙》寫到 1914 年 12 月 7 日，珍珠港事件爆發的早上，丘雅信在溫哥華的長老教會做禮拜時，牧師的禱告詞作結——「我們只循著自私與貪婪，從事無窮無盡的博鬥與戰爭……主啊！賜給統治者智慧，以了解戰爭的無益與殘酷……願我們的地球有如天國，……大家和平共處永無戰爭……」他大概就是據此認定《浪淘沙》是為人本主義吶喊。

宋澤萊的〈臺灣文學的《奧狄賽詩篇》（*Odyssey*）——試介東方白的悲情小說《浪淘沙》〉重點放在《浪淘沙》導讀，另外則是強調《浪淘沙》傳達的臺灣人海外奮鬥史，是從文學去擴大臺灣人的世界。其次則是肯定《浪淘沙》使用的是泛人道立場，即是反歧視、反戰爭的文學立場。又說《浪淘沙》雖不提倡臺灣人意識，只是被匿藏了起來，它是臺灣人的史詩。

鄭清文的〈浪淘沙——文學長河的泳者·東方白〉像似針對《真與美》的評論，卻是他的東方白總體評論。小說家評論小說家，說的是行話。鄭清文言簡意賅地指出「東方白是一個生活者」、「是一個讀書人」、「是一個藝術家」、「是一個思想家」、「是一個病人」勾勒出東方白以及東方白文學。大體而言，是說東方白的時間填滿著生活，把扎實而豐富的生活，反映在小說裡。東方白同時也是一個貪心、勤奮、又優異的讀書人。讀書有得，讓他的小說增添養分。要把自傳寫成文學，小說家不只是記錄者，要寫出生活來，應是藝術家才做得到。《真與美》處處可以看到思想的火花，不是有自己想法的人做不到。《真與美》也用了相當多篇幅描述他和疾病的格鬥，克服疾病去完成文學創作的經過，對他的文學也是重要的特質。鄭清文也指出，敏銳、熱心、執著，則是東方白其人的特質。

彭瑞金的〈顛覆小說、解構文學？——東方白《真與美》的嘗試解讀〉指出《真與美》在文學史上的獨創性和原創性，是臺灣文學史上最獨特的作品。《真與美》不是小說，不是自傳，不是回憶錄，也不具備詩的充

分構成要件。但誰也不能否認它是文學作品，也是一部好的文學作品。既是小說，又是自傳，也是回憶錄，更是充滿詩意的詩篇。讀者可以從《真與美》讀到東方白這個人，讀到他的家世、家庭、生活、愛情、朋友、文學、時代、社會，應有盡有的豐富、精彩、生動逼真的人間世界。讀者既然讀之有物，又何必在意它是以什麼法式呈現？東方白透過這種什麼都可以是，又什麼都不是的「創作」，固然是有意地挑釁讀者的閱讀習慣，最重要的是挑戰這個時代的文學觀念，難道文學閱讀要的不是文學而是形式？擺在面前的就是好的文學，難道還要因為形式不合人意而驅趕它嗎？東方白透過《真與美》的不按牌理出牌創作，顛覆、解構的不是文體而是僵化的文學觀。

　　〈解構父權：論東方白的《芋仔蕃薯》〉這篇論文是討論東方白的《芋仔蕃薯》這部長篇小說。《芋仔蕃薯》是以東方白早先獨立發表的一篇迷你短篇──〈古早〉為序曲。林鎮山認為〈古早〉是父權社會造成的悲劇，但時間會模糊芋仔蕃薯的壁壘分明。因此，「《芋仔蕃薯》雖然也如〈古早〉，成功地解構了馮父所代表的『古早』『父權』，但是，『芋仔蕃薯』族不是也必須面對大陸的『父權式的社會主義』嗎？」然而林鎮山認為「人類文明的推展畢竟依賴的是反省與智慧」，經歷過戰後初期的芋仔蕃薯，能從那個時代走出來，六四殷鑑未遠的中國人，也理應走得出來。

　　季季的〈〈奴才〉評介〉是她主編《六十八年短篇小說選》（爾雅版）時，所寫的簡介。她認為東方白在 1979 年發表的五篇小說──〈奴才〉、〈島〉、〈池〉、〈阿姜〉、〈➲〉中，論技巧的繁複、內涵的豐盛、主題的博大和震撼性，〈奴才〉還不是最好的，它入選的理由是「從國民政府遷臺 30 年的角度來看〈奴才〉，這篇描寫中國窮苦百姓遭遇的小說，展現了一個讓人非常感傷但又必須勇敢直視的橫切面。」

　　呂興昌〈走出痛苦的寓言──談東方白短篇小說的憂患主題〉，是以東方白的《臨死的基督徒》、《黃金夢》、《東方寓言》、《十三生肖》四本短篇小說集為討論文本。雖然這些短篇集出版於 1969～1983 年的 15 年間，其

實寫作的時間是 1950 年代至 1980 年代，前後相距約三十年。呂興昌認為東方白短篇小說有偏愛寓言虛構的敘事風格，這些小說顯示東方白有「深化小說的意念性與哲理性」、「淡化時空特性，彰顯普遍的人性經驗」、「取消人與其他物類的藩籬，反思人類本身的處境」三種敘述策略。並且以他自己精選的前 25 年短篇集──《東方寓言》，分為憂天、憂世、憂時、憂民、不憂五篇為證，證明「憂患」是東方白短篇創作的中心主題，無論是對生命終極關懷的憂天篇，還是對現實人生悲憫觀照的憂世、憂時、憂民篇，還是不得不承認人生是苦，「但畢竟充滿希望的不憂篇，不外都在諭示人間豈能無憂，面對憂患向前，乃人生本質。」呂興昌以此勾勒出東方白早期短篇小說的一項特質。

　　《露意湖》本是一個敘述悲歡離合的愛情故事，林鎮山的〈在水之湄（代序）──論東方白的《露意湖》〉卻從《詩經》的惋嘆、悲傷的愛情詩句，以及亞里斯多德的「悲劇定義」挖掘到《露意湖》故事中，男女主角那徒然掙扎的悲劇性，賦予男女主角以及書中人物行為、言語，嚴肅的人生哲理意義。結語說：「文學作品尋求的也許是一己生命在宇宙中的地位，及其在無限的時空中的掙扎性質。這是莊子、司馬遷、蘇軾的關懷，也是曹雪芹的傳統。《露》書所探討的悲劇觀與命運觀應是一個傳統的延續。」〈在水之湄〉將《露意湖》從愛情悲喜劇，作了三級跳的提昇。

　　《迷夜》是一本文學家主導的訪談錄，十篇作品中，一共訪問了九位，包括政治人物的配偶、音樂家、文學家及文學家的墓碑，其中還有一篇是寫自己的父親。彭瑞金〈《迷夜》──閱讀東方白的鑰匙〉指出，《迷夜》這本「訪談錄」是進入東方白文學世界的入口，彭文則是打開《迷夜》堂奧的鑰匙。《迷夜》出版時，東方白幾乎是與《浪淘沙》畫上等號，而他的《真與美》也開始分冊出版，他早先寫的短篇小說也重新排版，加上《神農的腳印》、《盤古的腳印》、《夸父的腳印》這些哲思小札，也適時趕著出版、湊熱鬧，都加深了東方白文學的「謎」樣色彩。《迷夜》記錄了東方白將自己「覺醒」的過程──包括自我的、宗教的、創作的、美學

的、性的覺醒。在《真與美》全文完稿之前，《迷夜》不失為進入東方白文學世界的一把鑰匙。

歐宗智〈東方白小說創作理念初探——讀《臨死的基督徒》〉及〈挑戰另一文學高峰——東方白《魂轎》與《小乖的世界》評析〉，是他地毯式的蒐讀「東方白」之後，寫成的東方白評論中的一部分。《臨死的基督徒》是東方白最早期，包括學生時代作品的短篇小說集，全集 28 篇中，還有兩篇是翻譯，一篇是沉思錄。歐宗智認為東方白早期的 258 篇小說即顯示，有以寓言形式探討思想哲理的特色，無論嘲諷、批判，都是為了提昇宗教情懷。《魂轎》是短篇小說集，《小乖的世界》因有九萬字，因此獨立成書。因為《魂轎》裡收了〈古早〉，歐宗智乃認為這兩本作品在處理臺灣內部的族群議題，以及兩岸論述，也認為這是東方白邁向另一文學高峰的起步。

四、結語

從近四百多筆東方白文學的各種類型的評論資料中，挑選 19 筆納入資料彙編，自然無法完整呈現東方白文學研究的全貌，尤其是學位論著上面的資料，礙於篇幅、體例，僅能「著目」。不過，在彙編本輯時，已盡量做到兼顧作家到作品，期許本輯是有機的達到讀其文也知其人的「研究」理想，作家論的部分有夫子自道，也有或親或疏的文友的東方白印象記，更有東方白夫人鄭瓊瓊的貼身觀察，八方雲集會勘東方白，目的也不外是提供研究東方白更短、更方便的途徑。至於作品研究資料方面，有綜論有分述，部分是長篇、短篇都談，或小說、散文、哲思小品一起談，還有又是文又是人的混論雜談，彙編的選「則」是，只要能有不同角度去呈現東方白文學的，就優先選擇它。在論文學談作品的部分，也盡量做到全面照顧東方白不同時期、類型、主題、文類的作品，希望透過選文提供全方位的東方白文學研究資訊。比較可惜的是，過去的研究資料顯示，評論家、研究者似乎很難擺脫《浪淘沙》的巨大身影，雖未必言必稱《浪淘沙》，卻多情不自禁以《浪淘沙》為討論東方白文學的礎石。有的認為《浪淘沙》過

後的作品，是此一基礎的延伸發展、進化、突變……，就是忽略了東方白寫《浪淘沙》也可能是偶然，既不是他之前的文學發展的高峰，也不是他的文學追求的終極目標。唯《浪淘沙》思維，可能讓我們忽略了他早期小說可能的發展，或者忽略了《真與美》、《魂轎》、《小乖的世界》……各自獨立發展為東方白文學終極目標的可能。雖然東方白的決絕讓東方白文學暫時成為靜止的休火山狀態，但透過資料室彙編的瀏覽，肯定會讓有心的研究者開發出讓人意想不到的熔岩。

輯四◎
重要評論文章選刊

自畫像

◎東方白

　　他在書攤前停下來，看看左右沒有人，便伸手去偷翻《花花公子》的彩色畫頁。有一個老婦從背後走過，他即刻翻到無彩的字頁。我應該裝成在讀《時代週刊》的樣子。等那老婦走遠了，他又翻回原來彩色的畫頁⋯⋯

　　他老覺得右肩垂下，像被扁擔壓低似地，因此他老愛聳聳右肩，把右肩抬高。他照著鏡子。我右肩抬得過高了，我實在應該把右肩忘記⋯⋯

　　你先生的笑聲那麼大，一進超級市場遠遠便聽見了。好幾位太太都偷偷地對他的太太說。多少個晚上，他的太太在床上悄悄地告訴他。我應該訓練自己把笑聲放低才行。睡覺前他每每對自己說。可是過兩天，在一個朋友家吃飯。喔、喔、喔⋯⋯我們家的玻璃又被你的笑聲震裂了！

　　他聲明寫文章既不為名也不為利，可是當他看見他的名字出現在報紙，他不禁暗自歡喜；拿到稿費，就雀躍跑到唱片行去買古典唱片。足見你並非聖人，你根本言不由衷！

　　他每個星期假日必到白溪的樹林去散步。他愛聽那鳥聲啾啾，他愛聽那流水潺潺。他愛看那戴紅帽的啄木鳥在樹幹上啄蟲，他愛看那著霓裳的白仙鶴在溪灣上滑翔。他愛跟那膽怯的白兔吹口哨，他愛跟那害羞的麕鹿捉迷藏。但他最愛的還是坐在溪邊的松蔭下，掏出隨身攜帶的小筆記本，隨興之所至，寫他的《盤古的腳印》。

　　我這件衣服好不好看？他的太太對他說。他只抬頭瞥了她一眼，應一聲：「好看！」便又低頭揮筆急書。你心根本在寫小說，哪裡在看我？朋友

請客的時間已到，他十分不情願地被太太拉出去換衣服。他只披上大衣就想出門，她卻把他拉回去，拿來他的西裝和領帶。你給我把西裝換上！你這樣邋遢，人家只會笑我，不會笑你。當她為他披上上衣時，他想起「『男』為悅己者容」的句子來……

有個愛讀他的愛情長篇小說的年輕女讀者初次與他見面。真想不到你眼鏡這麼深……。她似乎有些失望，還有許多「真想不到」，只因為禮貌才沒說出來。他則私下暗喜，想起莊子「老樹不材」的故事。我以後又可以安心寫作了……

寫完了〈□□〉，他對何欣說：這是東方白的最後一篇了，以後發誓不再寫了。寫完了〈露意湖〉，他對蔡文甫說：我已身心俱瘁，一年裡絕對寫不出東西了。才不久，他們向他邀稿，過兩天便收到他限時掛號的來稿。哼！再沒有比我們做編輯的更清楚你們這些作家誇張渲染的連篇鬼話了……

——不知東方之既白（手印）

——選自東方白《十三生肖》
臺北：爾雅出版社，1983 年 9 月

父子圖

◎東方白

　　已經好久不曾流淚了，昨夜又夢見父親，禁不住流了眼淚，醒來才知道是一場夢。本來不該再流淚了，不過夢裡的情緒是那麼氤氳，怎麼拂也拂不去，終於又讓眼淚盡情地流，流濕了一枕頭。

　　記得當我剛考進臺大，我的身體衰弱到了極點，每天不但食慾不振，根本不想吃飯；而且心情憂鬱，根本不想上課，我幾乎到達想輟學的地步。於是父親便提議每天中午，由他從圓環家裡送飯來學校給我吃。

　　我們相約在大學網球場邊的樹蔭下見面。每天中午一下課，我便趕來網球場，倚在短牆的鐵欄上等待。等著，等著，父親終於沿著新生南路的大水溝，冒著八月的烈陽，騎著他那輛「富士霸王」的老爺車，一步一步緩緩踩向大學來，他頭上的那頂晴雨帽是最好的標誌，遠遠便望見了；其次便是車把下的那個三層的白鋁飯盒，它永遠在陽光下閃爍擺盪。

　　父親先把腳踏車停在樹下，然後選一只木條椅坐下來，我坐一端，他坐另一端，飯盒便放在兩人中間。當我掀開飯盒，父親也開始脫下晴雨帽，用手帕擦乾他額上的熱汗，然後把晴雨帽當成扇子往他那一頭蒼蒼的白髮搧動起來。

　　在我吃飯的時候，他總是滔滔不絕對我敘說他聽來或他自己感人的故事，吃完了飯，他總還留著又跟我說些另外動人的故事，一直等到預備鈴響了，他才立起來，戴上晴雨帽，將白鋁飯盒掛回車把，推著那輛「富士霸王」的老爺車走向大學的側門。在他跨上腳踏車前，他總會回頭揮手催我去上課，但因為還有一些時間，我總依依不捨地倚在短牆的鐵欄上，目

送他又沿著新生南路的大水溝，踩著那笨重的車子，一步一步緩緩離我遠去。望著父親的那頂晴雨帽和車把下閃爍擺盪的白鋁飯盒，我總又想到他那滿頭蒼蒼的白髮，我是禁不住心頭一陣酸楚，眼淚也就簌簌滾了下來……

　　這一則是一生中最令我感動的故事！

——選自《文訊》第 237 期，2005 年 7 月

臺灣作家的自畫像

《真與美》

◎葉石濤[*]

　　1990 年，東方白終於出版了捱過漫長的艱辛歲月完成的大河小說《浪淘沙》。現今為止，這是一部臺灣作家所寫的最長大河小說。他這部小說描畫了整個臺灣的天空，臺灣的土地和人民辛酸的歷史與抗爭命運盡在其中。然而他創作的腳步並沒有停止。跟隨著《文學臺灣》1991 年的創刊，他又邁向另一個更艱苦的創作生涯，跟《浪淘沙》一樣，費時十年才準備停步。從第一部作品《臨死的基督徒》1969 年出版以後，他把整個 30 年的生命投注於這兩大鉅著的完成。

　　作家寫自傳或回憶錄是司空見慣的事。最著名的莫過於告白文學的始祖盧騷（ROUSSAU）的《告白》。這部回憶錄最有趣的部分應該是 19 歲時成為葉蘭斯夫人「男妾」的那一段。盧騷這一部自傳是最赤裸和真實的作家生活紀錄。他的一生敗德事跡不勝枚舉。特別是把親生的五個兒女都丟棄不管，這一件事令人慨嘆。另外一種風貌的告白文學是托爾斯泰的《懺悔》。這一部倒是討論他對於神、信仰、哲學的探討紀錄。是後來形成托爾斯泰主義的原貌。這樣並不太涉及生活層面的純哲理思考也算是作家的自傳——內心深層生活的紀錄。

　　東方白的《真與美》，他的「真」跟盧騷的「真」一樣，把生活現實鉅細無遺的記了下來。他的毅力和記憶力實在令人驚嘆。日治時代末期的臺北庶民生活和戰後的動亂，以至於 1980 年代末的民主時代的來臨，都可以

---

[*]葉石濤（1925～2008），臺南人。散文家、小說家、翻譯家、文學評論家。

在他的這部自傳裡清晰地看到。時代、社會的誤遷透過一個臺灣作家的日常生活的細節和感觸，真正地呈現出來。他的《真與美》的確是真實的生活紀錄，不過並沒有盧騷的那種敗德與脫軌，他是個正義感和道德勇氣異乎常人的臺灣作家，他是個臺灣培養的正人君子，在他這部作品裡找不到悖德的紀錄。但他也並不迴避性格上的弱點，有時也記上一筆。鉅細無遺的回憶和記憶，使這部作品活像實際現實生活的微細畫（miniature）。

這部作品的「美」跟托爾斯泰的《懺悔》一樣，在於它的哲學性思考，理性批判和睿智的表現。在生活瑣事中，作者深刻地凝視了這些瑣事後所隱藏的某些真理。這種睿智的觀察充滿在他的這部回憶錄裡，那就是「美」，真理的「美」。他在第四卷裡徹底批判了蔣介石父子的法西斯統治，呈現了臺灣人的嚴正批判充滿了探求真理的「美」。

離開了臺灣的人民和土地，東方白這位傑出的作家並不能存在。他的這部回憶錄也只有臺灣作家才能寫得出來，而且恐怕也是空前絕後的傳世之作吧？

——選自《民眾日報》，2000 年 1 月 20 日，19 版

文學僧
東方白紀事

◎陳燁[*]

> 東方白想伸手去摘他頭上的一片秋葉，於是那片秋葉便對他說：「你何必
> 早些摘我呢？反正過不了多久，我自己也要掉落的啊……」
>
> ——東方白《盤古的腳印》

　　一般讀者在解讀這位寫出 150 萬字《浪淘沙》的東方白時，可能會被
那濃郁的宗教氛圍魅惑了，或者以為這是一位極其「嚴峻」的作家；也或
者認為他便是逢人勸善、人生「導師」型的人物吧。

　　起碼，這是我對東方白的初步認知。1990 年 10 月《浪淘沙》出版
前，我只看過他的一個短篇小說〈臨死的基督徒〉，還是為了蒐集別的資料
在圖書館翻閱早年的《現代文學》，無意中看到的，當時也不曾細讀，而且
恍惚錯記成是一篇翻譯作品。雖然，早在《浪淘沙》出版前，我陸續地在
《臺灣文藝》、《文學界》看到連載，卻不是十分留意——其實，這可以說
明一種通常的閱讀習慣，連載小說吸引人的先決乃在於作者的「知名度」
高低。第一次稍微仔細去讀《浪淘沙》，已經是 1988 年秋季號的《文學
界》，因為我的短篇小說〈天窗〉正好排印在〈浪淘沙〉之前，很「順便」
地一路讀了下去，當時只覺普通普通，心想又是個日據老作家的回憶作
吧；但是《文學界》的編後語寫著：「作者誓以全副生命力完成的這部鉅
構，背後有一段可歌可泣的創作故事。」倒引起我的好奇，好奇之外不免

*陳燁（1959～2012），本名陳春秀，臺南人。小說家。發表文章時為臺北建國高級中學國文教師。

揣想：每個創作者無不嘔心瀝血經營作品，何足為奇，這位作者要不是小題大作，便是神經過敏罷了。

有個秋日午後，我又穿過蘆花和五節芒的濤浪，去訪龍潭的鍾肇政。「妳知道東方白嗎？」鍾老說到文友故遊種種情事，很自然地問起我。我點點頭，「他在寫長篇。」鍾老突地歎了口氣，放下茶杯，「他寫得太辛苦了，寫不下去了啊。」我才知道，原來東方白只五十出頭，是個水文工程師，在加拿大亞伯達（Alberta）省的政府機構任職——居然是個留學生呢！

就在我很困難地要把東方白和海外留學作家聯構起來時，葉石濤用我從沒聽過的語氣說：「東方白寫〈浪淘沙〉寫得快要死翹翹了！」那是1988年歲末，大地一片肅殺。1989年新春仍然是寂冷的，許多文友只要說起東方白，搖頭的搖頭，唏噓的唏噓，靜默的靜默。這實在教我驚惑不已——這個東方白到底何許人，能在繁複雜錯、各不相讓的文壇得到如斯「寵愛」？

很自然地，我又把連載的〈浪淘沙〉掃描一遍；也到書店去找他的作品，翻來尋去，只看到一本爾雅重印的《盤古的腳印》。那時候，我兀自壯志躊躇，意氣風揚，覺得寫作是天經地義的必然命運，和呼吸、睡覺畫上了等號。也因此，固然〈浪淘沙〉未能完成是一個遺憾，我卻想的是沈從文在文革時說的「活下去或寫下去」，歷史冥冥，也許命定這只是一部臺灣的「幻想」交響曲，那誰也無能為力；不過，我還是對一位文友說：「多可惜，那小說裡倒有不少的好材料，時代背景、生活細節抵得過歷史教本，足供參考。」「哇，妳好大的口氣。」聽了這話，文友苦笑了一下。

不過半年光景，「東方白終於完成〈浪淘沙〉了」鍾老神情喜極，掩抑不住激動的語調顫揚著，「他畫了十個驚歎號，好辛苦的十年……」我看著那封飄過迢迢太平洋的信箋，從幾萬里外的遼遠國度飛向臺灣，向鍾老報上第一聲歡喜，眼前油然浮顯一幅「十年寒窗衣錦歸」的歷代讀書人圖像。作品完成固然喜不自勝，但對人家完成作品竟也樂得涕淚雙垂的，則

教我十分驚異——這東方白與鍾肇政間，是怎麼無法言詮的感情啊！

1990 年 10 月，《浪淘沙》終於皇皇三巨冊出版了，東方白親自從加拿大回到故鄉做新書發表會。我見到東方白本人，卻已是 1991 年 11 月的事了。

那天是 14 日，他下午要到國賓飯店領吳三連文學獎。我只能利用上午一、兩個鐘頭，先拜晤這位印象中「刻板」導師型的作家。「妳是陳燁吧？」初見面，只覺黃鐘大呂之聲直灌耳膜，轟轟雷響。我正忖思這人好大嗓門，「我聲音太大了對不對？瓊瓊每次都要我『轉小聲』點，哈哈。」東方白瞇起眼，咧嘴的模樣實在喜感十足，笑聲更是震動窗宇。「啊東方白，你要把她嚇壞了。」太太瓊瓊一路從臥室喊了出來。那短短一個多小時，我是有始來笑得最密集的時刻，倒不全是他說笑話或話題逗笑，實在是他的笑聲太有傳染力了。

然而，我印象最深刻的卻是瓊瓊。儘管東方白大聲朗笑滔滔說著《浪淘沙》如何如何，瓊瓊只幽幽歎了口氣，輕聲說：「他寫到倒了下去，最後我也撐不下去，跟著病倒了。」

1992 年 7 月底，我飛抵加拿大愛蒙頓城（Edmonton），走出海關，一眼看到的是憂急靜候的瓊瓊。我想起 7 月初以來，將近半個月接連在美東地區對臺灣同鄉演講，從波士頓、華府、亞特蘭大、邁阿密到南卡州的美以美教會，關於東方白生活的所有事物細節，全部是瓊瓊一手料理。「如果沒有瓊瓊，你能不能過日子啊？」我一路看得恨不身為男兒，無論用什麼手段都要把她搶來做老婆；難怪他可以如此專心致志寫作，總是除了文學還是文學！

「《浪淘沙》要感謝瓊瓊，」東方白慎重無比地說，「東方白也要感謝瓊瓊。」

「我那兩個兒子都長大獨立了，現在就剩『他』一個。」瓊瓊經常如是說。

然而一個歷練半生的男人，拿到莎大（University of Saskatchewan）工

程博士學位，就職於亞伯達省的政府機構（Alberta Environment Department），專責於亞省水文的觀察分析，孜孜寫了錯綜的大河小說，卻仍教太太放不下心，到底是如何因果？

「他有比常人敏感的憂鬱症。」熟知東方白的林衡哲醫師說，「用精神醫學的術語說，他得的是『躁鬱症』，經常在情緒的兩個極端走鋼索，所以雖是普通事物狀態，他也會經常險象環生。」瓊瓊接著說：「像在電視上見到中國大陸六四天安門屠殺，別人也許只是心情不好，他則心情沉重到要增吃一個月的藥。」

「我第一次感到鬱喪（depress），是三、四歲時，看到家裡對鄰突然在門口遮下白布，空氣瀰漫著腐臭味，一個鄰伴告訴我說裡面停放死人，還說人遲早要死。」東方白說他因而對宗教大感興趣，由於對「生」的無法解釋，對「死」的無法了解，註定他此生與宗教結緣：「因為人生一片苦海，只有宗教能撫慰創傷，帶來平靜。」

「寧靜是世上人間最大的幸福了。」

東方白是我所接觸到的作家中，最敬慕、親炙宗教的一位；不僅作品時時呈顯宗教氛圍和哲思，連本人也由裡至外的謙卑、真誠。然而，他心造的這個婆娑、寧靜世界，卻也歷經了重重疊疊的險峰峻嶺，幾度行經死蔭的幽谷，從恐懼與病苦之中，千錘萬鍊而成。

這條靈魂甦醒而得救贖之路，起源於 17 歲那年。慘澹多憂的少年，兀自遊獵在文學森林，忘了蒹葭叢外虎視眈眈的酷厲人獸。「我自太平國小畢業考入建國中學初中部，一直快樂嘻哈過日子。那時除了游泳，最迷的是單槓，整天不是讀教本就是運動，從來不看文學作品，還以借書證空白為傲。考上同校高中部，有一天看到同學挾了本書要去還給圖書館，很好奇，原來是莫里哀的《蝴蝶夢》。你要不要看？很不錯哦。同學順口一問，我說好呀，看看吧。這一看，簡直不得了啊！」東方白那一直沉睡的文學細胞有如石破天驚，每一個都充滿了驚歎號，一發不可收拾；《蝴蝶夢》還未看罷，就已動手寫長篇小說〈狂飆世界〉來了。我看著那本泛了黃斑，

只寫了二頁的〈狂飆世界〉，想像那自 40 年前飄飛而來的激情，是怎樣的
14 歲少年心情啊。自然而然的大仲馬、小仲馬、狄更斯、庫布林、托爾斯
泰、屠格涅夫、莫泊桑一直到芥川龍之介，竟使他以借書證一本一本地不
斷「超載」為榮。讀文學作品啟動了源源沛沛的文思，〈野貓〉、〈盲〉、〈獵
友〉等散文外，還寫了短篇小說〈臨死的基督徒〉；再加上好勝強的個性，
功課拚進前幾名的代價，就是剝削每日睡眠時間。「起先是感冒，一直頭
痛，每天昏茫茫，無法思想事情。高二下的期末考，化學這科竟然因頭痛
而無法考試；升到高三更慘，每天一顆頭顱咻咻吱吱，像鑽仔鑽，篤篤作
痛，又像銼刀銼，到後來完全不能想，一想就天崩地裂，飯也吃不下，覺
也睡不著，終於崩潰了。」

　　因頭痛不止而休學的東方白，如何熬過那憂愴的 17 歲？「母親教我唸
《觀音咒》定神。」他開始讀佛經，從《楞嚴經》、《心經》、《大般若經》、
《妙法蓮華經》、《維摩詰經》到《金剛經》，「只得到一個影子，也不知經
裡真正說些什麼。」讀到《阿彌陀經》，才因為經文優美簡易，而咀嚼出美
味來。《浪淘沙》裡的江東蘭因肺蛭病休學回臺讀佛經，何嘗不是當年東方
白的寫照？「當今已經是 20 世紀了，可是我的人都還在唸 1500 年前鳩摩
羅什的古譯本，用字那麼艱深古怪，簡直是一道一道的魔障。」江東蘭深
深歎息。「最不可解的是大部分偈語，本來梵文都有意思，用音譯成了中
文，字又離奇怪異，把佛經變成天書，有幾人能懂？」東方白感慨地搖
頭，不解佛經為何沒有 20 世紀的白話中文譯本，不知阻擋了多少萬人在佛
門外，只好妄薄慧根淺狹。他無意中看到木村泰賢寫的「解脫ての道」，從
生命三欲貪、嗔、癡說到人生解脫，從禪的種類說到大乘教義，從佛陀的
悟道歷程說到佛教的真如觀，層層剝開佛教的神祕霧紗；還有 Dwight
Goddard 編輯的 *A Buddhist Bible* 和 Irving Babbitt 譯的 *The Dhammapada*，
才發現英譯的明確文字，使他讀中文佛經的雲霧豁然散去，原來佛教教義
有如天上萬顆星斗，光閃如鑽，粒粒可及。這兩冊英譯的《佛教聖典》及
《德之路》，就像山泉清澈，教東方白讀得「沁透肺腑，化翼升天」起來。

　　但頭痛依然緊抓著他。病了快三年，他固然練就和病魔打太極拳的耐功，從宗教教義中得了許多精神安慰，寫了部 28 萬字長篇小說〈雪麗〉，「這些文字密碼也是當時病中發明的。」他拿了本積了近四十年歷史煙塵的簿記，說著當時用自創的文字密碼寫日記的祕事，不覺莞爾；可是，「病到一心希望好起來，即使終生踩三輪車餬口也好。」渴望健康的心情焦切到了最卑微的地步。

　　全家為他憂心忡忡，姊姊四處打聽，母親遍尋療方。有人報說某童乩很靈驗：「起先是些小故事，大家說來說去，我隨耳聽聽；大概是某某童乩很靈啦，哪家的媳婦久婚不孕，經過什麼法事或移過風水就生下麟兒之類的。」然而有一天，母親帶他去找童乩占看；那傳說極靈的童乩一見面就說：「啊要治這個少年仔的病，須要伊阿爸做夥來。」

　　當然疼子心切的父親急急趕來了。原來是祖父的亡靈要歸返子厝，找不到媒介，只好抓住愛孫不放。童乩既下明諭，大家紛紛往臺大後山的「芳蘭公墓」去尋——原來當年窮困的父親，在祖母及祖父相繼去世後無力買地墓葬，只好將他們分別裝入骨灰甕合葬在這公墓中，復因無錢買墓碑，只能在其上放一大石，刻上「林」姓以便日後找出重新歸葬；多年後去尋，卻因菅芒離離，幾度翻翻尋尋，仍然空手而返，不久便作罷了。直到那 1958 年晚夏季節，大家依循童乩指示路徑找了三天，只見蒼然暮色壓著茫茫菅草，四野默默；20 歲的東方白一氣之下，轉頭對著西天淒豔的晚霞立誓，如果再找不到，人生就此斷念吧……我看到那個憂愴的少年面容，被晚霞燃得泛出金紅，眸子卻迸射著「壯士出關」的寒光，深深吸納了鋪天蓋地的最後一縷夏氣，便毅然鑽入菅芒叢林。就在四方光燄將殘，宇宙重又寂滅的剎那，他瞥見右前側晃閃了一下，兩塊磚鎮著一方大石，赫然一個「林」字。他撲了上去，所有今生的麗水華山，便如此朗朗地由這方大石還給了他。「啊，我緊緊抱著那皇金骨甕，從來沒有的甜蜜，好像抱著情人哪。」

　　生命重又著上色彩，開始蒸騰。那年八月，東方白插班延平中學夜間

部繼續高三學業，後轉日間部，畢業後順利考上臺灣大學農工系水利組。此後的東方白得以自在灑脫悠遊文學天地，大學四年完成了 13 個短篇小說、四篇散文，識交了王禎和、鄭恆雄、黃春明、白先勇等文壇健將。當兵時，又結識了七等生。他幾個精采的短篇，如〈□□〉、〈臨死的基督徒〉、〈中秋月〉等，大都在這段期間完成。「我從軍營把〈□□〉寄給《現代文學》時，對文學居然患了冷感症，而且到達無法置信的地步。當時我即宣稱，這是最後一篇小說，此後不再寫了。」這時的東方白考過留學試，在申請學校出國深造，卻到處求職碰壁：「他太坦白了，每次面談人家問他留考沒有？他總說有，而且預備半年後出國去。」太太歎了口氣，「叫他不要這樣說，因為沒有老闆希望員工做半年就走的。他不但不肯，還要說到底。結果出國前整整失業一年。」東方白倒無所謂，索性和黃春明跑到宜蘭遊山玩水去了。

到了加拿大，異鄉寂寥歲月大大咧咧鋪陳開來。東方白的鬱喪（depress）宿疾又發作，每日唸《觀音咒》已感不足；「我亟需親炙佛堂聖殿。但加國只有基督徒、天主教教堂，不得已，我只好上教堂做禮拜。」雖然《聖經》的詩篇第 23 首頗能撫慰憂苦的心靈，卻因改上教堂老有「背祖叛宗」的感覺，靈魂無法安寧。1970 年拿到博士學位時，他頓覺人生空虛，又陷入低潮，尤其是宗教歸屬的不安，教他忽忽惶惶。「直到有一天，我讀了『百合一教』（Bahaism）的教冊，才坦然釋懷。那教冊有一句話說：『上帝只有一位，只因異時異地，才派了不同的先知來這世界。』他們認為耶穌基督、釋迦牟尼、穆罕默德都是來自同一父親的兄弟。」再加上老子《道德經》的啟發（其實《道德經》在世界各地有各種語文譯本，可算是最暢銷的中文書），解決了名稱同異的困擾，東方白再度仰見繁星燦爛，「得到平安。」

《浪淘沙》的「沙──第 11 章／和平之祖」有段箴言借著周明德口述：「那麼，佛陀在菩提樹下參禪六年抬頭看見東方一顆大星而開悟就與摩西在西奈山上看見燃燒的荊棘聽見上帝呼喚他的名字是同樣的一件事情

了。」我們可以想見東方白讀佛經歡喜，讀聖經歡喜，讀可蘭經、禪書皆皆歡喜的心境，再加上結婚的安定力量，應該是從此過著快樂幸福的日子啦，人間幾曾有如此幸運的悟道見性呢？他還拿了博士學位，有了長期穩當的工作，當了兒子的父親，生命應該夫復何求了吧？「我拿到 Ph.D.的那天，突然發現生活、生命一片空惘，不知道還有什麼事可做。那種天地悠悠，生命渺渺，什麼事物必然都是『Nothing』的感受，使我沮喪到了極點。」他開始寫日記、沉思錄；在貝多芬的第五交響曲《命運》聲中，試圖把自己的價值從迷惘裡尋回。這是 1971 年，東方白有更多的時間與自己對話，逐漸洗滌隱伏在靈魂薄殼外的種種誘惑；同時也慢慢回到文學路上，從散文到短篇小說，寫的多半是異鄉歲月點滴，是一段「莎河與我」的呢喃生活。

這一回，文學救了他的鬱喪。

誰知解鈴者再繫鈴，文學竟也冥冥中註定他往後近二十年的苦難多殃，甚至差點葬送了他的性命。大千世界，十丈紅塵，繽紛琉璃，人類文明製造了許多快樂、享樂的情境，何以東方白獨獨將寥廓的天地變成一個文學苦寒的幽洞，自陷自囚若此？難道他過早地體悟到喧騰人間比寒洞還冷清？抑或他要藉由這個長長的燧洞，質抗人類命定的死亡？

1992 年，我應北美臺灣文學研究會之邀，前往波士頓附近小城 Amherst 的麻州大學（University of Massachusetts）參加一年一度的研討會。事實上，此行主要目的是訪東方白，一探他的文學人生，到底怎樣的因緣塑就他寫作大河小說？麻大也同時舉辦美東臺灣同鄉夏令營，而由文化醫師林衡哲的「臺灣出版社」所籌畫的「北美洲臺灣文化巡迴講座」，更以此為第一站。抵波士頓機場一路到麻大，東方白和我是第二次見面，原以為可以盡興暢談，卻不料這三個會期同時同地，我們同是三處的演講人，時間不斷錯開去，反而備感失之交臂。可是第三天傍晚，一行人偷空去參觀大學附近的女詩人 Emily Dickinson 的生前居家時，東方白抓了機會，靠上前說：「我本來一直緊張，怕妳用臺語演講會『七突八卡講不輪

轉』，急了兩天，誰知妳竟然講得如此流利。」我愣了愣，心想他也奇怪，一個在講臺上站了十年的教師，再怎麼也能拉扯一堆話題來吧？再一想，那可不是我有生以來開始用母語演講嗎？是了，從臺灣出發之前，我為了「用臺語演講」忐忑了一個多月，還寫了信告訴他這種心情，「沒關係，妳們這一代能用臺語在家和父母交談已不多，何況演講？說不來，就說北京話也無妨。」我就在他這封回信的壯膽之下，赫赫站到演講臺去；這一站，倒把前面種種忘了。瓊瓊也跟著說：「啊妳不知道，他怕妳怯場，又怕妳講不來，還怕妳不能適應，從加拿大急到這裡，一直跟我說，萬一妳怎樣怎樣，可要怎麼辦？妳講完後，他才能安穩放心，昨夜睡了好覺。」「哦，那他是不是跟《浪淘沙》的周福生一樣，一高興就鼾聲如雷？」我吐了吐舌頭。「就是，我給他吵得反而睡不好。」瓊瓊一臉無奈。

　　說著說著，前面一陣騷動，有人低呼「Emily 的家到了。」東方白連忙三步併兩步，趕前去親炙這位 20 世紀初最優秀的女詩人了。等我殿後走到那棟房舍時，已有人朗誦起她著名的美麗情詩，有人述說著她癡真的戀愛故事，東方白則雙手交背，專注地研究起那棟建築，時而沉思時而歎息。大約人聲驚動了屋主，出來一個老人，一臉大惑。有人趨前說明來意，東方白也熱心趕過去。那老人比畫了半天，又是搖頭又是笑；只見東方白咚咚咚大步划過我面前。「唉，竟有這種事，竟會這樣……」我追過去的同時，一行人紛紛退了出來。「陳燁妳看，竟然如此……」東方白突然石破天驚哈哈笑叫著：「太荒謬了，太荒謬了！」我驚愕莫名，又不敢明問。「氣死人，」後面的人說，「我們找錯房子了。」等到終於驗明正身找到了女詩人故居時，大家多半興味索然，倒見東方白又雙手交背在聞聞嗅嗅，一臉的依依。

　　東方白對任何事物的好奇是接近童稚的天真狀態的──尤其是文學家的故居或作品的重要場景。所以，到波士頓就一定要去附近看梭羅（Thoreau）寫出《湖濱散記》的沃爾登湖（Walden Pond）；到亞特蘭大必要看米契爾（Margaret Mitchell）寫《飄》的房舍，即使年久失修封閉待

建，他也頻頻殷殷凝視不已。只見他時不時從襯衫口袋掏出手掌大的筆記，用那特別切製成十公分的原子筆，飛天舞地塗記速寫，一個典故、一句笑話、一段歷史到門票幾元、車程多遠、雲層與潮水，無所不記；當然他那獨具一格有如天書的「東方白體」文字，伸腿攬腰綣纏又開闊地把所有字絞成一團，即使大喇喇攤開筆記，恐怕也無人「識箇芋仔蕃薯」。我不免又要揣測：莫非此人對生活非常驚恐，因此自創了這般字體用來對付想像的「文字獄」。他沒想到的是，如果忙碌的編輯或朋友，看到這種文稿或書信，真恨不能化做蠹蟲，把紙張吞完了事。有一回我急著趕去學校教書，把他的信夾在課本準備下了課再「努力」看，那天事情一波又一波，我真忙得忘了要讀信；隔天來到教室門口，公布欄前密密圍了一圈人，「老師來了。」人群圈住我，「這是不是英文草寫？」赫！那紙板上釘著東方白的來信。「是滿文對不對？這人是旗人。」「是藏文啦，說不定還是個喇嘛寫的。」「也許是阿拉伯文？」一時七嘴八舌。「老師，我們從昨天研究到現在，」班長做報告，「總共只猜出五個字，『陳燁』『東方白』。」

「是啊，這真給我很大的痛苦，每次寫完稿，都要拜託別人抄一遍，」東方白說，一面拿出他珍藏的《浪淘沙》手稿，赫赫近兩尺高，清一色是電腦用的白紙，仔仔細細「畫」了許多騰龍駕鶴的「字」。「後來人家抄不勝抄，我只好努力寫整齊，有時寫一遍、抄一遍。」我算了算，扣掉丟進字簍的廢稿，一部《浪淘沙》起碼寫了 300 萬個字；那些植字的手民經此訓練，都可以到調查機構去解密碼了。不過，當我看到他在 15 歲寫成〈野貓〉手稿，那樣秀麗端整的文字，卻不免大大吃了一驚，「你怎麼從 95 分寫到 59 分呢？」我以國文教師的評分標準問道。「哈哈，我也不知道哇。」他倒十足天真起來。

這是 1992 年的 7 月 21 日，為了更進一步追索東方白的文學生活，我在加拿大的愛城停留一個星期。剛放下行囊，東方白便迫不及待地要帶我去看他的「情人」。「瓊瓊都不嫉妒嗎？」我非常訝異。「還好他有這個『情人』去說文學心事，不然我都快被煩死了。」瓊瓊倒笑了笑。「我每週都要

在『她』胸脯上躺躺，發發呆或做做體操；當然啦，輕輕踏過『她』鬆軟的身軀，人生也沒什麼遺憾了。」原來他的「情人」是一條蜿蜒蛇行的美麗溪流，名叫「白溪」（Whitemud　Creek）；這白溪流經冰河沖積層，特別清澈，兩岸到處是懸崖和原始樅樹林。我陪著他緩步慢行，仲夏的午後陽光穿過白楊和樺樹，像金色鱗片，妝點我們的塵衣。沿溪溯去，一彎連一彎，彷彿就接近源頭了，誰知溪流一頓，又靈巧彎了過去——我在腦版上織出一幅東方白尋桃花源的畫卷，卷軸沿溪靜靜展開：現代武陵人東方白瞪大了眼睛，摘下厚層近視片的眼鏡用力擦拭，他的嘴巴不覺圈成「噢」字型，全身弓成一個驚歎號，澄藍的天穹，甜薰的空氣，微笑的涼風吹過白楊，他再戴上眼鏡的時候，那白溪從心底淙淙流出，天地一片喧嘩無比的寧靜；啊！他歎息了，因為幸福而全身輕顫不已……。

　　「我這顆頭，」東方白摸著他那顆方圓四平的頭顱，髮絲依然黑亮柔軟，「因為經常用腦過多而停工，好在有白溪樹林讓我散步，不然就慘慘慘了。」樹林之於東方白就如陽光之於植物，是生命的養分，更是文學的成分；他那些盤古、夸父、神農等的腳印，一則則的省思哲言，事實上都是從樹林中一個個踏出來的人生腳印。在樹林溪潤旁靜坐時，他可就和心儀的托爾斯泰神靈談辯得異常熱烈了。「妳知道，托爾斯泰每天都要到樹林散步呢。」連這點也無形成為托翁偉大的因素之一。至於他如何敬仰《戰爭與和平》，為什麼托翁作品偉大？要問這種題目的人必須具備三要素：一是遍讀托翁及 19 世帝俄文學，二是鍛鍊好過人的耐力，三要深諳縱橫辯術，愈辯愈見真理。只要你一下戰帖，但見東方白旁徵博引，滔滔不絕，三日三夜不能罷休。他嗓門又大，動作又十足戲劇化，一談文學立刻精氣充沛，尤其托爾斯泰，更是儼然萬流砥柱，別說托翁的文學地位本就無可撼搖，就算略有小疵，只要一個不留神，東方白的言動便立刻將你魂魄勾攝了去。

　　「我認為其實杜斯妥也夫斯基更深邃。」我說。那是從落磯山遊完露意湖回程的車上，我努力說著《安娜卡列妮娜》給我的衝擊，《戰爭與和

平》那繁長的戰爭場景描繪太折磨讀者,「所以,像杜氏寫人性,我認為比托爾斯泰更成功。」「那是妳不夠深入去看托爾斯泰,這長篇小說的偉大在於氣魄……」東方白愈說愈大聲,整個身體從前座扭了半圈,完全正對著我,眉毛與雙臂齊舞,認真到駭人的地步;我看他脖頸的青筋一龍龍突起,彷彿要將我撕吃落腹,急著大喊:「我不管誰偉大,反正我就喜歡杜氏。」「哦,那就是。這我便沒話說了。」他突然長江千里,匯入文學汪洋,語氣平和出奇。我驚魂甫定,原來化他的渾厚內力只須「我喜歡」的主觀,四兩撥千斤,一切文學公案又還諸悠悠天地。

所以,儘管文壇派壘分明,東方白的文友卻眾家紛陳。他的爽朗笑聲可能也居功不少。但他鬱喪發作的時候,「使大家都籠罩在世界末日的氣氛中。」一直扮演文化婦產科醫師角色的林衡哲也如是說。他寫完〈□□〉,曾宣言就此封筆;那是 1964 年。寫《露意湖》時用腦過多,也說到此打住,那是 1977 年,他對蔡文甫說:「我已身心俱瘁。」寫完《浪淘沙》的「浪」部分,他已不對勁,1982 年又病倒,回臺灣,許多文友知道他的病,很關切,宋澤萊寄給他《禪門三柱》,他學會了打坐,救了自己和《浪淘沙》一命。1987 年 3 月,「那晚很冰冷,東方白打電話來,說他頭痛得要裂開了,不能再寫,〈浪淘沙〉只好絕筆。」熟知他的林鎮山教授說,「那個週末,他邀我去他家,告訴我原稿放在哪裡,好像在交代後事。」文學幾度伸出黑暗的魔掌,拘置東方白的生命,「我不再寫了。」東方白吶喊著。

「我不相信這個創作狂。」瓊瓊冷笑了一下,「過一陣子,說不定還愈寫愈厚。」

「才不久,他們向他邀稿,過兩天便收到他限時掛號的來稿。」他的〈自畫像〉如此。

「寫完《浪淘沙》,我又鬱喪了。」東方白痛苦地說,「生命就此死去,我也沒有遺憾。」但我分明看他矛盾地言行不一,分明就是不再往下寫會十足遺憾的快樂與悲傷。果然,1992 年 3 月的《文學臺灣》開始連載

他的文學自傳:〈真與美〉,已經十多萬字了,篇幅還停在第一部「幼年」。

這是我所認識的東方白,抽掉「文學」這個質素,他的生命將蕩然無存。150 萬字的《浪淘沙》彷彿只是生命驛站的一個重點而已,接下來的〈真與美〉他經營了詩的回憶,每日愉快地寫,只怕普魯斯特 300 萬字的《追憶似水年華》(聯經出版的中譯書名)要被他追趕過去也不一定。

這個人老是說「至獎是無獎」,真正偉大的文學作品沒有任何獎可以匹配,如托爾斯泰、歌德、莎士比亞和曹雪芹;而他之所以寫《浪淘沙》有十個「命定」因緣,非寫不能快(見該書自序)。但《浪淘沙》接連得獎,他卻比什麼都高興,吳濁流、吳三連文學獎後,1993 年年底回臺領臺美人文獎時,卻說:「這筆獎金對提前退休的我,來得正是時候。」他固然沒有什麼金錢概念,卻也不諱言安定的經濟生活對文學創作的重要性。很少有人會把 150 萬字的稿費完全放棄,只為了「不能不寫」「不得不寫」想要給後代子孫留個歷史的見證,兀自癡癡在文學坎坷路上做苦行僧。

為了文學,東方白開車會在線道中間搖曳擺盪;為了文學,他要上至天文下至地理、旁及音樂、繪畫、歷史孜孜研究,忘了吃飯睡覺穿衣和太太兒子。當你看到他那間地下室的小書房,淒冷中一盞暈黃,四面棕色原木板牆,五座簡單的鋼條書架,一張沙發,加一條沙發床外,只有那方 12 尺長、十尺寬的書桌,書桌上一顆鴕鳥蛋,牆上五乘七寸的蒙娜麗莎微笑圖,再來對照他筆下出人的天穹地廓,真會覺得文學事業是最經濟的投資生意───一枝筆,一疊紙,自然化做繁華大千。

這個微冷的夜,凌晨一點多,東方白開始談他那從未發表的 28 萬字〈雪麗〉的戀愛故事;「我高三休學那年……」我笑了笑,輕闔雙眸,呼吸著北國特有的清冷空氣,讓錄音機去記載吧,這個天生的大河小說作家日後必會絮絮數說這些故事的。

夜漸漸沉了。眼前這個匯八萬四千恆河沙劫於一管筆的人,猶兀自呢喃歷史煙塵。眼花耳熱的我,依稀看見在秋葉繽紛底下的東方白,伸出手去;但那手停在半空中,彷彿一個開天的姿勢。一隻最美麗的蝴蝶從秋天

的花樹中翩翩飛起，乘著風雲直上孤峰之頂——峰頂正趺坐一位文學僧，仰望星空燦爛，而不知東方既白。

——選自《聯合報》，1994 年 1 月 14～16 日，35 版

滾滾大河天上來

◎鍾肇政[*]

　　答應東方白為他的《浪淘沙》寫序，不知過了多少個年頭——起碼有三、四年以上了吧。記得當時我應許的是這篇序我一定寫，無論如何都要寫，不過時機應當是在這部巨著完成，即將付梓的時候。

　　那該也是《浪淘沙》的執筆進入順境、佳境之際，想必他已有了可以順利完成它的前瞻，才會向我提出寫篇長序的要求吧。我這該死的老腦筋，甚至也想不起他是當面向我提起，抑在信中說的。印象裡，不管是信中或當面，我都只記得他那一片熱情洋溢——即令只是在信中提起，看過他的字跡的人必會恍然而悟，他那龍飛鳳舞、伸拳踢腿般的字體，總給人那種不由你不為之振奮起來的樣子。而那麼奇異地，東方白本身正也是「字如其人」，聊起來總是那麼眉飛色舞，永遠不知消沉為何物，也永遠是那麼樂觀、進取，尤其他對文字創作的信心與肯定，該可以說到了虔誠的地步。因此與他相處，或者看他的信或稿，滿腦子對人生的憂苦都會頃刻間化為烏有，即令正在灰心喪志的時候，也會被他鼓舞起來。他的人、文、字，就有這種人世間罕有的魔力。與東方白相識十幾年來，我不知沮喪了多少次，灰心了多次，很多都是靠他有形無形中的激勵而重新拾起了信心的。

先說說短篇小說〈奴才〉

　　是的，十年十幾年，在東方白的諸多文友之中，相交十幾年的恐怕算

[*]小說家、翻譯家、評論家，長期致力於臺灣文學、客家文化的藝文與公眾事務之推展。

不上「老」——事實上，他出國前即在早期的《現代文學》上發表了不少
精緻的短篇小說，出國後也偶有作品寄回來發表，尤其長篇小說《露意
湖》，連載時轟動遐邇，單行本更在國內外不脛而走。

　　接觸到東方白的來稿，應該就是那篇也是發表後轟動一時的短篇〈奴
才〉，記得他是向《臺灣文藝》投稿的。我看過後，由於題材特殊，寫得又
絲絲又扣，確屬難得的佳構，我便回了一信，表示我對這篇作品的衷心推
崇之意，並透露即可在《臺灣文藝》上發表出來。

　　走筆至此，不禁想起了我那一段老編歲月。吳濁流先生逝世於 1976 年
秋間，隨即由我接辦，並自次年元月起推出革新一號，算是正式由我手上
出版的首期。又次年，我承接遷往高雄市的《民眾日報》副刊編務，手上
有了這兩份刊物，編起來調配上更能得心應手，於是我以振興臺灣文學自
期，辭去了一切其他工作全力投入，日夜埋在稿堆裡忙得不亦樂乎。每遇
可觀的作品，便手之舞之、足之蹈之，急著寫信要與作者聯繫，或則表示
敬佩，或則通知約略何時刊露，逢到需退稿時，也不免寫寫信，或者表示
何以不刊的意思，或者提供一些意見。那也正是鄉土文學論戰打得如火如
荼之際，兵燹處處，流彈四射，我原則上還是保持一份創作第一、作品為
先的態度，絕少參與戰事，但以力事耕耘為務。

　　我念茲在茲的，毋寧更以突破現況為急務。幾十年來，文壇上一副銅
牆鐵壁，這不能寫，那不能碰，沒有人敢輕易去挑戰，尤其從事編輯工作
的人，禁忌特多，有時幾句話也可能惹來莫大的麻煩。林海音因為刊了一
首小詩而引起偌大風波，是人人耳熟能詳的故事，其他種種怪事、異事、
指不勝屈，簡言之就是所謂「戒嚴文化」裡的一種怪現象，造成人人自危
的狀況。還記得一個留有深刻印象的事：當時手下一個年輕朋友告訴我，
某報副刊的一位資深編輯就極具政治警覺性，有次投來的稿子裡有「北
京」一詞，他立即改成「北平」，這就是一例。我聽了深覺驚詫。世界通用
的一個地名在此間竟也成了禁忌！真是豈有此理。

　　〈奴才〉寫的是一個退役老兵被派到一所小學當上工友，憑他當兵前

侍候主人，當兵時侍候長官的傳統奴才性格，在學校裡和校長建立了「主奴」關係的故事，文中不乏溫馨動人的場面。我長年居住鄉間，又在國小服務了一段漫長歲月，這種情形我也頗為熟悉，是一篇寫實之作。然而，客觀形勢上，我倒覺得事涉敏感，大有考慮餘地。因為在官方幾十年來的宣傳下，軍人是負有光復大陸神聖使命的階層，個個都是「現代聖人」，退役後則是「榮民」，依然不脫神聖身分。這樣的人豈可寫成奴才呢？何況臺灣人是二、三等國民，出現在小說裡無非是「幹幹幹」與檳榔不離嘴的粗鄙小人物，否則是阿花、岡市等「下女」之流，在無日無之的電視劇裡，更永遠是操著蹩腳的「臺灣國語」的低三下四的三八腳色。〈奴才〉把幾十年來的習慣性表現一下子倒轉過來了！

這樣的一篇作品，算不算「敏感」呢？是否干犯了禁忌呢？

我把這樣的顧慮很快地就甩掉了。一方面是希望此篇快些面世，另一方面則是基於有心「突破」的念頭，我在給東方白去了一信之後很快地自然食言，把這篇「問題作品」發表在「民眾副刊」上。記得東方白在信裡說過，見面時也提過，說：才接了信不幾天後忽然又接到剪報，〈奴才〉竟然已經發表出來了！他朗朗笑著，我也打從心底笑開了。這好像就是我與東方白建立深厚友誼的開端，至今想起這一幕，猶不免私底下莞爾一笑。

歷史性巨著的醞釀

我把這麼一個芝麻綠豆大小的陳年舊事細數起來了，而且還這麼洋洋得意，真是貽笑大方。然而，十年前我以為這事非同小可。那是鄉土文學論戰戰火方熾的風聲鶴唳的當口，並且編輯人與操觚者動輒得咎的往事，斑斑在人眼目，以今日視之固不值一哂，但當年確實有著這麼一種客觀情勢存在的。

事實上，我在「突破」方面已然做了不少嘗試。例如陳映真出獄後，第一篇作品是在《臺灣文藝》上發表的，不用說是我強拖硬拉逼他寫，才有他文壇上東山再起之作〈夜行貨車〉之完成。宋澤萊抨擊農業政策的

〈打牛湳村〉，我不只在《臺文》上揭露，還為此篇做了一場「對談評論」同時發表出來，以示對此篇特別推崇與重視。當然，這方面我也有過失敗的經驗。記得是「民眾副刊」接編不久，我看中了一篇也是宋澤萊的作品（篇名已忘），文中以光復後初期為背景，隱隱觸及了二二八。我覺得背景既未顯現出來，當不致有問題，何況這樣的禁地正是我急於一開的。不料手下幾個編輯們對此篇竟是談虎色變，紛紛以報紙本身的存廢來反對此篇的刊載。在這頂大帽子下，而且又是眾寡懸殊的情勢下，我只好退讓，撤下了這篇作品。如今回想，「人人心裡有個小警總」的戒嚴心態，竟然到了這步田地，真令人感慨之至！

話說回頭。與東方白建立了友誼後，彼此雖然隔著一個太平洋，但魚雁往返密邇，從未間斷。在來信中我得悉他正在準備寫一部巨型長篇，還為了印證地理背景，不但回臺一趟，還到南洋繞了一圈，把故事發生的地點看了個遍。

我知道了他這部巨著裡有個主要人物，就是我所熟悉的鄰鎮人張東蘭，是日據時期帝大畢業，光復後歷任新竹縣教育局長、師大教授的英文學者。多年前曾過訪舍間，談起他半生事蹟，包括太平洋戰爭時期被日閥徵去南洋當翻譯員的經歷，是要提供資料讓我來寫長篇小說的。他已寫就了相當詳細的英文自傳，表示即可交付給我。可惜以我可憐的英文能力，自覺實在無法消化，何況如果我要寫太平洋戰爭，日人的資料要多少有多少，因此沒敢接受這項差使。其後這位張老前輩旅居加拿大，與東方白有了交情，於是他畢生心血的資料便悉數歸到東方白手上。記得東方白還告訴我另一位書中要角臺灣第一位女醫生——這位可敬的女士也就成了書中的「丘雅信」。

我想不起當初東方白有沒有一個比較具體的預定字數，不過僅初步輪廓，已經可以猜到分量不輕。當時的臺灣文學，論長篇小說我們只能舉出吳濁流的《亞細亞的孤兒》、《無花果》及鍾理和的《笠山農場》等有限幾部篇章，差堪稱為「大河小說」的，恐怕只有我的《臺灣人三部曲》、《濁

流三部曲》而已。至於李喬的《寒夜三部曲》則還只能算是開了個頭不久
——第一部《寒夜》自《臺灣文藝》革新第四號（總號第 57 期、1978 年
元月）開始連載，這一年秋間我接編「民眾副刊」，又以打鴨子上架的硬逼
方式，要李喬寫第二部（實則為第三部曲裡的第三部）《孤燈》，距離全書
完成還有好一段日子。而東方白的另一部巨著，看他不惜遠渡重洋，跋涉
南洋，著手的決心十分堅固，我歡欣之餘，自不勉多方鼓勵一番。

《浪淘沙》堂堂登場

這就是東方白的《浪淘沙》！

我也想不起怎樣提出我願意提供園地的意願，但牢牢記得《臺灣文
藝》經營十分艱困，從接辦初期的象徵性稿費之後，稿費支出成了難以負
荷的擔子，而東方白竟然那麼痛快地表示：稿費分文不收！

《臺灣文藝》在吳濁流手上的 13 年間，一直都是不發稿費的。吳氏死
後，我接辦時想到的第一件事是一定要發稿費。很多朋友為了《臺灣文
藝》苦苦耕耘了那麼多年，得不到分文報酬，雖然有其不得不然的客觀因
素，是十分無可奈何的事，但是我希望能夠付付稿費，即使是象徵的也
好。而事實上，《臺灣文藝》在我手上面目確實煥然一新，尤其小說方面堪
稱豐收，然而即令有公認的好作品發表，甚至出現了普受讚揚、轟動一時
的作品，她依然不開銷路。我不憚於提出一個數字，那段期間，她每期零
售只有兩百來冊，偶而超過 300 本便足夠我這個負全責的可憐人雀躍三
日。總之，加上六七百份長期訂戶，《臺灣文藝》每期銷路不到一千。在本
土的，尤其冠以「臺灣」兩字的東西，註定只有淒淒慘慘沒落的命運！這
兒禁不住順便一提：近幾年來臺灣本土意識經各方努力，加上時代精神的
激盪，漸漸高漲起來了，對這種慘況應該稍有改善，但是到能夠使若干本
土強烈的刊物安穩生存，仍似乎有一段距離，這是值得有心人深思的。

1981 年年初，《浪淘沙》的第一批原稿越過重洋飛到。那是令人激動
的一刻，厚厚的一疊，是用普通的白信紙寫的，仍是那種龍飛鳳舞、拳伸

腳踢的字跡。

1895 年 5 月 27 日薄霧朦朧的早晨，有一艘叫「橫濱丸」的日本軍艦由臺灣海峽悄悄駛向淡水河口。當那軍艦駛近淡水港外的沙灘，它的速度慢慢減低下來，隨著，艦尾那懸著鉛錘的測深器也轆轆地沉入海中，當那鉛錘重新露出海面，在旁監測的艦長發現那鉛錘線在無意之中曳上來兩塊石頭。他認為這是很好的兆頭，於是把那兩塊石頭拿去呈獻給在艦橋上正用望遠鏡眺望淡水港的一位留有魚尾髭滿胸勳章的將軍，恭恭敬敬地說：「稟將軍閣下，這便是閣下要赴任的大日本帝國新版圖的初獲之土。」

這便是這部巨著的開頭幾行字，這麼平淡無奇，這麼若無其事，但仔細品味，卻會發現出這裡頭蘊含了無盡的生機，正是山雨欲來前的那一番境界。

我感動的，不只是這字跡、這開頭以及即將展現出來的波瀾壯闊而已，而是東方白那一份擁護《臺灣文藝》的心意──同時也是感動於那麼多的朋友，都把最苦心經營、最得意的作品，給銷路最低、稿費最低（甚至也有不少像東方白那樣聲明不受酬的──後來還完全發不出來了）的雜誌的心意。

於是 1981 年 3 月出版的《臺灣文藝》革新第 18 號（總號第 71 期）上，〈浪淘沙〉登場了。而在這第一回，我一口氣刊出了五萬餘字──我們約定，他交來多少我便刊登多少，他也每兩個月（《臺灣文藝》為雙月刊）寄一疊厚厚的稿子來，都在三～五萬字之間，從未失誤。

從此，我們間書信往返更勤。他的信是最使人激動的，他渾身是火，是熱，並且還是最純最摯的，每每使我熱血沸騰，無能自己。這時，我已被剝奪了「民眾副刊」編輯權──從 1977 年秋間上任到 1979 年之初，我實際負責「民副」編務方概一年半不到，不久還正式被調離副刊崗位，我只好一走了之了。幾年後才聽報社內部的人透露，我是在「有關方面」的壓力下，報社才不得不把我攆走。這一來，我是更能把精力投注在《臺灣文藝》上了，然而事實卻是《臺灣文藝》的景況越來越窘迫，雖有美麗島

事件及軍法大審後民間力量及本土意識之抬頭，無奈我經營不得其法，仍然落得個叫好不叫座的窘境。因此，東方白的信總是適時地給我激勵，使我享受到一份難言的溫慰。

榮耀歸《浪淘沙》

我這麼說東方白，應該抄一些他的信為證才是，不過這裡為免煩瑣，只抄錄於次（1982）年〈浪淘沙〉僅以連載五期，還只能算是開完了一個頭的狀況下輕易奪獲吳濁流文學獎後寫來的「得獎感言」全文，以見其為人及心跡：

東方白〈期待開放世界的花朵〉

感謝諸位評選員把今年的「吳濁流文學獎」頒給我，我深信這文學獎不只給我一個人，也同時給了其他臺灣的千萬人，因為——沒有這一百年來千萬人血與淚的經驗，不會有今天的〈浪淘沙〉，沒有 30 年前吳濁流先生與其他文學先進開闢的這塊文學園地，不會有今天的〈浪淘沙〉；沒有這一百年來千萬人辛苦寫下的珍貴資料，不會有今天的〈浪淘沙〉；沒有現在這千萬愛好文學的讀者群，也不會有今天的〈浪淘沙〉。因此，我如果獲得這文學獎，我的榮譽也不過是千萬分之一而已，其他千萬分之九百九十九萬九千九百九十九的榮譽應歸諸臺灣的千萬人。

臺灣的歷史是苦悶的歷史，而臺灣的文學則是苦悶的文學。好幾年來，我屢屢在自問，難道這媳婦的血管擠不出一滴公主的血液？難道這邊疆的土壤開不出一朵京城玫瑰？難道這自卑的怨嗟聽不到一聲歡笑的歌聲？難道這奴才的心胸育不出一絲英雄的情操？我不相信！所以我開始往歷史的資料中去發掘，結果，我不但找到苦的，也找到甜的；不但找到哀的，也找到樂的；不但找到怒的，也找到喜的；不但找到醜的，也找到美的。我不只要把臺灣的「喜怒哀醜」寫下來，我也同時要把臺灣

的「甜樂喜美」寫下來，讓我們大家把臺灣文學根植在故鄉現實的土壤裡，加以灌溉，加以施肥，期待有朝一日開放出世界美麗的花朵！我的〈浪淘沙〉就是抱著這遠大的憧憬寫的，我彷彿才開始起步，離完成之日還相當遙遠，但我會繼續努力下去，鍥而不捨地寫下去，也不去管何年何月才能完成，只要我多寫一日，我又在臺灣的歷史多活了一天……

我只留下獎金的一部分做為往後〈浪淘沙〉的影印與郵寄的費用，而把其他部分捐給《臺灣文藝》做為未來的出版基金。我的理由有二：

1.我認為文學獎最大的功能在於把好的作品推介給廣大的群眾，但偉大文學作品的誕生卻有賴於一塊自由開放純潔清淨的文學園地。因此我就用「吳濁流文學獎」給我的泉水來灌溉「臺灣文學」的園地吧。

2.我認為「錢」不是為「收藏」；而是為「流通」存在的。像水一般，特別是應該由「高」流到「低」的。我固然窮，但《臺灣文藝》比我更窮。因此，我就用這獎金的一點錢來拉平我與《臺灣文藝》的差距吧。

——1982 年 4 月 20 日

我不想說這番吐屬有多少廉頑立懦的力量，也不擬猜測世上讀此文而不激奮鼓舞的人究竟有多少個，這裡我只想說：我雖然胸無大志，然而因文學而有了這麼一位可以披肝瀝膽、心靈契合的朋友，那麼為文學而付出的大半輩子血淚與辛酸，也都有了代價。

未釀成的查禁風波

有關《浪淘沙》的發表，我還有一件往事似不可不在這裡一提，以明此篇的寫作固然備極艱辛，即發表經過也是暗潮洶湧，並且還命運坎坷。

是年五月間，我應邀到日韓兩國訪問了一個月，於月底返抵國門。當時有位年輕朋友陳君，是個新聞記者，向來極關心《臺灣文藝》，經常為她鼓吹、拉訂戶等，是個極具熱忱的青年，聽到我出國回來，馬上趕到鄉下來看我，向我透露了一個重大消息：這一期《臺灣文藝》要查禁了！

　　陳君說明這個消息是這樣來的。某日，他照例到政府機關去跑新聞，不料在走廊上聽到兩名官員在辦公廳裡交談。他不是存心偷聽，而交談的兩位官員雖是閒聊，卻也那麼若無其事，而且肆無忌憚，所以交談內容自然就透過窗子傳出來，讓他聽得一清二楚。這內容就是查禁這一期《臺灣文藝》的事，出了問題的正是東方白的〈浪淘沙〉。他們認為這篇作品「思想有問題」，所以必須查禁。但是，由於這篇小說寫的是乙未日軍侵臺，臺灣義軍起來抵抗的故事，所以未便以這篇為目標來查禁。而剛好這一期還有另一篇小說林邊的〈虛應故事〉，嚴厲批評政府，所以可以用這篇來做為查禁的藉口，而且還要趁我出國的時候動手。

　　我幾乎嚇呆了，但次一瞬間無名火勃然而起。查禁《臺灣文藝》，這真是天大的笑話。純文學刊物也要查禁，天下還有這樣的道理嗎？陳君不會向我撒這種謊，他還說這消息已傳遍了整個臺灣，不知道的恐怕只有我一個人。我幾乎不加思索就下定了決心：我要抗爭到底。如果真有查禁令下來，我馬上要提出控告，不管是警總也好，或者哪個單位也好，一定告，還要請尤清當我的律師。當下我就把這個意思告訴了陳君，算是放出了空氣。

　　我重加檢討，〈浪淘沙〉查禁的理由絕對不能成立，此文描寫了臺灣人在毫無外援的情形下，抵抗外來侵略的英勇，有關方面應該給予表揚才是。至於林邊的〈虛應故事〉，寫的是一位被央請回來的「歸國學人」給放了鴿子──結果那個職位讓一個大官的兒子給搶去了，只因他沒有「有影響力的官員」的推荐。這種情形是人人耳熟能詳的事，在臺灣早已司空見慣，文中即令含有若干批判，也根本算不上「嚴厲」，更不是大逆不道的事。若以此篇為查禁目標，我更非抗爭到底不可，即令此舉無萬一勝訴可能。

　　這件「查禁風波」就到此為止沒有了下文，既未見查禁公文下來，也沒有慣常的那一類「約談」情事發生。只有聽到這消息的遠近多位朋友或者親來垂詢，或來信問起，我都在答覆裡強調我上述的決心而已。至於這

個「案子」何以會無疾而終，我實在懶得去想，去查，因《浪淘沙》是一部純正的文學作品，不容任何有形無形的「黑手」來加以玷汙。

不錯，它是寫臺灣人的不顧身家性命來保衛土地的崇高英勇的故事——正確地說，是從這一場戰爭寫起的。它正是歷史為證、鄉土為懷的雄渾磅礡的民族史詩。

一座輝煌的金字塔

東方白在這部巨著裡，為我們展現了臺灣自淪日時起直到當代的歷史風貌，並以三個家族裡的三代人物的人事滄桑與悲歡離合，來印證時代巨輪的運轉。

這三個家族中之一的人物，「江東蘭」即以前文裡所提到的張東蘭為藍本，那位臺灣第一位女醫師成了文中另一家族的「丘雅信」，尚有最後一個家族的人物「周明德」當然在東方白筆下亦有所本，可以說東方白正是以得自這三位人物的或則筆錄或則口述，或兩者兼而有之的資料，以藝術家的匠心穿插，交織而形成這部作品。故事發生的地點則除了臺灣本土之外，日本、中國大陸、菲律賓、馬來亞、緬甸，以及太平洋彼岸的美國、加拿大，大半個地球都在東方白筆下曲曲傳神地被描繪出來。

這兒我實在無法一一舉證，然而印象所及，例如雅信在太平洋彼岸以日僑身分，在第二次大戰時的遭際，是十分精采而獨特的。我猜想，這是這種場面第一次在臺灣文學裡出現，故而彌足珍貴。又如江東蘭以日軍通譯身分轉戰南洋各地，也有令人意想不到的呈現，逼真而動人心魄，令人擊節。這方面，我們也只能看到陳千武的《獵女犯》系列作品是親身經歷為本的優秀作品外，李喬的《孤燈》(《寒夜三部曲》第三部)，以及我的《戰火》(《高山組曲》第二部)均是靠蒐集而得的資料，尤其我的這部作品，在真實度方面，恐怕只有自嘆弗如了。

走筆至此，我必須趕快告罪。介紹這部如滾滾長河、一瀉千里的巨篇的內容，實在不是我這枝筆禿所能濟事。開始拜讀這部卷帙浩繁的作品，

已是七、八年前的事，其後斷斷續續地看，除了整個輪廓性印象之外，許多細節都已模糊了。可憐我這副老朽退化的腦筋，老來還得為稻粱謀，實在沒有精力與時間重讀，雖然勉強執筆寫這篇序。但很明顯我是失職的。只有在這裡請罪了！

不錯，《浪淘沙》不折不扣是部「大河小說」——就像一條長江大河，它源遠流長，奔騰過無其數的山谷原野，匯聚無數的支流，水量豐盈、滔滔不絕。

東方白為臺灣文學，豎立了一座輝煌的金字塔！

前文裡，我已提到李喬開始寫《寒夜三部曲》的情形。其後，他順利完成了這部百萬言巨著，寫的是臺灣淪日 50 年歷史為經，苗栗一帶客家部落的形形色色人物為緯，構成這部具有凜然不可侵犯的臺灣人正義感的深刻作品。

去歲，我們又看到了姚嘉文的《臺灣七色記》上，洋洋灑灑達三百萬言之巨。姚氏在這部巨篇裡，把臺灣人的歷史上溯到 1600 年前的「河洛」時代，一路下來，臺灣人的冒險犯難的基本精神躍然紙上。

這些作品，都是我們臺灣文學作品裡的大河小說，也是最珍貴的收穫，如今我們又看到《浪淘沙》的出版，我們又怎能不為此欣喜雀躍呢？

我還記得大約兩年前，有個朋友到舍間來做了個專訪，其中有一段是談了大河小說的寫作後這麼問的：「在這煩忙的社會中，有時間去讀長篇小說的人不多，大河小說是否有存在的必要？」東方白看到後寫信說：「這真是廢話，根本多此一問。」在東方白來說，大河小說不僅是必需存在的，也永遠存在的，其價值根本不容否認。而他之毅然著手寫這部作品，其對文學的情真意摯，由此亦可見一斑。毋怪他會孜孜矻矻花了多年的業餘時間來經營這部作品。

流淚的播種者

在結束這篇蕪文之際，我不知該不該再提這部作品產生經過裡的諸多

坎坷情形。

　　前文裡，我提過李喬寫《寒夜三部曲》，是兩部同時執筆，同時發表。他本身是位高中教師，僅能利用公餘時間來經營作品。姚嘉文還是在坐政治黑牢的七年間完成了他的《臺灣七色記》的，他們寫作過程裡的艱辛困頓，簡直可以用血淚交迸這個字眼來形容。東方白的情形也類此。在加拿大，他是一名政府機構裡的公務員，不用說也只有業餘的時間可供他執筆。在漫長的七年歲月裡，夜夜拖著下班後疲憊的身子，分出寶貴的睡眠時間來苦苦寫作。在我們歡呼臺灣文學的豐收之際，我們又怎能知道這播種的人流下了多少血淚，付出了多少犧牲？

　　即使是這部稿子的發表情形，也算得上幾分辛酸。1982 年冬，當我再也無法支撐《臺灣文藝》，決定交給年輕一代接辦以後，它頓時失去了依恃。到這時為止，它在《臺灣文藝》已經連載了兩整年，以字數言約五十萬，以當時估計還不到三分之一。這樣一部作品如此腰斬，實在是令人傷感的事。所幸後來商得《文學界》諸君同意，這才又覓得了歸宿，從次年秋間，才又和讀者見面。還好兩刊都是純本土的文學雜誌，大概只有關心本土文化的人才看，所以我相信她們的讀者多數是重複的，因此影響還不算太大。

　　除了這一點以外，還有一件更嚴重的事，就是東方白的健康受到損害了。這七年間，東方白回來臺灣兩次（近一次還是去年秋間的事），都是為了「醫病」。據稱他得的是躁鬱症。他向來神經就很纖細易感，這固然也是原因之一，但我相信更可能是因為多年來苦心經營這部作品所造成的。他常說：從事文學是一種奉獻，像他這種以宗教般的虔誠來寫，身體又焉得不受到影響。

　　今年開春後不久，他還在給我的信中說，預料到年底以前即可連載完畢，不料最近傳來消息，表示無法續寫了，只好先找個出版社替他印行，未完部分待身體狀況允許時再執筆。

　　這個消息使我難過了好久好久。真的，這部作品命運竟是如此坎坷

啊。而「斯人而有斯疾」，東方白的健康更使我憂急萬狀，五內如焚——唉唉，這麼說，好像我這位可愛可敬的老弟病得多麼嚴重似的。我知道他當然不是，只不過是一時性的精神不穩而已。何況他還春秋鼎盛。他雖然說過此書寫完，此生願望已足，但我知道他還會有好多好多作品待寫——再寫個二三十年，絕對不會有問題的。這些都暫且不必管，但願東方白那朗朗的笑聲，再次越過太平洋傳到我的耳畔來。這也是我寫這篇不成序的序文最大的願望。

——選自《自立晚報》，1989 年 3 月 19～21 日，14 版

《浪淘沙》的背後

◎鄭瓊瓊[*]

很多人叫東方白寫創作《浪淘沙》的辛酸經過，他已經寫得太倦了，一直沒能動筆，只好由我來寫，因為除了他自己，可能我是最了解他的了，於是我寫了這篇文章。

初識東方白

1963 年的暑假，他和他的妹妹到我工作的地方來看我，他站得遠遠地，他妹妹是我妹妹的同學，她靠近來對我說：「我跟我哥哥來重慶南路書店買書，順道來看妳。」我只跟他禮貌地點點頭，覺得他有一雙厲害的眼神，回家告訴我母親，我大概不能跟這個人相處，母親卻說厲害才是一個人成功的要訣，母親不斷地向我遊說。九月他去當兵，透過他妹妹帶來一封信，於是我們開始通信。剛開始總覺得他的信太驕傲，老是談他在文學上的看法，與我過去多少個朋友的信真有天淵之別，於是忍無可忍，寫了一封信罵他太驕傲。這次他的回信倒很謙虛，才知道他的驕傲是有緣由的，他說：「我看到謙虛的人會比他更謙虛，看到驕傲的人會比他更驕傲。」相信他意識到我對他有成見，所以才比我更驕傲吧！他語調的變化，真叫我驚奇。

他退伍的前一個星期，我父親因車禍住進臺大醫院，我每天下班就到醫院接替母親看護父親，到十點才回家，他退伍後也來看我父親，我們從臺大醫院走回大龍峒，一路上都是他在講故事，而每天都有不同的故事，

[*]鄭瓊瓊（1938～2007），東方白妻子，臺北人。

他真有講故事的才能。兩個月後我父親出院,在家養病,這時東方白沒有上班,他到處找不到工作,要出國又沒錢,加上母親多方面阻擾,他心情非常沉悶,而我每天上班之後,又得去夜校上課,看他那樣沮喪,只好叫他來跟我吃晚飯,等我下課後再來跟我從金華街走回大龍峒。他找不到職業的原因是他太坦白,每次去面談,人家覺得他的英文能力不錯,就問他留考沒有,他總說已經通過,半年後就要出國,誰要請他半年?所以我叫他以後不要說留考通過,他不但不肯,反而說他一生不說假話,還是要說到底。他就是不真不說的人,出國前整整一年,他一直都失業。

留學加拿大

1965 年 9 月他出國到加拿大留學,來信除了思家之外,最叫他痛苦的是他與人相處一房,他笑聲之大,叫別人無法睡眠,連房東都怕,在我去之前,已搬了五次家,加上不真不說的個性,也叫朋友受不了。1968 年我到了莎城(Saskatoon),多少個朋友對我私議,但我承認這就是他。

1969 年夏天我們的大兒子出生,兩個月後我父親去逝,我哭得很傷心,連最後一面也見不到,他安慰我,等他博士論文改完,趕快去找一份事來做,第二年我們就可回臺看家人了。但五個月後,看他指導教授還沒改他論文,而天天忙於開會或改外校送來的論文,他天天去看,天天沒改,終於有一天氣得回來告訴我:「我的指導教授是大牌有名的,找事沒問題,但天天忙,把論文一放就是半年!」他嘆一口長氣,當晚一夜睡不著,第二天還去學校,回來還是沒睡,第三天又去學校……我第一次看到有一個人,三個禮拜不睡覺,還能每天上學校,真是奇蹟。到了第三個禮拜,我叫他去看醫生拿了藥回來吃,一星期才恢復正常。我問他何不跟指導教授談他的心事,再忙也總要找機會說呀!他回答說好,但還是不敢說,有一天指導教授開心找他談話,他又拿到一批很大的研究金,才把他的論文給誤了,叫他放心,從今以後就可在他手下做研究員。他非常高興,回來告訴我:「可能明年我們可以回臺灣了!」

1971 年我們坐了黃偉成辦的第一次留學生回國包機回臺，在舊金山國際機場集合時，剛好白先勇也要坐同班包機，他告訴我：「那是白先勇，我去跟他打招呼！」我看著我們的大兒子，望他遠遠去跟白先勇打招呼，這是我第一次看到白先勇。與家人團聚是非常快樂的，尤其東方白的父母見到孫子更是高興，他和父母、姐姐去旅行，而我跟我母親及弟妹也相聚，唯獨我兒子五個星期裡，四個星期在生病中度過，為他發高燒急死了眾人。在回程的機場上，東方白姨媽大哭道：「下次回來，我再見不到你們了！」這種心情，加上旅途的疲勞，使回來後的東方白整整一個月精神消沉，無法睡眠。

巧遇《露意湖》男主角

1974 年 2 月東方白找到亞伯達省政府的工作，於是全家搬來愛城（Edmonton），在人地生疏的地方，他開始又覺得心情不愉快，工作又不像他的指導教授手下那麼自由自在，只是這份工作與研究相較是鐵飯碗，我說：「與人相處總是有磨擦，能忍就忍。」

愛城公園很多，到了夏天，他經常去公園散步，同鄉會也開始活動起來，這時東方白開始感到心情愉快，他大談闊論，聲音之大，根本不用麥克風。他的朋友愈來愈多，大家都喜歡找他聊天，第二年他就當了同鄉會會長，《露意湖》的男主角就在這時出現的，他看東方白能說能寫，就請他為他寫小說，好在林鎮山教授在旁鼓勵，東方白才答應下來，開始與男主角開車訪遍了他跟女主角從前共遊的地方。回來後，不久就動筆，這期間《露意湖》男主角經常來我家談述他的心境，與女主角相處時，她母親如何如何？我在場聽了沒什麼，但經東方白寫成小說就是那麼動人，也難怪小說完成後兩年，女主角看完《露意湖》又回來跟男主角結婚。在《露意湖》快結束時，東方白又病倒了，因為最後寫的是男主角最悲哀的段落，他也就比他更悲哀而無法睡眠，幾天後又開始緊張說頭不行，工作有問題，越緊張脊椎骨越痛，不但不能睡，也無法坐，最後只好請假躺在床

上，對上天嘆息。想勉力完成，心有餘而力不足，經醫生給他兩個星期的鎮靜劑，他才勉強完成最後的《露意湖》。完成後一再告訴別人，太痛苦了，從此不再寫了，但我在旁冷笑他，我不相信這個創作狂，過一陣子，心血來潮，可能越寫越厚也說不定。《露意湖》經隱地先生的介紹，在《中華日報》登了七個月，拿了稿費帶孩子去迪斯奈樂園玩，回來又開始籌畫寫東西，到處跟人辯論文化、社會與政治，很多朋友認為他思想有問題，甚至於痛罵他，這一來更加添了他的沉省的機會，他們不斷地罵，東方白就不斷地寫，有些好心朋友叫我阻止他不要亂講話，我只有回答他們：「他是作家呀！並不是政治家，如果硬阻止他，恐怕連我也要被他寫進小說裡去了。」這朋友好像似懂非懂，我也無法解釋太清楚。1979 年我們第二次回臺時，他已寫了兩大本厚厚的沉省錄，登在《臺灣時報》，後來被隱地先生精選印成了《盤古的腳印》，成了他最暢銷的一本書。

濫觴《浪淘沙》

大約在 1979 年的春天，有一位陳姓朋友來電話，叫東方白去他家聊天，有位從溫哥華來的教授談起在溫哥華有一個 82 歲的臺灣女醫生，她一生歷盡滄桑，希望有人能替她寫故事。東方白聽了很受吸引，於是這位教授回溫哥華告訴那女醫生，她表示歡迎東方白去訪問她，之後東方白覺得需要看她東京的學校，及臺灣幾個發生故事的地方，於是 1979 年 12 月我們決定途經日本回臺。回臺第二天上午我跟東方白去見隱地先生，一見面隱地先生就說：「東方白，你的寫作前途非常光明！」我們參觀了爾雅出版社的書店，下午去看鍾肇政先生，然後計畫帶孩子環遊臺灣一週，帶著英文臺灣地圖，每到一站就叫孩子畫圈記地名，以讓孩子知道什麼是臺灣，從臺北而新竹而臺中，在東海花園見了楊逵與洪醒夫，他們正在喝酒話家常，我替他們三人拍了一張照片，這張竟成了歷史照。我們繼續南下，由鹿港而臺南而高雄而屏東而臺東而花蓮，再回臺北。這次環島旅行，給孩子無限回憶，給東方白的《浪淘沙》無限靈感。回臺北之後他不斷見文

友，請吃飯，我也找我的朋友，最後臨走回加前一天，他弟弟結婚。我們兩個孩子賺了不少紅包，第二天準備上機場，孩子還說他們是不是可以多留一天，多拿幾個紅包？這次我們回臺旅行算是最為愉快，東方白回來一點都沒倦意，休息一天就上班了。

　　經過幾個月的構思，《浪淘沙》終於要動筆了。我聽東方白跟林鎮山教授討論小說的情節，不再是一位女醫生的故事，而是三個家族的故事，女醫生只是其中的一個家族而已，心想這樣一來，東方白一定會大病的，也不能阻止他叫他不寫，只好好言勸他要小心，不要病倒，他對我說一天只寫一兩小時，他也知道自己要小心。想到他小說的三個家族，我心裡就怕，也不能講，不如去找份工作來做，以免替他過擔心而不好過日子。於是我找到了一份工作，我每天上班，而他每天上班後晚上寫作。

　　一年平靜過去了，兩個孩子回臺去跟祖父母過暑假，而我們則去西雅圖他同學家度假。他同學向朋友介紹他說：「這位是我大學同學，他是工程師，但專業是寫作。」我心想這位同學真是他最知心的朋友了。這同學還希望他能幫他解決工程問題，要付他錢，可是他一概拒絕，他要專心寫這部大河小說，無心去做別的工作，更不想多賺錢，可見《浪淘沙》本身不但不賺錢，連意外收入也給謝絕了。

全心全意只為《浪淘沙》

　　旅行回來，東方白繼續努力，他生活很有規律，每天下班回來，吃完晚飯，開始看一小時報紙與雜誌，之後躺在床上聽一小時古典音樂，然後才洗澡，這時大約晚上九點鐘，他便往他地下室書房去寫《浪淘沙》，他電話一概拒絕聽，除非不得已，全心全意在寫小說。我有時打開書房，看他擺一地臺灣地圖與世界地圖，躺在書房的沙發上發呆，問他幹嘛不寫？「瓊瓊，有時寫不出來很痛苦呀！」我答：「這既不是父親逼你寫，又不是母親要你寫，自甘情願，又有什麼怨言？」我也不理他，把書房門關好，上樓做我自己的事，明天我又得上班，我必須準備中午的三明治。

　　東方白不分寒暑，每遇週末或例假，都到我們家附近叫「白溪」的原始林去散步。他常常散步回來對我說：「好在有白溪的樹林讓我散步，不然我這顆頭就不知道要怎麼辦了？散步使我的頭腦恢復疲勞，而同時又可構思我小說的情節，就像托爾斯泰一樣，他也每天到樹林去散步，樹林對我實在太重要了！」他邊吃我煮給他的蝦湯麵邊說，我沒回應，只是靜靜地聽，我在想這種感覺大概只有作家才有吧！

遍遊歐洲作家之家

　　有一天東方白下班回來告訴我，他的一位同事從歐洲旅行回來跟他說：「你對歷史文學這麼感興趣，應該去歐洲走一趟。」然後他對我說：「瓊瓊，妳已工作兩年，把那些錢拿到歐洲去玩吧。」最先我不答應，後來他一再說明這對他寫小說會有幫助，而且從加拿大去錢會省一點，我只好答應了。我們先在倫敦住三天，第一天就去看「迭更斯之家」，看他寫作的書房，以及外面的庭院，東方白最欣賞他的書桌，桌上刻印了很多字，他的手稿擺在玻璃櫃裡。東方白一直不停地看，好像作家看作家的作品，有無限吸引力似的，已經要關門，他還不停地看，看門的人只好對他說：「很對不起，明天再買門票來看吧。」這一天就過去了。第二天一早我們得買車票去莎士比亞的故居，坐大約兩小時的車才到那兒。那屋裡沒燈，只靠窗光，裡面只有幾本老書和幾張舊椅，看起來就知道莎士比亞比迭更斯更古老，吃完午飯我們又坐車返回倫敦的旅館。第三天到倫敦市中心去，看議會大廈、威士敏大寺，寺裡面全是名人石棺，東方白就一一點名，走出教堂他告訴我：「能躺在那兒真是了不起！」但我心想他覺得了不起，我卻看得好怕。再走過一條街，又有另一座教堂，那是聖保羅教堂，一年前英國王子在此舉行婚禮，裡面還是很多石棺，我沒進去，只在外面看看。然後我們沿著都市街道走，看到新奇的東西想進去買，東方白就對我說：「我們不是來這兒買東西的。」於是拖著我就走。回到旅館，我躺在床上嘆息，我好像是隨他來跟班洗衣的人。

　　第四天一早我們就準備加入了旅行團，坐上英國航空公司的飛機飛往希臘，快到雅典已是晚上十點，駕駛員在廣播，下面便是希臘最有名的神殿，東方白立即探頭向窗外看，飛機下面燈光燦爛，他看得就像進入神宮似的。遊完希臘我們就來到義大利，歷史地理對他來說如數家珍，來到羅馬的聖彼得教堂廣場，前面有什麼，後面有什麼，他比導遊說得還快。在聖西絲汀教堂裡看了米開蘭基羅畫在穹頂的「創世紀」，他久久不肯離去，對他來說，30 年前念的歷史，今天全部呈現在眼前，又高興又興奮，以致夜裡無法入眠，便坐起來看電視，但我已疲倦不堪，倒頭便睡了。第二天趕車往翡冷翠去，那教堂裡有加俐略和羅西尼的石棺，但我只在外面，而他又是一一點名。其後又到威尼斯，這一切無一不叫他驚奇而難於入眠。從義大利開始他就因睡眠不足而喉嚨發痛，還好我帶了藥，才能繼續我們的行程。經奧地利到德國法蘭克福的旅館，我先進房間整理，而他則在門前看廣告，不意發現歌德年輕時就住在這城裡，立刻跑來對我說：「今晚不要吃晚飯了，快坐計程車到『歌德之家』去！」趕到時人家已五點關門，只好叫司機為我們在「歌德之家」前面拍照，再帶我們去中餐館吃一頓真正中國飯。這種瘋狂似地一路想訪盡偉大作家之家，我想是我們這次旅行最大的特色，連那位司機都禁不住要微笑。在萊茵河的船上，他跟船伴大唱〈羅蕾萊〉之歌，整船的人都說他歌聲既好又響亮，晚上又興奮得睡不著覺。以後又跟旅行團到荷蘭、比利時，最後到法國，除吃一頓兼看脫衣舞的法國餐，以後全部自由活動，他想盡量到處去看，只因我腳痛不能走遠而作罷。我們法語雖不通，倒是看了羅浮宮不少名畫。巴黎聖母寺每個觀光客只進去走一下，可是東方白以探討歷史的眼光，每塊玻璃與石頭，樣樣都看得仔仔細細，一直在嘆息一天半的巴黎實在不夠，很多值得看的都沒來得及看，只好等著退休後才回來完成宿願了。旅行團回到英國，我們還有一天半時間，看了一整天大英博物館裡的名作家手稿，以及裡面圓形圖書館，他告訴我：「這就是馬克思花了 26 年寫《資本論》的地方！」本來想進去參觀，可是館方只限每人站在門前向裡面望十分鐘，對東方白

來說，他恨不得把所有圖書館的書都瀏覽一番，不時想往前邁一步，但看門的說他的時間已經到了，我們只好依依不捨地離開，剩下的半天，東方白還拉我再到「迭更斯之家」長坐一個下午，一直到晚上我們才搭飛機返回加拿大。

他又想回臺灣了

　　歐洲回來之後，東方白不時鬧喉嚨痛，而加拿大秋涼更使他的病加重，接著是重複的感冒，令他的氣管不舒服。到了這年冬天，他終於去看氣管專科醫生，醫生告訴他以後不能在冬天出外散步，這話一時讓他無法接受，從這天起，東方白一夜也無法入眠，每晚都像白天，而白天到辦公室也無法辦公。有一天我問他為什麼不能入眠？他說：「我就像失去一位情人。」我說：「但醫生只說你冬天不能到樹林去散步。」他說：「這就是我不能睡的原因呀！今天我非去不可，你陪我去好嗎？只在結冰的溪上走走。」我點點頭，只好陪他去了。我們走在凍硬的溪上，正如他在〈白溪與我〉那篇散文上描寫的，樹林裡空氣十分新鮮，溪兩岸風景極端幽美，也難怪不能出來散步會令他那麼痛心。我陪他到白溪散步，他該是滿足了，可是回來後他氣管炎加劇，一直說加拿大太可怕了，想回臺灣，要我也陪他回去。我有工作，怎麼可以跟他即刻離開？一個月過去依然如此，聽他跟家庭醫生說：「我心情很壞，好像親人過逝。」我不得已向我的工作單位請了一個月留職停薪的假，帶他回臺，見了他父親，才知道他父親的身體已經相當不好，渴望見他一面。我們在臺灣與他父親相處了一個月，這同時東方白也在臺北看了心理醫生，吃了藥，漸漸好轉，等我們離開臺灣回到舊金山，在友人家睡了一晚，第二天醒來，東方白告訴我說：「今天我好像完全恢復了。」他心情又開始愉快，也可以大聲笑了，老天呀！他的變化怎麼這麼明顯，我對他的病真不了解。回到加拿大的第 12 天，他的家人突然自臺灣打來長途電話：他父親已安祥過逝。兩星期後，我們又趕回臺灣參加他父親的葬禮，等葬禮完畢，他跟朋友到淡水去做文學演講，

我則在家裡陪他母親。可能這就是所謂作家的第六感吧，預感父親即將去逝，不但趕回來看他最後一面，而且還跟他廝守了一個月！

寫《浪淘沙》是時代的使命

從臺灣回來之後，東方白又繼續寫《浪淘沙》，每天還是寫兩小時，開始還十分注意健康，到了聖誕節，加拿大這時候假期最多，大概是想次日不用上班，多寫幾個小時才睡也沒關係，東方白常常到了深夜三點才上床，我被他吵醒，我問他：「為什麼要寫得這麼認真？寫到這麼晚才睡？」他回答我。「瓊瓊呀！這是時代的使命，年輕一點的幾乎日據經驗不足，年老一點的大都中文能力不夠，只有我們剛好夾在兩個時代的中間，你不認真寫，誰寫？」我沒精神去跟他論使命，大概是老祖宗找到了他，要他負起這使命吧，只要不生病他總忘了自己。

1984 年夏天，東方白第一次到芝加哥去開「臺灣文學研究會」，他很高興，回來對我說大家因已刊出的《浪淘沙》對他十分鼓勵，他邀請會上的鍾肇政先生來愛城玩。過了一個月鍾先生果然來了，我和東方白一齊帶他去露意湖玩，一路上他們不停地談文學與音樂，東方白也介紹風景，我只當司機而無心去聽他們在說什麼。到了露意湖，鍾先生已知道我開車技術不錯，就問東方白：「你開車嗎？」東方白回答：「我開，只是現在眼睛不好了，不常開。」其實能推盡量推，他腦子裡都堆滿他的小說，哪裡還有心開車？在洛磯山中住一晚，第二天我們就回愛城了，回來已經很晚，過了一夜，隔天鍾先生就離此回臺了。鍾先生走後，東方白又照常為他的《浪淘沙》繼續努力，這時我家房子正在翻修前面，對東方白來說，一切由太太負責，似乎與他全然無關，工人私下在閒談，好像這家只有女主人，他們哪裡知道男主人心中只有《浪淘沙》。

過了年他開始對我說上次到文學研究會很有趣，今年的文學研究會是不是全家去參加？順便到美東旅行。我們的錢才修完房子，還剩下多少錢可以全家走呢？我來加拿大快 20 年，美東從來沒去過，他又不斷地遊說，

只好把我幾年來儲蓄的加拿大公債拿出來賣，才實現了全家美東旅行的計畫。除租車到處走外，在文學研究會上東方白用全套臺語講《浪淘沙》裡的幾個前輩的真人實事，與會的人無一不靜聽而感動，會後大家聚在一起閒聊，問起東方白為何能用全套臺語演講？尤其在我們這種年齡，我回答他們，東方白在念建中時，在校當然說國語，在家一定要說全套臺語，因為他父親是在永樂市場裡擺攤子的鐘錶修理匠，沒念什麼書，母親也只有念日本時代的公學校，幾個姐妹也是念國小，即使他的外省弟媳婦嫁進門也要用全套臺語跟他父母交談，因此他的臺語是他們的「家學淵源」，沒有什麼稀奇。散會之前，他還邀請所有的會員來加拿大看露意湖，會後我們也到朋友親戚及華府名勝之地玩，很愉快地回來。

許多留傳後世的文章都沒得諾貝爾獎

有一天，東方白的一位忠實又富有的讀者，叫陳宏正先生，寄了一套諾貝爾文學獎全集的中譯本來給他，他非常高興，只要一有空，就拿出來翻閱，我對他開玩笑說：「你的《浪淘沙》已寫了一百萬字了，還要繼續寫下去，是不是想拿諾貝爾獎？」他則對我說：「許多留傳後世的文章都沒得諾貝爾獎，如《戰爭與和平》、《尤力西思》、《飄》，這些書當年都參加候選，都沒被選上，但現在卻還有人在看，而當年被選上得獎的許多書，你還能說出來嗎？我不是想得獎，我只是希望《浪淘沙》以後還有人看而已。」他這話讓我有種感覺，評審員與讀者的觀感是有所差別的。

從 1986 年起，由於朋友對《浪淘沙》的期許與鼓勵，使東方白延長每日寫作時間，由本來的晚上 11 點延到深夜一點，這樣過了半年，他漸漸承受不住了，但一時既有的步調又沒能緩慢下來，因為用腦過度，終於在1987 年的 3 月，有一天他突然不知道今天是禮拜幾？怎麼坐車回家？整個頭已無法運作了，他開始心慌，如果無法上班，整個家庭怎麼辦？孩子快上大學，他們的學費怎麼辦？加上我自己也因關節痛，不能上班，這麼多「怎麼辦？」跟隨而來，他幾天不能睡眠，然後感冒、脊椎痛、氣管

炎……接二連三都來了。這時候齊邦媛教授從舊金山打電話來訪問東方白，她能來露意湖玩嗎？東方白心裡更加著慌，因為他每年在聖誕卡上都邀請她來，難得她能來時，他卻因病而不能陪她上露意湖，我安慰他說就由我陪她去，還是請她來吧。我和我的大兒子就輪流駕車帶齊教授上露意湖去，去時風雨交加，我們一路上都在談東方白，起先齊教授不了解為何東方白不陪她遊露意湖，後來才知他病了，怕山上的冷風，所以才由我帶她。她還問東方白是不是客家人？聽說在臺灣寫長篇小說的都是客家人，我說：「不是，他純粹是出生在臺北的河洛人。」齊教授又問：「他喜歡文學，怎麼還會搞工程？」我說：「他對數學很感興趣，尤其在水文數學方面更是不錯，在整個辦公室裡所有數學問題都由他解決。」齊教授就說：「他真是奇才！」我說：「對呀！他白天做數學，晚上做文學，一部機器長年不眠不休，總會有故障的一天吧！」這時快近露意湖，天已開始放晴，露意湖之美慢慢展現了。我們在山中住了一晚，又往回路走，這時山頂已不蓋雲，露出美麗的雪冠，恍如仙境，齊教授拍了不少照片。回到愛城，東方白已在家等我們，他告訴我，他因為怕冷風，到商場裡散步，差點昏倒在商場的走道上。第二天齊教授離開愛城到紐約去了，他又忍住病埋頭去寫他的《浪淘沙》，而我則因關節痛而辭職在家。

苦寫十年終告完成

到了 11 月，有一天他老闆勉強要他做一件他不願意做的事，當天回來就對我說：「我又開始有憂鬱之感，整個人生已無樂趣可言。」他工作不下去，他又想回臺灣了。三天後，他跟辦公室的人請了四個星期假，我們就回到臺灣，一些文友一個個來看他，都覺得他人已大變，那過去朗朗的笑聲已不掛在他嘴上。我們再也找不到 1983 年的那位心理醫生，他已出國了。四個星期除了與母親姐妹相聚，他什麼地方也沒心情去，假期完了，我們只好又回到加拿大來。回到了加拿大，他每星期都去看心理醫生，每星期都增加藥量，他對我說：「我頭昏得沒法工作，快被老闆辭職了。」無

論他如何說，我總是傾耳恭聽，有時他忍受不了呆坐辦公室的痛苦，打電話叫我去接他回家，我就立刻開車去接他。天呀！還好現在我辭職在家沒上班，可以全天候地照顧他，否則這種日子他不知要如何過？有時他半夜起來，告訴我日子過得真是可怕，問他為什麼？他總是搖搖頭不說什麼，有一天我下樓到他的書房想看他的《浪淘沙》到底寫到哪兒？一看原來在寫南京大屠殺，每個中國人都被殺得血淋淋的，難怪他覺得人生如此可怕。有一回他告訴我：「川端康成得諾貝爾獎，四年之後，跟我一樣，得這種病而自殺。」我說：「他沒吃藥，但你在吃藥，終究會好的。」儘管他這麼意氣消沉，但他每天還是提著手提包去上班。這樣過了一年半，到 1989 年 3 月 19 日那天，兩個兒子請他到餐館吃他的生日晚餐，當晚回來就告訴我他已有恢復之感，於是又到書房重新去寫他停筆已久的《浪淘沙》。到六月，在電視上見到中國大陸六四天安門屠殺，別人也許只是心情不好，而東方白則心情沉重到要增吃一個月的藥，正如心理醫生對我說的：「這是他的病，也是他的天才，只有吃藥，沒有其他辦法。」

感謝上天！《浪淘沙》終於在 1989 年 10 月 22 日脫稿，儘管努力十年的《浪淘沙》已經全部完成，東方白產後的餘痛仍在繼續中，叫他封筆是不可能的事，但少寫總是少病，不寫則更好。

——選自東方白《浪淘沙（下）》
臺北：前衛出版社，1990 年 10 月

冰湖雪山和南國鄉夢

◎齊邦媛*

　　第一次看到《浪淘沙》的原稿，好似一匹瀑布由東方白的書架上流瀉而下。那一大張一大張雪白無格的紙上寫滿了龍飛鳳舞，自成韻律的字。他將它們一疊一疊地捧下來，漸漸地飄瀉滿地。在那極北城市的小書齋中，東方白索性坐在這些稿紙中間，興奮地說：「你看看，這些年我這麼一張一張地寫著，這是我每天活著的最好見證！」

　　他幾乎不喘氣地告訴我故事的基礎和發展，取出一些照片指給我看那些確實存在的書中人物。那時書中的主要人物丘雅信已經快 90 歲了，仍然健在，住在不遠的地方，他真希望能帶我去看看她，聽她親口說她奇妙的一生……，我也陪他坐在地上，片片段段地在瀑布中拾讀幾頁，問一些問題。書齋外面是龍捲風剛過境後怪異的寂靜，室內簡單的書架，小檯燈，和引發他寫〈鐘靈〉那篇散文的小石英鐘，地上坐著作者和讀者。在進入傑克倫敦〈野性的呼喚〉的荒寒極地之前最後一座城市裡。在加拿大的地圖上再往北走已不設省，只稱之為冰域（Ice Territory）了。那一天是 1987 年 8 月 5 日。

　　我專程北飛去看望東方白原是為了他另外一本書《露意湖》。此書於1978 年爾雅出版社初版時，已引起相當重視。那時文壇已不常見有分量的好小說了。《露意湖》寫兩位留學生的戀愛故事，分分合合寫得鉅細靡遺，但它可能仍只是又一本愛情小說而已。不同的是，它 430 頁中至少有 50 頁寫了臺灣少有人見的洛磯山奇偉的湖山，隨著這對情侶的遊蹤，處處是令

*作家。發表文章時為臺灣大學外國語文學系退休教授，現為臺灣大學外國語文學系榮譽教授。

人驚喜讚羨的人間仙境，譬如：

> ……這丘陵長著綠色密密的松林，輕柔而服帖，就像微微起縐的天鵝
> 絨……
> 我們正驚美於那一地天鵝絨的蔥翠與柔軟，洛磯山脈豁然在丘陵的盡頭
> 出現了！那紫色的山巒連綿橫亙西半天，彷彿是滔天的巨浪。對著我們
> 洶湧而來，山頂的那一系列白雪，就像浪頭上的白沫……
>
> ——《露意湖》，頁209

這樣的寫景文字合成一種氣勢，將作者相當平淡的敘事文字突然精緻
起來，自人間的瑣事陡然拔高至山巔雲霄，慢慢再降回人間，產生了對立
情景奇瑰的融合。未曾親臨這境界是無法寫出這樣文章的，更何況作者並
不自囿於山景，他魂縈夢牽的是山外的世界，包括他生長的臺灣故鄉，所
以書首他引述在阿沙巴斯加冰河（Athabaska Glacier）展望臺下用英文和法
文刻著的豪壯的銘文：

> 全世界中，從同一塊冰融解的水最後流到三個不同海洋的情況並不多
> 見，眼前的哥倫比亞冰原卻是其中一例。水從這裡分別流向太平洋、大
> 西洋與北極洋。你正站在北美洲的巔峰。
>
> ——《露意湖》，頁227

這種在臺灣本土書寫中不常見到的宏觀景物，加上書中人物的本土性
格與心態合成一種極端複雜的吸引力。東方白多年的知音林鎮山先生在書
序〈在水之湄〉中從命運觀進而分析《露意湖》一書所承負的錯綜複雜的
深層內涵，認為東方白作品中尋求的「也許是一己生命在宇宙中的地位，
及其在無限的時空中的掙扎性質。」我讀後所思索的是小說雄偉的布局和
作者伸展的視野。

　　1980 年夏天，東方白回臺省親，《露意湖》出版人隱地知道我對這本書評價頗高，邀我們小作餐敘，首次聽到他那高分貝的爽朗笑聲。我問了許多相關問題，尤其是湖山對他構想布局的影響方面。以後每年至少通一次聖誕訊息，其間我們曾將他短篇小說〈黃金夢〉和〈奴才〉英譯刊載在中華民國筆會英文季刊上。他每信來必力邀我去洛磯山一遊。支持鼓勵他最有力，後來結集出了《臺灣文學兩地書》的鍾肇政先生，1984 年秋天在〈永恆的露意湖〉一文中詳盡精美地記述了他們湖山之遊，結語說東方白是看過了露意湖之美才會立意寫這本書的。（我去過之後，亦支持這個看法。）

　　等我終能親自看到那千里蒼莽的奇景，已是 1987 年了，我曾因車禍斷腿而自嘆今生無緣，但是東方白來信說推著輪椅也要帶我一遊。我下了輪椅一年決心前往，原想看看壯麗的湖山於願已足，誰知那一趟北飛竟成了我終生難忘的經驗，也因此使我對東方白的世界有更深入的認識。在他僑居 30 年的那片土地上，大自然不僅伸展向無限的空間，更時時以不可置信的威力君臨其上！我的飛機在午後兩點到達愛城時突然開始搖擺起伏，在眾人驚恐萬狀中穿過黑黃色翻騰不已的濃雲降陸。坐上了東方白和瓊瓊的車才在廣播中得知該州有史以來最大的龍捲風正橫掃三里外的愛城！街道上已難辨路，真正親見了「正午的黑暗」！在飛沙走石及冰雹擊打之下，瓊瓊以寸進的速度終於開回了家。（臨行去看風捲過的災區，令我想起轟炸後的重慶。）肆虐於大平原上龍捲風和臺灣熟悉的颱風對一個作家敏感的心情該有相當不同的震撼吧。

　　如果說是龍捲風之翼開啟了我訪問的序幕，接下的幾天確都充滿了意外與震撼。驚魂甫定之後，我才發現東方白的憔悴與失神，為了那流瀉如瀑布似的《浪淘沙》，他的精神已到了崩潰的邊緣！我只知他信中興高采烈的邀請，沒想到卻在他生命的低潮時踐約！這時他已精神衰頹得不能持續寫作了，那一夜坐在滿地的稿紙中間的他充滿了焦慮與不寧，不知能不能寫完這本耕耘了多年，寄望良深的作品。和他對坐在稿紙之中，勸慰和鼓

勵的話都不知由何說起了。露意湖由瓊瓊帶兒子開車仍是去了,那遙遠漫長的近千里車程中我雖是飽覽了湖光山色的驚人之美,內心卻是不安的。想著人生的種種無常變幻,理想與現實間人力拉不攏的距離,想著文學坎坷之路,不知東方白能否早日身心健康地回到他的書桌上去?

離開愛城到紐約時迎我的是父親遽逝的越洋電話。在趕回臺灣的飛機上,望著窗外白雲升騰,瞬息萬變,首次真感到渺小的自己離上帝很近。生命似又得更深啟示。生與死既是如此無情莫測,人在世間的努力,像東方白那瀑布似的寫作自有它不服輸的尊嚴在,病困中它必有其超越之道吧。

不久後我在臺北一家中醫診所看望就診的東方白,又不久在《臺灣文藝》上讀到他寫兒子給他的鼓勵的「忍耐、千萬別放棄……」,讀到瓊瓊在「聯副」上寫的〈走在結冰的溪上〉,知道他漸漸地戰勝了。

1990 年秋天書出版了,在盛大的《浪淘沙》新書發表會上又看到神采奕奕的東方白了,尤其為他高興的是這樣大篇幅的巨著已經印到第七版了。書出版後已有許多評論,一致認為它是一部成功的大河小說,以史詩的氣魄寫百年來臺灣三個家族的悲、歡、離、合。歷史中有故事,故事中有歷史。許多人將它歸類為政治小說,卻局限了它關懷的層面。它記錄了一個奇異的政治支配人生的時代,感喟於政治浪潮沖刷下命運的擺盪。政治小說至少須有一些確切的政治信條,但《浪淘沙》中似乎看不出東方白遊子思鄉深情外持何政治立場,甚至連今日流行的統獨立場亦不明顯,而處處彰顯的只是人本的關懷和對臺灣鄉土的眷戀。

《浪淘沙》以 1895 年 5 月日本軍艦駛入淡水河口作為序幕,確是極好的布局。以「清國奴」作第一章,寫拿著筆、墨、硯、紙和水罐去與日本兵「講和」的澳底村民之死,也是極耐人深思的開始。也因此,讀到陳芳明的〈寒風裡過澳底——雜記東方白〉(收在《荊棘的閘門》中,自立晚報出版社,1992 年初版)精湛的文字呼應著內心強烈的感情,令我分外感動,他記述與東方白到澳底「鹽寮抗日紀念碑」前,面對「遠處是霧氣迷

濛，蒼茫遼闊的太平洋」時深沉的思考。鄭瓊瓊在〈《浪淘沙》之旅〉文中記他們在碑下散步時，陳芳明說：「如果這碑文最後還添上一句『欲知詳情請讀《浪淘沙》』該多好！」

　　在澳底的太平洋彼岸是東方白居留了 30 年的加拿大。在那個遙遠的異域（至今應是第二故鄉了吧），他得以馳騁於純文學的思考，可以在優美的莎河上構思、默想，沒有在臺灣的政治圈中被「消耗」、磨損。周遭的崇山峻嶺和冰川、湖泊都已漸漸融入他胸懷中。《浪淘沙》印行七版之際，他的下一部書《真與美——詩的回憶》第一部已問世，《露意湖》第五版也剛上市。當臺灣的政治搏鬥，街頭抗爭、競選口號都成了幾筆帶過的往事時，這些厚重的小說，仍會穩穩地坐在許多書架上，在各式燈下，被取下來津津有味地讀著。

　　　　　　　　　　　　——選自《中國時報》，1996 年 5 月 30 日，35 版

寒風裡過澳底
雜記東方白

◎陳芳明[*]

一

　　東方白自加拿大寄來我與他合攝的相片，那是去年 12 月我們路過臺灣北海岸時拍照的。照片裡的背景是「鹽寮抗日紀念碑」，遠處是霧氣迷濛、蒼茫遼闊的太平洋。雲翳黯淡，劃過海上長空，也劃過我們的胸口。

　　這裡是 20 世紀臺灣史的起點，也是東方白大河小說《浪淘沙》故事的起點。他以十年的時間，寫成這部 150 萬言的小說，容納了百年來臺灣先人分離與結合、挫折與振作的事蹟。在撰寫期間，東方白的精神世界，也隨著故事中的臺灣命運一起受傷、一起治療。當我們站在澳底，並肩面對海洋時，他抑揚頓挫的心靈跋涉，想必也隨著小說的完成而宣告終止吧。默默的雲天，滔滔的海水，可能不曾感知一部可觀的文學作品是在這裡孕育誕生的。

　　以這樣平凡的一個漁村，拉開臺灣現代史的序幕，似乎與臺灣人波瀾壯闊的奮鬥事業不能匹配。東方白小說的第一章，也是如此平淡無奇開始的：「澳底是面對太平洋的一個小漁村，恰好在鼻頭角與三貂角的海灘中間，本來是個避風的漁港，但因為港內還有一大片平地；於是便有人在那土地上墾荒，並且蓋起了幾間茅屋，終於形成了幾十戶的小村。然而，歷史中的多少興亡盛衰，就是從這幾間茅屋營造起來的。」那座紀念碑，看

*發表文章時為美國《臺灣文化》總編輯，現為政治大學講座教授。

來有幾分庸俗，幾分笨拙。倘然要從這裝飾性的石碑，去捕捉流動的時光，去揣摩悲歡的生命，當屬惘然。

從碑石通往沙灘的石階，兩旁都是林投樹。這倔強的植物破石而出，也使禁錮的靈魂破牆而出。

經過漫長的時光之後，東方白終於啟開了鎖鍊，釋出了自我。在他的大河小說出版之際，他竟然有機會回到故事中的原點。站在澳底的海岸，他的心情絕對不會是平靜的。他的徘徊喟嘆，我是聽見也看見了的。為一件文學勞作耗盡心力，在歷史上有許多先例；但是，能夠像東方白那樣從廢墟中重建了自我，尚屬罕見。他不僅為個人拯救了可貴的生命，而且也為臺灣人拯救了一部長篇小說，不能不說是一種奇蹟。

二

我這十年來的心路歷程，其實是與這部小說一起發展的。東方白開始下筆寫出《浪淘沙》的第一頁時，也正是我的生命價值全然粉碎而又重新營造的時候。臺灣在 1980 年代初期發出的劇烈陣痛，深深刺激了他，也悍然催醒了我。不過，我以介入政治的方式來表達我對從前的背叛，東方白則選擇了撰寫歷史小說的途徑，來抒發他內心的憤懣之情。

他的作品連載於《臺灣文藝》期間，我已在政治波濤裡浮沉了好幾回合。他的小說帶給我許多深沉的思考，尤其最初讀他寫臺灣民主國始末那一段，我第一次訝然發現，原來一個動盪的時代也可以使用冷靜的文字來處理。

從前我總有一個偏見，認為臺灣文學是緊張的、不修邊幅的。我舉吳濁流、鍾肇政等人的小說為例，他們應該適合生長在勁風的海邊。東方白在石階上徘徊，似乎想找出他小說裡的蛛絲馬跡。他時而駐足，時而瞭望，恐怕是在憑弔那些亡逝的悲壯人物，無論那是真實的，或是虛構的。

我憶起昨夜在宜蘭的演講盛況。充滿自信、熱情而又謙遜的他，站在臺上講述他創作文學的旅程。那是他完成小說後第一次的公開表白。當他

說出他的文學抱負、他的作品隱喻，以及他追求的生命目標，並沒有多少人知道，這十年來他的日子是如何度過的。面對擁擠的聽眾時，他揮汗講述他小說裡蘊藏著對臺灣人的責備、期許與希望。但是，在漫長的歲月裡，他往往只是孤獨面對自己所設計出來的藝術。

如果說這部長篇小說是以生命換取的，並非是誇大的說法。當他落筆寫第一章時，他等於為自己寫下了有期徒刑的判決書。更正確一點來說，那其實是一種無期徒刑；因為，他並不能預測自己何時可以完成這份作品。他只知道只有在小說構築完成時，才有可能從囚禁中自我釋放。

在自己營造起來的牢籠裡，東方白有幾度瀕於精神崩潰，他簡直走不出自我的監獄之外。他走到了生命的懸崖，往往在到達毀滅的邊緣，他又重新拾起自己的靈魂；在斗室裡重新組合自己的生命。倘然他的小說可以視為臺灣命運的影射，則他的掙扎、搏鬥應該是臺灣人的性格之最高隱喻吧。他終於沒有迷失在無情的歲月裡；他又執起筆桿，以他的信念克服了莫名的怯懦與脆弱。像一位憤怒的雕刻家，他使自己的迫切的心，急欲表達出他們的願望。即使是李喬的作品，我也覺得他是屬於緊張的文學。讀起東方白的小說後，我逐漸糾正自己的觀念，原來臺灣文學也有從容不迫的一面。

初讀《浪淘沙》時，我以為小說的幅度，只不過是第一部「浪」的三倍長。後來進入第二部「淘」之後，我才知道這將不僅僅是二、三十萬言的小說；然而，我從來沒有預料到他會寫出 150 萬言。從十年前的第一次捧讀，直到我掩卷閱畢，我的心靈旅途已經歷了幾次轉折。倘然我沒有介入政治運動，倘然我沒有改造自己的人格，倘然我沒有重建價值觀念，那麼我對這部小說的理解，恐怕仍停留在最初的純文學的階段，小說中的精神對我的衝擊恐怕沒有如此巨大。

從解釋學的觀點來看，我之接觸《浪淘沙》，其實是我的生命在與一個藝術品相互對話。當我自覺到必須重新塑造個人的歷史傳統時，東方白筆下的藝術生命也開始誕生成長。我緊密追蹤《浪淘沙》的成長軌跡，那並

不是因為我認識東方白，而是因為我把這部小說視為充滿生機、充滿活力的獨立藝術品。這部小說，不是「被鑑賞的對象」，它其實也在我最苦悶、低沉的時候對我說話，也在我最欣喜、開朗的時候為我歌頌。小說中的每一個人物，每一段情結，每一層結構，彷彿都在我的思考裡構築工事。

　　《浪淘沙》之從容，在此就清楚表現出來。他在故事中帶出另一段故事，在歷史裡隱藏另一段歷史；他的情緒、思想、慾望，在層層過濾中得到稀釋。例如說，周明德身在菲律賓時，就能夠透視美國「民主」的虛偽性，但是，他並不直接抨擊美國制度，東方白以聲東擊西的方式來處理這段故事，他以最大的篇幅去描寫菲律賓民族英雄雷沙，壯烈犧牲的經過。讀到那裡時，我忽然分不清楚究竟是在讀周明德的故事，還是在讀雷沙的故事。周明德的憤怒，都消融在雷沙的歷史事件裡；同樣的，雷沙的自我奉獻，又變成了周明德日後成長的一部分。這兩個故事重疊在一起，又昇華成為我閱讀時的啟示。

　　我從來不以為這是東方白與我對話；其實，在我投入小說的世界裡時，東方白並不曾存在過。那些情節之所以會那樣發展，只不過是藉他的筆記錄下來而已。我面對的，是一個歷史的再現；那些人物不是被創造的，而是自始就以獨立存在的方式活在這個人間的。

　　正因為如此，我總覺得小說中的三個家族，使我充滿了同情。在那挫折的十年裡，我從他們破碎的身世找到了希望。無論是丘雅信，或是江東蘭，或是周明德，在時代的波濤中，他們都能夠恰如其分地表現堅定的毅力。他們象徵分散了的臺灣的歷史命運，在天涯，在海角；但是，他們又能夠適時拾回自己最初的生命力。穿越了兩個痛苦的時代，橫跨了四、五個陌生的土地，他終於克服內在的恐懼與外在的壓力。

　　他們的遭遇，似乎在影射我流亡的經驗，似乎在照映這一個時代每位離鄉背井，每位埋名隱姓的臺灣人。每讀《浪淘沙》之際，簡直就是我攬鏡自照的時刻。待到東方白真正定稿寫出這部作品時，我的人格自我改造也已經完成。接到這部厚實的書籍時，我的心情已全然改觀。想起當初的

怔忡猶疑，到今天的豁然達觀，我始領悟這部小說對我實具有非凡的意義。

三

　　寒風凜凜吹過荒涼的澳底，我以深情去體會那潮濕的風拂過每一寸肌膚的感覺。從東方海面迎來的風，滲透我零落的髮絲，侵襲我敞開的頸項，那份感覺真正把我帶回了故鄉。將近百年前，臺灣的先人也曾經在這沙灘迎接海洋襲來的風，也迎來日本侵略的軍隊，20 世紀的歷史潮流從此改道。東方白決定從澳底出發，這裡成為他文學生命的里程碑，相信他也是為了掌握那一份迎風而來的感覺吧。

　　「鹽寮抗日紀念碑」冷冷矗立在海岸上，經歷了多少寒風，聽盡了多少濤聲，但它並不能抵擋時光的流逝。我與東方白前來此地，當不只是憑弔已經埋葬了的從前；我們毋寧是瞭望開闊的地平線，迎接改造了的生命。東方白端詳那一片逆風的林投，眺望那一塊黯淡的沙灘，瞻仰那一脈藹藹的青山。從歷史深處走出來的他，必然比我更能辨識生死的意義。他整襟轉身，迎風走向岸前，靜靜凝視著浪淘沙。

——《自立晚報》，1991 年 2 月

——選自陳芳明《荊棘的閘門》

臺北：自立晚報社文化出版部，1992 年 9 月

人本主義的吶喊
試論東方白的《浪淘沙》

◎林鎮山*

　　愛倫・格拉斯高曾經說：「重要的文學作品都不套成規（defy formula）」，所以要從既有的敘述模式中為《浪淘沙》這一部具有史詩性的大河鉅著追尋、定位，是一項跟創作它一樣艱苦的使命。我自己才疏學淺，自然力有未逮。只因十年來親身見證這一部作品的孕育成長，在《浪淘沙》即將付梓出版之際，為這段歷史公案和作品主題提出一種自己的讀法，毋寧是合宜的吧？！

　　綜論《浪淘沙》如能一言以貫之，我私自以為貫穿整部作品的創作和主題的是：人本主義的吶喊。從作者的創作信念，到人物的塑造，甚至主題的發揮，莫無豐富的人本主義的軌跡可尋，卻又企圖昇華、光大。

一、承繼「人本主義」的精神

　　牛津聖凱撒林學院的愛倫・伯拉克在他的《西方人本主義的傳統》（1985 年）一書中曾經提及：「人本主義並不是一套哲學思想，也不是信條，只不過是一場爭論紛紜的論辯，至今猶未稍息」。既然如此，他還是為人本主義下了定義。他認為人本主義以人為中心，自人類的經驗出發，堅持以人的尊嚴為重要的信念，並強調教育與個人的自由。伯拉克指出人本主義者重視理解其他民族的思想與感情，不管這個民族是希臘人、中國人、或西班牙人，更不論古今。最特殊的是：人本主義者擁有積極的人生

*發表文章時為加拿大亞伯達大學東亞研究學系副教授，現已退休，為亞伯達大學東亞研究學系 Professor Emeritus。

觀，努力克服命運，與邪惡對抗而不屈從。

美國愛荷華大學的菲德烈・麥杜渥教授在《普林斯頓詩學百科全書》（1963 年）中指出：文藝復興時代的人本主義原來為人類的福祉而奉獻，反對超自然主義，肯定人類的尊嚴與價值，確認人類可以透過理智的運用和科學的方法，達到自我的發揮，並呼籲在基督教的架構下達成人類的願望。美國的「新人本主義」與文藝復興時代的「人本主義」並無明顯的直接關係。基本上它是從 1915 年發軔到 1933 年為止，可是它跟古典的人本主義同樣強調：人類的尊嚴、道德的勇義、理智的運用、和意志的發揮。雖然新人本主義者極度依賴基督教的道德傳統，但是反對教條和形式神學。

從這些人本主義的精神面貌來看，東方白本人和作品《浪淘沙》一方面繼承了這些基本的精神價值，可是作者也努力為「人本主義」增加豐富的內涵。

二、「緣」起：只為了文學

1973 年秋天我抵達加拿大的亞伯達大學攻讀冷冰冰的實驗語言學博士課程。初抵校園不久，幾陣秋風兼秋雨，一夜之間就把滿山、滿城、滿校園染成颯紅慘黃。每天從儀器、電腦滿室的系裡回到埋在地下室的公寓，總是不見原鄉的星斗月光，就在我這個鄉愁糾結的時節，東方白結束了博士後研究從莎省大學來到亞省環境廳擔任觀察水文的工程師。當時我姐夫在莎省做博士後研究，偶而提起念過英國文學，現在正在亞省大學攻讀人文學科的我，東方白及夫人（瓊瓊）就在一個週末的下午來造訪滿室只有一桌四椅的我們；這是我們第一次見面。初次相識，東方白劈頭就談文學，而且談個沒完沒了，一直等到瓊瓊喊：「林文德！該走啦！吃飯時間到了！」他還意猶未盡，而他們兩位公子才三、四歲不到，還不能席地久坐，早已躲入我們空無一物的衣櫥捉迷藏。有生以來，這是我們第一次結交兄長輩的朋友，而且是他們折節相交──一切只為了文學。

三、燭淚的「故事」

當時我們是一窮二白的留學生，僅靠菲薄的獎學金度日，連電話費對我們都是多餘的負擔，所以東方白一家必須冒昧無約來訪。可是一到我們陋室，談起契訶夫、芥川龍之介，他總是一躍而起、長袖生風、舞之蹈之。而且只要談興一濃，即使是在開車前往公園的路上，他那輛後窗洞開的漫九里（Mercury）也會在高速公路的雙線道上跳起探戈來。我自己雖因語言、文學而生，可是冷冰冰的實驗語言學訓練，絕不足以說服自己擁抱東方白那副為文學而犧牲的胸懷；所以坐東方白開的車，又坐在前座上跟他談文學，就覺得好像在惡夢中眼睜睜地看著他把車子開向懸崖那般恐怖、緊張。在那千鈞一髮的剎那，瓊瓊往往會失聲大叫：「林文德！你要把車子開到哪裡去？！」聞聲之後，東方白就會馬上會意地長笑一聲，把車子開回慢車線上來。

1975 年 1 月，我因為撰寫「音韻學專題討論」的報告過勞，患支氣管炎入院。出院那天，北國的深冬雪花紛飛、落地成冰。我全身覆蓋著厚厚的毛毯（還是東方白備置的）躺在他的漫九里後座，癱瘓無力。東方白開著車子照樣談笑風生，一股暖流迴蕩在寬敞的古典漫九里車內。車子進入亞省大學校園，忽地戛然而止。他推門下車檢視，回來笑說輪胎因為天冷——洩氣抗議。只聽他從後艙取出工具和輪胎，一陣鏦然旋轉敲打，不一會兒又侍候好了漫九里，上路後依舊談的是契訶夫，彷彿沒事一般。

《浪淘沙》開筆的時候，我已經論文完稿，畢業留校教書，過著典型的北美學究生涯，家中還增添了兩個寶貝，因此，以文會友的時間頓時減少許多。為了寫作、研究的需要，東方白逐漸擴增他的藏書，文學作品當然最多，其他不但上至天文，下至地理，而且旁及音樂、歷史、宗教、繪畫……不一而足。他能直接閱讀英文、日文、法文，還兼德文、俄文。我自己偶然因為缺乏資料，臨時扣門，多半不會敗興而歸。不管是週末的下午，或是週日的晚上，我登門借書，總是見到他在地下室的書房裡，埋首

寫作。書籍、雜誌、地圖攤滿一地，中文、英文、日文、法文都有。地下室淒冷，陰氣襲人，他多半加披睡袍取暖，沙發上又橫置著毛毯——都因獻身文學，長年如此。書房中一燈的暈然，使我不禁聯想起煖煖的燭淚，悄然慢慢地滴下。

1987 年的 3 月，一個還很冰冷的夜晚，我正在準備第二天專題討論課的教材，都十點半了，突然電話鈴響，那頭傳來東方白頹然低沉的聲音，說他頭痛欲裂，不能再寫下去了，《浪淘沙》只好絕筆……。一時之間，悲懺湧起，我似乎見到先前看過的燭淚，現在滴盡了，癱淤於桌角，餘溫一息。那個週末他邀我過去小坐，告訴我《浪淘沙》原稿放在家中的什麼地方。我默默點頭記在心底，心裡不免猜想，他大概不希望像曹雪芹的《紅樓夢》那樣，原稿最後流失吧？！

以後幾次會面，總是由瓊瓊開車，載著東方白到我家來小坐，偶而我們四人一起出外，也是由瓊瓊開車，反而東方白與我默然留在後座。這在通常總由先生充當司機的我們愛城慣例來看，非常突兀。東方白的不再開車，就有如江湖豪俠，被廢了功夫——又是為了文學。那時刻，我自然想起十多年前，文學談興一起，東方白就會把車子開往懸崖的往事，當時，我雖然常常被嚇壞了，總比現在看著出奇沉默的他，好上許多。

1989 年 3 月，已經進入亞省大學的之偉和士偉——東方白的兩個公子，為他點燃生日蛋糕上的「新燭」，從嶄新的燭光中閃出新機和新的希望。於是東方白重續意志的發揮、理智的運用，以他那種人本主義的精神，繼續創作，當年 10 月 22 日《浪淘沙》終於完稿。我身為語言、文學的工作者，當然很高興做為這部作品的一個見證人，為這段艱辛的歷史見證。

四、豐富人本主義的內涵

美國當代批評家蘇珊‧蘭瑟曾經在她的《敘述學：小說中的敘事觀點》（1981 年）中提出：小說中的主要人物往往影射作品中的主題含意，傳達

作者的基本信息（ideology）。這一個論點，我想，的確可以從《浪淘沙》中的三個主角：丘雅信、江東蘭、和周明德身上得到印證。

　　如果說：文藝復興時代的人本主義和美國的人本主義都涵蓋了基督教的道德精神架構，偏重於西方的傳統，那麼《浪淘沙》中的三個主角因為時代所趨，也難免受到西方浪潮的衝擊。畢竟雅信是受過洗的基督教徒，受過教會辦的中學教育，又再嫁給一位加拿大籍的傳教士吉卜生牧師。可是，正如新人本主義者，她並沒有受到教條的約束，從來不談形式的神學，也不像隨時隨地都要祈禱的關馬西，她只是默默地為人類謀幸福，正如二次大戰前主持東京世界主日學大會的老牧師所說，不問他是誰，只把援手默默地伸過去，這就是愛。

　　江東蘭和周明德兩位同是教英文的教授，自然對西方傳統都有極為深刻的體會和認識。可是，他們或因漢學淵源，或因深思好學，或因特殊經歷，都在西潮的浪濤洶湧中深受洗禮，不過，最後超拔而出。

　　透過明德的內在觀點，我們讀者最後理解：《浪淘沙》在論斷風情世事的時候，已經超越了人為的界線，例如種族、國籍。所以，明德才說：「世上只有善人與惡人之別，豈有國籍種族之分，孟子說人性本善，善人固然可愛，惡人也不外是患了喪心病狂……需要的是醫療……需要的是教育。」這兒所顯示的人本主義的重視教育、儒者的人性本善、和基督教的悲憫胸懷──當然說明了明德的慧根見性，不過他與東蘭在小說結束時，最後的禪悟，則又是融和東西文化於一爐的昇華。因此對明德而言，上帝只有一位，各個宗教的創教主不過是異時異地的同父手足。換句話說，得自《道德經》的啟示，明德認定信仰應該是：「百流歸海，萬教統一」。簡言之，世界人類的福祉可以是有賴於一種認識，就是東蘭所說：「同中求異，戰爭之始；異中求同，和平之祖。」正是驗證了伯拉克（1985 年）所指出的：人本主義者重視理解其他民族的思想與感情，不計種族、無論古今。

　　總之，雅信、明德、與東蘭肯定了人本主義那種以基督教道德為架構

的西方傳統，而明德與東蘭卻又超乎「定於一尊」的俗世制限，於是東方的磅礴正氣也充溢於天地之間，證之於此，誰還能說臺灣的文學常有島國習氣？

五、為人類的福祉而奉獻

雅信在東京聖瑪格利特女學念大學預科，女學的校長德姑娘帶她們去參觀東京的貧民窟，讓這些長年生活於日本花園宿舍的女學生，見識一下社會中不幸的另一個黑暗面。而雅信她們工讀之餘，德姑娘也給她們精神的鼓勵：請她們去看雨果的《悲慘世界》改編的電影。在雅信的人格成長期中，因此養成了悲天憫人、行醫濟世的慈愛天性。此後，無論她浪跡海角天涯，總為人類的福祉而奉獻。不論是臺灣人、大陸人、上海人、日本人、加拿大人、南洋人，無一不是她虔誠奉獻的對象。當年主持東京世界主日學大會的老牧師也說過：政客在伸出援手的時候，總是先問你是誰？仁愛的雅信卻是不問性別、年齡、種族、地域，只是默默地伸過手去。

當日本軍閥的罪愆波及被殖民的臺灣人的時候，雅信羈旅於溫哥華，手持毫無抉擇的日本護照而動彈不得，不管是同樣身為教徒的加拿大人，或同樣身為漢族的中國駐溫哥華領事，都不願想清楚：雅信是怎樣的一個人？只是因為她是一個被日本殖民的臺灣人，一個為全人類奉獻而不顧念對方的國籍、種族的臺灣人，而拒絕給予協助。透過這個實例，東方白也許要指出：雅信所面對的戰爭前後，絕對是沒有人性尊嚴和價值顛倒的世界，不管她是不是一個道德上的世界公民，她的出身就是個原罪。臺灣文學先行者所記述的亞細亞的孤兒，那一種孤憤因為雅信的謙和，壓縮在字裡行間。可是，雅信後來輾轉抵達紐約，受到中國駐紐約總領事的全力協助，終於回到了原鄉。東方白還是前後一致地強調了：人類並不全然都有偏見（包括政客在內），這個世界並非全黑或者全白。

人間的真善美長久以來存在於人類的詩歌居多，理想國的追尋也都刻畫在各國的文學。東蘭研究英國文學，也受浪漫餘韻薰陶，並且旁及中、

日經典之作。透過東蘭這個纖弱、敏感的恂恂君子，以他為意識中心，運用全知的觀點來闡釋日本軍閥何等暴虐地殘害人類的生機，踐踏人類的尊嚴，效果是令人震驚的，對比是非常強烈的。的確，東蘭在南洋第一次親眼目睹日軍殘殺無辜的百姓，甚至以戕害為謔，非但他立時忍受不了而嘔吐，甚且開始懷疑：日本詩歌中的淒婉有情，竟然還會誕生如此凶暴的日本兵，豈非不可思議？

　　其實，我們所處的世界並不完美，可也不全然皆惡，於是東方白再透過好奇、理性的東蘭，觀察、記述一個在軍國主義與禪心愛物之間游移掙扎的日本軍官長谷川大佐，用以指出道德上的黑白，當然跨越國籍、種族，再度印證人類只有善惡之分，並無種族之別。正如艾文・白壁德在他的《文學與美國大學》（1908 年）一書中所說：人本主義者總是在同情與紀律之間冥想、徘徊，最後在兩極間，傾向於平衡的悲憫。所以，當東蘭和長谷川分別看到菩提樹下，溪中一隻螞蟻掉入游渦中掙扎的時候，於心不忍，就拾起菩提樹葉，投入水中。對螞蟻尤且仁愛如此，何況人類？長谷川雖沒回答東蘭：到底他特赦了英、澳俘虜的連坐死罪沒有，東方白也不肯明白告訴我們讀者，可是，禪語所蘊含的玄機也就不言可喻了。長谷川應該不會不是前頭白壁德所謂的人本主義者。「生之尊嚴、死之悲愴」充分流露在東蘭的南洋經驗中。

　　從小說的結構上來說，明德所扮演的另一個角色和東蘭類似──是一個觀察者、戲劇化的敘述者。透過這個中心人物，我們才了解明德的同事遠山明代表著少數具有良心的反戰的日本人。遠山明是目睹日軍在南京大屠殺的朝日新聞記者之一。因著他的敘述，日軍在中國慘絕人寰的殘暴行為，又留下一個見證，也由於遠山明的敘述，我們才驚悉他的日本小學老師，因著他不敢解剖青蛙而認定他長大後，自然就不敢去殺害支那人，而責罰仁愛的他。的確，人類之間的相互殘害和枉顧彼此的共同福祉，真是莫此為甚。反諷的是：後來遠山明愛上臺北靜修女學的一位臺灣女學生，卻遭女方家長拒死地反對。他不禁感嘆：「我愛臺灣人，臺灣人卻不愛

我。」

　　明德和遠山明最後被徵調入日本空軍，在轟炸中國大陸的一項任務中，機毀被擒。明德因是被認為臺灣人即是漢人即是中國人，幸而不久被釋。遠山明卻一直被囚，終至自殺身亡。透過遠山明的遭遇，東方白恐怕暗示著：一個熱愛漢族文化，鍾情臺灣的異族，而下場如此，人世的冤孽豈非遠跨國界、種族？難怪明德聽到遠山明的死訊，不禁對著包公的神像怒吼：「光明何在？公正何在？」誠然，我們掩卷嘆息，不禁也要質疑：人類的福祉何在？

六、人本主義的吶喊

　　1941 年 12 月 7 日早上八點，日本偷襲珍珠港。那天早上雅信在溫哥華的長老會教堂做禮拜，戰爭惡耗傳來，教堂中個個靜默無言，只聽到牧師慈善地禱告：「我們只循著自私與貪婪，從事無窮無盡的搏鬥與戰爭……主啊！賜給統治者智慧，以了解戰爭的無益與殘酷……願天下的人不再以自己的觀點去看世界，而用別人的觀點……願我們的地球有如天國，沒有地域與膚色的區別，大家相處有如兄弟姐妹，大家相處永無戰爭……」

　　用牧師的這個禱告作為我讀《浪淘沙》的結語，我以為是適合的。血淚斑斑的臺灣近代史是一面鏡子，臺灣文學一直給我們提供一個反思。我的一種讀法可能是偏執的，可是《浪淘沙》給我個人的「人本主義」的啟示，卻是永恆的。

——於加拿大亞省大學

——選自東方白《浪淘沙（下）》
臺北：前衛出版社，1990 年 10 月

臺灣文學的《奧狄賽詩篇》（*Odyssey*）
試介東方白的悲情小說《浪淘沙》

◎宋澤萊[*]

一、文學上逐漸擴大的臺灣人世界

臺灣自古以來即是一個移民社會，不但是漢人，即若原住民也是移民。從地理位置來看，它是東亞島弧上的一個島嶼，瀕臨著海洋，西邊是中國大陸，北邊是日本，南邊是菲律賓，東邊是相隔太平洋的美洲，不論哪個方向的人都易於登陸此一島嶼。臺灣的非封閉性格是如此明顯。

果然，從荷鄭、滿清、日本迄今，一次又一次的巨大移民潮都湧向了臺灣，成為開放的國際社會的一員。

在這種情況下，臺灣住民應該有很多的海外經驗才對。可惜在日本時代以前的舊文學，海外經驗的文學似乎不存在（至少還沒有發現）。舊文學的主要文體——詩，傾向了寫意，輾轉模仿的詩歌描寫臺灣本土尚且不足，更不要說描述海外，所以舊文學到底有多少海外腳蹤作品，恐怕還要花一番功夫去搜尋研究。

臺灣文學開始表現海外的經驗，大概要從日本時代起比較明顯。日本時代，臺灣有二萬個留學生住過日本，有文學能力的人當然會記錄下日本生活的吉光片羽。據我們所知，楊逵、翁鬧、巫永福都寫了留學生活小說，把東京所見及他們所知所感寫下來，為臺灣人的腳蹤做了紀錄。

[*]作家。發表文章時為彰化福興國中教師。

然後，日本人發動大東亞侵略，臺灣人跟隨日本人，行蹤遍及東亞及東南亞，作家進一步記錄他們在亞洲各地的腳蹤，鍾理和居然描述了他東北的行蹤，把瀋陽的經驗描寫得栩栩如生。大致看來，戰前的文學作品，以吳濁流的《亞細亞的孤兒》一書的廣度最好，胡太明的腳蹤及於日本的東京、中國的南京、上海，頗廣闊的經驗，使胡太明能真正俯看出自己孤兒的身分。

總之，日本時代，臺灣文學上的臺灣人腳蹤已及於大東亞了。

戰後，文學的腳蹤更形擴大。

除了吳濁流續寫他的《南京雜感》外，李喬的《寒夜三部曲》擴及到臺灣人在南洋的腳蹤，細膩地描寫了臺灣人在南洋戰場的經驗，十分詳細。

到了 1980 年代，呂秀蓮的長篇小說《情》就把臺灣人的腳蹤帶往北美，寫了臺灣留美人士的一般生活。臺灣人的腳步跨出更遠，臺灣文學的地景描寫被擴大到太平洋的東岸。

這個廣度到了 1990 年東方白的大長篇《浪淘沙》出版，就成為集大成。這一部共計 150 萬字的小說，以三個家族祖孫三代的經驗，廣蒐臺灣人的腳蹤於一爐，寫下臺灣人在日本、中國大陸、南洋、北美的生活經驗，如水銀洩地，臺灣人遍及於如此廣大的世界中，為他們的生存披荊斬棘，在異民族社會中自求生路，廣度為以前的臺灣文學所沒有。並且他的半個地球的描述絕不是一種浮光掠影，一景一物都被詳細地描寫下來，甚至毫不含混地寫下了當地人的民俗人情，類如一種世界風物的大書，這是《浪淘沙》最出類拔萃的一個特點。

再者，他的故事的人物的性格也異於以往臺灣作家所描繪的海外臺灣人性格。

原來，自《亞細亞的孤兒》一書出現後，臺灣文學中的海外經驗就都被烙上「孤兒」的此一難言的困迫標誌，人物都極其不能適應海外環境。《浪淘沙》的人物卻少有這種特色，東方白筆下的人物獨具勇敢求勝的特

性，敢向困迫的海外現實進行挑戰，使得人物故事有如一首高低起伏、抑揚頓挫的歌曲，不是常處優勢但也不常處劣處，他們很有自我目標，竭力要實現自我，這一點使得他的《浪淘沙》裡的孤兒有了血氣，讀起來不會引起我們的沮喪，卻更使我們發出了共鳴。

更仔細的說：譬如《亞細亞的孤兒》是以瘋狂結束了胡太明的一生；《寒夜三部曲》的主角之一身死殘酷戰場；《情》的主角在異鄉不斷吟唱〈黃昏的故鄉〉，悲情氣氛濃重。但《浪淘沙》的人物很少如此。因為東方白的人物都是必須在海外活下去的臺灣人，他們的命運當然和臺灣有關係，但更重要的，他們都必須在海外站立起來，「思鄉」對他們是一種奢侈品，他們之中有人甚至特具教會意識，一生和基督教團是合一的，行事風格是宗教性的，頗具「世界公民」的雛型意識，他們必須靠著自己優秀的才華、能力與異國人士競爭，《浪淘沙》的人物故事事實是臺灣人克服海外困境的範例，這是它和大半大河小說不一樣的另一個特點，也是極優秀的特點。

這部大河小說尚有更多優點，在細讀中就會被發現出來。可是由於篇幅太大，在閱讀上實是一大壓力，本文想辦法把它濃縮成三萬字加以簡介，一方面可以為即將讀這部書的人做提示，一方面也為已讀完這部書的人做備忘。

我們簡介內容後再續談其他特點。

二、內容簡介

起自 1980 年 3 月執筆到 1989 年 10 月才完成，由前衛出版社出版的這部小說，篇幅所以會如此巨大，乃是因為這部小說描寫了三個不同家族的成長，等於是三部小說的集合，時間縱貫了一百年左右（由日本領臺迄今），乙未割日、二次大戰、二二八事件這些大事都被涵蓋在裡面，可說是百年臺灣歷史的再述。不過，故事中三個家族都各有一位核心人物，我們只要把握這三個人的故事大要，也就了解了這部小說的基本內容了。

（一）丘雅信

這位要角是一位女士，也是日本時代最早畢業於「東京女子醫科大學」的傑出醫生。她出身於長老會家庭，念了公學校（小學）之後就進入馬偕醫院附設的「淡水女校」念完六年的學業。在淡水女校，她接受了教會性質濃厚的西式教育，學習了世界歷史、地理、英文、聖經，之後她赴東京深造。她一生中表現出對外科手術的高度興趣，二次大戰後，她在臺中開設「清信醫院」，實際上救助了無數貧困的病人。可是她的人生遠非一般女醫生單純，她的婚姻及家庭生活相當不濟，幾乎是夫離子散，清信醫院的經營也不完全順利，最後她能依靠的仍是教會團體。她很像是長老教會的女兒，而不同一般凡夫俗子。有關她的一生是這樣的：

雅信的父親叫做「林之乾」，母親叫做「許秀英」。

林之乾是新竹閩南人大地主「林雅堂」的兒子。當日本人進據臺北城南下攻打新竹時，新竹的義勇軍起來抗日。這些義勇軍包括了林雅堂的佃農。林雅堂一向慷慨好施，暗中協助他的佃農抗日。事情被得勝的日軍知悉，林雅堂被捕，判了死刑。

林雅堂的第三個兒子林之乾知道父親命在旦夕，連夜趕往基隆去找長老會教徒「許尚仁」，希望許尚仁向馬偕醫生求援。馬偕一聽到這件事，立即電告日本總督樺山資記，於是林雅堂得以逃過被殺的命運。

之後，林雅堂當然去基隆向許尚仁道謝。許尚仁提及他的二女兒許秀英可以嫁給林之乾，林雅堂爽快地答應了，於是林許二家成了姻親。

同時，為了感謝馬偕，林之乾在淡水受洗為基督徒，並在馬偕的牛津學院學醫。結婚後，林之乾在萬華主持教會並開設中西醫療診所，不久許秀英就生下了雅信和一位妹妹。

可惜，林之乾和許秀英的夫妻感情並沒有維持好，原因是林之乾體弱多病，和許秀英外向的性情相反。當雅信五歲時，林之乾因肺病去世，那時許秀英才只 24 歲。為了生計，許秀英改嫁給一位中年喪偶的萬華地主「丘元家」，雅信從此改姓叫做丘雅信。

　　雅信自幼相當聰明，四歲時，母親想送她給別人當童養媳，她卻能逃回家裡。自從來到丘家之後，獲得繼父寵愛，在抗拒母親為其纏足成功後，又認識了萬華的日本巡佐「菊池」，巡佐很喜愛雅信，教她日文，她就利用這層關係，幫一些被逮到警局的臺灣人求情放人，贏得了「小救主」的美名。

　　六歲，她和一位王秀才念漢文，三十幾個學生中，只有她和另一位是女生，雅信等於是王秀才的掌上明珠。

　　八歲，她正式念公學校，有一位叫「大苗」的日本老師一直十分照顧雅信。

●

　　12 歲時，雅信公學校畢業，牛津學院附設的「淡水女學」開始第一屆招生。雅信知道了，就想去念。母親許秀英無法改變雅信的主意，於是由大苗老師帶著她去報名就讀。淡水女學學費一年 30 塊銀，由一位人高馬大的「金姑娘」當管理，另有一位「銀姑娘」配合授課，一年中學生可以回家二次，在學期間嚴禁男女交往。

　　年紀最小但最聰明的雅信竟能在這家類如堅牢的女校念完六年的書，她學會了祈禱文、教義、做禮拜，也學會了英文、地理、歷史。

　　18 歲，雅信畢業於淡水女學，金姑娘為她申請到東京女子醫科大學就學，必須先通過甄選考試。母親本來反對女兒赴日讀書，鄰居左右也不贊成女孩子有那麼高的學歷。可是雅信堅持非去不可。不久，她由基隆啟程赴東京，搭了「海風丸」3000 噸中型客船先抵達神戶，再由神戶坐電車到大阪，又經京都、名古屋、津沼、七里濱、鎌倉、橫濱到東京。在東京車站，由教會的人帶她去找「麥姑娘」。

　　由於東京女子醫學校入學考試很難，麥姑娘先安排她就讀於東京築地京橋的「聖瑪格麗特」女校，是一所聖公會的教會學校，位置就在東京灣的入口，在這裡她一個臺灣女孩和日本人相處頗不習慣，只因她的日文不是很好，為了學日文把她弄慘了。又受日本同學歧視，以為臺灣人樣樣事

情都處理不好。幸好憑著她堅強的意志力，把一切都忍受過去，在這兒她開始學習物理和化學。

兩年後，雅信如願考上了東京女子醫科大學，和她一齊考進去的有一百位左右。同學都來自日本鄉下，年紀都已不小，身體較粗壯；這些苦讀出身的女孩們十分在意學業，她們都到了已婚年齡，但誰也不把精神放在打扮和衣著上，她們很像男生，生命中最重要的一件事就是讀書。讀書再讀書，她們想把幾十本厚厚的書都裝進腦袋裡。在這所大學必須讀很多科目：物理、化學、動物、植物、有機化學、微積分、德文、拉丁文，所有這些科目都難不倒雅信，只有解剖學對她是最大的挑戰。她必須對屍體做解剖，剛開始令人毛髮直豎，但幾個月後，她已經克服了恐懼感，甚至敢於單獨一個人解剖屍體。

當時日本還處在相當開放的民主時期，留日的臺灣學生甚多。每年臺灣總督府都為東京的留學生舉辦「夏季園遊會」，有一年她去參加，在那兒認識了許多留學生。當時臺灣留學生已辦了《臺灣青年》雜誌，反日的文化鬥爭已展開。這一次，留學生聚會的地點是臺灣總督府的特派監督「寺內伯爵」的私人園邸，有名的鬥士都在聚會中出現。這次的聚會，她認識了日後一直追求她的「林仲秋」——早稻田大學電機科的學生；另一位是日後成為她丈夫的青年叫做「彭英」；還有一位是努力於傳教的未來牧師「關馬西」，這位關馬西長得相當奇怪，髮亂如同鳥巢，衣衫不整，褲管塞在襪子裡，口沫橫飛，卻有彌勒佛一樣的臉，隨時準備幫助別人，一見到人就想幫人禱告。

六三法的廢除是當時留學生共同話題，可是雅信對這些激烈的言論沒多大的興趣。

參加園遊會之後，林仲秋開始追求雅信，他想辦法去女子醫科大學找她，並找了他的阿姑來提親，但都被雅信拒絕，主要的還是雅信不想嫁，她以「同姓不婚」（雅信本姓也是林）為由摒擋這椿美意，使得林仲秋耿耿於懷。

●

　　四年級時，由於太用功於課業及東京氣候不良，雅信得了「哮喘病」，她不得不回臺灣休養一段日子。

　　她回到了萬華老家，母親要她去「大安醫院」找詹渭水醫生。在詹醫生那兒，她的哮喘病暫時被控制住了。在養病期間，她一有空就到臺北醫專（今臺大醫學院前身）聽課，借以補足她四年級沒上完的課。

　　病癒後她又回日本上課，她升上五年級，開始念精神科、泌尿科、皮膚科、耳喉鼻科，雅信主修婦產科。她搬出宿舍，租了一個房間，由於課業太忙，她請了一位女傭「雪子」來幫她洗衣煮飯。雪子家裡很窮，父母雙亡，工作很認真。一段時間之後，雪子希望能永遠跟在雅信身邊當助手，甚至帶她回臺灣也不要緊，雅信答應了她。

　　六年級時，「世界主日學大會」在東京舉行，地點在帝國大旅社，赴會的人包括各國的牧師、宣教士、教友，五花十色的人都湧到東京。由於招待員必須熟悉英語，「德姑娘」就推荐雅信去當翻譯員。在這場盛會中，雅信第一次聽到來自四面八方的牧師的講道，使她印象深刻。尤其會議最後有千人大合唱，哈里路亞的呼聲幾乎要沖破雲霄。

　　六年苦讀終告畢業，恰逢臺灣議會請願運動在東京展開。臺灣人派出詹渭水、謝培火、李呈祿為代表，在皇宮及東京車站前展開遊行，天上有許文達所駕駛的紅蜻蜓飛過天空，傳單飄下來，上面寫了「臺灣人起來吧」這些標語，相當熱烈。

　　雅信在女子醫校的附屬醫院實習了一年，獲主治醫師的同意準備回臺，她叫雪子趕快去學了三個月的護士助理技術，兩人準備一番買了船票和關馬西回到臺灣。當她抵達臺灣的第二天，臺北的幾家報紙用了巨幅來報導她的消息，標榜她是臺灣第一位女醫生，甚至用「華陀再世」來形容她醫術的高明。一夜之間，她的名聲不逕而走。

●

　　她回臺任職的醫院是臺北市公營的「臺北醫院」。先在眼科實習一段日

子，就被院長指派到臺中附近的一個叫做「屯仔腳」的醫療所當婦產科醫生。和她一同被指派前去任內科主任的是一位姓張的醫生。這位張醫生是一位桀傲不馴，具有強烈臺灣人觀念的年輕人，他認為院長派他們二人到屯仔腳是一件「歹坑」的事，不過是要他們去做替死鬼而已。

果然，他們一到屯仔腳立即遭到了流氓的干擾，一些流氓受了中醫生的指使想搗毀醫療所，但被張醫生及雅信制止了。不過一個大地震的來臨任誰都無法挽救，巨大的地震搖撼了屯仔腳地面，把住屋大半都推毀了，死傷無數。

之後「臺北醫院」立即調雅信回臺北，雅信終於升為婦產科的主治醫師。這時，臺灣人能說比較像樣的英語的人仍很少，因此美國、英國的領事館常來醫院找翻譯人才，雅信就額外擔任翻譯工作，變成一位外交人物。有一天，有位來自美國的波士頓貿易商福士特先生帶她的夫人來治病，經診察，她得了糖尿病。福士特先生指定雅信治療他夫人的病，雅信因此認識了福士特一家人，成為非常好的朋友。福士特先生告訴雅信，在波士頓有一個哈佛大學，醫學水準很高，希望她有機會去哈佛學醫。福士特先生的話對她的後半人生有重大的影響。

●

自從雅信在臺北醫院當醫生不久後，她從關馬西的口中得知林仲秋結婚的事，後又知道林仲秋病危的消息。

原來，林仲秋從日本留學回臺後，任職於新店溪的臺灣電力會社，經由別人介紹和臺南一個望族人家的女兒結婚，這椿婚姻很不幸福。林仲秋發現妻子好使性子，是嬌生慣養的女子，一言不合就丟碗筷，全家雞犬不寧。林仲秋平日只好在外吃食，終得痢疾，妻子卻故意回娘家，在乏人照顧下，病情惡化甚快，估計將不久人世。雅信趕快去看林仲秋。這個男人依然是愛著雅信的，無奈雅信仍不能接受林仲秋的表示，她回醫院後就遣了雪子去照顧林仲秋，一個月後，林仲秋病死了。

●

　　臺北醫院的空氣不好，雅信哮喘又發作。母親要她再去找詹渭水醫院，並請詹醫師為她找個對象，畢竟有個大夫也可以照顧她的病情。

　　詹醫生果然介紹了「彭英」這個年輕人給雅信。彭英是雅信在東京女子醫學校就認識的人，此時彭英正由中國遊歷回來，他在中國的臺灣人團體中交際廣泛，是實際從事反日運動的志士，和詹渭水交往密切。

　　彭英答應這樁婚事，雅信也沒有推辭，於是兩人結婚了。

●

　　婚後的雅信，哮喘並不曾好起來。彭英認為臺北燒煤炭的人太多，空氣很不好，不如搬到臺中去住，說不定病情會好轉。

　　於是他們先到廈門、上海度蜜月，在這趟旅行中，他們看到了鼓浪嶼、廈門的景色，又拜訪了臺灣尚志社、集美中學、廈門大學，也見到海盜搶船的情形。他們也到了普陀山、長江口、上海租界、黃埔灘，見到反帝示威、俄國女人、猶太人家、華僑富商……林林總總時代風光，之後回臺灣。

　　度完蜜月後，暫回萬華老家，不久雅信生下了大女兒「彭亭」。一個月後，舉家遷居臺中，向林獻堂近親租下了臺中公園附近的一間大厝，經整理後，開始做婦產科醫生，不久又生了一個男孩叫「彭立」。

　　雅信的醫務蒸蒸日上，累積了一些錢，於是和彭英商量，在靠近臺中火車站附近向日本人買下了一個地段，由彭英設計，蓋了「清信醫院」，又附設了一間產婆學校。經六個月的施工，兩層紅磚的鋼筋大樓終於在火車站旁矗立起來。除了大講堂、學生宿舍、診療廳、病房、開刀房之外，又闢了幾間空房，供給路過臺中的外國或本國宣教士免費住宿。

　　「清信醫院」的病患大半是臺中附近的農家村婦，收費視病人的經濟情況而定，富者多收，貧者少收，赤貧一文不收。

　　產婆學校每期一年，每半年收 30 位學生，食宿皆在醫院，為了讓學生有實際接生經驗，特別貼廣告，免費為窮人產婦接生，產婦甚至可以在醫

院住一個禮拜，出院時還附送嬰兒二套衣服及鷹標煉乳，於是各地產婦聞風而來。

開業不久，院譽遠播。附設的產婆學校每年畢業 60 個產婆，不到幾年，有二、三百個產婆遍布臺灣各個鄉鎮，充滿各公私立衛生機構，第三年，接到宮內省代替日本皇后所頒的獎勵書及獎金。

•

彭英對「清信醫院」的經營相當用心，他本著反日社會運動的精神，在醫院接待許多的志士，還夥同詹渭水一派民眾黨的志士打電話到國際聯盟，抗議日本人在臺灣販賣鴉片的事。

可惜，不久詹渭水的民眾黨被解散，詹本人也因病亡故。彭英開始鬱悉不樂，早出晚歸，天天和《臺灣民報》的記者吃喝玩樂，到處欠酒賬，朋友又諷刺他靠妻子生活，不像是一個男人。彭英經不起別人閒言，改變了人生態度，想離開清信醫院。他開始冷淡雅信，喝酒回來時常打小孩出氣。最後他出奔中國大陸，到大陸去「創業」了。二年之後，據彭英來信說，他曾在上海和朋友合資開設漁業公司，後又在北京住下來。但不久，有人遞消息給雅信，說彭英在北京的日本滿州鐵路任總裁，得了惡性馬拉利亞，病危。雅信即刻經由上海，過山東半島，入大沽口，在天津下船，搭江寧鐵路到北京。她找到「協和醫院」，為彭英注射奎寧針。彭英流淚答謝雅信，叫她雅信姐，不禁雙淚垂。實際上，彭英在北京不順利，他已和一位北京的戲子同居。

三天後，彭英病好起來，卻沒有回臺灣的心，並勸雅信回臺後可以改嫁。

•

日本發動七七事變後，戰事已逼近。皇民化在臺灣推展開來，神道教成了日本人極力鼓吹的信仰，對洋教士採取監視的態度。

雅信由於暗中以麵粉救濟長老會的洋人宣教士，被日本人查獲，於是日本細作開始監視清信醫院。又由於戰爭一日比一日緊，清信醫院的病人

和產婆學校的學生逐年減少，雅信意識到只有關閉醫院才能安靜度日。

　　在警察、刑警的監視中，她想起了波士頓的福士特一家人，於是寫信給他們，表示要去哈佛大學進修醫學課程，一方面可以避開即將來臨的大戰爭，一方面可以增進醫學常識。不久，她接到了福士特夫人的信，表示他們還有許多的空房給雅信住，用走路即可到哈佛去聽課，同時她也接到哈佛大學的入學許可證。

　　雅信立即把兩個小孩交給雪子養育，由雪子先帶兩個小孩去日本念書，隨後她受了一些刁難，也搭了客船到了日本。到日本時，也正是日本加入軸心國的時候。

　　在日本，靠了一位女同學的外交官丈夫及一位中學校長的幫忙，她拿到了護照並順利把錢匯往美國。她搭了日本郵船會社的船，橫越太平洋，終於到了舊金山，見到了金門大橋及美麗的金門灣，投宿在 YWCA 的旅舍裡。後又由舊金山搭了火車，一路經由內華達州、猶大州、外俄明州、芝加哥城到紐約，在途中認識了一對名叫喬治的夫婦，相談愉快，雅信就在喬治家小住了幾天，在那兒參觀了世界博覽會及自由女神像，又爬到帝國大廈頂樓，之後才到波士頓。

　　波士頓的福士特到車站接她，他們分別了 15 年，福士特先生的頭禿了，但女兒已亭亭玉立，是哈佛醫學系的學生。福士特夫人把大廈中最寬大的臥房空出來給雅信住，又介紹很多婦女朋友和雅信認識。一星期後，雅信到哈佛見 60 歲的產科主任歐文博士，正式成為這個實習班的一員。歐文班上的學生來自世界各地，共有二、三十位，只有雅信是女性。

　　歐洲的二次大戰不久就爆發了，在波士頓報紙上，雅信閱讀到法國已被希特勒攻占的消息，貝當出來組維奇政府。歐洲的幾個國家也早已淪入希特勒手中。

　　雅信在福士特的家慢慢感到愁悶，因為福士特一家人抽菸易於使她的哮喘發作，同時她的錢用盡，得依靠福士特接濟，她萌生了想離開的想法。

這時被臺灣日本當局趕回加拿大多倫多的金姑娘給了雅信一封信，使雅信終於離開福士特家，到加拿大的多倫多來了。

•

在金姑娘的安排下，雅信來到加拿大「長老教堂婦女傳道會」，受到傳道會的主席馬茉莉女醫生的照顧，並在多倫多大學的醫學院選修了一科「公共衛生」。不過二個月後，金姑娘調到東部的夢翠娥（Montreal）去服務，雅信失去了談話對象，憂鬱感襲上心頭。同時美日的關係變得非常緊張，彷彿戰事就會一觸即發。她想到自己的女兒、兒子還有親人，想趕快回日本或臺灣。

馬茉莉醫生推荐了一位住在加拿大西岸溫哥華的女教友顏小姐，拜託這位教友在溫哥華為雅信買船票回鄉。於是雅信搭了 CPR 的火車，經過加拿大西部遼闊的大草原和洛磯山，到了溫哥華。

果然，雅信見到了教友顏小姐。這位教友已為雅信買了船票，可抵橫濱，她參觀了當地長老教會的聚會，準備離開加拿大。但是 12 月 7 日，日本偷襲珍珠港的事件爆發了。

珍珠港事件改變了長老會對雅信的態度，由熱情轉為冷淡，甚至把雅信當成人質看，此種態度以顏小姐最厲害。由於戰爭爆發，船不開了，雅信不可能回臺灣，將長期待在溫哥華成為難民。顏小姐命令她必須外出找一份工作以維持生活，並且在顏小姐的家中須擺碗盤、烤麵包、煮牛奶、泡茶或咖啡以換取她往宿的費用。

雅信剛開始在床上哭了一夜，第二天，她就開始僕役的生活。

除了在顏小姐的家工作外，她也開始找工作。後經醫師公會的主席推荐，她在「聖文生醫院」做婦科醫生，搬出了顏小姐的家，住在醫院，伙食良好，她成了唯一的住院女醫生。在這裡要為一百多個病人打點滴、注射、輸血、接生、開藥、檢查、急救、開刀無所不做，卻相當受人歡迎，同時她也接到「公共衛生局」准許她在醫院執行醫生業務的證明書。

可是工作了一個月，雅信才發現，醫院的主管「凱撒琳修女」以雅信

是「學生」的身分給她薪水 75 元，扣掉食住才給她 25 元，雅信非常生氣，決定離開醫院。

不久，她又在「綜合醫院」找到工作。月薪是 100 元。隨後，她又應邀到「石落坑集中營」當醫生，這兒大約有兩千名日本人被加拿大政府集中在一起，雅信的月薪是 200 元。石落坑集中營位在洛磯上西麓的深山中，與附近四、五個集中營都是昔日鋅礦與銀礦的小鎮。在礦坑關閉後，形成了殘垣斷壁，滿天烏鴉，野狼出沒的地方，加拿大省政府選它當二次大戰日本人的集中營，到這兒的日本人，每人只能攜帶 150 磅的行李，一家不得超過 1000 磅，每人每天只給一元的膳食費。雅信坐了省政府的私用專車，從溫哥華向東行駛，翻山越嶺，涉溪過橋來到這兒。

石落坑位在石落坑湖邊，此地也是石落坑河的發源地，山頂上有千年冰雪融化成水，流進美國哥倫比亞河，最後流注於太平洋中。

由於集中營沒有醫生，所以總監待雅信如同上賓，給了她三位日本少婦做護士，又叫木匠做了醫務用具，包括有孕婦生產手術檯。她特地為婦女開了衛生講習會，受到集中營婦女的愛戴。

集中營的日本人並沒有受到太大的管束及要求。在春天來臨時，這裡簡直成了世外桃源。日本人第二代的小孩把這兒當成仙境，到山上去掘人蔘、打棒球、組合唱團、開派對，老年人就去泡澡堂。

六個月後，她離開了那兒，留下很好的回憶。

●

雅信回到溫哥華，仍天天到 CPR 的火車站打聽日本的交換船。她到「市政府公共衛生局」申請開業許可。終於她在中國城裡開了一家私人診所，另外她在白翠霞旅館租了一個房間當住所，由於醉鬼、流浪漢相當多，她深居簡出，不常在外活動。

她又拜訪廣東人同鄉會長及溫城華人宗親會，受到宗親支持。有一位 20 歲的青年「阿昆」幫她做翻譯溝通工作，她的客人愈來愈多，對華人，她盡量少收費，一天賺七、八元已經很有錢了，但不久她接到了市警察法

庭的公文，準備提訊她，控她未向 B.C.省註冊而擅自開業一事。

在法庭上，雅信自認為她是日本女子醫院畢業，又在臺灣開業 15 年，在加拿大聖文生醫院、落石坑集中營都工作過，同時又有公共衛生所的開業許可，加拿大的法令很奇怪，需要她時就說她是醫生，不需要她時就說她不是醫生。

法院起訴雅信的消息立即轟動溫哥華，記者和群眾都想了解為什麼法院要對一位華人女醫生找麻煩的事。

法官於是判她從此不得再掛牌並罰 100 元了事，但雅信不同意這種判決，她寧願被關在監牢也拒絕在判文上簽字同意。她被關了一夜，獲得了看守所守衛的同情和一位叫做吉卜生（她未來的丈夫）的關照，尤其她勇敢對抗法官無理的審判更獲得多人的讚揚。

一夜之後，她出獄，晚報及溫哥華《太陽報》登出訊息，這件涉及政治及個人身分的消息傳遍西岸，她變成了名人，法官從此不再重提此事。

她的診所生意從此更好，也就在這時，她由華人的口中得知她的丈夫彭英已死於中國大陸的消息。

吉卜生牧師自從幫雅信仗義執言後，就常來拜訪雅信。吉卜生其實是英國籍的蘇格蘭人，幼年隨父親遷居加拿大，在溫哥華念書，後考入溫哥華長老會的神學院，畢業後當牧師，一次大戰時，他到歐洲從軍，成為軍中牧師，獲得英王喬治五世親頒的獅子勳章，官階上校，50 歲退役，仍領軍中薪餉，一生以當軍人為榮。他的聲音洪亮，身體強健，唱歌的聲音有沖天之勢，是開朗大方的牧師。

他們一見如故，成了知交。

●

1945 年 8 月 15 日，雅信在溫哥華得知日本人投降一事，依「開羅宣言」，臺灣被劃歸為中國領土。

雅信趕快去申請中國護照，但受到中國領事館的刁難，以她是日本人的身分拒發護照給她。同時她也接到了一張來自上海的信，是女兒彭亭給

她的近況告知，彭亭說她和一位叫做「王定一」的醫生結婚了，已生一女，移居上海。雅信只好回到美國的紐約找中國領事館，申請了一張中國護照。之後到舊金山買了船票，因工人罷工，三個月後船才能開，雅信於其間參加了「瓊斯霍普金診所」的短期課程，三個月後，她乘船到上海。

在上海，她見到了彭亭、彭立，才知在東京大空襲中，雪子已死於火燒房子之中。彭亭的丈夫王定一生於臺灣，在日本占領上海時，他當過上海一家大醫院的院長，但日本人走後，只能開一個小藥館為生。他們商量的結果，除王定一外就全家遷回臺灣，準備在臺中重新開業。

●

一回臺灣不久，二二八事件爆發，雅信經三個月的整理，才把清信醫院整理完畢，由於臺灣秩序太亂，彭立趕回香港去念「香港神學院」，王定一也到臺灣帶彭亭和小孩回上海。雅信一人撐起了清信醫院的事務。

不久，吉卜生牧師到臺灣來，雅信與關馬西牧師陪他逛了臺灣一趟。關馬西為了雅信的安危，就慫恿她和吉卜生結婚，好借著外籍妻子的身分逃避政治上可能的劫難。

這椿婚姻由淡水紅毛城的英國領事證婚。吉卜生牧師在臺灣共住了六個月才回加拿大。此期間，雅信的母親許秀英死了，吉卜生依女婿之禮披麻戴孝，將老夫人送上山頭。

●

此後，清信醫院經營了三年，相當和平。但到了 1953 年，雅信接到了一張公文，表示英國與中共建交，已和臺灣沒外交關係，凡是英國的僑民皆是非法居留，應予以驅逐出境。這個消息使人吃驚，於是清信醫院被迫停業，雅信處理好清信醫院的產權後，起身到加拿大投靠吉卜生牧師。

在短短的三年間，吉卜生也有很大的轉變，他的財產全被兒子所變賣，導致窮困潦倒，眼睛的毛病很嚴重，他們只好在溫哥華偏避的地方租了小房子生活在一起，不久，吉卜生牧師得了骨癌，被送入「軍人醫院」居住，一年八個月後逝世。

　　從此，雅信住在陸軍遺族公寓，有時去探望金姑娘。此時金姑娘年紀已大，因病住進了「撒馬利亞人療養院」。這時雅信已年逾半百，金姑娘則垂垂老矣！她們已度過她們大半艱辛的人生。

　　……

　　以上就是《浪淘沙》要角之一丘雅信的一生事蹟大要。我們注意到在這個故事中，她流寓在世界各地，一下子臺灣，一下子日本，一下子廈門、南京、東北、美國、加拿大。大抵她停留臺灣的時間都不久，她甚至在最後喪失了臺灣的居住權，臺灣不是她能仰仗的地方，甚至是她的障礙。她的丈夫、小孩也不是她可以依靠的人，甚至沒有任何的親人可以支援她。她一生漂泊四方，隨時遍走各地，和她最親近能談話的對象不是故鄉之人，也不是血親，而是教會人士，尤其金姑娘好像是她另一個母親。她幾乎是循著基督教長老會這條路線走過她的人生，這條路線才是她可以依託的、能實現自我的路線，這條路線也使她獲得了第二個丈夫，雖不算十分幸福，卻是算得上獲一知交。

　　雅信並沒有強烈的臺灣人意識（環境不許她擁有），但她的一生暗藏了臺灣孤兒的悲劇，她就像臺灣這個島嶼伸出的最強勁的觸角，堅決地向著世界做觸探，她的觸探其實是有力而成功的（具有競爭能力），但臺灣母土的悲劇命運毀掉了她的努力，反過來對付她的惡勢力就是臺灣的殖民政權，這就是失去家國的人的最深悲劇。

　　可是儘管如此，雅信的一生在暗示什麼呢？也即是暗示臺灣人本具的開闊性格，她四處漂流，宛如希臘荷馬詩作《奧狄賽》裡的優利息斯一樣，回想了故鄉飄起的爐煙，在海洋世界中過著幻夢的旅行，讓人感到她和臺灣都是一則神話，卻是很現實的神話，這個神話反照了臺灣如同古希臘的海洋民族，終有一天，她的旅行會終止，那時的臺灣必已吸納一切周邊的文明，成就了燦爛的文明。

（二）江東蘭

　　故事的第二個重要人物是江東蘭。他是客家籍男士。住在新竹州波羅

汶的地方，父親叫做江龍志（本名羅希典）。當日本人由臺北城攻到桃園時，在三峽和大溪之間的客家人即組織鄉勇和日本人周旋，實際上給了日本人很大的打擊，當中最有名的是烏鴉錦戰役，領導人正是羅希典，當烏鴉錦的鄉勇解散後，羅希典就遁居到波羅汶，改名為江龍志。波羅汶都是客家人，人口不滿一千人。

江東蘭自幼即過著鄉下生活，和一批小孩遊玩嬉戲，友伴包括了春生、秋生、水生以及一條跛足的小狗叫做「小鐵拐」，童年生活過得頗快意。

波羅汶設立了「湖口公學校」之後，江東蘭就進入這個學校就讀，那時他已滿六歲。東蘭的班級共有五十幾位學生，一年級時的功課有算術、日文、漢文。算術由日本先生教授；漢文則由江東蘭的父叔輩叫「傳杏先生」教授，後又請了一位古典秀才來教較深的漢文。

湖口公學校的校長是日本人「入來院先生」，是熱心的教育家。

東蘭在公學校的成績相當好，畢業前幾年，都是全班第一名。畢業後賦閒在家兩年之久，之後聽說林獻堂在臺中創立「臺中中學」，江東蘭決定去報考，於是由家丁「一目少爺」帶著他，在湖口坐火車到新竹，又搭車到臺中。

臺中中學應考的學生有五、六百名，只錄取 100 人，競爭相當激烈。考生來自全島各地，大部分來自都市，而且都說福佬話，東蘭以鄉下的客家人身分去應考，在考試時自覺考得不好，但放榜時，居然高中第一名榜首。

●

臺中中學規定，除了臺中市的學生外，一律必須住校，所以東蘭只好寄宿在學校，由於穿不慣皮鞋，他帶了稻草鞋前來穿，十分土氣。但他考上了狀元，大家都認識他。

在中學的課程中，東蘭最喜歡英文一科，是三年級時才念的，一星期只有兩堂課，當時雖沒有字典、參考書可看，念起來不方便，但東蘭仍然

非常喜歡這個科目。授課的老師是日本人「千葉」，雖然使用日文式的拼音法讀音不夠標準，但老師很會說故事，對英國文學的知識懂得不少，東蘭百聽不厭。千葉甚至告訴他們英國的斯威夫特、喬以思、蕭伯納及英國文學名著，東蘭聽得津津有味。

●

中學畢業後，東蘭決定赴日念「神戶商科大學」。

這所大學的英文程度很高，在離臺之前，千葉把一本《英文作文指南》贈給他，在船程四天中，東蘭把這本書看完，才知道自己的英文很不好。

果然商科大學以外貿為主，所聘來教授「英文會話」、「英文寫字」、「簿記」都是西洋人，課堂一律使用英文。

開學的第一堂課，他的英語會話就全盤皆墨，女老師問他家住哪兒、學了多久英文，他一概沒聽懂，更不用說以英文回答。

情況使他非要努力不可。他幾乎每天都躲在圖書館看書做研究，很少和日本同學玩。除了本科的簿記、經濟、國貿外，他也看日本各作家的書。同時也開始閱讀圖書館的英文文學作品，他讀史蒂文生、威爾士、康拉德，又念迭肯司和薩克來作品。由於每天每夜啃著文學書籍，終致體力不繼。又因日本入冬天氣漸冷下起雪，他開始咯血，剛開始以為是肺結核，但診察的結果才知得了「肺蛭」病，即是肺裡有蛭的卵，是幼時吃螃蟹所致。

他搬出校舍，在外租房子住，以免使同學害怕，可是三個月之內仍沒有起色，胸痛咯血都很嚴重。臺灣的家丁「一目少爺」來日本找他，要他回臺養病。

回波羅汶，東蘭一心養病，父親為他配了許多補藥養身，日子一久，營養得到補給，病就慢慢好起來。

在養病期間，他偶而到新竹城隍廟附近的「清水書店」去看書，在那店裡買了一些佛教書籍，包括木村泰賢的《解脫之道》及《佛教聖典》來

看，他了解了「業」的觀念，由佛教的靈感中，他開始寫札記。這些札記可以吐出他的憂鬱，比如他寫：

生病可以給人許多益處

　　使人沉思。

　　使人成熟。

　　使人去唸佛經、聖經、可蘭經。

　　使人尋得人生之道。

　　使人了解人生。

　　使作家寫出澎湃作品。

　　使作品深入。

　　使人了解身體。

　　使人終身運動。

　　使人救己救人。

　　使人的精神昇華。

　　最深沉的思想產生在最痛苦的病中。

　　……

　　……

一年多的休養，肺蛭的病好了，心情也放寬了。他又把一大堆收藏的英文名著拿出來看，幾達忘我的境界，到第二年他回日本時，決定放棄商科，改念東京早稻田大學，當然是念英國文學。

在種滿銀杏的早稻田大學裡，他先念拜崙、雪萊、濟慈、浩司曼、Lady Greregory 和 Synge 的戲劇，Blake Galsworthy、蕭伯納、泰戈爾都令他喜歡，他也研究密爾頓的《失樂園》及許多英國文學論。

教英國詩選的教授叫做「木谷博士」，本身也是詩人，私下組了一個詩社，邀請學生參加，不但研讀英詩也鼓勵寫詩，並辦了一份文學雜誌，東

蘭成了社員，在詩社裡相當活躍，他的詩經常發表在雜誌上。

木谷藏書兩、三千冊，收集幾百張古典唱片。東蘭除了去他的家看書外，就是聽貝多芬、舒伯特、蕭邦的音樂，也欣賞比才和韋爾弟的歌劇，尤其獨愛一套「世界小提琴獨奏曲」。

在東京，他也做了幾次短程旅行，去過鐮倉看大佛、到熱海游泳、爬一次富士山、到日光參觀東照宮、華嚴瀧，並騎車遊了上野公園及日比谷公園、代代木森林公園；並在武野藏的平原鄉間發現了「蘆花莊」，這個房子就是名著《自然與人生》的作家德富蘆花的住宅。

●

早稻田大學畢業之前，他已接到臺灣總督府伊澤多喜男的公文信，要他回臺灣時到臺北帝國大學的英語系任教，即使當「教授」不成，一定也有「講師」的資格。

因此東蘭一畢業即搭船回臺灣，尚未到波羅汶之前，就先在臺北逗留，拿了總督的信給總督府的祕書「一谷有二」看。一谷有二表示必將盡速辦理。

可是在這一年的中秋節前一個禮拜，他接到了臺北總督府的公文，竟任命他到新竹廳的新竹中學去任教英語，這個任命使東蘭感到一股莫名的憤懣，他覺得總督府欺騙了他。

●

在尚未任教之前，他搭火車到新竹城隍廟附近的清文書店去買書，當他買了幾本書想回家時，就看到臺灣文化協會貼出的告示，表示當晚有一場演講會，於是他決定晚一些時候再回波羅汶，他要留在那兒聽演說。

當晚，在會中，文化協會的人強烈攻擊日本人對臺灣人的高壓政策，使臺下的聽眾感動得流下淚來，氣氛十分激動。

會後，他搭車回故鄉，沉思著故鄉的問題，醒悟了這個故鄉已不是他往日所想的故鄉，這個故鄉是被日本人統治、控制，日本人不把臺灣人當成同胞，而是次一等的國民，日臺之間有一道鴻溝難以跨越，既深且寬，

之間也無法搭構橋樑。

　　他感到被排擠乃是有原因的。

●

　　不久，他到新竹中學報到。這個學校日本學生及臺灣學生占各半。校長是一位叫做「鬼木」的日本人，性格頗會附會風雅，卻有歧視臺灣人的心態，教員都是日本人，只有東蘭是臺灣人。

　　東蘭一週要教 18 小時英語課。他單身、住校，晚上兼巡夜工作，每天下午五點後，學校空空如也，他就去散步，欣賞操場外美麗的水田及夕陽下的晚霞。一到晚上，他就自修英國文學，一直到晚上 11 點睡覺。

　　這時，臺中中學的教員來訪，他又見到了中學的英文老師千葉先生，千葉向他介紹在臺北任教龍山公學校的閩南籍女教員「陳芸」，為東蘭撮合婚事。

　　婚事不久就成功了。

　　結婚後，他們先住宿舍，經幾年的省吃儉用，陳芸為東蘭儲蓄了不少錢，就在新竹市買了一塊空地，請一位留學回來的建築師為他們設計，蓋了一幢四房一廳的日本宿舍，前後有花園、池塘、假山，池邊種柳樹，另有各種樹木，也養了蘭花。

●

　　新竹中學裡，有一位日文教師叫「伊田」，這個人精通日文和漢文。因為白話文在中國流行起來，他也開始研究白話文，想編一個讀本，就找東蘭合作。東蘭常到他的宿舍一起研究，整整有二年之久。伊田的妻子叫「秋子」，年輕美麗，梳日本髮髻，穿和服，相當溫婉。

　　伊田患有嚴重的痔瘡，不久病死。

　　東蘭負起好友的責任，為伊田發喪，舉行奠禮，送去火葬，修了墓園，由於秋子沒有子女，只能孤零零在臺灣，整天以淚洗臉，陳芸就邀秋子到家裡住，秋子很愛東蘭的二個子女，相處和樂，也養成了東蘭和秋子之間的短暫感情，這個曖昧的感情居然為秋子所接受，算是一場不傷家庭

和氣的感情。

一段日子後，秋子收拾行李，搭了「朝顏」號的郵輪回日本去了。

●

遠自日本偷襲美國珍珠港的四年伊始，美日外交關係已惡化，美國禁運石油、廢鐵給日本，雙方關係惡化。

就在 1941 年 10 月 12 日，東條英機以軍人身分，由陸軍大臣身分升為總理大臣，準備在太平洋上大顯身手，戰事迫在眉睫。

11 月中旬，鬼木推荐東蘭和全臺 26 個中學各一名的英文教師到軍隊充任翻譯官，服役的期間是二年。因為出征有可能死亡，東蘭十分不願和家人分開，但也無可奈何。

11 月 14、15、16 日三天，來自全臺各地共 27 位英文教師奉命到總督府集訓，26 個教師都是日本人，只有東蘭是臺灣人。

集訓時首由總督小林躋造海軍大將開始，依次由外務省、內務省、大藏省、軍事參議院參謀本部、陸軍省、海軍省的官員來訓示，最後由陸軍少將皇宮武官做結語。

皇宮武官告訴這 27 位學員，說此番行動十分保密，除了父母妻子外，不得告訴他們的行蹤，到高雄也不得有人送行，如有違命，必須軍法制裁。

之後，東蘭回波羅汶去看他的父親及拜別母親的墓，告別了家人，提著行囊去高雄報到。

●

高雄除了東蘭這批 27 位英語教員外，日本本土也來了一百多位英文老師。分發了制服及長統皮靴、手槍、武士刀之後，又集訓了三天，就搭了軍艦，到各自的部隊去。

東蘭的軍階是陸軍少尉，坐了 1000 噸的砲艦從高雄出發，在南海駛了三天三夜，終於停泊在海南島榆林港的三亞軍港碼頭，三亞港內聚集了二十幾艘千噸軍艦，更包括戰艦、巡洋艦、潛水艦、運輸艦，當中有一艘是

7000 噸的航空母艦，艦上密密麻麻的戰鬥機閃閃發光，正是「龍驤丸」航空母艦。

12 月 3 日，美日談判沒有起色，大家知道情況不妙。

12 月 4 日，三亞港的 26 艘日本戰艦在山下奉文一聲令下，同時起錨，加足馬力，駛出了三亞港，向著廣邈的南海去了。

接連三日，南海風平浪靜。

原來，山下奉文帶領的六萬日本陸軍是分別在泰國與馬來西亞交界的克拉地峽的三個漁港登陸，然後在馬來半島南面尖端會師，再聯合攻打新加坡。為了配合 12 月 8 日偷襲珍珠港，他們才早四天從南海出發。

●

東蘭坐的「龍驤丸」停泊在三漁港中的宋卡港時，運輸艦立即做搶灘工作，把日本兵送上岸。這時二、三十架新加坡來的英國皇家空軍飛機立即由空中轟炸龍驤丸。龍驤丸的飛機也起飛，將英機逼回。這場戰鬥，日本損傷輕微。

砲聲一時大作，不絕於耳。四、五小時之後，大局已定，東蘭等一行人從艦上攀繩梯下到海上的橡皮艇，由兩人搖槳，划入漁港，這時東蘭看到日軍抓了一大堆的百姓，華人、馬來人、印度人皆有，他們被集中在防波堤，之後一聲令下，日本兵以刺刀刺殺那些百姓，再將之踢下防波堤，瞬間，漁港變成血海。

東蘭非常吃驚於這種野蠻的殺人手段。

●

這天，日本飛機 17 架轟炸新加坡機場。

日落時分，一支英國艦隊，包括四艘驅逐艦及一艘 32000 噸的巡洋艦和一艘 35000 噸叫做「威爾士太子號」的巨型戰艦在新加坡及克拉克地峽中遇上日機轟炸，整支艦隊都沉入海底。

英國空、海軍全告覆亡，新加坡被孤立起來。

1 月 31 日，整個馬來西亞都被占領。

2月15日，新加坡投降了。

日本控有麻六甲海峽。

東蘭由宋卡漁港登陸，在大隊長矢野中佐領導下，一路翻山越嶺過克拉克地峽到馬來半島西岸，沿英人公路，攻下多雨的華人大城——太平。

由於英人撤退時炸毀橋樑、山路、水庫及日機轟炸的緣故，太平路上漫天黑煙，死屍堆疊。

●

矢野中佐在太平舉行慶功宴。

之後，矢野中佐和東蘭在月光下到市場去巡視，見到市場門口掛有被砍下的人頭。矢野中佐驕傲的說日軍一共掛了六顆人頭在城的四個角落及市場兩個入口，為的是向太平的人民警告，叫他們不得抗日。

●

第二天，一大早，東蘭穿好軍服，到太平的中國街走走。中國街的房子很像新竹城隍廟附近的北街，一律紅瓦磚柱，石灰白牆，有中文廣告，使人忘了這兒是馬來西亞。

他來到一條較窄的巷道，轉了幾條小巷，便望見一個九曲書堂，在這兒他買了《四書集註》及《道德經》，也認識了一位叫做「龍傳」的書店老闆。

幾天之後，東蘭隨一位小澤太尉要去攻打「加美濃高地」。那是一個英國人的避暑勝地，地勢高，氣候涼爽，有錢人在那兒很多。他們分乘兩部日軍卡車及擴獲的福特黑色轎車共六十多人前去。由於英人都走了，路面被炸毀，他們行路速度相當慢，先到怡保之後，沿山溪徒步前行。經一位福建青年引路，到了加美濃高地，沒有遇到什麼抵抗，甚至在高地上接受當地地主及有力人士的歡迎。他回程時，因誤中地雷，死傷了一些人。

一般日子裡，太平沒有太大的事發生。

可是，慢慢的，一些華人組成的游擊隊十分活躍，威脅了太平以外的郊區日本兵安全。巡邏隊和瞭望部隊被殲滅的消息相繼傳來。游擊隊最常

出沒的地方叫「北谷」。

矢野中佐分出了一支巡邏隊往攻「北谷」，裡面有一位山地兵叫「松武郎」，隨隊前往，他和江東蘭的感情不錯。

不久，這批巡邏隊全部被殲滅，松武郎被游擊隊俘虜了。江東蘭透過華人龍傳給游擊隊口喻，要他們送回松武郎，以免日本人報復屠殺。

後來松武郎被送回來，但中佐大尉卻要求松武郎自殺以謝罪。

這件事，使東蘭耿耿於懷，深覺日本人的殘酷。

●

不久，東蘭奉命前往新加坡。原來蘇門答臘、爪哇有英澳軍被俘，都集中到新加坡，日本軍方想將他們運往緬甸維護機場及鐵路。東蘭必須去做翻譯。

到了新加坡，放假時，他就逛遊各地，兩天就把新加坡逛完了。他看了著名的長形運動場，又瞻仰新加坡之父「雷虎士」銅像，又逛了博物館、植物園、書店，也買了史懷哲的《我生我思之緣起》（*Out of My Life and Thought*）一書，從史懷哲的文章中體會了不少人生兩難的解決之道。對於戰爭一事也深刻地體會「兵者凶也」的老子道理。

●

3000 個英、澳軍俘虜在一艘 4000 噸老朽的日本運輸船的運送下出發了，循著麻六甲海峽向西北航行，開進蘇門答臘及緬甸之間的安達曼海，在墨瑰群島穿梭，往馬來半島的北端大佛（Taroy）前去。

大佛就是俘虜的集中營所在地。俘虜們推出了一位五十多歲的澳洲旅長司萬生（Swanson）當管理，此人溫文有禮，具紳士氣質，蓄一撮英式小髭，說一口流利的牛津腔英語。另有一位三十多歲的軍醫，叫做「麥格蘭」，英國文學的造詣甚好。

江東蘭和這二人立即成為好朋友。

司萬生說日本人曾告訴他們不應該投降，戰敗就該自殺，這一點他們一直想不通。

麥米蘭則隨身攜帶一本叫做《金玉集》的英詩集,吟頌雪萊、華茲華斯的詩。

江東蘭則英譯陶淵明的詩與他們酬交。

彼此相處愉快。

●

俘虜在大佛一帶上岸了。這地方已被夷成一片平地。

看管俘虜營的人是一位叫做「長谷川大佐」的日本將領,具佛教信仰,有仁慈心。東蘭很快就和長谷川認識。

長谷川每天早晨都打坐半個小時,不准別人打擾他的打坐。他要東蘭編一本緬甸語會話給官兵學習,並編一本日本話語給緬甸官員學習,以利日緬雙方交友。

東蘭的營地在一個三角洲上,地勢低窪,土壤肥沃,林木茂盛,花草魚鳥不少,十分安靜祥和。長谷川常和他在林中散步。長谷川自述他的祖父曾擁戴明治天皇推翻德川幕府有功,父親也隨乃木大將攻打旅順,官拜少將。父親望子成龍,要他一心當軍人以報國。但長谷川自小就想當詩人、音樂家或雲水僧,對戰爭沒興趣,從小就常和父親鬧意見,後雖被迫念陸軍士官學校及陸軍大學,但他的志趣不改。

●

因為和司萬生這些俘虜熟了,所以司萬生也告訴他一些有關戰爭的概念。司萬生認為戰士並不為上帝、君主、國家、民主、自由這些概念而打,能支持戰爭的力量來自於戰爭的夥伴友誼。戰士都只記得夥伴的生,忘記夥伴的死。同袍之間的酩酊大醉及友誼之樂才是力量的來源。歷史上除非像法國大革命及美國獨立那種戰爭才有意義之外,其他的戰爭都沒意義,只是白白犧牲百姓的生命而已。

●

俘虜營入冬之後,就冷起來,大雨使營房變成泥沼,物質普遍缺乏,俘虜一個個病倒了。

一個夜晚裡有俘虜逃了，又被抓回來，按日本軍部的規定必須行連坐法，也就是其他九人將被槍決。

一個月後，又有一個士兵逃跑，又行連坐，將有九個人也要被槍斃，可是這次長谷川起了憐憫之心，放了那九個俘虜。

東蘭不禁欽佩長谷川敢於違背日本軍部規定的仁慈行為。

●

半個月後，東蘭又調往仰光去擔任日語教學的任務。他離開大佛，沿西北前進，過了毛綿，轉向西航，橫跨馬達班港，向仰光河口前來。

仰光河口是伊洛瓦底江出口的一條支流。河的兩岸有白色的佛塔，東一群西一簇，成千上萬，點綴在一望無際的蒼翠之中，令人眼花撩亂。

仰光的碼頭及通街大道，兩旁是櫛比的機關、會社、銀行、商店，在一片爭奇鬥豔的建築叢中有一座高聳雲霄的「垂光大寶塔」，帶著一種希望和光芒。

第二天，他就跑到大寶塔下觀景，脫下鞋襪，赤足和香客沿石階登上寺裡。

這個寶塔到處是琳瑯滿目的神廟和小佛塔，漆白堊或塗金黃，如一幢巨艦。地基是八角形狀，每個角上又建八座小金塔，共 64 個小金塔。寶塔由地基層層疊起，扶搖直上，最上面的塔由黃金打造，鑲了 5000 粒寶石，2000 粒紅玉、青玉、黃玉及一顆巨大翡翠，可以反射河口的曙光及餘暈。

東蘭到仰光的第三天是 3 月 8 日，也就是日本占領仰光的紀念日。日本當局和臨時政府就舉行慶祝大會，由臨時政府巴毛主持，典禮轟轟烈烈。

往後半年裡，東蘭為巴毛總理和日本政府做了幾個月通譯，又隨日本記者訪問了幾位部長，其餘的時間就在仰光大學和師範大學教英文及日文，前來學習的都是政府官員、中學教師及大學生，緬甸人、華人、印度人都有。

在這裡沒有像司萬生那類的人可以談心，他只好看書打發時間。有一

天他到日本軍官俱樂部去喝酒，俱樂部在仰光鬧市中心，是西洋式旅館改裝而成，守衛森嚴。在舞廳裡，他孤伶伶一個人坐著喝酒，有一個女孩子前來搭訕，後來知道她的名字叫做「雪美旦那」，祖父是華人，母親卻是英國人。日本占領仰光時，母親回英國，父親卻被燒夷彈燒死了，留下祖母及七歲的一個妹妹和她相依為命。她本來在學校教書，但如今無書可教，只好到這裡陪人跳舞。東蘭非常喜歡她，幾天後去她的住所受她招待，和她到王湖邊看落日，又去看巧奪寶塔，也纏綿了一夜，留下一生不能忘懷的戰地愛情的回憶。

●

　　就在 12 月時，他接到通知，又被調回了新加坡。由於兩年役期未結束，軍部讓他回臺休息三個月，這時他才由軍部知道他的父親江龍志在故鄉去世了。

　　東蘭由高雄上岸，回到新竹。

　　到了家，他去看父親及母親的墓；又回中學去拜訪同事；最重要的一件事是把山地人松武郎的遺物拿到角板山的泰雅族部落給他的族人。

　　三個月後，他的假期滿，又準備回戰場，臨行時，他把家人遷到靠山的北埔，以躲開美機轟炸。

●

　　東蘭搭乘運輸艦回前線，這次是危險之旅。他的船在巴士海峽遭到美機偵察，但在北呂宋的近海逃不掉美艦的攻擊，吃了三枚水雷之後，船沉到海裡去了。東蘭及時穿了救生衣，在海上漂流幾小時，抱著破木板，又在海上漂了幾天，最後失去知覺，等醒來時才知被日軍救起。日軍大概有七百人，屯集在西北面的海灣，他上岸之後大病，由氣管炎轉成肺炎，他住進草蓋的野戰醫院療養。在療養院中，他和士兵吃番薯維生，糧食不足。

　　不久，有 600 個健壯的士兵想穿越原始森林到日軍屯集的「老沃港」，把一百多位留下。結果糧食的問題解決了。

又三個月，美機投下宣傳單，才知道日本投降的消息，美軍俘虜了他們。

美軍把東蘭一行人關在馬尼拉俘虜營，1945 年釋放了他們，東蘭乘船回到臺灣，和妻兒團圓。

●

臺灣光復後，東蘭在「臺灣接受委員會」的推荐下，當了新竹教育科科長，不久辭職，擔任新竹市中學的校長。在光復初期，他曾和臺灣教育人士參觀團到大陸考察，自上海到南京、杭州、北京、天津、青島，參觀148 個單位、45 所學校、37 所中學，也遊歷了玄武湖、明孝陵、雞鳴市、靈隱寺、西湖、虎跑寺、岳王廟、故宮、中南海、北海、孔子廟、文天祥廟、喇嘛廟。

如此，他當了新竹中學校長 12 年，後又任臺北師範大學英文教授共八年，又獲得一個到哥倫比亞大學進修一年的機會，於是他順道去參加加拿大莎省大學念書的女兒的婚禮。他旅行到了加拿大。

……

……

以上所述，就是江東蘭的故事。在《浪淘沙》中，江東蘭故事的分量大概和雅信相當。東方白很有耐性地寫下這個人的一生，哪怕最不重要的幼年瑣事也寫下來了。這位江東蘭其實並不是怎麼討人喜愛的人物。他的性格和行事有其弱點，譬如他的生性有些懦弱，不是反抗型的人物，在日本時代，他從沒有為臺灣人反對運動貢獻什麼，最叫人難過的是二二八對他似乎並無影響，還一直處身在不錯的職位中，有點一帆風順的味道，他很像是一個乖乖牌；在日本時代，他所以不滿日本人的原因，也不過是沒法到臺大教書而已。同時他好漁色的大男人主義也很令人不舒服；又好談他的文學素養，但看起來不過只是膚淺庸俗而已。

雖然如此，他的南洋經驗絕對是少人有的。由於他擔任了軍方高層的譯官，見證了殘酷的戰爭場面，知曉日本軍方的種種祕密，復活了那一場

生動而巨大的戰爭，令人大開眼界。他的流徙南海，也使他烙上了很強的優力息斯味道，反映臺灣人在當代十分不堪的命運。江東蘭這個角色，也把臺灣人的腳蹤伸向了馬來西亞、緬甸，使臺灣人的活動範圍頓時開闊起來。

（三）周明德

這是一位二次大戰期間擔任日本轟炸機飛行員的人的傳記，他曾駕機轟炸中國的重慶，險些喪生，一樣具備殖民地不得自主的命運。傳記內容是這樣的：

周明德的祖父叫做「周福生」，在日本時代由福州遷居臺北萬華，開了一家木器店，由於手工好，生意不錯，為周家打下立足臺灣的基礎。周福生為人慷慨，樂善好施，對日本人的蠻橫不講理甚不以為然。

周明德的父親叫做「周台生」，念完日本公學校後曾到日本人開辦的博愛醫院當藥劑生，後調往福州分院服務，與師範畢業的「姚倩」結婚，生下周明德。不久周台生和姚倩遷往菲律賓做生意，周明德由祖父領回臺灣撫養。

●

周明德從小就很聰明，尤其具備語言能力，在家裡和祖父母說福佬話，在木器行就和福州人說福州話。小時候他念「老松公學校」，生性獨立，獨自走路上學。

公學校三年級時，姚倩及周台生在菲賓馬尼拉經濟狀況良好，以後每年都回臺看明德，一住就是三個禮拜，明德也才見到他另外二位弟弟。可是他自小就和父母分離，無法和父母親近，只覺得和父母有一種陌生的距離。

●

公學校畢業，他考入新竹中學，教他英文的人就是江東蘭，對老師的英文相當敬佩。

新竹中學的學生一半是日本人，一半是臺灣人。周明德卻和一位高麗

人「金大成」及客家人「吳幸男」特別好。金大成體格健壯，滿身肌肉，是運動好手；吳幸男缺乏運動細胞，喜歡文學，常在雜誌上發表和歌和俳句。

明德在體育和文學上皆好，至於英文，他尤其勝於其他人。

七七事變爆發，皇民運動在臺灣推行。吳幸男改名高橋幸男。同時新竹中學學生比例變了，變成日本人二，臺灣人一，日本學生的氣燄高張起來。同時七七事變也帶來日本人對臺灣人的仇恨，雙方常在校園鬥毆。校長鬼木先生偏袒日本學生，使臺灣學生倍生怨恨。

當時在學校有一位日本人的體育老師叫做「大平先生」。此人對學生卻一視同仁，從不分日本人或臺灣人，除了一般科目外，他也教「相撲」。明德和金大成在大平先生的教導下進步神速，熟悉相撲技巧。

學期快結束時，大平先生聯合幾個班舉行了一次相撲比賽，結果金大成第一名，日本學生武田第二名，明德第三名。這種結果帶來日本學生武田的不滿，常找金大成及明德打架。

有一次明德、金大成、幸男三人騎車在市內逛，最後來到公園，武田和另一位日本學生來找碴，被金大成打敗，武田的氣燄受挫；不過金大成不久遷往高雄和父母住，明德及幸男落單了。先是幸男被武田打得頭破血流，在不得已中就離開新竹中學去日本求學。不久，明德又和日本學生打架，明德大罵日本人是「四腳狗」，吃光了臺灣的米糧。這件事被校方知道，就開除了他。明德只好回到臺北。

●

回臺北萬華的明德轉往「南開中學」念書，一年後平安地畢業了。他起啟往菲律賓去找父母，初次由基隆搭船離臺，他十分興奮。

一入呂宋海域，他看到熱帶闊葉林木，尤其椰子樹在沙灘婆娑起舞，南國的風情不同於臺灣。

船在巴丹半島的南端繞，穿過半島尖端及可里奇多島中間的海峽，經美軍駐紮的砲臺前，進入波夕河南端的碼頭，岸上景色如畫，包括了雷沙

公園、馬尼拉古城及西班牙人留下的聖地牙哥古堡。

在海關，明德證件不足，受了菲律賓海關人員的刁難，被關在牢房一晚，周台生費了一番工夫，拿了兩打雪茄及一些鈔票又補辦證件給海關人員，才准周明德入境。

馬尼拉的中國城在波夕河北岸，由碼頭出發沿聖地牙哥古堡馬路越過波夕河上的瓊斯橋，在橋下有一西班牙式的小街叫做「王兵街」，這條街即是中國城。

王兵街曾是西班牙的商業中心，有精工雕刻的大木門及玲瓏的小桃窗，每塊紅綠磚瓦都閃爍著帝王的榮光，只是年華已老舊而已。在街上可以看到華人、日本人、菲律賓人及混血兒。

周家的店就在王兵街上，除了賣五金外，還有玻璃、塑膠、瓷器……都是日本進口貨。

●

周明德來了以後，全家變成五個人。母親姚倩很高興，相當照顧明德，過了一段快樂的日子。

在這裡，明德開始逛奇寶的市集看鬥雞，又去教堂看建築，對「黑耶穌」雕像很感興趣，到過華人的萬教合一的聖仙公教堂去欣賞，也去馬尼拉天主教聖奧古斯丁教堂玩。

在家裡兄弟中，明德比較能和二弟明勇親近，和一心以成績功課為主的大弟明圓不合。在母親姚倩的眼光中，明圓比較有出息。所以明圓不必看店，只須應付考大學即可。看店的任務落在明德身上，引起明德不滿，就找碴打了明圓，此事受了姚倩責備也不受父親認可。最後明德被送到美國學校去加強英文學習。

由於受了委屈，明德把鬱悶發洩在晨間的跑步上，他開始讀一些小說，沉迷在《別碰我》、《叛逆小子》的長篇著作中，又研讀偉人雷沙的傳記，認真地頌詠雷沙的〈永別〉一詩。

不久，明德染上了「神經衰弱」及「心意消沉」的疾病，不但米飯不

思也爬不上樓梯，整日昏睡。父母知道兒子染上了思鄉病，勸他回臺灣，但明德堅不回去。於是父親勸他去避暑勝地「碧瑤」休養一段日子。

　　碧瑤是一個海拔 1500 公尺的地方，地高氣爽，松林遍地，宛如一個世外桃源。這裡有一條叫做 Session Road 的主街道，各種商店琳瑯滿目：書店、照相館、中國餐廳、印度市場、咖啡屋、古董店、土產店、電影院、食品雜貨店……，他住於周台生日本朋友所開的溫泉旅館中，古松蒼翠，別有一番天地，旅館名字就叫做「松浪旅社」，真是名符其實。

　　可是碧瑤的風光仍沒有治好他的病，不久，他又回到姚倩的店來。

●

　　也就在明德住於馬尼拉一年的時候，歐洲的二次大戰爆發了，戰事日緊。

　　日本開始意圖染指菲律賓，日本人開始大量移入菲島，人數超過華人。菲人大大震驚，民間反日情緒升高，姚倩及周台生都拿日本護照，唯恐被菲人傷害，決定遷回福州。

　　一個月內，周家把所有的東西及產權都賣掉，回福州。在搭船時，明勇逃跑了，留在菲島，後來從事抗日運動。

●

　　回福州數天，姚倩、周台生、周明圓去上海，準備讓明圓念大學。周明德搭了船回臺灣，又投入祖父母的懷抱，不久就和一位牧師的女兒「妙妙」結婚。

　　1941 年珍珠港事變發生後，日本人開始徵「特別志願兵」以加入日本的「聖戰」之中。

　　周明德自回臺之後，就進入「南開中學」當英文教師，不久就接到徵兵令，在老松公學校接受入伍身體檢查，他以「優等」的體位入選志願兵行列。

　　過了半個月，他接到通知，被分發到日本皇軍的空軍部隊，初訓的地方是「新竹航空訓練基地」，和他同行的人是一位也是開南中學的日本人教

員叫做「遠山明」的青年。

新竹航空基地在新竹與南寮之間。基地有十里長，用鐵絲網圍著，和外界隔絕。設備有幾十幢營房、教室、倉庫、辦公室及一家醫院，還有一條狹長的水泥跑道。一間又一間的大機倉有技工及學生在組合飛機機件，飛機包括轟炸機、戰鬥機、紅蜻蜓飛機都有。

受訓的人共有 30 人，分成兩班，由大尉軍官統領，全力訓練。

明德的一班先由一位叫做「曾我」的日本人班長帶領，每天早晨六點鐘起床，十分鐘之內在操場集合，先做 20 分鐘體操，接著早餐，整個上、下午除了在教室聽課外，就是在操場上操練試飛。下午四～六點之間必須洗刷營房、擦槍、刷鞋。晚餐後隊長訓話、自由活動，六點熄燈就寢。

當他們理了光頭之後，隊上來了一個三十歲左右的「鬼塚」隊長的訓練官，人生得高瘦但充滿臂力，有馬一樣的長臉，嘴唇緊咬，一字鬍。此人一絲不苟，自認是閻羅王。他說他將要把一錢五厘的人訓練成百萬黃金的人。在訓示時，他說軍人的任務只有為天皇效忠，為帝國效死，一旦到部隊就要把父母妻兒田園及過去的一切都忘掉，一心一意只有「現在」，隨時為日本犧牲。

鬼塚的訓練毫不留情，在半夜緊急集合時，讓大家渾身赤裸地站在操場，甚至拿棒球棒毆打每一個人的身體，訓練他們對痛苦的忍耐力，有時叫新兵互打嘴巴直到流血為止。其中的柔道訓練尤其嚴格。

這種磨練，使大家體力吃不消，結果迫使一位隊員「細川」自殺身亡，另一個叫做「王金槍」的士兵逃亡，最後被捕槍斃。

雖是如此殘酷，但明德能挨得過，並和遠山明成了莫逆之交。遠山明原來曾當過《朝日新聞》的記者，目睹過日本人的南京大屠殺，對日本人的行為感到無比地羞愧和忿怒。

●

三個月後，進行半年的飛行訓練，新兵只能駕著紅蜻蜓飛行練習。明德的優異技術甚至打敗了鬼塚。飛行訓練結束，明德及遠山明同時被分發

到「轟炸班」去接受轟炸訓練。所駕駛的飛機是雙座戰鬥轟炸機，雙翼上各有自動機關砲，後座還有一支用手運轉的機關砲，每翼各夾一顆重達 500 公斤的炸彈，飛行半徑達 1800 公里之遠。

最先，明德及遠山明被派到廣州機場，熟悉了附近的天空狀況。

終於有一次，他們受命去轟炸 1000 公里外的重慶。在去轟炸的前一個晚上，遠山明和明德在月下機坪散步，他們咸感人生有如莊周夢蝶，一切不可把捉，軍人就像是一顆棋子，任人擺布，生死不由自己操控，實是一大悲劇。

明德和遠山明的轟炸機在重慶上空被中國空軍的戰機截擊，由於中國空軍使用了十幾架美國製造的獅子頭戰鬥機，日本飛機沒有一架能全身而退。明德為了逃開戰鬥機的攻擊，沿著長江江面溯游而上，但仍沒有逃脫追擊，被速度較快的敵機打中左右翼的油箱，飛到「白沙」的地方已沒有油了，於是明德和遠山明只好棄機跳傘逃生。

在白沙，他們立即被中國兵捉到，被關在城中的一個「包公祠」裡。後被提訊，由於明德是「漢人」，中國兵沒有為難他，待他不錯，明德還跟著一位叫做「黎立」的隊長參與了抗日軍。可是遠山明自殺了，明德想救他已太慢。

明德參加國際「紅十字會」緬甸公路的救護隊，整整一年，他隨運輸車隊在昆明與臘戌之間蜿蜒的山路上服務，救護著成千上百受日機轟炸受傷的人或是在原始森林罹病的運輸人員及公路維修者。

日本投降時，明德的救護隊剛好在昆明做短期的休息，緬甸公路既然廢棄不用，明德隨軍回重慶，等了幾個月，搭了航行內河的汽艇，沿長江下到南京、上海，又在上海等了幾個月，才搭了運輸船回到基隆，這時臺灣已光復半年了。

家裡的人本來以為明德已死，為他立了牌位，明德回來，祖母才把牌位撤掉。

●

　回臺後，明德找到了臺北「成功中學」任教，在那兒教了高三英文，由於他學會了標準的「國語」，先前又在「紅十字會」和美國醫生及軍事人員接觸，英文大有進步，所以教起英文得心應手，深獲學生喜歡。

　二二八事件發生，在混亂中他差一點被殺，躲入淡水長老教堂的鐘樓內避難，三餐由妻子妙妙端飯給他吃，一個月後再由紅毛城的英國領事收留他，加以政府庇護。事件平靜後，他又回成功中學教書。

●

　明德在成功中學教書十幾年，後轉到「臺北醫學院」教英文。他的兒子「光宇」長大到美國念電腦，後到加拿大溫哥華找工作，明德和妻子妙妙就旅行到加拿大找他的兒子。

　……

　……

　以上就是《浪淘沙》裡第三個要角的大略事跡。

　很顯然的，周明德的故事把臺灣人的腳蹤引導到二次大戰的中國內地去了。他的空戰經驗恰好和江東蘭的海戰經驗相互補，構成一幅二次大戰戰場的海空完整圖。

　明德的角色不同於江東蘭的是：他相當令人喜歡。雖生逢在一個大時代，隨時出生入死，但他從沒有故標高遠或自以為是的人生態度。相反的，他很健康，不太自艾於自己的命運，遇事都能全力以赴，在絕處可以創造逢生的機會，他歷經險境卻活得很有活力。比諸雅信、東蘭，他的生活更靠緊了臺灣的庶民階級，更多了臺灣民眾的特性，他的一切是標準「臺灣志願兵」的那一代人的特性。

三、寫作技巧

　就世界文學的技巧派別來看，《浪淘沙》是典型的印象主義（Impressionism）一派。這一流派的文學興起於自然主義之後，理論上受

教於柏格森的直覺說及詹姆士的意識之流學說。文學理論家強調了寫作上的主觀性，認為寫作上完全客觀描寫是不可能的。作家在描寫事實之前就避免不了主觀成分。所謂的主觀即是作者的性情或心境早就存在，當我們觀察一件事時，主觀性會凸顯出事情的特徵，成為保留在大腦中事情印象的中心主幹。作家只要寫出這個主幹即可，不重要的部分可以省略掉。西方作家中計有法國的普魯斯特、托馬斯曼及赫塞都是印象主義的大師。

按這些大作家的作品看來，他們都善於寫傳記小說，也就是回憶體的人物小說。這種小說都依循了人物的某種性格或心境而寫，並不是什麼事都寫（一個人一生的事太多了），只要把那個人的相關於其性格或心境寫出來即可。

東方白的《浪淘沙》也是如此。故事裡這三個主角都是真有其人。東方白在寫《浪淘沙》之前就拿到了某些他們的自傳或訪談資料，然後再加以考證或考察寫成。《浪淘沙》其實是回憶小說。回憶也不是毫無組織的漫天回憶，而是依循這三個人的性情及心境回憶起來的，其性情及心境即是「臺灣人悲情」及「流徙世界心境」。原是十分有目標、目的三部自傳的複合體。

也因為是回憶，它就如同普魯斯特的《追憶往日時光》一樣款款而過，好比一條巨川大河一樣，通暢無阻、奔騰千里。

在結構上，他輪流讓三個以上的人物出場，避免單線敘述，因為單一人物的敘述容易引起讀者的不耐，所以他採用了輪番出場的寫法，譬如雅信部分寫一段就換東蘭的一段，之後則是周明德一段。如此一直輪替出現，直到結束，這種寫法是十分高明的，可以看出東方白的聰明有過人之處。

在文字上，東方白也有過人之處：《浪淘沙》居然使用了全盤的臺語對白。

溯自 1960 年代，黃春明及王禎和的小說即出現了俚語的使用。在 1970 年代，仿臺語的擬真寫作成為風潮，到了 1980 年代就變成臺語文學

運動。東方白即是 1980 年代這股潮流的有力作家，他和東年的《失蹤的太平洋三號》、蕭麗紅的《白水湖春夢》一樣，一舉超越了黃春明、王禎和的「夾帶臺語」的對白，把對白全用臺語寫出。這有什麼好處呢？我們說《浪淘沙》實在太龐大了，內容十分冗長，雖然有趣好看，但閱讀了大半天，仍然避免不了有疲乏感，但只要一讀到臺語的對白，就使人精神完全恢復過來，好像在精神不濟時聽到好聽的臺語歌謠一樣，那種母土的響聲是很棒的，完全撫平了我們的疲倦和不振。它的對白又很多，彷彿是看一齣臺語電影一樣，陷在一種很溫暖的聲音幻境之中，這就是文學技巧了不起的地方。

　　另外就是東方白深具描寫功力。《浪淘沙》有一大魅力是來自異地異時風光描寫，不論加拿大集中營、菲律賓的中國城、仰光佛塔、廈門海岸……都栩栩如生，尤其臺灣昔日三貂角、竹苗風光的描述讓我們溯回了昔日的古臺灣，這種功力必是他長年寫作鍛鍊出來的結果，他的描寫清亮有光，視野明晰廣闊，幫助了讀者神遊大千世界，和他同年齡的擅寫陰鬱景色的白先勇、七等生大異其趣，實是他那一代最擅寫廣闊視景的作家。

四、悲情或意識的問題

　　《浪淘沙》這部巨著，非常意外的，它不是宣揚臺灣人意識的作品。「臺灣人」這個觀念並不時時刻刻在這三個主角的心中出現，在更多的時候，「臺灣人」這個身分只被這些主角充做工具來使用（也就是有利生存的工具），譬如說周明德在大陸跳傘被中國人俘虜時，為了生存他就表明自己不是日本人而是臺灣人，以同是「漢人」的身分來示好中國人。雅信為了緩和加拿大人對日本人的仇視，她就表明自己是臺灣人。在大部分的場合，雅信、東蘭、明德都是以日本人而面世的。「臺灣人」的真面目是匿藏的，「臺灣人」絕不是他們的光環。

　　也因此，《浪淘沙》不以提倡臺灣意識（沒有臺灣意識就會如何如何）為其寫作鵠的，和李喬的《埋冤》存有極大的目的上的差距。

　　所以某些人說《浪淘沙》是一種政治文學（也即是宣揚臺灣意識）是完全不正確的，那不是《浪淘沙》的立場。

　　那麼《浪淘沙》的立場是什麼呢？簡單說，它的立場是泛人道的立場，也即是普遍的反歧視、反戰爭的文學立場。在整部作品裡，東方白控訴日本侵伐的罪行不遺餘力，也反對了加拿大醫療單位對女性及東方人的歧視打壓。在東方白的筆下，軍國主義如狼似虎，不時吞噬其他民族的血肉以餵飽其肚腸，受害的人豈只是臺灣人而已。

　　雖然如此，是不是就說《浪淘沙》對提升臺灣人意識是沒有幫助的呢？這也不然。相反的，《浪淘沙》對臺灣人意識的提升功用甚鉅。

　　原來《浪淘沙》的寫作目的雖不提倡臺灣人意識，但卻不乏臺灣人的悲情，整本小說中，臺灣人受盡列強的歧視迫害。不論太平洋戰爭或二二八事件，殖民者皆視臺灣人為俎上肉，臺灣人活得多麼悲劇，這種遭驅遣遭殺害的可怕情況和猶太人遭納粹的屠殺並沒有兩樣，這種悲哀是很深的。因此在閱完《浪淘沙》之後，我們必然自問是什麼使得臺灣人要遭逢流徙的命運？是什麼使得臺灣人不能以堂堂的臺灣人面世？一切的原因豈不是臺灣人沒有獨立的國家可以依恃嗎？一切的原因豈不是臺灣人沒有強大的自衛能力嗎？就在反問的當下你有了臺灣人意識。

　　臺灣人悲情正是臺灣人意識的母體。

　　因此，我們說東方白的《浪淘沙》是臺灣意識的母體，它匿藏了所有臺灣人的臺灣意識在裡頭。

五、《浪淘沙》與第二波鄉土文學

　　溯自 1932 年，葉榮鐘在《南音》發表他的「第三文學」，主張文學應描寫人種、歷史、風土、人情所形成的「全集團特性」以後，臺灣人一部分的文學慢慢走向了這條路。戰後葉石濤在 1966 年，將這種文學稱為「臺灣的鄉土文學」。作家至少出現過吳濁流、鍾肇政、李喬這些大河小說的好手，澎湃而流長。1980 年後，東方白繼續崛起，他踵隨這些先賢之後，寫

作了民族史的這部巨構，尤其把臺灣民族的腳蹤放行於世界各地，卻又時刻不忘母土臺灣，這部巨著深具海洋民族風味，人物的經歷宛如神話，他們無遠弗屆，九死一生，就像荷馬的史詩《奧狄賽》一樣，揭稱臺灣有史以來活動範圍最廣的小說，其內容必定為當初葉榮鐘想像不到。

　　這就是 1980～1990 年代，臺灣鄉土文學的一座金字塔，它映日閃耀，又高又大。

　　　　　　　　　　　　　　　　　——選自《臺灣新文學》第 12 期，1999 年 7 月

浪淘沙
文學長河的泳者‧東方白

◎鄭清文*

　　大家都知道東方白是個小說家。他寫過一部大長篇《浪淘沙》，寫的是臺灣第一位女醫生蔡阿信的故事。同時，他也寫過不少精緻的短篇小說，像〈奴才〉、〈黃金夢〉等，都深受讀者的歡迎和好評。現在，他又由前衛出版社出版一套六卷的大作，他自稱為文學自傳的《真與美》。文學有多種類型，這一套書有較複雜的構造，從此可以看出作者的多重身分，和多方成就。

　　第一，東方白是一個生活者。三年前，我自銀行退休時，和幾位退休人員相聚，他們都一再強調時間過得真快，一眨眼四十多年就過去了，回頭再看，好像什麼也沒有留下來，就像「船過水無痕」那樣。

　　很多人生活得貧乏，東方白的生活卻非常的豐富。大部分的人的生活，是以月，甚至以年計畫，他們的時間是批發出售的。東方白的時間都是以分、秒計算。他的時間填滿著生活，扎實而豐盛的生活，這便是生命的意涵。這使我想起了法國作家史丹達爾（Stendhal）的話，「我活，我愛，我寫。」雖然只是短短的三句話，卻道盡了一個人的豐盛一生。

　　第二，東方白是一個讀書人，一個貪心、勤奮、而又非常優異的讀書人。他本人是學工程的，工作也和所學有關。除了專業的書籍以外，他讀了很多書。文學書不用說，他也讀了不少哲學書、科學書和藝術書。他記憶力強，理解力也強，這是優秀讀書人的主要條件，所以他能像海綿，不

小說家、兒童文學家。

斷從書本吸取營養。但是，他不是一個盲目的讀書人。他能理解，也能判斷，也懂得取捨。他說他喜歡盧梭（Jean-Jacques Rousseau）的書，尤其是《懺悔錄》（Confessions），卻不喜歡羅素（Bertrand W. Russell）的書，尤其是《羅素自傳》（Autobiography）。他不但有好惡，而且能明確地說出好惡的理由。他愛盧梭，因為他率直，他不愛羅素，是因為他放了太多別人的書信。其實，在《真與美》一書中，他也放了一些書信，但是東方白強調只放第一封。他說，從第一封信，往往可以看出對方的秉性。東方白對於自己的眼光是很有自信的。

第三，他是一個藝術家。他自稱這一套書是「文學自傳」。是文學，也是自傳。要把自傳寫成文學。前面已提到，他很推崇盧梭。盧梭用最真誠最坦率的態度寫成了《懺悔錄》，他自己赤裸裸地呈現出來。東方白也一樣，他寫太太的一部分，連他太太也覺得不方便看，從此也可以看出坦誠的程度了。

寫生活，不只是記錄者，也是藝術家。文學本身就是一種藝術。東方白寫這一套書很講究藝術。他把各種可以成為材料的內容加了進去，卻能層次分明。敘述是文學的主體，敘述以外，他也引用讀書心得，穿插交友紀錄和書信的來往。他懂得用多角度的描述，避免單調，力求變化和平衡。他的文章自然流暢而生動，除了北京語以外，也加入閩南語、英語等，做更靈活的運用。

第四，他是一位思想家。從這一套書，到處可以看到思想的火花。東方白是一個有想法的人。文學作品，有想法是非常重要的。文學作品，寫的是人，是事。東方白自稱這一套書是「文學自傳」，除了他自己以外，他也寫他的文學。實際上，不管是對文學、對藝術、對人生、對人、對事，他都有獨特的想法和看法。文學家和哲學家不同，哲學家傾向於建立一個完整的思想體系，文學家告訴你許多細節，從那些細節去構造一個人的生活內涵，以及那個人本身。我們可以透過一些事情看到東方白，也可以從東方白看到那些事的許多面。

　　譬如說，他曾經寫到看脫衣舞的場面。他寫，什麼時候、什麼地方、和誰去看脫衣舞。他也寫出演出的情況。更重要，他還提出對於脫衣舞的一些看法。他說到「『肉美』不如『情美』，前者『短暫』後者才『悠長』！」這只是一個日常的例子，而且也不是最適當。但是，從這裡也更可以看出東方白，不管大事或小事，都不會輕易放過的脾性。

　　第五，他是一個病人。也許，這一點是不應該提出來的。不過，這是事實。東方白是一個崇尚事實的人，而且他也用了相當的篇幅描述他的病，以及他如何和病格鬥，以及克服病去完成文學創作的經過。

　　人不怕死，人只怕死前的痛苦，如果沒有痛苦，許多人就會視死如歸，而且十分歡迎……所以我才會在我那篇叫〈線〉的短篇小說裡寫了下面這段話——我們這些可憐的人類，我們一出生便在心裡潛伏著自殺的意念，當我們走在懸空的大橋或來到臨谷的懸崖，我們都會閃過一個念頭：「只要我向前走一步，我的靈魂就要離開我的肉體。」為什麼？為什麼？從哪裡來的這古怪念頭？而有了這念頭後又為什麼不把它付諸實行，只因為在我們的背後有一根無形的「線」繫住我們，將我們往後拉一步而已……

　　　　　　　　　　　　——東方白，《真與美（三）》，頁218

　　他是一個憂鬱症病人，他差一點自殺。生病不是病人的錯，被病打敗才是真正的不幸。我們常常看到一個偉大的藝術家、創作者，是不幸的病人。在文學家方面，海明威（Hemingway）和福克納（Faulkner）等人都是酗酒者，海明威還因此而自殺。我提出這一點，是想強調東方白能克服長期的病魔的折磨，完成他的作品。有些疾病，有時候使一個人的感覺更為敏銳，也使人更懂得珍惜生命。法國大文學家普魯斯特（Proust）是一個很好的例子，他是一個氣喘病患者。他寫下畢生鉅作《追憶似水年華》（*À la recherche du temps perdu*）七大卷。他一邊寫，一邊改，他不僅要和病魔格

鬥，而且還要和時間賽跑。他寫完了，卻沒有改完。這是他的遺憾，也是世界文學的的損失。普魯斯特沒有完全成功，東方白卻成功了，他戰勝了病魔，完成了作品，而且是在一個最滿意的情況下出版他的書，我們讀這一套書，隨處可以看到他的焦慮和掙扎，也隨處可以看到他的自信和毅力。

我提出以上五點，來呈現東方白這一個人，也在呈現《真與美》這一套書。其實。這五點並不是完全獨立的，它們是緊密連接在一起的。像生活者和病人有關，讀書人和思想家也不能分離，除了這五點，還有一個更重要的重點，東方白是一個文學創作者，不管寫小說，或寫自傳，他是站在文學立場的。

這套書是由個人出發，寫出了人與人的關係，寫出了人和事，這些關係，形成了許許多多的環，也構造出許許多多的層。這些環和層，構成一個社會，也構成一個時代，每一段還構成一個小小的歷史。

他在書中提到他的《浪淘沙》在《臺灣文藝》分期發表，有一次，警總想查禁《臺灣文藝》。結果，在國內雖然沒有查禁成功，寄去國外的部分，卻在郵局被檢查人員暗中扣留銷毀，東方白自己的那一份，還是每期請陳宏正特別空運「走私」寄去的（《真與美（五）》，頁 228～229）。這不是歷史嗎？

東方白在臺灣出生，在臺灣長大，後來到外國求學和工作。不過，本質上他是屬於臺灣的。他寫臺灣的部分，是我們最熟悉的。他寫大稻埕的那一部分，有些和我的經驗重疊。我在新莊長大，當時由新莊去臺北，只有一條臺北橋，大稻埕是必經之地。實際上，小時候我家開木器店，我時常跟父親去大橋頭買木材，也時常一個人去永樂市場買製造家具的用品，像鐵釘、水膠、油漆等等。但是，讀到東方白的文章，非常驚訝。他小我六歲，所知道的，比我多得多。他寫得更細膩、更豐富，也更生動。這也說明，他為什麼要寫，我們為什麼要讀他的理由。

他的這一套書叫《真與美》，這是他的謙虛。真善美三個字往往是連在

一起的。他是有意把「善」去掉？他用右足代表「真」，用左足代表「美」。他好像說過，要寫人生的真，文學的美。他雖然說出了許多想法和看法，都不想一本正經的說教。「真」和「美」可以強調，但是在多元的社會，「美」是比較難以界定的。東方白不說「善」，「善」卻自在其中了。我們讀他的文章，就了解他完全不隱藏，把最私人的事物都完全不保留地寫出來了，時常讓讀者措手不及。這種坦白和率真，雖然不分辨善惡，卻有善惡的指涉了。東方白以自己的生活做題材，寫出了臺灣人的生活，呈現了一個社會的時代的許多特質。以前的歷史觀，歷史是以政治為中心。但是，歷史是由人民所形成的。人構成社會，社會形成時代的歷史。我們不難從人的生活的點點滴滴看出歷史。東方白寫禁書的那一段，實際上寫出了那個時代的一些屬性。從小處看只是禁了一本書，從大處看，卻充分表露了專制政治在臺灣的歷史。他曾自述：

> 臺灣的歷史是苦悶的歷史，而臺灣的文學則是苦悶的文學。好幾年來，我屢屢在自問：難道這媳婦的血管擠不出一滴公主的血液？難道這邊疆的土壤開不出一朵京城的玫瑰？難道這自卑的怨嗟聽不到一聲歡笑的歌聲？難道這奴才的心胸育不出一絲英雄的情操？我不相信！所以我開始往歷史的資料中去發掘，結果，我不但找到苦的，也找到甜的；不但找到哀的，也找到樂的；不但找到怒的，也找到喜的；不但找到醜的，也找到美的。我不只要把臺灣的「苦哀怒醜」寫下來，我也同時要把臺灣的「甜樂喜美」寫下來，讓我們大家把臺灣文學根植在故鄉現實的土壤裡，加以灌溉，加以施肥，期待有朝一日開放世界美麗的花朵！我的〈浪淘沙〉就是抱著這遠大的憧憬寫的，我彷彿才開始起步，離完成之日還相當遙遠，但我會繼續努力寫下去，鍥而不捨地寫下去，也不去管何年何月才能完成，只要我多寫一日，我又在臺灣的歷史多活一天……
> ──《真與美（五）》，頁230

　　東方白的特質，在於敏銳、熱心、執著，有了這些特質，他不但能夠寫，而且也能寫得大。以前，他用了十年的時間寫成《浪淘沙》，而後他再用十年寫《真與美》。這是臺灣文學的大事，臺灣不但有文學，也有好文學，不但有好文學，更有大文學。

——選自鄭清文《多情與嚴法》

臺北：玉山社出版公司，2004 年 5 月

顛覆小說、解構文學？

東方白《真與美》的嘗試解讀

◎彭瑞金[*]

　　《真與美》是東方白繼《浪淘沙》之後，另一部長篇鉅構，從 1992 年初起筆，2001 年初完稿，整整費時九年，共得一百二十餘萬字。這部作品以邊寫邊載的方式，在《文學臺灣》第二期開始連載，九年來從未中斷，顯示非常不平凡的意義。

　　我們都知道，在《真與美》動筆的兩年一個月前，他才經歷十年懷胎生下《浪淘沙》這部臺灣文學史上，空前的 150 萬言大河小說，其間，還一度因為難產而幾乎要了他的命，1987 年，因為憂慮症復發，一個字也寫不下去。相形之下，《真與美》的如行雲流水，直如怪胎了。雖然，《真與美》寫作期間，他的生活並不平靜，也不穩定。因為《浪淘沙》的成功，得到肯定，接連得到文學大獎，演講邀約不斷，文學生涯不再是孤單、寂寞的，但是他也經歷了一些大的挫折——他被迫從任職 20 年的加拿大亞伯達省環保局水文部提早退休，收入頓減為原來的五分之一，舌頭出現毛病，人生第一次住院開刀……，都沒有影響《真與美》流動的速度，如期順產。

　　有位文友說，已經寫過《浪淘沙》的作者，還有什麼作品難得倒他？所言雖是，但他可能有所不知的是，《浪淘沙》的鉅大，固然是旁人難出其右，《真與美》之特異，卻是前無古人，它在文學史上的獨創性和原創性，恐怕不是他過去的文學創作經驗可以幫得上忙的。

發表文章時為真理大學臺灣文學系副教授，現為靜宜大學臺灣文學系教授暨臺灣研究中心主任。

　　這部被稱作「東方白文學自傳」的作品，又被稱作「詩的回憶」，令人丈二金剛摸不著門的是，它既不是自傳，也不是詩，和一般的回憶錄有別，它是以「小說」體裁寫自己的經驗和人生體驗，可是，它又是如假包換，絲毫沒有虛構成分的真實發生過的事，人物、地點、時間、事件都是真有其人、真有其事。它也可以說不是「小說」。我們不是說：「歷史除了人名與地名是真的，其他都是假的；而小說除了人名與地名是假的，其他都是真的。」嗎？然而，《真與美》不會被人當「歷史」看待吧！即使廣義的歷史——自傳或回憶錄也不是吧！東方白在這裡早已作了伏筆，這部作品的題名，已經預早替讀者可能產生的疑問困惑寫下了答案。

　　題名告訴讀者，它是「文學自傳」。既不同於一般人的自傳，也不是文學家的人物傳記，它記錄、表述的是文學作品誕生的經過和歷史。

　　我們看到這 120 萬字的作品，表面上是按照「東方白」（林文德）這個人物的幼年、童年、少年、青年、成年、壯年、中年，人生的七個階段的編年敘述，從來臺的祖先、父母、家庭、親人，寫到自己的出生、求學、成長、交遊、戀愛、服兵役、求職、留學、就業、成家，鉅細靡遺交代了個人的身世、經驗、體驗，裡面有瑣細的生活記事，包括市井小民生活的細微和瑣雜，也有科學、歷史、政治、文化、哲學的討論，更有對時代、社會的批評和懷抱。心急的讀者讀到這裡，一定想說，《真與美》不是東方白的自傳，又能稱作什麼？

　　其實，只要讀讀他描寫祖先和出生的那一段，讀他寫渡海來臺的祖父傳奇式的行事，外祖父母的家族故事、父母的傳奇婚姻、家庭生活趣談……，沒有理由不把它視為「傳奇小說」。不過，設若再讀到他寫到中學時，得了憂鬱症，遍訪名醫，然後奇蹟式地從病魔手中掙脫……，沒有理由不把它視為自我探索、剖析的心理小說。至於那些情慾的自白、戀愛的經驗、情感的裸裎，也沒有理由不被視為記錄生命軌跡的成長小說。

　　可是作者早已有言在先，這是真實的人生回憶，不是杜撰的小說情節。

在「小說」與「自傳」判讀的岔路口，作者已經豎立了「詩的回憶」的路標，指引了路徑。《真與美》不會讓人錯誤地聯想成它是一部長長的詩篇，它和一般人對詩的形式的認知有極大的差異，然而，東方白為什麼卻故意豎一座路標把《真與美》指向詩呢？這很像佛家的禪語，他在棒喝讀者，為什麼詩就一定有著「詩」的形式和格律呢？為什麼「詩」不能以詩人自創的形式存在呢？

有一回，東方白在我一篇討論臺灣回憶錄文學的長文裡，看到我提到《真與美》，想要放在第四集前面當序文，在徵求我同意的越洋電話裡，忽然悠悠嘆道：「《真與美》不是寫我自己，不是寫東方白。」然後就從電話彼端傳來幾聲捉狹人得手的得意朗笑。這幾聲朗笑，似乎在提示我們思索，《真與美》不是小說，不是自傳，不是回憶錄，也不具備詩的充分構成要件，那麼它是什麼？

但從另一個方向思考，誰也不能否定《真與美》，其實也一身兼備了小說、自傳、回憶錄，乃至詩的部分特質和要件，那麼它又為什麼不可以是這些文類中的任何一者？甚至是他們的全部？

東方白透過《真與美》，似乎有意地顛覆了小說的形式定義，也徹底解構了文學文類的束縛，但他同時也讓讀者通過《真與美》認識到，不必經由小說的形式閱讀小說的方法。

這話說得有點掉弄懸虛了，堅持形式先於文學存在的人，當然主張沒有或不具小說形式要件的，就不是小說，正如人要衣裝、佛要金裝，一個不懂穿衣禮節、不能在適當的場合穿合適的衣飾的人，就是不懂禮節、有失禮節的人，是耶？非也。

衣裝之於人，是飾物，經過裝飾的，便不是真象真貌，經過衣飾裝扮的人，基本上已看不到他本質本性了，何以知道他是否有禮節。形式之於小說亦然，我們要讀的只是小說，作者要寫的也是小說，我們為什麼不能只在意它是不是小說，是不是文學，而不去在意它的形式呢？正如，我們只在意人是否有禮節，而不注意他的衣飾呢？《真與美》顛覆了文學表達

的形式，其實正是建構了文學的本質論。這麼說來，《真與美》在立題下筆的時候，就已然十分確定的是，他要寫的是「文學」的自傳，而不是東方白的自傳，他寫的「詩」的記憶，正是「文學」的記憶。

因此，《真與美》是文學誕生的故事——以小說的角度去看它。也是文學的紀錄和歷史——以文學自傳、文學回憶錄的角度去看它。一旦我們掌握到了這樣的文學本質，它是詩、是小說、是自傳、是回憶錄，或者什麼都不是，顯然已無關緊要。《真與美》是一部用來「記錄」、「描述」〈烏鴉錦之役〉、〈臨死的基督徒〉、〈□□〉、〈黃金夢〉、《露意湖》、〈奴才〉、《浪淘沙》……等文學作品誕生的「故事」或「歷史」。

這麼說來，從東方白出生之前，不僅，母親的祖父母「謝厝」家族的傳奇故事，就在積累《真與美》所需要的養分，他那「不學無術的販夫走卒」的祖父，人生經驗豐富、一身都是故事的父親，心靈嘴利、機智過人，替鄰居排難解紛無不迎刃而解，卻往往一張利嘴「像一把匕首直插父親的心坎」的母親……都是《真與美》的養分。有一個不甚雅適的比喻：東方白的家世、家人、親人，周邊的朋友、同事，乃至同時代的人與事，猶如積年累月堆積的堆肥，積了幾十年，就等著小說家東方白的誕生，家孕育了《真與美》發芽、生長的地方，文學的種籽一落土，便自然地生長、茁壯，枝延葉蔓，成為一棵大樹。

《真與美》很像屬於東方白、或者說林文德個人的生命史，它像水流一樣，從生命的源頭自然流瀉出來。

也許會讓人特別驚異於它源泉的豐富，誠如前面提到的，這顆文學的種籽落在一塊特別豐饒的土地上，但也正是因為是一顆文學的種籽，它才能充分汲取土地裡的地力、養分，快速茁壯，當它長成大樹之後，更有汲取大地的日精月華的能力，舉凡他背後族群的歷史，整個世界文明的菁華，都可以是他吸納的對象，所以，《真與美》雖然採用不是小說結構的結構，按照歷史編年的方式，將個人生命史以年代順的敘述方法，讓它自然流露，但是它仍然像一棵枝幹條理的大樹脈絡分明，合理地伸展著，也

「自然」地生長著，而出現讓人心服口服的巧思妙意。

　　《真與美》的出現，很像偶然，這是從「東方白」這顆文學種籽掉落這塊特別的土地而言，但是當它生了根、發了芽，長成之後，就完全是一個獨立的生命體，它汲取、吸納大地的養分、水分、空氣、陽光，茁壯軀幹，繁衍枝葉，自然運作……，不著痕跡中就長成一棵大樹，這正是《真與美》最特殊的「筆法」。其實，《真與美》裡，不僅有東方白這幾十年的寫作經歷、心得、甘苦，包括從〈烏鴉鍋之役〉到《浪淘沙》的創作經驗，構成它的養分，他個人一生中的所有文學閱讀、交遊，乃至寫作《真與美》期間，新生的文學養分，也成了養分，就像巨樹也不拒納自己的落葉、腐枝的養分。

　　《真與美》最迷人的兩個特點是：自然流動的書寫方式和自體循環供給的取材方式。前者我們已充分領教過了，先人的傳奇故事，親情的流露，人間故事的閃動，內在思緒情慾的愛憎……，無不是以任其自然流竄的方式流露出來。至於後者，他不僅把自己的文學經歷作為《真與美》的素材；我認為這不全然是因為他是水文工程師的背景，從事文學創作造成的文學「異」象，也不是因為他寫了、或因為那麼艱辛地完成了《浪淘沙》的緣由；相形之下，他那並不特別具有傳奇性的文壇交遊，一樣也可以是他的創作材料，基本上是出自一種別有見地的文學觀。以「自體循環供給」不一定能完全傳達他真正的文學觀念，但它隱含的文學觀念的創造性，和對文體文類成規的顛覆意圖，則可能被普遍感受到的。我相信東方白在《真與美》的創作動機裡，含有對抗「『文學』是作出來的」，此一約定俗成的文學觀的意圖，他可能尤其抗拒「按照小說創作法寫小說」，所以，《真與美》的出現，也意謂著小說家嘗試對小說觀念提出的革命論，直逼小說的虛構定義。

　　我讀《真與美》的最初印象是，它和普魯斯特被中譯為《追憶似水年華》的自傳性長篇鉅著相似，是一部以沒有結構為結構的異體小說，我並預言，他可能和普魯斯特一樣，在寫一部一輩子也寫不完的長河巨著，它

可以順著生命之流源源不絕地流出，直到生命之流不再流動為止。現在，東方白決定寫到中年，便把它築壩堵了起來結集出版，非我始料所及，但正如他在幼、童、少年合篇出版的序文中說的：「至於幾時全部完篇，那就不是我所能預告的了。」

可見我的推測並未離譜，堵起來的河水，隨時可以開閘，也可以廢壩，讓它再度流瀉。其實，我的預言強調的是，這種不設限地讓真情流露的表達方式，只要情不枯、意不絕，文思就可以續流。

東方白不同於普魯斯特的是，後者的文思往意識、潛意識開發，那是人類另一個層次的文學礦藏，那是服膺現代主義思潮的另一種文學表現方式，《真與美》完全建立在現實層面的真實事物，我想並沒有必要，實際上也不能比較這兩種文學形態的寫作難度。

我讀過讀者感嘆，為什麼東方白的半生就有這麼多的事物可寫，審視自己的過往卻好像一片空白？我認為這在於作家之所以為作家、東方白之所以是東方白，多了一項真實面對自己的能力。

《真與美》連載期間，有很長一段日子都有人誤記為「真善美」，大概是因為有人習慣了順口溜：文學的目的在求真、求善、求美吧！東方白的立題，不僅宣示了自己和別人不同的文學觀，也在和因循苟且的世俗文學觀念，展開積極的對話。「真與美」強烈地暗示了作者「真的就是最美」的文學觀。《真與美》裡，有非常大量的事實裸露，包括作者人生隱祕處永遠不可能被別人發覺的敗德和懺情，都讓它自然裸露，正是作者這個主要文學觀點的體現。

其實，「真與美」還隱含了一項重大的訊息，就是「善未必是美」。固然，不善不是美，但善不必然是美，是要顛覆掉不少人的文學信仰的。在載道文學統轄的社會裡，文學不求善但求美，是足以讓衛道之士如喪考妣的。以真為美的文學觀背後，支持這種文學觀的，恐怕是「多少假求善之名以行的『文學』，不僅不美，更不文學」。徒有善之名；不少還是偽善的文學，無疑是文學的殺手或足以殺死文學的毒物，何不讓文學歸真返璞，

讓它單純地追求人間之美？在「真即美」的文學信仰裡，已具備了病態的唯美文學主張的抗體，在唯真是美的前提下，文學之美就不是唯美了。

如果說《真與美》給與讀者一個裸體東方白，讀者卻找不出東方白色誘讀者的批評口實，因為他裸露的不是個人而是文學。他只是藉由「林文德」這個真實生命體的真象呈現生命的事實，以傳達、詮釋生命的美好。「真誠坦白」是他傳達、詮釋的原則和方法，「林文德」或東方白這個生命體，只是他用來具象化「美」的媒介。

所以，《真與美》雖然從頭到尾都是人物和故事，而且都是真有其人、真有其事，可是它也是最不像小說的小說，為什麼？因為記述故事不是他的創作目的，他是為了詮釋文學而創作《真與美》。這麼說來，《浪淘沙》是故事，是東方白創作的「故事」，而且是別人的故事。

從東方白自述的《浪淘沙》寫作過程裡可知，《浪淘沙》是聽來的故事，是他花了很多時間蒐集資料，走了很多路「調查」得來的故事，是他查考、研究了許多世界大河小說名著的寫作方法，仔細揣摩過文學史上許多偉大文學心靈的寫作理念，文學抱負……而創作出來的「故事」。這段過程，東方白用語言、文字表述過好多次，《真與美》裡，也有完整的交代。

《浪淘沙》雖然被定位為鍾肇政的《臺灣人三部曲》和李喬的《寒夜三部曲》之後，臺灣大河小說的繼承者，東方白也多少默認自己接下了這樣的文學香火傳遞的棒子，但包括東方白在內，都有這樣的自覺：《浪淘沙》終究和鍾、李二人的三部曲是不同質的作品，《浪淘沙》缺乏前二者所有的文學以外的使命感。

記得曾有一位外國友人一面在山區陡降的山路開車，一面丟給我一道難題：東方白是臺灣作家嗎？《浪淘沙》是臺灣文學嗎？她的疑問在於《浪淘沙》缺少臺灣史詩敘述之類的骨幹，只是個人的故事。我提醒她，《浪淘沙》的異質，豈不是剛好鬆開了臺灣文學長期受到束縛的，外來大陸文化的制約？臺灣文學反殖民的大纛固然高高擎起，但它是否也成為文學發展的局限？也是值得思考的。

　　我告訴那位友人，《浪淘沙》所缺少的，可能正是因為它不是在「臺灣」這個受到重重外力制約的創作空間，在那一片空茫，但有白雪覆蓋的加拿大「異域孤鄉」才能寫得出來具有海洋、闊野特質的作品。好比一個人，可能正因為他一無所有，所以才空靈得起來，負荷太重的人，反而顯得遲緩凝重，《浪淘沙》的「輕」，何嘗不是一項別人沒有的特質？我以為，這固然是東方白充分利用了文學創作的「自然環境」條件，另一方面，應該也是他獨特的文學觀的展現。

　　《真與美》裡，他曾經提到兩次「林雙不事件」，用以表達他和同時代文友論交的文學齟齬經驗。多少和他想表白他和別人不一樣的文學觀，或者說，他對任何「唯一」文學觀的不能苟同。他那「真即美」的文學觀，在《浪淘沙》裡，表達得並不透澈，因為寫的是別人的故事，隔了一層，多了一重說服上的困難，因此，可以說《浪淘沙》催生了《真與美》，但《真與美》也補足了他的文學觀。當文學以毫不遮掩的真我呈現出來的時候，又是如何？《真與美》似乎在為寫《浪淘沙》之後的東方白，向「臺灣文學」丟出了這樣一個文學議題。

　　這個文學議題的另一面也似乎出現了另一道題目：當文學不寫歷史、不具備為臺灣作詩史的使命，甚至別人的故事也不寫，只寫自己的故事的時候，或者只是以自己為軸心的故事時，它是不是臺灣文學？它是不是好的文學？也許我們不能直接回答這個質問，但它其實也追問了，文學的目的是什麼？不是追求人生之美嗎？《真與美》的故事美不美？答案若是美的，它不就是好的文學作品嗎？它既是臺灣人的故事，不就是臺灣文學嗎？

　　雖然這些故事在遠離臺灣的加拿大寫作，故事的場景也從臺灣擴散到世界的各個角落——不僅是事實層面的，精神層面的更是無遠弗屆、亙古至今，不設限、不設防，是定位天地之間、放眼全人類文明史的文學觀創造出來的文學，卻任誰也無法否認這一切仍由「林文德」、東方白這個人為根為源發出，而這個根、這個源，也無法否認是一個具有臺灣地域特質的

臺灣人。它或許不限於是一個臺灣人的故事，或說更接近是一個臺灣人的精神靈魂冒險故事，卻不能否定它是臺灣人的故事。

《真與美》在形式和內容上，顛覆了小說，也解構了文學，特別是從臺灣文學數十年來的紛爭擾攘裡走了出來，但由於誰也不能否定它是文學，是小說，甚至不能不說它是好的文學，有創意的小說──不僅是形式和內容的創新，尤其是以東方白的「臺灣文學異位作家」身分，寫了這麼一長篇臺灣故事，它其實是創新了小說也建構了臺灣文學的新風貌和新里程碑。

從《真與美》許多描述與文友交遊的實錄裡，顯示東方白的寫作動機，不排除了與臺灣當代文學「對話」文學觀、文學定義的潛在意圖，但肯定不是主要或唯一的寫作目的──為了辨正文學觀念寫部百萬言的小說，未免神話了一個小說家的執著吧！我還是比較相信小說家是為了他人生的全部在寫作，說它是為了展現一顆文學藝術的心靈而寫，應該比較接近事實。

從臺灣文學廣袤的文學生態區看，《真與美》只是區內的一棵比較顯眼的樹，因為它摻雜了臺灣域外的環境因素，枝形葉貌的特異處，很容易引起人側目以視，但它雖然有 120 萬字，卻無意予人巨大的印象，因此，它也無意去顛覆什麼、解構什麼，它只用存在來說明它所以存在的理由。

這麼說好像玄了些，其實只是強調《真與美》令我感受到，作者有意表達：讓文學以最自然的姿態在屬於它的自然環境裡生長的樸實文學信仰。所以，《真與美》在分量上是棵巨樹，卻不是長得特別挺拔、端正、壯碩、雄偉，因為作者無意藉此為文學標示什麼，可是，卻因為它的巨大和存在的事實，又自然對臺灣文學構成批判和對話的意義。當許多人不斷地翻弄舌頭、強調自己是為著什麼偉大的抱負、理想而寫，或者聲言不停地翻書、誇耀是按照什麼主義而寫的時候，東方白悄不吭聲地寫了九年《真與美》，卻讓人恍然驚覺，他竟然只為自己而寫時，任何錯愕，都是對讀者既定文學觀念的顛覆和批判，尤其是臺灣文學的讀者。《真與美》作為臺灣

文學，或者只是寬泛的文學對話錄的意義，不僅遠勝於它的形式、內容奇特的討論，也應越過所有的意識形態之爭，優先受到重視。畢竟臺灣文學長期受到現實發展條件的制約，習慣與現實對話，與環境對話，絕少文學內部的對話，當我們習慣以建構的觀點來尋索臺灣文學的主體和方向時，包括東方白的《浪淘沙》在內，基本上是走在相當同調的言論洪流裡，《真與美》的「唯美」文學主張，具有與臺灣文學史對話的意義，可以說充斥著以「唯美」作逃避現實口實的臺灣文學史裡，東方白從文學史傷口出發的文學觀，當然有它的顛覆性作用，但我們寧可看重它的建構意義。

——選自《民眾日報》，2001 年 3 月 10～15 日，15 版

解構父權：論東方白的《芋仔蕃薯》[*]

◎林鎮山

　　放眼當今臺灣小說界，無疑的，東方白是最具特立獨行的作家之一。從早期出版的《臨死的基督徒》、到最近出版的《迷夜》、和正在《文學臺灣》連載的《真與美——詩的回憶》，來加以仔細考察：他似乎與他同時期的現代派作家白先勇、歐陽子、鄭恆雄等，都同時走過「橫的移植」那一個青澀的年代，卻又像他的鄉土文友王禎和、七等生和黃春明等，從彼時起就一直紮根、深植於孕育他的故土。他曾經自契可夫、托爾斯泰的「冰湖雪山」[1]中汲取養分，卻又在「南國鄉夢」裡，不斷地春蠶吐絲；當他的幾個文友，已經揮手向「憂國憂民」告別的時候，他一部又一部的作品卻一再顯示出他對原鄉的關懷與眷戀；而其實，他卻又遠在異鄉。因此，齊邦媛教授曾經為他額手稱慶：「在澳底的太平洋彼岸是東方白居留了 30 年的加拿大。在那個遙遠的異域（至今應是第二故鄉了吧），他得以馳騁於純文學的思考，可以在優美的莎河上構思、默想，沒有在臺灣的政治圈中被『消耗』、磨損」[2]。的確，這樣狠著心腸地抽離家園，卻又始終關懷地介入，這種自我抉擇的矛盾，竟構成了他智慧心靈下的文學特質。《芋仔蕃薯》就是在這種特定的時空下產生的另一部重要的作品。

　　事實上，在 1994 年 11 月《芋仔蕃薯》出版之前，東方白已經在前一年 11 月 17 日的《聯合報》副刊上，發表了一篇結構嚴謹、文字精確、意

---

[*]東方白，《芋仔蕃薯》（臺北：前衛出版社，1994 年 11 月）。
[1]取自齊邦媛，〈冰湖雪山和南國鄉夢〉，《中國時報》，1996 年 5 月 30 日，35 版。
[2]同前註。

象豐富的極短篇〈古早〉。這篇他唯一的極短篇,非但刻意解構了臺灣鄉間的父權觀念,還透過箇中人物,土生,最終的妥協與寬容,記述一個「新舊並存」、「土洋不分」、「亂中有序」的新臺灣,顯然這還不見得是知識分子心目中的「理想國」,但是東方白耐心地創造了這個「階段性」的「新樂園」向世界宣示:一個自主又和諧的新鄉土已經誕生了。

顛覆父權,這個在鄉間父老看來無非是革「命」性、大逆不道的行為,果然,在〈古早〉中,果敢的新風氣的先行者,必須以「命」相償還。在這篇作品裡,東方白還運用了一個層外外身敘述者(heterodiegetic narrator)/非「故事人中」的敘述者,前後一致地用客觀、毫無介入的模仿式(rapporte)敘事方式(mode)³來敷演一對青年男女不被祝福的愛情,其間,違逆父意自然是無異於顛覆父權,正如美國加州大學柏克萊分校裘蒂絲‧史黛琦教授(Judith Stacey)和麻州菲力普學院的安梭尼‧羅敦寶教授(E. Anthony Rotundo)⁴所論及的:畢竟「兒女的婚姻」與何時「獨立自主」,無論在中外的父權社會裡,正都是由父親規畫、安排、控制的。那麼,在〈古早〉中,女主角玉蘭的父親番伯公豈不是父權的象徵?臺閩語的「番」字(「未開化、而不可理喻」的意思)是「蕃」薯的諧音,而蕃薯一向是臺灣的代稱,因此,番伯公自然就是臺灣「未開化、而不可理喻」的野蠻父權的暗喻了。至於男主角「于」中尉,豈非「芋」(芋仔)中尉的暗示?「芋仔」與「蕃薯」/「外省人」與「本省人」的對應關係便由這組人物的命名建立起來了,此外其他兩個人物,玉「蘭」和她弟弟「土」生,命名自然各有所指,絕對與豐富主題的意涵息息相關。

東方白把〈古早〉發生的場景設定在番伯公的「蓮花」池畔是深具象徵含義的,因此「蓮花」池的「水清兮」,連鷺鷥都飛來洗足。玉蘭與于中

---

³高辛勇,《形名學與敘事理論》(臺北:聯經出版公司,1987年11月)。

⁴裘蒂絲‧史黛琦,Stacey, Judith. *Patriarchy and Socialist Revolution in China*. Berkeley and Los Angeles, California: University of California Press, 1983, p.37.

安梭尼‧羅敦寶,Rotundo, Anthony. "Patriarchs and Participants: A Historical Perspective on Fatherhood in the United States." in *Beyond Patriarchy*. Kaufman, Michael(ed.) Toronto and New York: Oxford University Press, 1987, p.66.

尉的蓮花池畔談情，也就理所當然地純真而沒有受到塵世的汙染，所以，當番伯公強詞奮理地要告于中尉的時候，玉蘭才委曲求全地為他們的純情辯護：他們「並沒安怎（並沒有怎麼樣）」。而于中尉，即使是在一而再，再而三地重複受到番伯公辱罵為「外省豬」的情形下，竟也還是「心平氣和」、純真地向番伯公求情，冀求能得到老人家的准許，與玉蘭攜手步向紅毯的另一端。可惜，番伯公的心門已經全然關閉，還將「扁擔往玉蘭身上斜劈」下去，對番伯公這種父權的暴力行為，于中尉並沒有以暴還暴，僅是「用強壯的手臂將它擋住」，不過于中尉的不抵抗主義，也並沒有能使他自己逃過最後必須在蓮花池畔，以死明志的後果，這算不算是暗示他畢竟是個「愚」中尉呢？然而，也由於于中尉以死明志造成了番伯公目瞪口呆，任扁擔掉落在自己的腳上，喃喃而語：「『哪會安倪生？哪會安倪生？』（怎麼會這樣呢？）……」，這一個戲劇性的反諷（dramatic irony），不也清楚地表明了誰才是真正受同情的人物嗎？

　　緣由於選用了戲劇性敘述觀點（dramatic point of view）的關係，敘述者的確小心翼翼地遵守了現代小說的藝術規則：一直都沒有夾敘夾議過，但是對玉蘭和于中尉這一對不同省籍的無辜、善良的情侶，東方白與臺灣社會毋寧是同情的；果然，時代的演進和社會的發展，到底還是站在兒女那一邊。在故事的尾端，東方白僅僅用了幾個強烈的對比與矛盾，就解構了番伯公那個世代的父權：當年對姐姐玉蘭與「芋仔」中尉的來往，幾度「氣急敗壞」的土生，現在他最小的女兒不是嫁給了「外省夫婿」了嗎？而且不同於過往的是：土生老早已經不再「赤足裸身」，而是西裝革履；不再像他父親番伯公那樣抽水煙袋，而是「咬一根菸斗」；不再「赤足奔跑」，而是坐他「芋仔」女婿開的賓士轎車。當然，敘述者也告訴我們：代表「桃花源」式的青柳和蓮花池，也早已因「鄉村都市化」，而被砍光、填平，現在，建在上頭的不是象徵英美化了的「高樓住宅」嗎？顯然先前鄉間的大地主，「土」生，已經成了「金」生了。可是，當美、加等先進國家都試著在全面勸導禁菸的時候，都在「都市鄉村化」的時候，我們不是已

經成為進口菸的大戶了嗎？我們的綠地林木不是逐漸在消失了嗎？不過土生咬著菸斗，終究比他父親番伯公揮舞著代表父權的「扁擔」，可以立即劈殺了兩條人命的破壞力小些。難怪「古早」那個缺乏人本關懷的時代，注定遲早必須成為過去，而番伯公這種象徵父權的人物「也不復有人記憶了」。

這篇極短篇〈古早〉所處理的「芋」中尉與「蕃」伯公的悲劇，後來證明只是《芋仔蕃薯》這部長篇小說的序曲。如果人類文明的推展，依靠的是反省與智慧，那麼東方白藉著這兩篇作品的結局，無非展示了臺灣社會發展的軌跡；畢竟，人與人之間，和諧的、寬容的、相互尊重的互動關係，才是文明社會發展的原動力；反之，暴力與強權，自然就是摧毀文明的罪魁禍首──有良知的現代人士，絕對尊重這一個文明社會發展的先進鐵則，從這個人本關懷的觀點來檢視東方白在 1990 年出版的輝煌鉅著《浪淘沙》，其主題含義何嘗不是如此？從個人、社會、家國、以至於國與國之間的道德規範來看，臺灣、日本、南洋、美國、加拿大、和中國大陸，這些《浪淘沙》涵蓋到的地方，豈有例外？只是，百年來背棄這個人文規範的歷史，竟發生在善良、無辜、天真的臺灣子民身上，《浪淘沙》才正如齊邦媛教授所說的：「記錄了一個奇異的政治支配人生的時代，感喟於政治浪潮沖刷下命運的擺盪。」[5]

《芋仔蕃薯》的主題命意跟《浪淘沙》相異的是：《芋仔蕃薯》中的男主角，馮震宇，是一個受過自由主義、民主主義、和人本主義薰陶過的當代有心人，象徵「新臺灣人」／「芋仔蕃薯」的他，已經無意再像當年的父兄，有那個殘酷的殖民時代，堅「忍」地被迫承受父權與霸權的支配，現在他要掌握的正是他認為不應該再「擺盪」的一己的「命運」。不過一再揮舞著「鐵鎚」、扮演著「訓練師」（discipinarian）[6]的馮父，和自稱同是「炎黃子孫」的大陸領導與「同胞」，願意去尊重他「為人的尊嚴」嗎？還

---

[5]齊邦媛，〈冰湖雪山和南國鄉夢〉，《中國時報》，1996 年 5 月 30 日，35 版。
[6]請比較，上引羅敦寶。

是，一定要像「古早」臺灣鄉間的「番」伯公，絕不放棄「扁擔」，直到歷史的悲劇再度發生？然而，已經不再俯仰於「古早」的馮震宇——這種「新臺灣人」／「芋仔蕃薯」——會是另一個「愚」中尉嗎？連〈古早〉裡的土生都已經坐上了賓士轎車，我們怎能巴望著馮震宇坐回「憨欽仔」的「三輪車」或《駱駝祥子》的「人力車」？《芋仔蕃薯》是追述性（subsequent）[7]的作品，是一個成為「新臺灣人」後的回溯性告白（confession），記敘的是使馮震宇深深地反省的過往的事件和「父權」、「強權」曾經帶給他肉體上、精神上無盡的傷害與痛苦，這個難題，在將來還得靠所有相關的人士，用智慧與愛心來思考、解決。那麼，《芋仔蕃薯》所觸及的敏感性主題，豈不是唯有一個具有如亞里斯多德所說的：無懼於毀譽的高貴者，或阿波羅尼亞斯（Apollonius）所指的：說實話的「自由人」[8]，才願意去捅的蜂窩？

　　正因為《芋仔蕃薯》如上所述：是追述性的作品和「新臺灣人」的告白，所以，東方白就選用了男主角馮震宇為第一人稱／層內內身敘述者（homodiegetic narrator）[9]來闡釋男主角他自己的「心」路歷程。要之，「芋仔蕃薯」跟「芋仔·蕃薯」或「芋仔與蕃薯」這兩個詞不同，後兩者是透過連接符號「·」跟連接詞「與」所組成的兩個——「芋仔」、「蕃薯」——對等的名詞，而「芋仔蕃薯」是由一個沒有連接詞的單一名詞詞組（noun phrase）所組成的。就文法上的功能而言，「芋仔」是作為形容詞用的名詞，因此，「芋仔蕃薯」指的就是紫色如「芋仔」的「蕃薯」，正如這部作品的頁首副標題所標誌的：「其外似芋，其心蕃薯，肉香且甜，乃薯中之上品。」顯然「芋仔蕃薯」象徵的就是馮震宇所說的「新臺灣人」，歌頌的就是一股新精神和一顆對鄉土的摯愛心。

　　就篇章結構而言，《芋仔蕃薯》共分為上、下兩部，大致上，「上部」

---

[7]高辛勇，《形名學與敘事理論》。
[8]Frame, Donald. (tr.) Michel de Montaigne. New York: Walter J. Black, 1943, p.148.
[9]Genette, Gerard. *Fiction and Diction*. Porter, Catherine(tr.) Ithaca, New York: Cornell University Press, 1993, pp.33−35.

所處理的是「私人領域的父權」（private patriarch），也就是：描述馮震宇這個「孩子」與他「番」伯公似的「父親」的「私」人關係（父親與孩子的對立）；「下部」，基本上，所記述的則是裴蒂絲・史黛琦教授所謂的「公共領域的父權」（public patriarch）：強烈地暗喻「公共」機構，如國家及其機器，像專制的族長似的，視子民如同「孩子」，嚴密地監控他們的私人生活與行為。[10]而貫穿上、下兩部的是：這個「孩子」矢意「尋找自我的身分與尊嚴」，而為了肯定「自我的身分與尊嚴」，最終必須完成的「解構父權」。不過，要注意的是：在馮震宇成長的過程中，也有「私人領域的父權」與「公共領域的父權」同時交叉出現於小說中的同一部的時候。為了凸顯這個「公」、「私」兩個領域的父權：霸控「孩子」並不恰當的主題命意，東方白不惜苦心孤詣地翻譯了原籍黎巴嫩的阿拉伯名詩人，卡里・紀伯嵐（Kahlil Gibran，1883～1931）的英文代表詩作《先知》（*The Prophet*）[11]，並以其中的〈孩子〉作為代序，有意思的是：在這首詩中，每一個對句，必然出現對立的主詞，「你」與「他們」，如此非但兩極化「孩子」與「父親」這兩個個體，也強調了各自「獨立」、「自主」的性質：

　　你的孩子不是你的
　　他們是宇宙生命的兒女
　　他們經你而不是由你來到世界
　　他們與你相處卻不隸屬於你
　　你可以給他們愛但不是你的思想
　　因為他們有他們自己的思想
　　你可以給他們肉體居所而不是他們的靈魂
　　因為他們是靈魂的歸宿你永遠無法窺見
　　你可以學習像他們而不必要求他們像你

[10]裴蒂絲・史黛琦，Stacey, Judith. *Patriarchy and Socialist Revolution in China*. p.228.
[11]Gibran, Kahlil. *The Prophet*. New York: Penguin Books, 1992, p.22.

因為生命向前永不回顧

你只是弓而他們是箭

造化振臂彎弓把箭射向無限……

　　卡里・紀伯嵐的作品，對東方白毋寧是深具吸引力的。第一，他們同是長期定居異域，而創作不斷的作家（diaspora writer）。紀伯嵐 27 歲後，移居紐約，一直到 48 歲病逝為止，沒再遷移。[12]東方白則自臺大畢業、服完兵役後，即赴加拿大留學，取得莎省大學農業工程博士學位之後，就在亞伯達省（Alberta）環境廳工作，直到退休，一直都沒有遷出過亞省的省會愛城（Edmonton）。第二，紀伯嵐從小就跟母親學習阿拉伯文、法文和音樂，並有家庭教師教他英文。11 歲到 14 歲時曾在波士頓住過、上過中、小學。以後回到貝魯特，在「智慧學院」接受阿拉伯教育、並修完學位。因此，擁有多元文化與多種語言的薰陶。而東方白在冗長的養成教育中，從小學到研究院，也習得了多種的語言：從中文、日文、英文、法文、德文、到俄文，並以繪畫、作曲、彈鋼琴、聽古典音樂等調劑心靈，多年來倘佯於加拿大多元化文化的氛圍中，深深服膺多元主義的人文關懷。第三，紀伯嵐自幼即體弱多病，常以寫作、繪畫鞭策自己，與病魔博鬥。疲倦或煩悶時，便穿越過紐約「摩天樓的蔭影，走入一條富有阿拉伯風味的華盛頓街道」。[13]東方白也自小即深受病痛，如憂鬱症的苦擾，只不過不同於紀伯嵐的是：他必須規律地輪流休息、寫作，藉游泳、音樂、散步——不是走入喧嚷的華埠而是跨入參天古樹、原始小徑的愛城白溪（Whitemud Creek）——來休養生息。第四，紀伯嵐的故鄉布雪里位於黎巴嫩的山區，古時是敘利亞的一部分，而敘利亞曾經多年被外族：羅馬、阿拉伯、土耳其統治，黎巴嫩因為天險一直保持「部分獨立自主」，二次世界大戰後才與敘利亞分離而完全獨立。少年的紀伯嵐以阿拉伯文宣傳革命，追求獨立自

---

[12]紀伯侖著；王季慶譯，《先知》（臺北：純文學出版社，1970 年 1 月），頁 4。
[13]紀伯侖著；聞璟譯，《先知的花園》（臺北：志文出版社，1978 年 2 月），頁 13。

主，其中最有名的是《反叛的精神》，被稱為「危險的、叛逆的、對青年有毒的」，因此被教會除籍、被土耳其政府放逐，直到 1908 年才受到赦免。[14]東方白的祖父從福建遷臺，可是祖父、父親兩代曾經因為「避秦」來來往往於大陸、臺灣之間。東方白雖生在臺灣，但是，以坊間的標準，嚴格、挑剔地說，還是「外省」的第二代，如此說來《芋仔蕃薯》豈非「夫子自道」？其實這種族群劃分方式，對他來說，當然是毫無意義的，因為他自開始寫作以來，一系列的作品，正如紀伯崙，要反映的就是人類普遍共同追求的原則：「自由、獨立、與尊嚴」。因此，運用紀伯崙《先知》中的〈孩子〉為序自剖，絕非偶然。

要探討代表「父權」的馮父（馮震宇的父親）與其霸控的「孩子」，馮震宇，之間的對立關係時，我們可以先從馮父與馮震宇的個別視界來審視。首先，我們必須認識：馮父是個讀到高中就參加「抗日青年軍」、爾後便隨軍隊到處流浪的軍人。「軍人」由於職業上的訓練與要求，無論中、外，在小說裡往往是個刻板的、扁平的角色（flat character）[15]，馮父自然也不例外；他的偶像便是他本家馮玉祥，開口閉口「馮大帥」、「馮司令」的，還要給他「孩子」灌輸：「馮大帥」要屬下絕對服從的專制思想：

> 「從前哪，你知道咱們『馮大帥』是如何訓練軍隊的？他給他士兵每人兩塊黑炭，叫他們拿到河裡去洗成白煤，他們就得去，不得哼一聲！」
>
> ——頁 17[16]

這種毫無理喻地要求被掌控者接受「權威」、不得質疑的洗腦方式，當然執行的是「古早」農業時代，農業家庭式的「父權」。

傳統的中國律法，根據儒家的思維，的確，曾經賦予父親操控子女、

---

[14]紀伯崙著；王季慶譯，《先知》，頁 9。
[15]Forster, E. *Aspect of the Novel*. Harmondsworth: Penguin, 1963.
[16]以下引文頁數，見東方白，《芋仔蕃薯》。

甚至妻子的特權。[17]影響臺灣甚鉅的美國，在 18 世紀的早期殖民時代、農業掛帥的時期，何嘗不是如此？當時美國的「父親」一樣是高塔一般偉大的家庭統治者[18]，跟中國農業時期的父親同是：家庭生產隊的隊長，掌控著家庭產業，並擁有很大的裁量權。因此，依照「古早」的傳統，馮父才理直氣壯地教訓馮震宇：

> 「爸爸一定對！天下沒有不是的爸爸……」
> 「爸爸就是權威，不得反抗，不得批評。從前兒子對爸爸要叫『父王』，開口閉口要說『兒子誠惶誠恐』，心裡要怕怕，外表要柔順。我是你爸爸，萬萬不可侵犯……」
>
> ——頁 17

只是馮父生錯了時代，錯以為經濟已經起飛的 1970 年代中晚期的臺灣[19]，還是屬於農業時期的專制帝王朝代——「父王」就是「父權」發展的登峰造極。其實，如金耀基教授所說：1949 年以後的臺灣，從日常生活的情形來看，對於傳統文化的接受，固然比大陸要多得多，可是因為是建基於資本主義的經濟，在工商業化之後，基本上已經進入了英、美構築的社會、文化機制，超越了原先海島文化的體質。[20]緣由於此，在土洋思潮共生競存的時際，自然就更加深了父子之間的緊張與衝突。兩極的一端是熱愛中國象棋的父親，另一端卻是熱愛吉他、詹姆斯・狄恩和西洋熱門音樂的兒子；這清楚地擺明，若是說：一個代表「靜」，則另一個代表「動」，一個代表權威，則另一個代表叛逆，一個代表嚴明的紀律，則另一個代表「亂中有序」；這兩極的對立／對比，就不可謂之不強了。

---

[17]裘蒂絲・史黛琦，Stacey, Judith. *Patriarchy and Socialist Revolution in China*. p.37.

[18]安梭尼・羅敦竇，Rotundo, Anthony. "Patriarchs and Participants: A Historical Perspective on Fatherhood in the United States." in *Beyond Patriarchy*. Kaufman, Michael(ed.) p.65.

[19]敘述者說當時劉家昌導演的電影《梅花》正在上映，該片攝於 1975 年，故推斷馮震宇成長的時間應是 1970 年代中晚期。

[20]金耀基，〈已超越了海島文化〉，《聯合報・文化廣場》，1996 年 7 月 10 日，35 版。

　　要之，1970 年代的英、美，「父權」早已在 19 世紀「淡出」，由於快速工商業化的結果，父親不再是家庭農場生產隊的隊長，而是公司的專業管理人或合夥人，由於他們時常參加難以計數的會議，甚至多半因公旅行在外，母親因而成為中產階級家庭的核心，由她扮演過去父親所擔負的角色。一旦父親從樸克臉孔的「天將」，下凡為滿臉笑靨的「土地公」，從「訓導主任」變成兒女的「玩伴」、「顧問」，他們就與子女更加親近，也更能享受到家庭的溫情。但是，1970 年代以後，也因為通貨膨脹與失業率的激增，使得更多比率的婦女，為了支撐家庭的經濟而走入就業市場，父親就更不再是唯一能把麵包帶回家去的經濟大師。這種雙生涯家庭的形成，無形中更為「父權」的死亡打下了最後的一支棺材釘。從此，父親也必須在奶瓶和尿布之間打轉，在廚房和洗衣房之間進進出出了。[21]馮震宇和他同時代的臺灣青年，如老宋，從「西風美雨」的音樂、電影、媒體等，無所不入的文化浸淫中，接受了這種衝擊，脫胎換骨，出發去找尋自己的身分認同，最後幻化為另一種的「新臺灣人」。

　　從上述文化與社會的交流層面來考察，馮父應該是像〈古早〉的番伯公——比較保守的，甚至於是落伍而反動的。比較一下同屬 1970 年代背景的蕭颯的〈我兒漢生〉，就可以知道：漢生留美的父親，在高唱尊重兒女人權的氛圍中，如何與漢生的母親像 19 世紀以來的現代美國父母，不強調體罰，而處心積慮地以同情的勸導[22]，含莘茹苦地把兒女拉拔長大，教育成人。但是馮父卻以「打罵教育」為主：

　　「打罵教育」是咱們馮門傳統「家庭教育」，挨爸爸打——對我是家常便飯，十分自然，十分習慣。

　　　　　　　　　　　　　　　　　　　　　　　　　　——頁8

---

[21]安梭尼・羅敦寶，Rotundo, Anthony. "Patriarchs and Participants: A Historical Perspective on Fatherhood in the United States." in *Beyond Patriarchy*. Kaufman, Michael(ed.) p.73.
[22]同前註，頁 66。

而馮父的「打罵教育」，每每必以順手啟用代表「父權」權威的工具才告終。在作品所描述的三次打罵教育中，第一次用的是桿麵棍，第二次用的是藤條，第三次用的是鐵鎚。馮母雖有的是衛護的柔情，終究敵不過暴烈如火山的父親，如同中國古時候的母權，在與「父權」相牴觸、衝突的時候[23]，不免龜縮於無形。

在「父權」的暴力籠罩、威脅下，得不到保護的馮震宇，小時候只希望：

> 化成一隻寄居蟹，有殼可以保護肉體，有螯可以遮蓋眼睛，不要見到家裡的一切……在自己的殼裡作自己的夢……
>
> ——頁23

他雖然因為喜愛代表自由的吉他和西洋熱門音樂，而受到父親鐵鎚的無情迫害，畢竟也只是如一般孝順的青年，藏身於「鴿子籠」／「讀書間」，等待展翅、沖天一飛而去。頂多在父親的鼓勵下，平靜地告訴他，即使身為「父王」，他自己也遠非十全十美，比如說「抽菸」這個壞習慣，父親不是一直也沒能改正過來嗎？「二手菸」對人類健康的威脅，當然比馮震宇把毛巾掛歪了那種不拘小節，「缺乏嚴明的紀律」，還嚴重得太多，太多了！至於父親對馮震宇在「棋品」方面的要求，馮父自己何嘗沒有「嚴以律人，寬以待己」的矛盾？顯然對馮震宇來說，父親是曾經給他生命和麵包的「恩人」，卻也是從小給他「二手菸」傷害他健康的「壞人」，更是在他成長後，入侵他房間、摧毀他「為人的尊嚴」、破壞他至愛的吉他的「敵人」。不僅父子之間矛盾、難以妥協至此，甚至，他最終也無法與女婿相處，而難以避免不得不孤單地回到屏東獨居的結局，不管是緣由於被動的「放逐」還是自動的「自我放逐」，總是成為一個不再擁有子民的跛腳「威

---

[23] 裴蒂絲・史黛琦，Stacey, Judith. *Patriarchy and Socialist Revolution in China.* p.45.

主」。這一個充滿張力的告白，豈非有力地解構了馮門的「父權」？

　　《芋仔蕃薯》的下半部記述的是馮震宇在美國求生過程中的反思與成長。自小熱愛自由、嚮往嬉皮聖地的他，剛抵達美國的時候，真是立刻愛上了這個新國家。反諷的是：當他要在這個講求「清潔、禮貌、秩序、人情……」的地方安身立命的當兒，才愕然發現這個「新樂園」，其實，也有諸多的缺失與人為的限制；當然那時他並不清楚：進入了 1980 年代中期的有些當年嬉皮，早已剪去長髮、穿上西裝、繫上領帶、提著零零七皮箱、進入華爾街的公司董事會議室——不再激辯越戰、世界公義，而是計較怎樣兼併其他企業、為公司創造更多的利潤、盈餘。「不喜歡穿西裝、不願意打領帶……不愛開腔、懶於交際」（頁 46）的馮震宇，如何能在這種企業文化中生存？連「同姓」本家的馮玉祥都無法得到他的崇敬，就因為他是苛刻的軍閥，如此酷愛公平、尊嚴，不願受任何拘束的青年，終於，以自己在美國為少數族群的身分、說的是弱勢語言（國語，而非美式英語）的不利形勢，來反思：過往自己在臺灣成長時，因當年說的是強勢語言（國語，而非臺客語、臺閩語或原住民語言），而享受到了多數臺灣鄉間小孩所沒能享受到的諸多的好處與利益；為此，他深深感到「汗顏」。可是，真正喚醒他去主動尋找自己的身分認同的是與中共留美學生及「民運分子」的接觸。

　　《芋仔蕃薯》中的「老謝」是中共留美學生中最具有傳統知識分子的良心的代表，像王蒙〈卡普琴諾〉中的敘述者和聽述者（narratee，聽故事的人）[24]，都對中國大陸有付「恨鐵不成鋼」的胸懷；刻苦、省儉、誠摯，往往為領導所設定的目標，犧牲青春、放棄自我、歷盡酸苦。美國總統約翰‧甘迺迪曾經在他該著名的就職演說詞中，要求從小嬌生慣養的美國青年：「別問國家能為你做什麼？」而應該要問問自己到底「能為國家做什麼？」。相反的，這些經歷「三反」、「五反」、「引蛇出洞」和史無前例的

---

[24]Price, G.“Notes Towards a Categorization of Fictional Narratess.” *Genre*. 4(1971), pp.100–105.

「文革」的大陸知識分子，在多年來備受悽慘迫害之後，是不是也有權問問：「國家到底為我們做了些什麼？」

　　其實，「老謝」在《芋仔蕃薯》的敘述結構中也占著相當重要的地位。就敘述觀點來說，因為《芋仔蕃薯》有幾個不同的層內內身／第一人稱敘述者：主要的敘述者當然還是馮震宇，可是，他有時因敘述策略的需要而退居為聽述者——聆聽、發問、再進一步反思——這就創造了另外一種敘述型式：也就是「包孕」的結構型式（embedded structure）；馮震宇充當敘述者所敘述的故事，因為是「主要故事」（main story）所在的敘述層次，因此依照敘述學來說就稱為「敘記層」（diegetic level），而「老謝」自己充當層內內身／第一人稱敘述者所敘述的次要故事，因為是包孕在「敘記層」之內，一般就把它叫做「敘記裡層」（hypodiegetic／metadiegetic level）。[25]「包孕」結構的敘述方式，因為是在「敘記層」的敘述過程中，刻意將敘述者變幻為聽述者，並引用另一個新的敘述者，這個敘述策略，非但可使故事的敷演不致有千篇一律之虞，更可使「敘記裡層」突出、成為讀者注意的新焦點，達到與「敘記層」比照的目的。因此，希伯來大學李矇‧姬蘭教授（Shlomith Rimmon-kenan）認為：緣由於「敘記裡層」可與「敘記層」類比或對比的功能，作品的主題意涵從而得以增強。[26]用這種敘述理論來探討《芋仔蕃薯》裡的「敘記層」和「敘記裡層」的共同主題：「父權」與「中國」／「身分認同」，應該是非常恰當的。

　　在「敘記層」裡，馮震宇想像中的「中國」，原先一直是一片「錦繡山河」，使他「只想有一天站在萬里長城上高呼『馮震宇來也』」（頁 20），那是他「自小夢迴孺慕的祖國」、父親的原鄉、自己的歸屬。何曾想到，他才自馮父掌控的「父權」疆土，展翅飛出，獲得自主與尊嚴，就從「老謝」這個「敘記裡層」的敘述者聽知：今日真正的大陸中國，其實，是另一個瀰漫著更恐怖的「父權」至上的國土，而毛澤東不但是「族」長，實際

---

[25]Rimmon-Kenan, Shlomith. *Narrative Fiction*. London and New York: Methuen, 1983, p.91.
[26]同前註，頁 92。

上，更是神祇化了的封建「帝王」，「老謝」是這麼告訴馮震宇的：

> 我結婚的時候，親朋贈送的「結婚禮物」一律是「紅書」，皮裝、線裝……琳琅滿目，應有盡有，足足裝了三大箱！唯一的例外是我的主任送的毛澤東立姿石膏像，這石膏像高不到三寸，手細如牙籤，裝箱不行，甩掉會槍斃，萬一手碰斷了就不知要從何說起了……所以結婚以來，日夜不得安寧……
>
> ——頁56

> 毛把自己當神讓人民去崇拜……每天各三拜，手捧「紅書」面對「毛像」高喊：「毛主席萬歲！……」
>
> ——頁59

馮父所說的「父王」：「爸爸就是權威」和「老謝」所敘述的「帝王」崇拜：「毛主席萬歲！」雖然，前者是原屬於家庭領域的「父權」，後者則是裘蒂絲·史黛琦教授所謂的公共領域的「父權」，其實，馮震宇的「敘記層」和「老謝」的「敘記裡層」，兩者處理的同是：講究至高無上的「父權」——用來主宰轄下的「子」／「民」；這不正是李矇·姬蒳教授所論及的：「敘記裡層」與「敘記層」的類比嗎？而馮震宇「自小夢迴孺慕的祖國」、在想像中曾經給他無限溫馨的那一片「錦繡山河」，如今卻是「老謝」口述中：誰也「不相信」誰的國度！在題為：〈我不相信〉的詩中，「老謝」是這樣感嘆的：

> ……
> 我不相信你願意看我自由呼吸。
> 我不相信你發誓，
> 我不相信你打賭，

如果我相信——

歷史老師用教鞭打我的屁股。

——頁62～63

的確，在「敘記層」裡，馮震宇夢寐中的「祖國」：曾是「江山如此多嬌！」：而在「敘記裡層」裡，「老謝」嘆息中的「祖國」：竟是如此任人「彎弓射大鵰！」，這般巨大的落差所展示的：不正是李瞳・姬南教授所論及的：「敘記裡層」與「敘記層」的對比嗎？

其實，如「老謝」口述的故事——失去「為人的尊嚴」的悲劇——在「祖國」並不是一個特例；透過敘述者／聽述者「角色對換」的敘述策略，東方白在《芋仔蕃薯》中，再創造了另外一個比較簡短的「敘記裡層」，來刻畫這種悲劇。這個新「敘記裡層」是以次要人物，「小高」，為層內內身／第一人稱敘述者，而以原先「敘記層」的敘述者，馮震宇，為聽述者：聆聽、反思；東方白就用這一個新的「敘記裡層」重複加強了：「身分認同」這一個主題。

與馮震宇類似的是：小高也是出生於臺灣的所謂「外省第二代」，也有一個深具「父權」心態、要子女「肅立」、聽他「恭讀」大陸來信的父「王」；當年即因許信良當選為桃園縣長，父親連夜就把他們：

兄弟姊妹從夢中叫醒，在客廳集合，聽他沉重宣布：「桃園淪陷！！！舉家搬遷！！！」

——頁65

如此朕即天意，順我即生，逆我則亡，說搬就搬，何嘗徵求過子女的看法？何嘗尊重過孩子可能和他不同的政治意識？

與馮震宇相異的是：「小高」自小即在桃園的三軍眷村長大，和本土孩子一直沒有什麼互動的關係。這種相似又略異的背景，使他們共同探討、

追尋的「身分認同」——這一個作品的主題——最終顯得更為寬廣、更值得深思。

小高的「敘記裡層」，記敘了解嚴、開放探親後，他父親和世伯透過交流才驚詫地發現多年來朝思暮想的「原鄉」其實竟是「異鄉」的酸楚：「鐵幕」雖然在「改革開放」的笑吟吟中，換上了「竹幕」，親情卻因經濟掛帥而埋入了「墳墓」，原來的「親人」竟也成了「路人」；「返」鄉的道路終究是敞開了，不過被稱為「臺胞」的他們，卻從此走上了「不」歸路。

由時空的差異催化衍生的原鄉／異鄉、親人／路人的矛盾，在小高的「敘記裡層」裡，是由三個傳統的文化質素：1.祖墳，2.祖先牌位，3.「三代同堂」的「紅磚大樓」（「土洋不分」？）所造成的。小高的父親和世伯對祖墳、祖先牌位、大家族等傳統文化質素的（反動性？）堅持，理所當然地代表了「臺灣文化」中，對古典文化的保留與傳承，這顯然是與大陸的「破四舊」對立／對比的。此外，兩岸的相異也在於：臺灣對「地球村文化」的特質——例如「諾貝爾和平獎」與「反對黨派的制衡」——持續地吸納、並寬容、維持；而海峽彼岸，世伯在大陸的大媳婦，卻對「諾貝爾和平獎」一無所悉（民可使由之，不可使知之？）也對國民黨與民進黨在民主政治發展上「複雜」地互動的（歷史？）意義，毫不理解，所以，她說：

> 我們在電視裡看到了，兩黨天天在會堂上打架，還不如我們只有一個「共產黨」，天下太平。

——頁68

緣由於她還是「受過高等教育在中學當老師」的高級知識分子，東方白是不是為了她這種「父權主義式的社會主義」（patriarchal-socialism）[27]才憂急

---

[27]見裴蒂絲·史黛琦，Stacey, Judith. *Patriarchy and Socialist Revolution in China*. p.227.

如焚地忍不住，讓小高氣憤填膺地跳起來，來敘夾議地用國罵詛咒一番：
「……白痴！狗入的！『整天在會堂上打架』？大陸想要如此，還得再等
30 年哩！」（頁 68）。

　　小高最後用「川白」和「臺語」混合，為曾經在臺灣再娶、生子的世
伯，寫了一首打油詩〈這一半，那一半〉，以悼念這段「回鄉需斷腸」的情
緣。不過詩中人也「務實」地學會了掌握在臺灣早已高唱入雲的「務實」，
矢志「浴火重生」。其中，詩題的「這一半」指的是臺灣的「牽手」（太
太），「那一半」指的是大陸的「堂客」（老婆），「囝仔」（臺閩語「小孩
兒」）指的是在臺灣生的子女：

　　難過個啥子？這一半「卡好」啦！

　　兩個「囝仔」都乖。

　　格老子地！這一半才是我的！

——頁 70

誠如小高所說：這首詩是為世伯而寫——以詩明志，那麼表明的自是世伯
的感受與最終的抉擇；「原鄉夢斷」與「本土認同」；而詩中的語言；「川
白」和「臺語」的刻意「混」合運用，豈非更進一步要暗喻：唯有「芋仔
蕃薯」的成功結合，才正是原來的「芋仔族」和「蕃薯族」未來更幸福的
開始？不過如果以小高在最後因「翼」護「制衡在臺灣的發展」所顯示出
來的本土情懷來加以審視，他這首名義上是為世伯而寫的打油詩，其實，
何嘗不是回歸／回饋鄉土的「夫子自述」？而做為聆述人的馮震宇，在反
覆聆聽了「老謝」和小高各自的悲慘故事後，難道他不會發問、反思？甚
至更進一步，受到他們的啟發而「潛移默化」，像小高、高父、和世伯，去
思考自己的「身分認同」和前途？的確《芋仔蕃薯》的高潮，正是發生在
最後馮震宇見識到了：一些中共的「民運分子」，他們的「老大」心態和
「大中國沙文主義」時，勾起了他對「父權」的負面回憶，以及緣由於

「為人的尊嚴」徹底地受到傷害的悲慟，終於使他不再像《浪淘沙》裡的江東蘭——只耽於思考，隱忍地站立著等待「天亮」——而是重新出發去確定自己的「身分」，主動地去幫助大家尋索鄉土的前途。

這些因六四逃離大陸的「民運分子」一直是馮震宇「基於同胞之愛」、「伸出友誼之手」盡心協助的新朋友，也是時常到馮震宇的公寓「高談闊論」的「食客」、「酒友」；只是由於朝夕俯仰於「父權主義式的社會主義」，（就像世伯的大媳婦一樣），他們能理解馮震宇這類「臺胞」「子」「民」掙得的「獨立」、「自由」，「民主」和「尊嚴」的意義嗎？馮父的堅持「父權」導致馮門的解構「父權」，這不正是子女「自主」的「獨立」宣言嗎？而馮震宇在大學時間、那個「戒嚴時代」所寫的、有幸受過「新聞局」詢查的歌——題為〈永遠沒有人知道〉——抒寫著他「無邪無奈的渴望」：

> 一扇鎖住陽光的天窗，
> 什麼時候才可以開放？
> 一堵長滿青苔的圍牆，
> 怎樣才不會被遺忘？
> 一種無邪無奈的渴望，
> 究竟算不算妄想？
> 還有啊，還有多少個問號，
> 永遠沒有人知道！

這首歌所暗示的意義（包括歷史的？），這些「民運分子」能夠理解嗎？

不幸的是：對馮震宇來說，這些「民運分子」何曾真正了解過臺灣？所以他們才在他的公寓、酒足飯飽之後、當著面尖刻地批評：「這次民運，臺灣實在表現得不夠理想……」、「人家香港好多哪！他們不但捐了很多錢，大部分逃亡也……因他們的大力協助才成功的」、臺灣人「沒有國家觀

念」、只不過有「幾個臭錢而已，有什麼了不起？」、「好好中國人不做，偏偏搞什麼『臺獨』」。最後這些「民運分子」還替臺灣決定他們的命運和前途：中國「再差，也只是暫時的事，遲早臺灣總要歸併到中國來！」（頁80）。原本對於「臺獨」漠不關心，也談不上贊成的馮震宇，深深受到傷害了，他是這樣跟小高解釋的：

> 我是人，不是牛羊，任何有關我利害的問題，應由我來決定，別人沒有權利用傳統的思考方式來決定我的運命。
>
> ——頁98

因為他雅不願意中共把臺灣當成「一塊掌中的肥肉」、「失散的奴才與婢女」，因此，他主張「馮震宇式的臺獨」，依照他的邏輯，主權的行使既然是早已存在的事實，那麼問題並不是如何宣布「臺獨」，而是在如何保護這塊「『民主綠地』免被『專制紅流』汙染」（頁98）。

就政治光譜而論，「馮震宇式的臺獨」並不能算是古典的「臺獨」，而只能說是具有「人權」主張的「主權獨立論」，當然，這也是中共一向絕對不「准許」的；1996 年 7 月 8 日中共新華社、中央電視臺署名江邊的文章就再一次標示：

> 一切階段性的兩個中國，對等政治實體，務實外交，參與聯合國，實質上都違反一個中國的原則，都是製造兩個中國和一中一臺，中國堅決反對！

以「父權主義式的社會主義」治國，中共自然認定並向國際一再宣示：臺灣是它叛離的一個省分（renegade province），甚且宣稱絕不排除將來使用武力，解決臺灣問題。針對這種不排斥「用武」的反覆主張，美國哥倫比亞大學的黎安友教授認為：這會傷害到臺灣人民的感情，不可能有什麼效

果，只會不利於最終的統一。[28]但是聽者藐藐，以 1996 年 3 月臺灣直選總統時中共軍方就導彈（搞蛋？）演習來加以考察，中共這部以為擁有「父權」的超強核子機器，顯然是與主張「人權」、不願成為「牛羊」的「臺胞」，如馮震宇和小高，對立的。

在《芋仔蕃薯》的結尾，馮震宇向他的學生小燕宣布：他決定要回臺灣去，一生將以吉他和歌喉宣揚大家都是「新臺灣人」，臺灣要「獨立」（馮震宇式的「獨立」？）。主張「尊嚴」和「人權」的馮震宇這樣是不是重新確定了自己的「身分」？可是，面對著以「父權主義式的社會主義」治國的中共政權，紀伯嵐的詩句：

> 你的孩子不是你的，
> 他們是宇宙生命的兒女
> ……
> 你可以給他們愛但不是你的思想
> 因為他們有他們自己的思想
> ……

這會不會只是「一個美麗而蒼涼的手勢？」[29]然而，人類文明的推展畢竟依賴的是反省與智慧，東方白藉著〈古早〉展示了「臺灣經驗」中：「父權」的血淚軌跡，以及已經解構了的「私領域的父權」——文明是在前進的：《芋仔蕃薯》，雖然也如〈古早〉，成功地解構了馮父所代表的「古早」「父權」，但是，「芋仔蕃薯」族不是也必須面對大陸「父權式的社會主義」嗎？在「地球村文化」逐漸為文明世界所接受而六四的殷鑑未遠的時候，東方白似乎並不悲觀：小燕不也因為馮震宇的協助變成「新臺灣

---

[28]見《中央日報》航空版，1995 年 4 月 10 日。
[29]張愛玲，《張愛玲短篇小說集》（臺北：皇冠出版社，1977 年 4 月），頁 197。

人」[30]了嗎？

　　　　　　　　　　　　　　──選自《文學臺灣》第 20 期，1996 年 10 月

---

[30] 1996 年 7 月 10 日，《聯合報・文化廣場》編輯報導：「去年開始，『新臺灣人』變成一個重要的名詞，但『新臺灣人』的定義、解讀眾說紛紜」。編輯採訪中研院院士杜正勝時，杜教授表示：「他能接受『新臺灣人』這個較寬鬆的概念。」他認為：「『新臺灣人意識』相對於『舊臺灣人意識』，而以前所講的『臺灣人』是與『外省人』相對的名詞，若站在臺灣要有一體意識去對抗中共政權的角度，在『新臺灣人意識』下建構一個新的臺灣文化，有其必要」。杜教授並表示：「……中共希望將臺灣吸納入其殼中，因此使臺灣本地的人產生分歧和統、獨兩個極端，所以我方應有一個比較一致的意見和基本底線……」。杜教授不一定看過〈古早〉和《芋仔蕃薯》，不過，他的看法似乎跟馮震宇式的「新臺灣人」（把認同臺灣鄉土的人都包括在內？）以及馮震宇式的保衛臺灣既有的尊嚴、獨立、自由、自主（寬鬆的臺獨？）有類似之處。這是不是杜教授所謂的「基本底線」呢？

〈奴才〉評介

　　東方白寫過不少所謂「哲理性」的小說，探討上帝、原罪、法律、道德、命運、禪境……。由於 14 歲後就大量閱讀大仲馬、狄更斯、托爾斯泰、屠格涅夫、莫泊桑、芥川龍之介等名家的作品，他的小說取材、思考角度和寫作技巧，可能受到不少的啟發和陶冶。對一個小說家來說，從閱讀其本國傳統文學出發或閱讀西洋小說出發，同樣是一種良好的觸媒；不同的是，他日後的作品風格可能面貌各異。我們從東方白某些探討並批判人類心靈深處的扭曲與掙扎，或某些在寫實與幻境之間游移的寓言作品裡，可大略窺見其究。

　　東方白在這一年裡一共發表了五篇小說，它們依序為：

奴才──《民眾日報》副刊，2 月 20～21 日

島──《現代文學》復刊第 7 期，3 月

池──《中國時報》「人間」副刊，4 月 28 日

阿姜──《民眾日報》副刊，6 月 2～3 日

❦－《中華日報》副刊，6 月 2～4 日

　　就小說技巧的繁複、內涵的豐盛、主題的博大和震撼性來說，描寫走出叢林的日軍回到現代文明社會，最後又悄悄回到菲律賓叢林隱居的〈島〉，也許是五篇中最好的一篇。

　　然而，正如我在〈編選序言〉裡所說的理由，從國民政府遷臺 30 年的角度來看〈奴才〉，這篇描寫中國窮苦百姓遭遇的小說，展現了一個讓人非

---

*作家，本名李瑞月。發表文章時為《中國時報‧人間副刊》撰述委員。

常感傷但又必須勇敢直視的橫切面。這是我在他的五篇作品中選取〈奴才〉的理由；這也是東方白寫作多年來，作品第一次被選入年度小說。

和東方白的大部分作品相較，〈奴才〉也許是最不講求技巧和結構的一篇。我甚至認為它的技巧和結構是有缺點的；特別是老詹在敘述阿富的故事之前先提到一大段巴伏洛夫（Pavlov）的「條件反射」學說，我認為是本篇的一大敗筆。巴伏洛夫是俄籍生理學家（1849～1936），曾在 1904 年獲得諾貝爾獎。他在 1901 年前，致力於人體消化系統的研究，1901 年後才開始作刺激反應的研究而確定了他的「條件反射」（Conditional Flash）學說。經過半個多世紀，這個學說已被研究心理學的人廣泛引用，東方白把它引為一篇故事的開端，不但沒有給讀者新鮮感，反而破壞了小說的純粹性；也使小說的主題受到先天的限制。如果沒有引用這個學說，這篇小說的結構可能更完整些。如果一定要引用，把它放在結尾部分，由聽眾中的任何一人輕描淡寫的說出來，它的效果也比放在前面好得多。

除了這個缺點，〈奴才〉的不講求技巧與結構，而卻能讓讀者在閱讀時感覺到「沒有技巧的技巧」和「沒有結構的結構」，這種效果，也許是東方白寫作〈奴才〉時的企圖之一，而這種企圖，也許是為了吻合整個故事的人物、情節和氣氛的。這種選擇，恰也顯露了東方白做為一個小說寫作者的成熟和靈慧之處。

如果從小說主題來論斷〈奴才〉的成就，在所謂「奴隸文學」的領域裡，它也許只算是一篇袖珍小品。在西洋文學裡，我們看過不少描寫合法甚至是野蠻的人口買賣，那些受盡凌虐的奴隸們，有些默默的承受命運的鞭笞，有些則以全生命作激烈的反抗；更有的是同心協力設法贖身，希望獲得「生而生命自由」及「死而靈魂自由」的權利與尊嚴。或許由於民族性的不同，在中國文學裡，我們看到的奴隸大多非常認命而謙卑，對主人忠心耿耿、唯命是從。在許多舊小說裡，「忠僕」不僅扮演了重要的角色，而且是廣受讚揚的角色。

〈奴才〉裡的阿富，在山東老家三代為奴，「一生經歷了滿清、民國、

汪精衛三個朝代，親身飽嚐了八國聯軍、土匪和日本軍的炮火」，最後卻在 50 歲時因共產黨南下把他和老爺一家沖散了。他隨國民黨部隊來到臺灣，做伙伕兵直到退役，又到一個偏遠小學當校工，直到七十幾歲病死在雲林養老院。在造型、性格和行為上，阿富和大部分舊文學裡的忠僕一樣勤勉節儉、卑下認命，他的最大不幸是身懷「贖身」之願，卻逢戰亂和老爺失散，糊里糊塗跟著人上船到了臺灣，根本失去了向老爺贖身的機會。然而默默的、認命的活到七十多歲，臨死之前，他的心願卻仍然要設法向主人贖身，以求「死而自由」的靈魂尊嚴！這是這篇小說的感人和撼人之處。

此外，〈奴才〉另一小小的成就是寫出部分臺灣同胞對「唐山人」的觀感，絕非由於狹窄的「地域觀」，而是取決於他們的「行為觀」。小學校長雖不喜歡阿富的奴性，但阿富的善良有禮改變了他對「唐山人」的觀感，卻也是一項事實。

——選自季季編《六十八年短篇小説選》
臺北：爾雅出版社，1980 年 6 月

走出痛苦的寓言
談東方白短篇小說的憂患主題

◎呂興昌[*]

一

　　到目前為止，東方白已出版了八部作品，其中《露意湖》（1978 年）是長篇小說，《浪淘沙》（1990 年）是大河鉅構，《盤古的腳印》（1982 年）、《夸父的腳印》（1990 年）是短章筆記，其餘的《臨死的基督徒》（1969 年）、《黃金夢》（1977 年）、《東方寓言》（1979 年）與《十三生肖》（1983 年）則幾乎全是短篇小說集[1]；本文所要探討的對象，即是這些短篇作品。

二

　　這些作品，其寫作時期，從 1950 年代中直到 1980 年代初，前後約 27 年[2]，就數量說，並非多產，但就投注的心力與藝術成就而言，則頗有可

---

[*]發表文章時為清華大學中國語文學系教授，現已退休，為成功大學臺灣文學系兼任教授。
[1]《十三生肖》（臺北：爾雅出版社，1983 年 9 月）中的〈異鄉子〉，文長四萬餘言，應屬中篇小說。《臨死的基督徒》（臺北：水牛出版社，1969 年 3 月）中的〈野貓〉、〈盲〉、〈獵友〉、〈噢！可愛的天使〉、〈第一千零一個「雨，雨傘與女人」的故事〉、〈迎上前去〉、〈老樹、麻雀與愛〉，《黃金夢》（臺北：臺灣學生書局，1977 年 10 月）中的〈學生不老〉、〈麗〉、〈莎河與我〉、〈白溪與我〉，《東方寓言》（臺北：爾雅出版社，1979 年 9 月）中的〈父子情〉等篇，據《浪淘沙》（臺北：前衛出版社，1990 年 10 月）所附自撰〈寫作年表〉的說法，則是散文。此外，《臨死的基督徒》中的〈一個雨天快樂的週末〉、〈一個善良的婆羅門的故事〉、〈伏爾泰筆記選譯〉，《黃金夢》中的〈上帝知道一切，等待吧！〉是翻譯之作，而〈大文豪與小方塊〉則係論文。至於〈□□〉與〈島〉二篇，雖然東方白把它們當作中篇，但二篇不過二萬字左右，筆者仍視之為短篇小說。
[2]最早作品〈臨死的基督徒〉一篇，初稿完成於 1954 年，最晚作品〈如斯世界〉，作於 1982 年，見東方白，〈寫作年表〉，《浪淘沙》。</cite>

觀；東方白是一個創作態度極為嚴肅的作家，寫作於他，是一種痛苦，一種如孕婦生產嬰兒的痛苦，然而苦則苦矣，卻不得不寫，正如孕婦不得不生一樣，因此他的小說就像十月懷胎，從一個意念的刺激到落筆、修改、定稿，往往經年累月，反覆咀嚼，始告完成[3]；量的節制，正意味著質的斟酌。

初讀這些短篇，很容易發現東方白深愛寓言虛構的敘述風格，像〈臨死的基督徒〉、〈天堂與人間〉、〈黃金夢〉、〈孝子〉、〈東東佛〉、〈道〉、〈池〉、〈尾巴〉、〈十三生肖〉等，根本就是寓言故事。採取這種敘述策略，其理由似可從三方面予以思考：1.從滿紙荒唐言中凸顯一把辛酸淚，深化小說的意念性與哲理性；2.淡化時空特性，彰顯普遍的人性經驗；3.取消人與其他物類的藩籬，反思人類本身的處境。

從東方白的觀點看來，他的小說真是痛苦的蝶語寓言[4]，而寓言之所以痛苦，不僅僅是由於寫作歷程中身心的不免煎熬，更重要的毋寧是人間原本就充滿悽愴；做為一個真誠的作家，自是不能讓照世明鏡失真，扭曲醜婦假作天仙[5]，因此東方白的作品也就自然傾向「無沙不成珠，無淚不成書」的辛酸之語[6]，這也就是當他精選自己 25 年的短篇小說結集出書時，為什麼特別強調五「憂」（憂天、憂世、憂時、憂民、不憂）的理由了。[7]

三

所謂「憂天」，乃指生命終極關懷的思索。人生苦短，彈指間一切造作如幻如電，乍起乍滅，面對永恆的對照，戔戔數十寒暑，到底所為何來？自是值得吾人殫精竭慮求其奧蘊。東方白是一個覃思的作家，他認為偉大

---

[3]東方白，〈自序〉，《臨死的基督徒》，頁 1。
[4]東方白，〈蝶語（代序）〉，《東方寓言》，頁 1。
[5]東方白，〈自序〉，《臨死的基督徒》，頁 2。
[6]東方白，〈辛酸〉條，《盤古的腳印》（臺北：爾雅出版社，1982 年 5 月），頁 134。
[7]《東方寓言》計分五篇，即憂天篇、憂世篇、憂時篇、憂民篇、不憂篇，每篇均收三個短篇故事。

的文學作品都有宗教做其背景（宗教正是最普遍的一種關懷），因為宗教是人生的最高境界，只有達到這層次的作品，才稱得上文學的極致。[8]

在〈道〉這篇小說裡，東方白透過戰國時代魯太子奇此一角色，展開一連串的追尋，企圖解決三個始終困擾著他的問題：他為什麼生到這世界來？他活在這世界有什麼意義？他要如何生活才能獲得最大的快樂？從宮廷大臣到泰山隱士、海濱老人、海上神仙，所有他所訪尋的對象，都無法提供給他真正的答案。最後，當他的追尋歷程居然回到出發的原點時，他終於徹底了悟了。然而當他準備將自己了悟的答案帶回皇宮與人分享時，卻發現皇宮已成瓦礫荒草，時代也已歷經秦漢，芸芸眾生，竟無一人相信他的遭遇，更遑論要細聽他所領悟的人生道理。在此，我們實在不知這位太子奇所領悟的人生道理之內容為何，我們只能從小說的脈絡去爬梳：東方白企圖表達的是，生命的疑問縱然有其答案，吾人也必須窮其一生躬自尋覓，才能獲致，絕對無法經由別人告知，也無法轉告他人，這就是為什麼太子奇一直無法從高士神仙獲得言詮，以及一當準備敘說所悟時，別人立即哄然四散的理由了。換言之，終極關懷固然是生命的最高追求，但落實於現實人生，畢竟庸碌者眾，知音者稀，無怪乎老子要感慨係之的說「下士聞道，大笑之」了。〈道〉之歸類於「憂天」，豈非意味著，終極關懷之路坎坷難行而令人心焦嗎？

〈天堂與人間〉敘述一位祈禱會見亡故親人的虔誠教徒李彼得，在一次夢遊中，目睹了天堂生活的真相——當然是東方白式的真相。在東方白的設想中，生活在天堂的人，將永遠機械地重複某一固定的動作，理由是他們選擇了生前最快樂的生活方式去消磨時間，為了避免重複所帶來的單調與枯燥，上帝賜給每個天堂裡的靈魂以健忘的本能，使他們周而復始地享受毫不厭倦的快樂時光。於是李彼得見到的父母是在舞會初次見面的年輕男女，他們把李彼得的自認是他們的兒子，當做一大笑柄。他第二個會

---

[8] 東方白，〈偉大的作品〉條，《夸父的腳印》（臺北：前衛出版社，1990 年 10 月），頁 58。

見的親人是純潔無瑕的修女姊姊，卻料不到決志當修女之前的姊姊正在牛廄稻草堆裡與情人幽會。接著李彼得又會見了八歲就病逝的哥哥，不用說，其兄當然也無法接受這位中年的「弟弟」了。最後李彼得看到了性嗜哲學、中年逝世的弟弟，他居住在界於天堂與地獄之間的「寧波」（Limbo）地區，與古代、近世的哲人晤談，李彼得只能從極樂展望臺呼喚他，等他循聲奔來眼前，卻又模糊地消失不見。絕望地離開天堂的李彼得終於從夢中醒來。

在這次夢遊天堂的經驗中，李彼得驚異地發現，迎接他進入天堂的耶穌 12 門徒，為首的竟然是出賣耶穌的猶大，更令他震慄的是，原先對猶大的厭惡，臨出天國之門時，竟然已轉變成一種迥異尋常的喜悅。

經由這段心路歷程的啟發，李彼得終於了悟，所謂天堂正是最美好的人間生活的切片，與其寄望未來某一切片的不斷重複，不如掌握此生每一美好時刻的歡欣，如此，人間實即天堂，天堂何必外求？至於終極的善惡罪罰，其奧祕難窺，一切均在上帝的安排之中，有限的人類實在不能妄斷是非。懷著這種了悟面對現實人間，李彼得「看見有生以來未曾見過的美麗晨景」，「他第一次感覺到，瑪俐不是一隻狗」，而像是一位情人，他的生命在此獲得了全新的覺醒，因此他繼續上教堂、唸聖經、研究聖經，一切安靜而令他滿足。

〈天堂與人間〉作於 1964 年，在浪漫的敘述語調中，含有一份天真素樸的信心，其思想也傾向西方的思考方式。到了 1977 年的〈東東佛〉，在生命終極意義的探索上，則有了相當大的改變。小說中的「西西弗」一般譯為「薛西佛斯」，在希臘神話中，他由於揭發天神宙斯誘拐河神之女的祕密以及鎖鏈冥王而使人間一度無人死亡，被判永遠推石上山的苦刑。小說透過東方覺者釋迦牟尼的慈悲觀照，認為西西弗為了正義揭發惡人醜行，為了人道延長人類生命，不應接受這種無窮無盡的天譴；他思考西西弗的痛苦在於推石上山的歷程以及石頭一到山頂便又自動滾落山谷的徒勞之感，於是他設法使那山頂長出一片蓮葉，「就當西西弗把石頭推到蓮葉上

時，那蓮葉忽然長高變大，把那顆石頭擎到半空中，任那石頭在蓮葉心裡像顆露珠一般地滾動起來。」這種東方獨有的「蓮葉釋厄」方式卻給西西弗帶來了新的痛苦；因為免除苦刑後，西西弗試著用各種方法去享受從未享受過的人生，他各花 100 年的時間去睡覺、吃肉、飲酒、玩女人、讀書與追求榮耀，結果全都感到無聊與厭倦。不過新的苦惱卻也逼使西西弗重新思考從前推石上山的意義，於是他悟出了卡繆式的存在主義思路：既然推石上山是必然的「工作」，而且工作中充溢著抗衡與奮鬥的感覺，絕無無聊的痛苦，推石至頂而小立，也有完成工作的滿足與快樂，儘管石頭滾回山谷，不免徒勞的歎息，徒手下山也感到一陣悲哀，然而一旦雙手再度觸及山下的石頭，馬上又有山頂的目標，那麼，拋卻推石的痛苦與徒勞，享受歷程的激昂與悠閒，保持上山快樂，下山亦樂，無時不樂的清醒意識，懲罰云云，與我何有哉！[9]

西西弗花 1200 年獲致的覺悟，贏得釋迦的讚賞，認為他離佛道不遠，於是釋放蓮葉上的巨石，使西西弗重新獲得推石上山的機會。然而，這種解決生命之荒謬的方式，卻觸怒了奧林帕斯山上的天神，他無法忍受西西弗把殘酷嚴厲的天譴，轉化成隨時可以享受的戲耍所表現的輕蔑，命令大力士海克力士將他逐出天界，拋入冥獄。但西西弗中途卻被釋迦接住；正當他深苦天界不留，冥界無份，歸宿無著之時，釋迦宣布他已成佛，此後將永住東方極樂世界，並且更名易號為「東東佛」。

從名字的更易可以看出東方白的慧詰與幽默，他把西方的否定（西西「弗」）轉化成東方的肯定（東東「佛」），這意味著深受西方文化影響的東方白，回頭企圖從東方智慧尋求解決終極問題的想法：只有從無限慈悲的人道關懷中體恤人類的掙扎與抉擇，才能上達天道的圓滿。

---

[9] 參見卡繆著；張漢良譯，《薛西弗斯的神話》（臺北：志文出版社，1973 年 9 月），頁 139～143。

四

　　相對於終極關懷的「憂天」，東方白所謂的「憂世、憂時、憂民」，可以說是對現實人生的悲憫觀照。「憂民」描述的是特殊人物的生命悲情，「憂時」處理的是背反常軌的人生情境，「憂世」討論的則是心靈世界的迷執與掙扎。

　　首先討論「憂世」之作。

　　「憂世」之作，據東方白精選於《東方寓言》中的計有三篇：〈臨死的基督徒〉、〈□□〉與〈黃金夢〉。[10]

　　〈臨死的基督徒〉初稿完成於 1954 年，定稿則在 1962 年，發表於《現代文學》時，已在 1963 年。它與 1964 年發表的〈□□〉都是東方白的「少作」。〈臨死的基督徒〉敘述的是虛構的故事：兩個死刑犯——一個受洗的基督徒克力斯丁，一個輕蔑宗教的懷疑論者賀爾西——於公元 350 年被釘死在十字架上；前者懷著靈魂得救的安閒神情悄悄瞑目，後者則在臨終前刻才徹底懺悔自己是萬惡的罪人，相信、承認耶穌是萬物的創造主，因此死後靈魂理應上歸天國，因為耶穌曾經說過，無論何時，只要人相信上帝，向上帝懺悔，就能得救。然而死後的賀爾西卻被魔鬼強迫著要拖進地獄；他拚命抱住分隔天堂與地獄的界碑，掙扎抗拒的慘泣聲引來耶穌的悲憫。當耶穌發現並無神父為他施洗，懺悔時也沒有見證人時，對於他能否得救竟然痛苦地表示愛莫能助，必須返天稟告天父才能決定他是否理應魂歸天界。於是賀爾西從此年復一年地守在界碑處，等待耶穌的回音，一直到現在，每年耶穌都告訴他天父仍在考慮，仍無法作成決定。

　　這個故事，乍看似在探討宗教問題，但仔細體會後便發現另有所指。從基督宗教的立場看，耶穌即是三位一體的上帝，對於赦罪，有絕對的權柄，但小說中處理赦罪事宜，卻說耶穌不能作主、天父還在考慮，這完全

---

[10] 〈黃金夢〉因版權關係，未能收入《東方寓言》中，但東方白相當喜愛此篇，因此收錄了篇名，並說明未能收入集中的詳細原因。見《東方寓言》，頁 41～42。

背離基督的教義。文中引用哲學家萊布尼茲的說法——世界除了現狀以外，不可能再有其他更完美的形式——正透露出小說用心之處不在宗教本身，而是企圖對世俗化、形式化的宗教儀式進行嘲弄，認為人安身立命（所謂靈魂得救）的契機，並非外在有形的動作（施洗、見證），而是內心深處（臨終一刻的徹悟）所表現的真誠。小說敘述的語氣是同情且肯定賀爾西的，但從世俗僵化的角度看，他卻是不合禮儀、不合規範的，所以世俗化、僵化的「耶穌」（不是原始基督教義的耶穌），自是無法接受這臨死的真「基督徒」了。這應當就是東方白之所以憂世的原因吧。

　　〈□□〉一篇，誠如篇名所示，處理的是：當人的生命即將墮入無邊的空白與虛無時，他對人類的悲慘處境會展現什麼樣的關涉態度？是純然絕望的放棄？心有不甘的抗拒？抑或其他方式的安頓？文中描寫一位醫學院六年級的學生，發現自己罹患了肝癌，生命已活不過一年後，日子頓成一片空白，生活形同遊魂。就在此一生死交關之際，一位懷了男友胎兒卻遭遺棄的少女找上了他——文中並未敘述何以會找上他，這或許是為了彰顯生命本身原所不免的偶然與荒謬因子吧——懇求他充當她的「情人」，填具保證書，以便能在私人診所進行墮胎手術。懷著同情與了解，他不但答應了她的請求，而且還以「情人」式的溫柔善待她，為她化解對男友的怨恨，認為該恨的是命運的播弄。然而由於連基本輸血設備都付之闕如的庸醫誤事，手術終告失敗，少女失血過多致死。醫生失措地把少女屍首棄入淡水河中，並要求他保守祕密，以免二人惹上官司。他憤然拒絕後，醫生絕望地服毒自殺，他掙扎著，最後還是把醫生救活了回來。等到少女屍首浮出水面後，他出面自首，承認誘姦未成年少女成孕，企圖親為墮胎不遂致死，而後又棄屍河中以圖滅跡，乃被判無期徒刑。但服刑不到半年，肝癌病發，死在獄中。至於那位醫生不久就因良心不安而患上了精神分裂症，經常到河畔橋上呆坐，最後宣稱河中女屍案是他幹的，但沒人相信他，反把他送進精神病院，結果不到三天就逃了出來，此後繼續在中興橋附近閒蕩。

　　這篇發表於 1964 年的小說，是東方白早年的「力作」，歐陽子曾評介它以戲劇的手法探索生與死、罪與罰的課題，小說主角對人類的痛苦具有深切的感受，所以能表現如此的悲憫胸懷，以及基督揹負十字架，成為代罪羔羊的受難精神。[11]對於準備墮胎而來求助的少女，小說主角並未考慮胎兒生命尊嚴的問題，他只從自身罹患癌症的痛苦經驗中，悲憫起可能走上自殺絕境的少女，墮胎所牽涉的道德困局反而顯得無足輕重。從他的特殊角度看來，不只自己被判了死刑，人類何嘗不是早被上帝判了死刑？但他的適時挺身而出畢竟有效地阻止了少女的提早趕赴刑場，斷送美麗的生命；這種疼惜他人生命的情懷，對他遊魂般空白的日子便不一定如他自己所認為的毫無意義。等到少女手術致死後，他從醫生逃避責任的行徑中，激起承擔全責的義憤，這更是生命意義的向上飛躍。如果說對於少女的疼惜源自不忍美麗生命的徒遭摧殘，那麼對於庸醫的全盤寬宥又是基於何種心理？人之常情是愛其可愛，至於面對可憎者則易起排斥之心，就此而言，小說主角在徹底了解庸醫為了籌錢而借用朋友的牙科醫院進行違法墮胎、設備簡陋形同草菅人命、手術失敗竟棄屍河中、事後想以金錢行賄卸責等令人髮指的劣跡後，居然沒有在他服毒自殺時放手不管，不但救活他，而且還願意為這樣的「惡人」承擔罪罰，其所表現的精神視野，早已深具宗教情操的境界了；歐陽子譽之為具有代罪羔羊的受難精神，洵不為過。然而這種悲劇情境的完成終究非以死亡作為試煉不可，人世之深悲殷憂，真是令人無可如何了。

　　如果說〈臨死的基督徒〉與〈□□〉處理的是人面對死亡時的覺悟態度，那麼〈黃金夢〉探討的則是至死不悟的迷執。這篇完成並發表於 1975 年的作品，東方白情有獨鍾地曾於 1992 年重新以臺語書寫發表，足見作者對它的重視。這篇帶有童話般敘述風格的小說，描寫以賣香燭為生的金來，他住在臺北八里觀音山下墳場附近，由於土地廟的突然興旺，使他意

[11]歐陽子，〈關於《現代文學》小說的編選〉與〈「□□」簡介〉，見所編《現代文學小說選集》第一冊（臺北：爾雅出版社，1977 年 6 月），頁 36、205。

外賺了不少香燭錢；然而他並不相信土地公有何靈驗，甚至戲謔地宣稱自己窮苦一世，土地公若能送他一箱黃金，他便承認祂的有靈。不料他竟然因此夜夢土地公扛來一箱金元寶相贈。醒後的金來，一改往常的頑固不信，一日三餐，無不前往土地廟敬拜，表現得比任何善男信女都要虔誠，他在廟前大榕樹下鋪了一張草蓆，晚飯後即來躺臥其上，等待土地公扛金相送。五年後，其妻受不了金來因黃金夢而荒廢香燭生意，生活頗成問題，乃請金來最好的朋友挖墳的南山勸其回頭，結果無效，其妻不得已離家出走，準備再嫁。無妻一身輕的金來索性在榕樹下搭起茅棚，不再回家，日夜專心等待土地公的光臨。又過五年，金來 15 歲的兒子也步其母後塵離家不歸。再過十年，金來的母親衰老多病將死，央求南山苦勸仍不得要領，終於含恨而死。十年後，金來漸漸變老，身體多病，仍不悔悟，依然堅持這是他一無所有中唯一的希望。又過了十年，金來快死了，他發現南山鬍鬚長至腰際，一片雪白，懷疑南山就是夢中挖黃金給他的土地公；懷著這種疑惑的金來不久便死了。為金來善後的南山就在金來躺了一輩子的茅棚下面挖墳埋葬他，結果意外地挖出一箱黃金來。傷心痛哭的南山依照金來生前的願望，把黃金一鍬鍬地堆在他的腳邊、身上，然後填土合葬。

　　故事裡的金來，其愚妄冥頑是無庸贅言的，而我們知道，即使金來聽從南山的勸告，把託夢贈金解釋為努力工作而非空等黃金自來，他也無法獲得那箱黃金，因為賣香燭的工作根本不可能想到要到榕樹下挖土坑。東方白正是透過南山的篤實襯托金來黃金夢的虛妄。南山素樸地從自己的經驗中體會出人生最大的財富不是黃金，而是健康的身體、安定的工作與慈悲的心腸，這正對照出金來敗壞身體、怠忽工作以及對妻無愛、對子無情、對母不孝的自私。最後南山把黃金與金來合葬的動作，一方面強調了南山始終如一、無欲無求的人生態度，另方面則表現出作者對人類隨時可能蠢動的貪婪與迷執的棒喝。然而芸芸眾生，能免於金來之迷妄的又有幾人？金來由疑轉信，終身期待土地公顯靈，固是令人扼腕，但八里鄉民從

信生疑，把金來的死亡歸咎於土地公的糊塗托夢，從而拆毀土地廟的行徑，其愚昧也只是五十與百步的不同罷了。總之，除了南山，不管金來或八里鄉民都活在自以為是的偏執之中，如此世情，自是令人不能無憂了。

其次討論「憂時」之作。

「憂時」的作品是把人生情境置放在背反常軌的脈絡中去思考人的反應方式。〈草原上〉描寫一位在北美草原上行劫的強盜──恐怖的伊凡──在一次搶劫公共汽車旅客時，發現被搶的孕婦突然陣痛發作，由於公車線路早被剪斷，無法使用，伊凡便不假思索地用自己的汽車送她往 30 哩外的醫院待產，然而醫院遍尋不著，中途孕婦又陣痛頻率加劇，隨時有臨盆之虞，只好暫借主人外出度假的村舍為她接生。等到嬰兒順利出生，警察也已尋跡而來，逮捕伊凡而去。對伊凡而言，搶劫得手後不即揚長逃逸，卻橫生枝節地護送孕婦就醫，這當然背反「強盜」的常軌，這種明知於己極為不利卻仍勇於助人的俠義風範，自是令人動容不已。不過，作者除了強調伊凡那忘我的可貴精神外，還敘述了伊凡淪為強盜的辛酸歷程：他是來自烏克蘭窮苦鄉村的移民，窮得喝不起咖啡，只喝水，以致對咖啡產生過敏症。由於窮，中學沒畢業就輟學打工，他不斷換職業，因為一再被辭職，辭職的理由都是「不合群」，而不合群原只是不與人喝咖啡！再加上凡百行業全要介紹信，他更處於無法競爭的劣勢，最後只好鋌而走險了。這種看似荒唐的理由卻真實地描繪出北美移民身處邊緣地位的弱勢處境，長期寄居加拿大的東方白自是更能感同身受，他甚至在描寫伊凡微微上翹的髭尖時，不自覺地用「蘭嶼的船」加以形容，這是否暗示著潛意識裡某種臺灣人觀點的意味呢？

〈尾巴〉是篇虛構性的諷刺小說，它的魅力來自亦莊亦諧的想像敘述。一位聾啞學校的老師阿九，遠赴合歡山與奇萊山尋採人蔘時，不幸被「尾巴鄉」人所捕。尾巴鄉人不只是身上長著尾巴，他們的語言、習俗、法律與信仰，也都與一般人有別；他們把尾巴當神崇拜，尾巴是榮耀、完美、至善的象徵，他們的科學證明尾巴是人類進化的確認，人而無尾是一

種惡性傳染病，因此「良性無尾症」必須住院接受激尾素治療，「惡性無尾症」則必須終生裝帶「義尾」。在尾巴鄉，挖人眼睛判刑十年，砍掉人頭判15 年，但折斷人尾則判最嚴重的無期徒刑（他們已文明到幾百年前就廢除了死刑）。他們認為阿九患了良性無尾症，強迫給予激尾素治療，即在 24 節脊椎間隙各扎了一針，穿心的痛楚使他痛哭地思考人為什麼沒有「無尾」的自由。經過一整年的治療，由於有位名叫「娓娓」的美麗護士朝夕相伴，日久生情，當他最後長出一條五尺長的尾巴時，他不但學會尾巴鄉的語言文字，而且慢慢減輕對尾巴的反感，他甚至在一次擁抱娓娓時「手尾並用」，備嚐擁抱居然如此甜蜜，以致由衷的讚歎：「啊，尾巴多麼重要，沒有尾巴真不知道要如何活下去！」為了在尾巴鄉找一份同樣聾啞教師的工作，阿九到補習學校補習「尾語」，眼見馬上就可拿到尾語補習證明，與娓娓的感情也發展到論及婚嫁的地步，於是二人有一天相偕往山上野餐，卻不幸遭遇黑熊的襲擊，在力搏黑熊中，他的頭被撞而昏迷不醒。等到醒後，尾巴鄉已不存在，他無奈地回到平地無尾的世界，他極不情願地接受「斷尾」的手術，24 針脊椎「抑尾素」的注射治療，其痛苦與激尾素治療不相上下，使他辛酸地湧起人為什麼沒有「有尾」的自由這樣的念頭。

　　這篇以幻設之筆繞著尾巴展開的小說，固然對「異常」的尾巴鄉與「正常」的無尾世界有所諷刺，諷刺他們各自堅持的行為規範、審美觀點與真理信念全都是井蛙之見的意識形態之爭，執著愈深，愈顯出各有所蔽的荒謬本質。然而小說的重點仍在，透過阿九此一角色經過「生尾」、「斷尾」的心路歷程，嚴肅地思考人性易被扭曲、改造、收買的脆弱本質。在阿九身上，我們清楚地看出從排斥反抗到隨順屈從再到心悅誠服的演變過程，它讓人無奈地為臺灣人毫無真正自由，一切全在單一的政治意識體制控御下，絕不容許有任何異議的歷史宿命，深感憂心不已。這種委婉而間接的批判，就小說寫作的時點——1978 年——看來（那是一個威權統治備受質疑但卻加劇思想控制的時代），應該有其歷史記實的意義吧！

　　至於〈島〉，描寫的是太平洋戰爭時期，畢業日本陸軍官校的有島武夫，滿腦子軍國主義的思想；他認為天皇是日本天神的化身，天皇的軍士永不屈服，男兒戰死沙場，正如春天櫻花之飄落，芬芳、壯麗、且富詩意，以致日本戰敗，天皇宣布投降時，孤守在菲律賓塞斑島的有島，根本不願接受這個事實，他堅持從上司接到的最後命令是永不投降，因此躲入深山繼續戰鬥了 30 年，菲律賓村民被他槍殺的有 30 人，受傷的更有百人之多。一直到他昔日的頂頭上司親赴該島收回「繼續戰鬥，永不投降」的命令，他才歸返日本老家。然而回到老家準備定居下來的有島，卻發現他已經與戰後的新世界完全扞格不入，無法適應。首先他發現新一代的年輕人已不了解歷史，他們不知有國家，不知有民族，不知戰勝支那的光榮，不知擊敗帝俄的驕傲，完全喪失了大和魂；其次他無法接受他們對大東亞戰爭的批判與否定，他認為日本發動戰爭是被迫的，戰爭是神聖的；第三，他更無法忍受他們對天皇神性的譏諷與毀謗；第四，他不能了解自己唯一的下一代——妹妹的兒媳——對於土地的態度，他們已不把祖先傳下的土地當作安身立命的根基，只把它視為待價而沽的商品；最後，他還目睹家庭中婆媳、夫妻、親子之間的倫常規範已變得使他深覺面目全非。總之，他不但覺得社會排斥他，家人也無法與他相處，於是他決絕地遠離日本，重新回到塞斑島。

　　這種獨守孤島不肯投降的日本老兵故事（當然也包括日本殖民時期的臺灣兵），原是時有所聞，他們的存在充分證明了日本軍閥黷武精神所造成的遺害至為深遠。東方白以人性多元的角度敘述有島的「不歸」、「歸」與「重歸」的演變過程，他一方面引人對有島被晚輩所逼，無法定居於自己的土地，深致同情；另方面則提醒我們，有島的堅執舊有信念不肯改變，事實上也意味著某些日本人仍有為侵略戰爭進行辯護並卸責的企圖。衡諸戰後部分日人倡言否定「東京戰犯審判」，以及為太平洋戰爭辯護的「大東

亞戰爭肯定論」，認為這是面對西方威脅所展開的防衛性民族獨立戰爭[12]，那麼東方白筆下的有島便不只是一個日本人的故事，而是與日本曾經有過糾葛的國家（特別像臺灣）頗值深思的課題。

最後討論「憂民」之作。

「憂民」所要探討的是某些典型人物的悲情人生：〈母親〉一文寫一位婚姻幸福的女教師，在連續生下三個盲嬰後，不但自己飽受心靈的摧折，而且還被別人視為女妖，孩子也被當作小妖怪，避之唯恐不及；深愛她的丈夫最後受不了外界壓力，居然也把產下盲嬰的責任全部歸咎於她而棄家遠走，至親的母親甚至表示盲嬰使她看了噁心。絕望的女教師想到孩子日後勢將遭受無盡的訕笑與凌辱，乃親手勒死三個小孩投入井裡，然後投海自殺。結果自殺不成被救起的年輕母親被提起公訴，檢查官斟酌她口供時那種冷酷無情不知悔改的態度，請求法官判她極刑。

整篇小說以冷靜的筆觸細細敘說人性的殘忍與愚昧；生而眼盲的生理缺陷原是無可奈何的不幸，然而在我們的社會裡不但未能獲得應有的悲憫與實質的照顧，反而被視為一種妖孽，這是何等冷漠的生命疏離！表面上勒死孩子的雖是母親的手，但使這雙手忍心掐住那柔軟的無辜的小脖子的卻是對生命尊嚴毫不動心的社會大眾，他們把生理的殘障當作不祥，以冷硬無情的優越角度卑視他們、排斥他們，使這些原已居於極為不利地位的弱勢者，不但失去競爭的機會，而且還斷送了僅有的一絲希望與生機。從這個角度看來，這篇令人戰慄的悲慘故事，不能不使人反省臺灣多年來對於殘障者的疏於體恤與重視，原是有其令人羞愧的內在理由啊！

這種目中沒有別人的麻木不仁，早已逐漸形成臺灣人心的一項敗德癥狀，而與此相關甚至可說一體兩面的現象則是虛偽而自私的自我膨脹。例如中國文學自古盛行的墓誌文學，不管死者生前如何敗德，其子孫無不想盡辦法加以歌頌顯揚，以致東漢的蔡邕承認為人撰寫墓誌，常懷慚愧，後

---

[12]吳密察，〈「大東亞共榮圈」意識型圖的由來〉，《中國時報‧人間副刊》，1987 年 7 月 4 日，8 版。

世對這類文字也有「諛墓」之譏。臺灣受到中國文化影響至深，自然不能免俗地也充斥這種虛假地張揚先人的不實作風。〈孝子〉一篇所處理的正是有關這種現象的省思。一位宜蘭白手起家的黃姓百萬富翁，生性至孝，父親逝世後，花費不貲地把墓地修飾得恍如公園，然而奇怪的是有展臂寬、頭頂高的大理石巨碑，除了刻有死者的姓名與生死年月外，並無其他任何「崇揚祖德」的誌銘。這種有違風俗的作法引起眾人的議論，有很長的一段時間大家不再叫他「孝子」。事情的真相一直要到孝子九十多歲臨終之際才告訴他的子孫。原來孝子雖然明知自己的父親生前除了吃喝嫖賭與氣喘風濕外，根本一無是處，但他仍委請宜蘭唯一的舉人寫了碑誌，只是舉人儘管已經違心地編造了許多死者完全不配的好話，孝子仍不滿意。最後孝子決定親自到山上墳地參考別人的墓誌，以便取用。沒想到把墳地能找到的好墓誌都抄錄下來後，竟疲倦地睡著了。等到孝子張開眼睛時，天差不多全黑了，然後他發現牛頭馬面竟然拿著叉戟在墳地到處巡邏，監視一群正在以石頭磨除墓碑上的誌銘的男女。經過細問其中一位老人，才知道他們被閻王所罰，白天在陰間受刀山血海之苦，晚上還得到陽間洗刷子孫胡說八道的不實墓誌，溢美虛文愈甚，折磨愈苦，而且磨掉的字句，天一亮便又重現，必須再磨，如此周而復始，形同「死受罪」。目睹這種奇景的孝子下山後，終於決定不再撰刻自我膨脹的虛辭，只保留了其父的姓名與生死年月。小說中的「鬼話」雖然事涉荒唐，然而滔滔濁世能如孝子一樣從無稽中省悟一點真誠自持的，畢竟有限。

〈阿姜〉這篇作品，根據作者的後記，是實有其人，敘述的是新竹鄉下窮苦人家女兒悲苦一生的故事。阿姜九歲時便與 14 歲的二姐被帶到新竹兜售，二姐被賣為妓，阿姜則賣作富家養女，充當陪嫁的婢僕。等到主母生下女兒──小說的主要敘說者「我」──後，阿姜負責照顧女嬰，兩人建立特別親密的關係，女嬰自然地把阿姜當做「小母親」。然而當女嬰長大進入小學時，年約十八九歲的阿姜卻被喜歡在外拈花惹草的姑爺玷汙了，與丈夫感情不睦的主母暴怒地狠打阿姜，斥責她的不知抗拒。此後阿姜剃

了光頭，準備當尼姑，但尼姑沒當成，卻受雇在一位小學校長家裡幫傭，但不久又被她二姐帶走當了妓女，這使年幼懵懂的「我」愛恨交加，在往後的日子裡，雖然偶有機會相遇，卻故意賭氣不肯搭理。一直到「我」初三時，才從長輩口中確實地了解事情的真相，從而深為阿姜的無辜與自己的絕情痛悔，乃偷偷瞞著母親尋找聽說在市場擺攤賣菜的阿姜，然而卻已無法找到。大學畢業後，擺脫對母親的畏懼，「我」繼續尋找阿姜，卻只探聽到她雖已嫁人，先生卻是浪蕩子，生意做不好，時常打她的消息，至於流落何方，根本毫無線索。

　　這篇小說的敘述策略，採取稚齡女孩不知世事的觀點，使阿姜的坎坷身世在娓娓細述中更添一份無人了解與同情的苦楚，同時也加深了這類被踐踏在社會底層的卑微人物永世不得翻身的悲運。此外，阿姜從小被賣為「隨嫁鬟」，被姑爺糟蹋發生在日據時期，而她的淪落風塵、遇人不淑卻發生於戰後，這種事件時點的安排，是否暗示著歷史階段雖已變換，生存困境卻未見改善的諷刺呢？

　　〈奴才〉是一篇題材很特殊的小說，描寫一位名叫阿富的小學老校工，他原是山東人，國民黨退守臺灣時隨軍來臺。他自稱祖孫三代全在山東某個小鄉的富豪之家當奴才。他一字不識，卻是個和善謙虛近乎卑微的老人。他做事盡責，待人恆存無微不至的奉獻之心，深獲原本對「唐山人」之蠻橫極為厭惡的校長全家的喜愛。他毫無怨言地接受「一人為奴，子孫永遠為奴」的安排，因為他相信生是老爺（即主人）的奴才，死後也是老爺的奴才，就算老爺死了，仍然是小老爺（小主人）的奴才，除非湊足了錢向老爺贖身。等到阿富因病離開學校住到養老院後，他開始拜託校長那讀大學的二少爺幫他刊登廣告尋找連名叫什麼都不知道的山東老爺，結果當然無從著手，到山東同鄉會探聽也不得要領。最後阿富把他不賭不飲不嫖積蓄了一輩子的一包金塊託二少爺保管，希望他將來反攻大陸後帶到山東交給老爺，以便贖身，解放自己奴才的身分。懷著這樣的想法的阿富終於死去，二少爺卻把金子送到養老院，說是阿富生前相託死後捐贈該

院的。

　　這篇小說的敘述，採用留美教授中秋月夜閒聊故鄉趣事的口吻展開，敘述者一開始就提出巴伏洛夫以狗做實驗所創立的「條件反射」學說，認為小說主角「奴才」就是「條件反射」的例證或犧牲品。這就清楚地勾勒出阿富的「奴才成性」根本是滿清、民國、汪精衛政權一連串封建制約下的結果，而非天性本然。可以說他那忠心耿耿、凡事謙卑、與人為善的美好品質，與奴才的身分作了相當緊密的結合，以致封建意識仍然殘存的人，樂見他奴性的一面，隨時「善加利用」，「適當剝削」，只有那些心存平等的人道思想者，才能欣賞他的善良與可愛。然而人畢竟不是狗，仍然在內心深處存有一線掙脫這種制約的希望。如果說他的認命與自卑是一種生存不得不然的方式，那麼他窮畢生之力積蓄黃金以求贖身的微願，應當就是生命僅有的意義與價值了。敘述者最後「自作主張」地把那包「贖金」捐贈養老院，不只是因為找不找得到「老爺」以便贖身的問題，而是根本上對奴才制度的抗議與撻伐。

　　此外，這篇小說在「省籍問題」方面，也提供了一個有意義的思考面向。一開始，敘述者承認他的父親——雲林鄉下的小學校長——對「唐山人」原本頗有「偏見」，而偏見的形成卻是日積月累的結果（作者並未碰觸二二八情結）：先是教育局派了一位唐山人老師到校，領了校外借住的房屋津貼，卻蠻橫地全家搬入校長宿舍住，使校長敢怒不敢言地忍耐到該名教師不幹了搬出才止。接著上級又派來另一位唐山人校醫，結果卻發現根本是個「蒙古大夫」，不但醫學一竅不通，而且還偷賣了醫務室的藥品。相反的，阿富的出現卻使心懷憤懣的臺灣基層知識分子認識到唐山人原也有其謙遜、善良與敬業篤實的一面，以致雖然不同意阿富過當的「奴性」，卻真能衷心地關懷、照顧這位漂泊天涯的異鄉人。可見省籍的糾葛在東方白的心目中，早在 1979 年便已認為有其化解的契機[13]，只要唐山人能放下虛驕

---

[13]〈奴才〉完成於 1979 年元月，發表於同年 2 月 20～21 日的《民眾日報》。見東方白，〈寫作年　表〉，《浪淘沙》。

的身段的話。

五

　　雖然東方白對於人世與天道種種問題的探索，常使他的小說人物與事件籠罩著一股沉鬱的殷憂色彩，然而這並不表示他處理這些問題的目的，僅止於企圖把讀者引進痛苦的深淵，事實上，他在字裡行間時時流露的仍是，在痛苦的生命本質中閃動著一絲希望的光華。例如逐出天界謫降冥獄的西西弗在東方成就了正果，身罹絕症的醫學生充滿代罪羔羊的聖潔，淪落風塵的阿姜使人懷念與懺悔等。不過，東方白大部分的作品儘管能賦痛苦以希望，但整體而言仍較傾向「雖然不無希望，但本質上人生畢竟是苦」的思路。而底下所要探討的則是另一種思考方向，即「雖然人生是苦，但畢竟充滿希望」的觀念，這就是東方白在憂天、憂世、憂時、憂民之後，特別強調的「不憂」了。

　　這類「不憂」的作品，東方白精選於《東方寓言》內的，原本有三篇，但其中的〈父子情〉，卻是散文，作者在〈寫作年表〉裡也標明那是1978 年完成的「散文」。不過，撇開文類歸屬不談，從〈父子情〉中倒是可以看出，東方白之所以能從種種人生挫折困頓中屢仆屢起，親情的滋潤顯然扮演極重要的角色，可以說，東方白心目中的「父親形象」就是諒解與體貼的化身。這種長久被愛滋潤的經驗似乎也影響到他的小說人物，使他們在幽晦的人生際遇中不但自己蒙受光照，而且有餘力光照他人。

　　就像〈☯〉這篇小說，從圖示性的篇名──陰陽太極圖──約略可以看出作者所要傳達的含意。省三與慧真這對原本恩愛非常的夫妻，他們之能度過幾乎步向離異的劇烈衝突，正是由於彼此在盛怒之餘均能不再理直氣壯地堅持自己的「正確」觀點，指責對方的無理與小氣，而是回頭細細咀嚼對方諸般的好處，從而獲致真正的體諒與和諧，這便如同太極圖之陰陽關係，既有對立與抗衡，又有扶持與共融。

　　至於〈房子〉一文，描寫鐘錶修理匠陳萬居由於住的是太太娘家的房

子，戶主牌寫的也是太太的名字，因此儘管太太是位溫順的女人，內心仍然深覺羞恥，認為有失男人的尊嚴，以致想買一棟屬於自己的房子便成為他一生最大的願望。他累積了十年的儲蓄，卻只存到 20 萬，根本買不起想理的房子，遂聽從房地產掮客的建議，把修錶的攤位隔一半分租給刻印的鹿港師以增加收入。過了兩年，當萬居除了租金再加上自己省吃儉用，銀行存款終於增加到三十七、八萬，相當接近一幢三房兩廳的房子的預定價。這時鹿港師由於另外找到店鋪不但搬了出去，而且還跟萬居調借十萬整修店面。由於鹿港師原本與萬居互相尊重彼此的手藝，而且談得來，情如手足，因此當鹿港師承諾萬居買定房子一定還錢時，萬居立刻把錢借給他。一年後萬居看中一幢房子決定買下，遂通知鹿港師還錢。誰知在這緊要關頭鹿港師的店鋪卻發生火災，鹿港師差點燒死，住進醫院醫療。這突發的意外立刻讓萬居產生房子夢想即將破碎的焦慮。他下定決心逼對方即使賣掉妻兒也要還債。然而等他到了醫院，看見鹿港師全身包紮紗布有如木乃伊，憔悴的妻子向他哀訴現款用罄，龐大的醫藥費尚無著落時，他竟難以啟齒了。之後他又看到醫院裡各種病人的痛苦，甚至目睹一位患者的死亡及家屬近乎歇斯底里的嚎啕與詈罵。見證了這場人生變故的萬居非但不再「索債」，放棄了垂手可得的畢生宿願，而且還另外借給鹿港師五、六萬醫藥費，並把他的兒子帶回家裡照顧，使他的妻子能放心地看顧丈夫。

　　這篇小說的動人之處在於作者寫活了萬居那毫不矯情的純樸心靈；唯一的嗜好只是喜歡與人聊天，十年如一日；不想用妻子的嫁妝鋪張自己的面子；對於朋友無疑的信任；尤其是當萬居看到鹿港師受苦的形象及其妻兒憔悴的身影時，浮現在他腦際的早已不是催債的念頭，而是感同身受的懷想：「他望著她們（母子），突然想起自己的妻子招弟與兒子阿雄來，如果有一天他生病入院，招弟與阿雄就會像現在這婦人與小孩一樣坐在他的病床旁邊吧？」就是這種將心比心，把別人的痛苦當作自己的痛苦的諒解與體貼，使平凡的萬居一下子變得令人肅然起敬起來。誠如萬居最後的自我調侃：「買厝？買什麼厝？有厝的給無厝的做奴才」，房子象徵的只是虛

驕的自尊心之滿足，看破這種慾望，從犧牲與付出中反而能夠獲得生命的自在與喜樂。

六

從以上的討論可以看出，東方白自己所歸納的「五憂」現象的確是他的短篇小說的重要特色。當我們深入了解他對天道人世的種種憂思剖白之後，深覺他有關上帝、罪惡、命運、救贖、法律、道德等嚴肅主題的挖掘與闡釋，實有發人深省之處。不過，東方白之「展示」種種人生的憂患處境，除了企圖提供一項客觀的分析外，也進一步地從對憂患的正視與面對中，希望走出一條忘憂甚至是不憂的坦途來。

——選自林瑞明、陳萬益主編《東方白集》

臺北：前衛出版社，1993 年 12 月

在水之湄（代序）

論東方白的《露意湖》

◎林鎮山

　　《露意湖》一書的表層結構顯然建立在一個悽美的純愛追求，一種徒然的悲劇掙扎上；《詩經‧蒹葭》有云：「蒹葭淒淒，白露未晞，所謂伊人，在水之湄。溯洄從之，道阻且躋，溯遊從之，宛在水中坻」，追求伊人之誠心與決意，由〈蒹葭〉一詩的主動作「溯洄」不得又「溯遊從之」重覆而強烈地暗示著，而徒然掙扎之悲劇性亦由結語充分地展露了。這一個悽然的美感經驗使我們依稀仍可目見耳聞吟唱〈蒹葭〉的詩人徘徊於明媚的水湄，惋嘆、悲歌。類似這種第一層次的美感呈現是《露意湖》的表面企圖，而實際上《露》書的深層意涵卻是錯綜複雜的。此一比較性的差異或可歸因於形式，要之，《露意湖》是部長篇小說，作者自然擁有大量的創作自由，因此命意主題的涵泳面自然要廣，而簡短的四言詩架構不同，這位口頭創作〈蒹葭〉的詩人受到了派典形式之約制，他似乎只能關懷一個悲劇美的展示而沒有冷冰冰之理性分析之意圖。這個闡釋或許亦能為底下一首悲壯的古詩作腳註：「公無渡河，公竟渡河，渡河公死，其奈公何！」不過這種形構主義式的解析當有內在性底限制；畢竟創作者的心智傾向必然也要左右作品命意的最終底定，因此我們亦得檢視創作者的背景。

　　熟悉東方白的作品之讀者恐怕都知道這位水文學博士受的是一絲不苟的嚴謹的科學訓練，而始終熱切關懷的卻是困擾人類的嚴肅的人生問題。他早期發表在《現代文學》第 21 期的〈□□〉已收入歐陽子編選的《現代文學小說選集》；在這部選集的代序裡，白先勇曾寫道：「東方白的〈□□〉，研討人類罪與罰的救贖問題，含義深刻，啟人深思。」而歐陽子的評

介則更為深入，她說：「（東方白）以戲劇手法探索生與死、罪與罰的嚴重課題，寫得十分生動。小說末尾『餘音』一節中，作者對於主角自知身患絕症的事實揭曉，具有如此的震撼力，讀後使我難過得整夜失眠。我想這位作者大概正如小說主角，對人類的痛苦具有深切的感受，才能表現如此的悲憫胸懷以及基督受難的精神。小說題〈□□〉，大概是無題之意，但比『無題』二字別致而有力，似有『無語問蒼天』的含義，也彷彿在暗示著說，人類的悲苦真是沒有任何的文字可以表達的。」「罪與罰」固然是一個嚴重的課題，悔改與永生也是非常重要的救贖觀念。在〈臨死的基督徒〉一文裡，東方白對耶穌的博愛精神深具敬意，然對基督教義裡「信我者得救」這個條件命題卻提出鄭重的質疑與諷諭；他理想中的「救贖」恐怕接近的是儒家的「過不憚改」、「日月知焉」和佛家「放下屠刀，立地成佛」的普渡眾生之大乘思想，身分與名銜對他來說並不是頂重要的條件。罪與死遂由上述的救贖來解決而生存在他的理性分析下，荒謬並不存在，哀樂亦繫乎一心，職是之故，天堂落實到人間。藉一篇寓言小說〈天堂與人間〉的天使之吟唱，他諭揚的不是怪奇的訊息而是凡人容易忽略的道理：「天堂是最自由不過的了，每個人都有自由選擇他一生中最快樂的生活方式去消磨時間。但正如你所說的他們若老是重複著同樣的生活，再快樂的生活方式也會變得枯燥無味而令人厭倦。所以上帝賜給天堂裡的每個靈魂以健忘的本能，使他們在過完一連串快樂的瞬間後，便即刻可以把它們全部忘得一乾二淨而重新開始他們所喜悅而選擇的生活。」這個純樸的「心靈說」是很有哲學意義的心理論討，效法三閭大夫自盡的王國維無疑也懂的，他不是說過：「早知世界由心造」嗎？可是，凡人的我們總是「無奈悲歡觸緒來」啊！

　　前文提述的兩篇寓言小說都完成於 1960 年代，代表著東方白在臺大農工系就讀時期的思維。至於大學畢業，負笈加國，則以本名林文德在莎省大學研究院註冊從加拿大水文學權威格雷教授（Dr. Don Gray）治防洪、水文，暫別繆思，中輟筆耕於人文多年，不過，東方白專業上的研究既是水

利民生，關懷的依舊是屬我國傳統士子皓首窮研的範疇，以後取得了博士學位，專任水文工程師旅居於加國亞省（Province of Alberta）省會愛城（Edmonton）。

《露》書的時空定在 1970 年代中期作者所熟悉的加國亞省、碧詩省（Province of B.C.）、美國華盛頓州及臺灣。書裡 Confessional literature 的意味甚濃，然而以東方白的自傳性之敘述文〈父子情〉（刊於「中副」）客觀衡之，本書應近於作者擅長的寓言性之虛構故事，也許時空意識、社會意識的強烈也有助於書中的寫實。

《露意湖》的表層企圖我們已在上節約略觸論了一下，我們真正關懷的卻是《露》書承負的錯綜複雜的深層意涵。本節將試著以悲劇觀佐以命運觀為重心，追索書中意欲呈示的命意主題。

亞里斯多德在《詩學》第六章悲劇及其六要素裡界定悲劇為「對具有嚴肅意涵的動作之模擬過程；（劇作）完整而雄渾；言語美猗動人而多變；（形式採取）諸角表演而非由縷述來呈現；（最後）透過了哀憐與恐懼的過程達成悲劇動作的情感淨化作用」（Aristotle, *Poetics*, The University of Michigan Press, 1967, p.25）。亞氏的悲劇定義顯然排除了血淚的結局為悲劇的唯一要素之街談巷論。這個源生於希臘的初始悲劇文學觀，影響了歐陸文學千年來的論法，而當它成功地「轉化」並與中國的文學觀類比時，也許可以探究出不同民族、不同社會裡共有的一些普遍性、宇宙性的感情。這個類比的嚴肅工作在近人陳世驤、柯慶明二先生的絕佳論文中已有詳盡的闡述。本節所據的悲劇論是這個理論傳統的延續與應用。對悲劇理論深懷興趣的讀者宜參閱上述一書二文。

亞氏的悲劇定義論及：悲劇動作深具嚴肅的意義，這個論點值得在此延伸演繹。要之，悲劇英雄異於蠢蟲祿蠹，他所追求的是人生的一個圓或自己真正認同的一種身分（identity），對自我認定的這一個抉擇英勇地以全副生命尋求真正的掌握與完成，無視於外在的撥弄、打擊也無畏動輒得咎，甚至不惜面對絕望、忍受悲辱繼續徘徊於放逐之國；這樣堅韌的生命

不曲從於苦難的壓縮和折磨是無疑近乎堅毅的超人——與超自然的強權對抗，悍然地堅持：

I am the master of my fate,

I am the captain of my soul!（William Ernest Henley, "Invictus"）

在完全絕望中強行軍是去體驗「生命的卑下，那無限的否定，與虛假」；不過「亦經由一己的受難體驗到了某種生命的崇高，反映在受難的行動之上的肯定，真實與因此達到的某種圓滿」（柯慶明〈論「悲劇英雄」〉）。悲劇的最後動作則由英雄的醒覺、一種佛家的禪悟和奉獻來完成。由於這種悲劇性奮鬥的崇高（sublime）情感和醒覺後的奉獻精神，悲劇英雄方成為生命的永恆真義及人性尊嚴之象徵，因此悲劇之為文學的偉大文類之一才得以肯定。

　　《露》書的主角陳秉鈞顯然是作者刻意塑造的中國悲劇英雄。這個留學於加拿大亞省大學（The University of Alberta）的化工碩士研究生就專業而言即將列身於海外學人那一個秀異分子群（elite），可是作者並無意美化這位未來的學人為一個完美的超人；秉鈞和大多數的我們一樣，平凡的我們猶不免昏頭昏腦地拿著鑰匙找鑰匙焦急地空緊張一陣，他也一樣健忘：

　　我先到舊金山的熱鬧區去逛中國城，當我來到汽車站時，我又伸手去摸摸口袋才發覺二十元已經不翼而飛了，不知是我自己失落，還是出門時根本就忘了把錢放進口袋……。

這種健忘的確非常徹底，類似的「不拘小節」也使他赴美之前不察簽證效力，遊露意湖時丟失了照相機套。返臺的途中忘卻他自己藏匿在旅社棄紙簍底的旅費。然而單單以這個論據來評判英雄是不公平和武斷的，要知秉鈞還具異乎常人心靈的纖細和機智；他懂得小賭的情趣所以赴賭城雷諾之

前只預備了二十大元去碰碰運氣──這是深諳人性之制限所作的理性反應；舊金山的偷風搶風惡名遠播，所以他晚間休息時把旅費掩藏在無人理會的棄紙簍底，以致於他隔天出發時竟然遺忘了棄紙簍底不可遺棄的旅費，這個反諷（irony）有趣地說明了他的機智得體，自然也反映著他情性本質的二端一體。

《露》書的作者也無意為書中樣板一個樸克式道德面孔的現代聖哲，請圓眼看看英雄：

> 我洗完澡，只穿了內衣褲躺在沙發翻著桌下的一本過期的《花花公子》，才看了幾頁，便聽見有人在敲門，……我才把門打開一半，便聽見一個女孩子的聲音……

這樣的有血有肉帶出了主角的人性之一面。但是作者也不忘應用另一個情節來點明只有人性而非獸性才有的尊嚴，而秉鈞擅持的人性尊嚴是不容俗物蹧踏的：

> 「少年的，你晚上要不要女人？」
> 「沒有興趣。」我冷漠地回答。
> 她走了之後，一股醜惡的情緒升上心頭，我回臺灣是要尋找仙女，才進門她們就要送我妓女……

很不幸，太多蠢蟲祿蠹不同於秉鈞，他們只把女人當妓女──塵寰怎會有仙女？

黎美的媽媽是個專業護士，應該不是一個與社會疏離的女士，然而本質上她是非常保守、敏感的（底下的「我」是秉鈞）：

> 海堤下面是一堆亂石，媽媽歪歪斜斜地在石頭上走，好像要滑倒的樣

子，我跑上去牽她的手，她不好意思地讓我牽，一到平坦的海灘，她便
不再讓我牽了。

　　黎美的爸爸新聞系畢業跑過新聞，生性倒十分豪邁，或許由於情性本
質的歧異他們感情並不融洽，爸爸赴美留學後即不賦歸，媽媽忍辱負重，
含辛茹苦孤孽地守了半輩子活寡。以媽媽的敏感自有「早知潮有信，嫁與
弄潮兒」的悔憾，又因她的保守或激不起積極的情愛爭取，如「遵大路」
那位女士：

　　遵大路兮，摻執子之祛兮，無我惡兮，不寁故也。遵大路兮，摻執子之
　　手兮，無我魗兮，不寁好也。

一生絕望悲辱唯付與悠悠歲月，隱一縷愛恨於息息的火山間。現在秉鈞與
黎美的狂飆式之愛底尋求，自然重煽起她對狂熱情愛的不再信任之疑懼，
並引發息隱的火山使主動作的衝突一發不可收拾。
　　《露》書的主要悲劇衝突當然存於秉鈞與黎美的媽媽之間，這是早已
寫就的對白，是黑格（Hegel）從人性對峙觀察的宿命觀，作者以我們傳統
的八字相剋觀念來象徵。要之，一己生命的胚胎成形原非透過我們主掌決
定，情性本質的鑄成那一個剎那我們連同我們的父母也無力親自參與──
諸多的染色體承載各別的遺傳基因，如何適我地擇別剔除？如此超乎我們
可以確切執掌的生命情性孕育奧祕，或可稱之為「命」，所以說「秉天而
生」。另者，自然天空中的物理星象與時不斷推移運轉，其所推動的四時大
氣變化，竟有蘊涵風人風物的一切超人力量，所謂「大氣之中有五行，遞
相運轉，周而復始」，配合人的「五行」有沖有合，是為運。《露》書中，
秉鈞的意志伸張是悲劇性格的英雄化身，是「命」的呈示，而媽媽的悲辱
人生體驗轉化為主動作中環境悲劇的龐巨力量，是流動的「運」的展現。
　　要研究主動作的衝突中心，我們可從素昧平生的大舅劈頭就對秉鈞聲

色俱厲地教訓那幾項嚴厲的譴責來開發探討，歸納起來下列三點是風暴中心：

1. 在外國，老母去了。把她丟在厝裡，只為你倆個跑出去外面玩，敢對？

2. 你冊讀到那麼多，還亂打電話，打到三更半夜，打到人晚時不會睏咧，你冊讀到壁頂去！

3. 人只有一個女兒，一粒糖心丸，硬要把人拐走，小弟如此，大兄也如此！

由大舅挺身而出，來「禮」化主動作的衝突是有深刻含義的。依我國傳統的家族社會觀論之，長兄如父，所以大舅是「傳統的鞭子」之表徵。的確，在傳統的生活模式裡「一種純粹基於自我良知的個人道德」行為，正如歐陽子所說，不免要與那個社會團體「互起衝突」，而「欺昧自己的（心性）良心和罔顧社會（既定）秩序，都是很大的罪」；不幸，《露》書中的悲劇人物特別是在西夷社會環境中求生的下一代，他們在圓證彼此的愛底尋求過程中，「命」定是要擔負任一罪衍的。黎美與秉鈞同樣尊重「一個媽媽」所應得到的關懷，他們盡可能地記住媽媽半生悲辱的圈檻生活，然而彼此相去千里還遠隔險逆的洛磯山這個自然界的居中作梗，他們的聚會就端賴全不可靠的機緣來祝福與成全。事實上，幸運的研究生在北美高度資本主義化的大學所拿的菲薄獎學金，或是研究津貼，或是助教報償，都是從倍付心力、驚戰求保中汗涔涔地得來，因此，時間、經濟、精神都是先天的千斤頂貫壓在當頭：

> 這一年我只能去西雅圖兩次，上回已去過一次，剩下這一次了……
> 七月中旬，我探知我的指導教授魯濱遜下個禮拜要去歐洲度假，我便選在他的假期中間再去西雅圖一趟。我這樣做，是因為上回去西雅圖已經請了太長的假，我實在不好意思向魯濱遜請假了。

即使這樣精打細算的「私奔」仍然尷尬地被指導教授碰著，機緣的叛逆性

就非常的令人懼怖了。（具先知靈眼的諸葛亮不也浩嘆過：「謀事在人，成事在天」嗎？）面聚的機緣既然如此的不可恃，而圓證彼此的愛底尋求又是心性的原罪動力，以故，狄謹蓀（Emily Dickinson）說：

But simply——We obeyed

Obeyed——a Lure——a Longing（Dickinson, "Go tell it-What a Message"）

悲天憫人的狄謹蓀是把悲劇英雄的行徑認知為愛底衝動——那是天賦命定的普遍性衝動，在《露》書是「命」的不可違逆的旨意詔現。陪侍保守、敏感的媽媽，秉鈞與黎美必須謹守傳統，嚴陣相待，關係是正式的、僵硬的，那是媽媽齊整的秩序社會，不是他們火光跳躍的世界，為了圓證愛底尋求他們需要的是「白露溥兮」的境界：

> 我與黎美雖然天天廝守在一起，但媽媽總是在我們身邊，我們好像永遠無法單獨相處的樣子。我每每看到別的情侶一對對在樹旁，草地上或湖邊依偎細語，我自己便感嘆起來……。黎美也有同感，她同我盡了最大的努力去擷捉任何單獨的機會，但它總是那麼短暫，話才說幾句，媽媽又出現了。我們雖然有好多知心話要談，卻始終找不到一個機會可以談得痛快。

然而，媽媽悲辱忍負半生，如今南下華州，割蓆人近在咫尺，就在加州，恐不免：情何以堪！昔日的「斜風細雨」不須歸，竟是今日的「蒼白破碎」：

> 窗外下著濛濛的細雨，海面的白霧與天上的陰雲交揉一片。海潮已經退到最低點……。
> 「天氣一壞，心情就不好。」媽媽坐在床沿，望著窗外說。

> （媽媽）一臉憂鬱的表情，彷彿老了十年。……
>
> 可能海邊的這兩天勾起她心裡的愁思……
>
> 「找丈夫，其實找一位有錢可靠的就好了，愛情？唉……。」

媽媽受圈在悲辱和掙扎求生的管蠡中半生，的確已經失去了對天賦命定的狂熱情愛之信任和同情的了解，而海濱的忽晴忽雨的「氣候變化」所蘊涵的「運」之沖合——形諸於外而成媽媽的特別沉鬱之情意結，使她絕對不能理解黎美和秉鈞當夜的單獨外出散步的必要。「命」與「運」的無所不在和無所不能透過這一個情節的安排強烈地暗示著。

走訪番境夷邦盈耳滿目皆是鴃語蟹言，一向相濡相沫的親友故舊卻都遠在東太平洋濱，媽媽的孤獨寂寥與因世界陌生而起的「隔離感」是極端尖銳的：

> 離黎美的研究室不遠便是生物系的辦公室，黎美也帶我們去參觀；裡面的玻璃櫥養著活的蜥蜴、猴子和各種魚鱉。媽媽很同情那些小動物說牠們被人從牠們的「親戚朋友」那裡隔離出來，然後被關在這玻璃櫥內，一直關到牠們死去為止，這是多麼悲哀的事情……

這些籠中物當然只是媽媽敏感的心理投影，但當年輕的一代必須鬆弛陪侍了一天的緊張出外圓證愛底尋求，遺媽媽獨守昏燈、煢煢對孤影，投影終轉成陰影，還真實地成為衝突的重心。對媽媽特殊敏感的心靈，這是一種新的恐怖「隔離」、一種忌諱半生的新的遺棄，和晚年必將絕望無靠的流離。當然這終歸是媽媽敏感的推理和心懷的疑懼，當陰霾離去晴空萬里好「運」來合，他們老少又恢復了歡愉和洽。所以黎美的信上寫道：

> 說到媽媽，其實她內心是非常愛護你的，這是我從一些小動作裡觀察出來的，例如你來西雅圖前（八月底那一次），別人送我們一條魚及一些好

菜，她就說要等你來才煮，你的相片都放在皮包裡，為了隨時可以拿出
來給朋友看，而這次你寄來的聖誕卡，她就放在桌子上，天天欣賞
著……。

本質上媽媽對秉鈞原無不可化解的敵意；初會之時即要求收他為義子，當
她情緒懿定的時候，不只對「少年」的狂熱情愛有同情的理解，似乎還
「誠意」地樂當紅娘：

> 黎美開了車門，媽媽自己先鑽到車子的後座去坐，我們請她來前面坐，
> 但她堅持要坐在後座……
> 「好讓你們少年的去說話。」她微笑地說。
> 我們看她說話是出自誠意，我也只好坐在黎美的右座，而不必再由反射
> 鏡去偷看她了……我與黎美則為了她沒有責備我們獨自跑出來談話而感
> 到幸慰。

所以秉鈞與媽媽的矛盾是疑愛的交織、誤會與理解的結纏——如此的錯綜
複雜恐不是衝動、忠實的老圃大舅認知上所能了解的。不幸，年輕一代的
悲歡離合之裁決竟然操諸於完全闇於知性世情的大舅，當媽媽從攻擊的戰
線上鳴金收兵而且採取了低姿勢，教堂的鐘聲即將響起，大舅卻獨負起超
越他識見身分之判決重任，也許是萬能的命運之神的附身：

> 啊，代事已經到這裡囉，親戚再結下去也無意思啦！

大舅的裁判自然顯示著戀愛婚姻大事並不屬於當事者二人而是家族整體的
傳統觀照，正如《詩經‧將仲子》一詩說的：

> 將仲子兮，無踰我里，無折我樹杞，豈敢愛之？畏我父母！仲可懷也，

> 父母之言，亦可畏也。將仲子兮，無踰我牆，無折我樹桑。豈敢愛之？
> 畏我諸兄。仲可懷也，諸兄之言，亦可畏也。

同時也表示著「罔顧社會（既定）秩序」是不可從輕發落的罪衍。不過，相反的，倘使「欺昧自己的（心性）良心」而曲從「社會（既定）秩序」呢？黎美固然不曾經歷正式的裁判，可是心負的罪苦自然等於服了被褫奪心志自由的無期徒刑。

就尋常的生命意義而論，黎美是媽媽的生命之自然延長，無異於四季的輪迴迭換，不過，以媽媽的悲辱生命度之，黎美是光耀的「太陽」，是幽黯的受謫姮娥的全部光亮和生命的「全部希望」。黎美自然也不是一個毫無感性生命的星座，正相反，她是超敏感的「貓」；因此她更清楚地意識到媽媽原是她的「太陽」，她是株苗長需要太陽能的小草，是因陽光而晶瑩璀璨的滴「露」。所以媽媽是羲和也是姮娥，如此矛盾的象徵運用正點出人際關係的錯綜複雜。晶瑩璀璨的滴「露」象徵著情愛美的極致，也是「黎」明之「美」的化身，如那「造歷幻緣」，歷劫還淚的絳珠仙子，欠負化育之恩、幻化成形之惠；黎美寫道：

> 我見到媽媽身體不舒適與痛苦的情形，想到萬一我離開她，她該怎麼
> 辦？
> 我正確離臺日期尚無法確定，不過我已開始感覺到媽媽的心情，連帶我
> 自己也十分沉重。

母女連臍的同命感與愛底圓證需求同是天賦命定的情感，黎美兩者俱有，不幸她落入的是兩難（dilemma）的困境：

> 「黎美你長了這麼大，又留過學，你應該有你的主見……。」
> 「秉，請你不要這樣說，我實在是夾心餅干……。」

黎美說了，突然迸出眼淚，推著腳踏車走回舊曆去……。

黎美最後的選擇是回歸「舊曆」及其象徵的世界，正是：為人的「命」定罪孽、無盡的悲苦衝突……代代輪迴。

　　與秉鈞的浪漫對照，三哥是理性的象徵，是蕾米亞（*Lamia*）裡好心的阿波羅尼亞斯（見 John Keats, *Lamia*, a narrative poem）。不過《露》書的蕾米亞是一個三哥慧眼識英雌的「好女孩」，「只因為要聊盡一點孝心，所以才盡量遷就她的母親」。三哥要扼制的只是秉鈞的「太痴」和因之可能引致的「家門不幸」。三哥對新科舉的敬拜不疑使他的貢獻意外地折價，也使秉鈞對他所提供的一切箴言規勸失去信心，而他對黎美的寄予厚望也使大舅倍極不歡。理性與感性的對立是中西文學相共的原始課題；與阿波羅尼亞斯身分接近的法海在我國民間的知名度和票房紀錄都不太高，不過，他所表徵的正直不阿留給人非常深刻的印象。

　　秉鈞的愛底尋求是果敢進取的，心性的堅強、精神的昂奮足以齊天地而悚鬼神。無疑的，這個受過嚴謹科學訓練的工程師，心智的運作是不受界限的，應是心猿的再生，讓我們先觀察行者如何爭取心性肉身的自由：

　　悟空道：「汝等既登王位，乃靈顯感應之類，為何不知好歹？我老孫修仙了道，與天齊壽，超升三界之外，跳出五行之中，為何著人拘我？」十王道：「上仙息怒。普天下同名同姓者多，敢是那勾死人錯走了也？悟空道：「胡說，胡說！常言道：『官差吏差，來人不差。』你快取生死簿來我看。」……那魂字一千三百五十號上，方注著孫悟空名字，乃天產石猴，該壽三百四十二歲，善終。悟空道：「我也不記壽數幾何，且只消了名字便罷，取筆過來！」悟空拿過簿子把猴屬之類，但有名者，一概勾之。撕下簿子道：「了帳！了帳！今番不伏你管了！」一路棒，打出幽冥界。

既然信仰的是現代科學，秉鈞當然數落八字是個愚昧腐朽的觀念；在精神本質上他確然已經「超升三界之外，跳出五行之中」，以故當追求愛底掌握之際，他自然透過母親自在地役使相命先生更改他的八字時辰。顯然一如行者自信「修仙了道」應除心性肉身枷鎖，秉鈞信任「自我良知的個人道德」觀亦理應全權主掌八字所表徵的一己命運。前段所引「I am the master of my fate, I am the captain of my soul!」正是這種超人堅毅的寫照。然而行者畢竟翻不出佛掌，秉鈞也沒能逃卻「八字相剋」的預言——那是愛迪帕斯（Oedipus）的恐懼，也是全人類的哀愁。命運所象徵的意涵已溢於言表——人類之心智、肉身確有至終之約制——這個恆古的宇宙哀愁由對科技泛神論的反諷得以呈現。

　　雖然堅信「媽媽和他的八字相剋」是個荒謬的測字說法，但是，秉鈞無疑的從沒有忽略媽媽對他「印象不佳」這一個事實：

　　　　在我的潛意識裡，媽媽一定會做什麼手腳來，我一直在擔心這事的發
　　　　生，卻又無能為力坐等它發生。

他的全面性防備有時顯出他的小心和敏感：「我警告自己不要老是懷疑媽媽，世界上，意外事情可多著呢。」這倒也透露出他的「自我良知的個人道德」，並不如荒謬英雄那樣與社會疏離得不近情理。事實上，除了堅守圓證愛情底一定性之自由，他的確很努力地企圖取悅媽媽，為她周到設想，並且認為奉養媽媽是「天經地義的事」，「根本連提都不用提」，不過，這個理念顯然並沒有理想地傳達過去或使媽媽了解以穩定她背負悲辱半生的心。秉鈞重複地聲明：

　　　　怎麼樣才能叫互相了解，這很難說。如果一個人可以了解，幾天便了解
　　　　了，如果無法了解，一百年也無法了解……

從正面來讀，狂熱的愛底相互圓證是民俗「有緣千里來相會」的展示，這個聲明表示著秉鈞提出百年誓約的坦誠與真意；不過，從反面來讀，他所積極爭取的自主權在短促時空的專橫下公然與媽媽的保守情性、悲辱體驗相悖。如是觀之，媽媽與秉鈞的交談之中途拋錨是語言的暴虐行性，也說明了語言心理運轉的複雜。等到衝突強化，秉鈞與黎美的越洋交通非但受到限制還頻遭三舅防衛性的撥弄和打擊，至此一切堪用的幻技都在塵世出現，秉鈞已經動輒得咎，而他以全副生命付出的執著追求，受挫的不肯曲從，正是不折不扣的愛迪帕斯的轉世：

> 我仍然不願意離開電話機，一直每隔兩小時打一次越洋電話……，直等到第二天早晨七點才勉強離開了研究室……。
>
> 「你好像瘦了很多。」（朋友們說）
>
> 「是的。」我點頭同意地說：「我差不多一個禮拜沒有吃也沒有睡了，我看起來可能像一個瘋子……」

當與黎美通訊的一切途徑都被封鎖，對理性的三哥間接轉達的「伊人」即將履約返美的消息又失掉信心，除返臺親自印證愛底不渝外，焦灼、執著的愛心自然見不著其他更為恰適的抉擇。只是黎美對秉鈞的突兀歸來顯得超乎他意外的失望和生氣，很可能她以為這是對她履約返美的心意之懷疑，所以，她用英語說：「You don't trust me!」這也可能正是亞里斯多德界說的悲劇英雄的「錯誤判斷」，不過，就秉鈞此際的專注執著論之，貫徹愛底尋求之意志行動是深合邏輯的。由這個特殊的「命」定情性本質來審視，命運的無所不能，與人之孤苦無助——此一悲哀的強烈對比，顯露無疑。

《露》書的主動作中的衝突在秉鈞承受卑下的侮辱：「汙露賽」（うるさい【煩い／五月蠅い】），後終結。這樣的結束使讀者很難否認既定倫理秩序之尊貴性，也許我們的社會倫理觀三千年來本質上的確是不可動搖的

儒家濡忍傳統，表現在《左傳》的命運觀也是如此（《左傳·成公十三年》）：

> 劉子曰：「吾聞之民受天地之中以生。所謂命也；是以有動作禮義威儀之則，以定命也。能者養之以福，不能者敗以取禍。」

這種命運觀用的自然是春秋筆法，那是倫理學的論辯課題，文學作品尋求的也許是一己生命在宇宙中的地位，及其在無限的時空中的掙扎性質。這是莊子、司馬遷、蘇軾的關懷，也是曹雪芹的傳統。《露》書所探討的悲劇觀與命運觀應是這一個傳統的延續。

——選自東方白《露意湖》

臺北：爾雅出版社，1978 年 9 月

《迷夜》
閱讀東方白的鑰匙

◎彭瑞金

　　《迷夜》是東方白在 1995 年出版的五本著作之一。五本著作中，《黃金夢》是舊小說集重排再版，《神農的腳印》是他喜愛的「白溪」樹森散步沉思小札，與《盤古的腳印》、《夸父的腳印》系列同源，其他三本都是「奇書」。

　　《雅語雅文》是一本以福佬語發音的臺語文學有聲書，也是他的臺語文學選集，東方白想以自己的方法，以這本有聲書，證明臺語文學的優質面。《真與美》有個附題，「詩的回憶」，是他出版《浪淘沙》之後，最大規模的寫作計畫。《真與美》創造了一種記錄式的小說體裁，或是說類仿普魯斯特的《追憶似水年華》，是一種不會有結構上的瑕疵可以挑剔，可以一直寫下去，不知將止於何處，也可以隨時停下來，止於所當止的小說新形式。作者自稱，這部作品是要將自己的「覺醒」過程──包括自我的、宗教的、創作的、美的、性的覺醒，「毫不虛假，毫不遮掩，一切赤裸坦白把它寫出來」，目前出版的只是之（一），但已證明了一點──若問何謂文學？文學家的生活本身即是創作，即是文學。李喬在以民間故事《白蛇傳》為藍本的創作《情天無恨》的後記裡說，白素貞就是一位偉大的小說家。同樣也證明具有創造力的人生即為最好的文學。

　　至於《迷夜》，原本是一本文學的訪談紀錄，集中 12 篇有十篇是東方白的作品，一共探訪了九位人士，有政治人物的配偶，有音樂家，文學家，文學家的墓碑。雖然其中有一篇寫的是自己的父親，一篇寫的是從親人那裡聽來的故事，一篇是寫初到加拿大念書時辦公室裡一位善良的祕書

小姐。卻仍然可以視為文學的探訪，理由固然在於這些作品的內容，沒有一篇離開文學之眼去觀察，沒有一篇離開文學之心去體驗，而且可以說根本就是文學的生活經驗。閱讀這些「散文」，不僅有助於了解東方白做為作家的生活領域，對事物的思考模式，更是生動，活化的文學領受，非常有助於了解文學的產生。

身為作家，尤其是小說家，豐富而充實的生活、人生閱歷，從上知天文、下知地理、舉凡：哲學、政治、經濟、地理、歷史、音樂、美術，乃至自然科學知識的涉獵，越廣、越深，都直接有助益於作品內容的充實，東方白的《浪淘沙》，無疑已經證明他是符合這項要求的稱職的小說家。不過，這裡，要特別強調的是，徒然具有豐富知識的人並不等於稱職的小說家，而是說，他要首先是小說家，又具備了豐富的人生閱歷和深廣的知識涉獵，才是稱職的小說家。因此，在閱讀像《浪淘沙》這樣的大河小說時，如果缺乏一支閱讀的鎖鑰，可能徒然被那大河的滔滔巨流震懾住了，被作品背後豐富的包藏嚇唬住了，而無法心平氣定地閱讀它。這也是自《浪淘沙》這部臺灣有史以來，最鉅大的、150 萬字的大河小說出版後，東方白奔波於加拿大、臺灣、北美大陸，進行數十場演講、座談，不外是想打開窺探《浪淘沙》的一扇小窗來。東方白做為一個文學人，一個小說家，都是從《浪淘沙》這條管道輸入輸出。

《迷夜》的探訪對象幾乎沒有例外，都結緣於《浪淘沙》這部作品，《浪淘沙》是《迷夜》的中心，東方白的文學才是《迷夜》的中心，其實，作為人物探訪錄的《迷夜》，作者也扮演著被探訪的角色，寫作動機固然頗有為文壇解密的意義在裡面，更具為文學解密的抱負。東方白在書的扉頁上題字，特別提醒我看〈建中二白〉和〈櫻花戀〉這兩篇，即是認為裡面頗有解答一些臺灣文學史是非公案的材料。

〈建中二白〉是指白先勇和東方白，〈櫻花戀〉是寫歐陽子，作者與白先勇是建中、臺大同學，與歐陽子也是臺大同學，或許相知並不熟識，真正的熟識是從《浪淘沙》引起。二白的成長過程有諸多相似之處，但文學

的道路，同學卻不同道，各自走了不同的路，他們彼此間精采、細緻的文學對話，的確有助於文學史的尋幽探微，何況白、歐都是《現代文學》的大將，過去也從未就背「現代主義文學」的黑鍋進行辯解，乃至二人被東方白探訪出來的創作者心靈上的奧祕，無疑都具有珍貴的史料價值。不過，作家在一定時代裡的一定貢獻，是有限的文學歷史，並不如想像的重要和難以界定，為了文學，比較值得斤斤計較的那些生生不息的創造力。

如果把閱讀《迷夜》的焦距放在文學作品的誕生，而不是文學史的是非公案，最值得探訪的還是東方白自己，而要從十篇作品中，發現文學的幽微之光的，也不全是那些明槍執仗打著文學旗號的探訪，反而是從寫和艾琳達散步的〈迷夜〉、寫作者父親的〈父子情〉、寫音樂家蕭泰然的〈神韻〉、寫和文學人不相干的〈麗〉、〈阿姜〉之中，得到更多的東方白文學的奧祕。東方白和艾琳達暗夜散步的對話，非常政治味，卻透露了東方白從未形諸文字的做為臺灣作家民族情懷。和蕭泰然一見如故，惺惺相惜的，也是發現彼此分別從文學和音樂的領域，做為臺灣人藝術家的相同想望。擁有工程博士學位的東方白，比任何作家都重視自己作品裡的文學純度，如果不是透過這兩篇訪談，恐怕很難從他的作品，尤其是如洪濤般的《浪淘沙》裡讀出他的內心。〈父子情〉純粹是為了紀念自己可敬可愛的父親，但東方白的父子對話，一再顯現出來的是他有一個非常文學，只是不會寫字作文的父親，那也正是東方白的文學源頭，但這卻不是由於他有一個一生充滿傳奇生涯色彩和擅於說故事的父親，而是他和父親的相處，提供了他做為作家，有如無價之寶的生存體驗，這正如一個和他的生命、生活相關極少的〈阿姜〉，提供給他同樣多的文學滋養一樣。是有血有淚的生活故事，激動他的文學心，挑動他的文學情懷。〈麗〉也是一個幾乎與文學無關的例子，與其說他初臨乍到加拿大留學，認識的「麗」成為跨越種族，同學，男女的知交，是透過「托爾斯泰」這座文學橋樑，還不如說透過「托爾斯泰」開啟了作家之眼，文學之心，讓他體會到文學在人間的穿透力、感染力。《迷夜》雖然圍繞著《浪淘沙》的光環而發，但它更可能告訴讀者

的是,一部大河巨構誕生的前夜,文學家,特別是小說家,怎樣建構他的文學生活。

　　從文學訪談紀錄看,《迷夜》其實已建立了這一類型文學的一種典範,訪談固然以進入被訪談者的心靈為最高鵠的,但不是用刀子那樣的銳利去剖去刺,而是輕輕地敲,要領在他敲門的「工具」用的是文學,自己的作品,自己創作經驗,而不是順手撿拾的石塊。當他以自己的作品敲文學家的門,總能裸裎相見,用文學敲社會運動家的門——和正在寫殖民主義及亞洲新興民族主義論文的艾琳達,談菲律賓國父黎煞的絕命詩,用文學敲音樂家的門——和蕭泰然談修伯特,以德國名詩人的詩譜的〈紅玫瑰〉、〈菩提樹〉、〈雲雀〉等名曲……當然就不只是相談甚歡,而是在敲打出彼此智慧的火花了。

　　《迷夜》正如〈迷夜〉——開始走向黑暗裡去時,難免有茫不知所終的慌亂,甚至有迷路的危險,但總在最後走到目的地。東方白的文學也是這樣,在無限遼闊和無限豐富之間,一旦找到開門的那把鎖鑰,仍然可以進入他的文學世界。

　　　　　　　　　　　　　　——選自《民眾日報》,1996 年 1 月 20 日,19 版

東方白小說創作理念初探

讀《臨死的基督徒》

◎歐宗智[*]

一、處女作解開作家作品之祕

　　臺灣文壇耆老葉石濤曾對作家的處女作，提出以下的見解：「大凡從一個作家的處女作，能看得出來這作家的稟賦，潛藏的才華、風格、氣質等諸要素，並能預知這作家將走的路徑和命運，委實很少作家能完全擺脫處女作的束縛，跳出了它的限圍。……如欲解開一個作家作品的祕密，闡明他作品的意義，顯然處女作是較佳的鎖鑰。」[1]以大河小說《浪淘沙》[2]享譽臺灣文壇的東方白，其處女作《臨死的基督徒》[3]問世於《浪淘沙》出版之前 21 年，當東方白完成超過 130 萬字的《浪淘沙》，正值壯年的 51 歲，而出版《臨死的基督徒》時，東方白人在加拿大莎城留學，尚未獲得博士學位，這年他 31 歲，比起臺大同一時期，諸如《現代文學》雜誌的作家們，東方白處女作誕生的時間顯然要晚了許多。直到《浪淘沙》之前，除了《露意湖》是長篇小說外，就跟《臨死的基督徒》一樣，東方白所創作的大部分是短篇小說。[4]這些短篇小說的寓言虛構風格，以及《浪淘沙》內容

---

[*]清傳高級商業職業學校校長。

[1]葉石濤，〈吳濁流論〉，《臺灣鄉土作家論集》（臺北：遠景出版公司，1979 年 3 月，初版），頁 117 ～128：118。

[2]東方白，《浪淘沙》（臺北：前衛出版社，1990 年 10 月，臺灣初版）。

[3]東方白，《臨死的基督徒》（臺北：水牛出版社，1969 年 3 月）。

[4]東方白在《浪淘沙》之前，結集出版的短篇小說集包括《黃金夢》（臺北：臺灣學生書局，1977 年 10 月）、《東方寓言》（臺北：爾雅出版社，1979 年 9 月）、《十三生肖》（臺北：爾雅出版社，1983 年 9 月）等三種。

的思想哲理性、重視故事真實性等特色，同樣的，早在《臨死的基督徒》之中即可看出端倪，適足印證葉石濤之言，值得進一步深入去探討。

二、以寓言形式探討思想哲理

《臨死的基督徒》全書共 28 篇，另有〈自序——並論寫作〉與著作年表，其中〈一個雨天快樂的週末〉、〈一個善良的婆羅門的故事〉是翻譯，非為東方白的創作，而〈伏爾泰筆記選譯〉是沉思錄，更非小說，扣除以上三篇，剩下 25 篇，至於東方白高中時代寫成的〈野貓〉、〈盲〉、〈獵友〉，他雖自言為「寓言式的散文」[5]，但因為有故事有人物有對話有主題，即使都不到 1000 字，仍可列為小說，是以《臨死的基督徒》共計 25 篇小說，只有〈□□〉較長，約二萬字，其他大部分都在 6000 字以下，可稱之為「精短篇」。這些作品篇幅雖然不大，但歸納起來，其特色頗為鮮明。

思想哲理性高，應是東方白小說最突出的特色，而為了呈現、探討思想哲理，東方白刻意採用了寓言虛構的形式。東方白在文學自傳《真與美》[6]透露，「獨立的思想」是文章的靈魂，沒有的話只是文字的堆砌，有了之後才化成生命，耐人尋味。[7]又說，「畢竟世上『情的文學』汗牛充棟，可是『慧的文學』究竟鳳毛麟角，它傳達了人類共通的世界性主題。」[8]可見東方白非常重視作品的主題與思想性，期能帶給讀者人生的智慧。事實上，東方白嗜讀叔本華哲學[9]，平時亦有筆記沉思所得的習慣[10]，

---

[5] 東方白，《真與美》第一冊（臺北：前衛出版社，2001 年 3 月），頁 305。
[6] 東方白，《真與美》（共六冊）（臺北：前衛出版社，2001 年 3、4 月）。
[7] 東方白，《真與美》第一冊，頁 198。
[8] 東方白，《真與美》第一冊，頁 296。
[9] 西方哲學方面，用散文將「人生一片苦海」與「慾望肆虐一切」的概念表達出來的叔本華，最能引起東方白熱烈的共鳴。見東方白，《真與美》第二冊（臺北：前衛出版社，2001 年 3 月），頁 267。
[10] 東方白已出版的沉省錄包括《盤古的腳印》（臺北：爾雅出版社，1982 年 5 月）、《夸父的腳印》（臺北：前衛出版社，1990 年 10 月），此外，真理大學臺灣文學資料館於 2001 年起發行的《臺灣文學評論》季刊創刊迄今，每期均連載東方白以「思想起」為題的沉省錄。

都在在顯示其對思想的濃厚興趣。當然，小說思想的深刻與否，往往也正是衡量作品水平高低的主要標尺。

三、深刻的嘲諷與嚴厲的批判

觀諸《臨死的基督徒》一書，如〈臨死的基督徒〉、〈□□〉、〈天堂與人間〉、〈母親〉、〈老樹，麻雀與愛〉、〈錢從天上飄下來〉等篇都有著令人沉思的內容。

〈臨死的基督徒〉是東方白「少數幾個最愛的兒女之一，因為是最早誕生的，所以對他又具有以後諸兒女所沒有的特別深摯的感情」[11]，最後還成了他這第一部書的書名。此篇修改重寫，經過七次退稿，才終於在《現代文學》刊出，雖然如此，東方白的多數朋友卻認為，這是他作品中最好的一篇。[12]其主要原因正是篇中所探討的思想哲理。〈臨死的基督徒〉採用寓言形式，寫兩個犯強盜罪的死囚，一個是克力斯丁，因受洗成為基督徒而懷著靈魂得救的安閒心情，悄悄瞑目；另一個是輕蔑宗教的懷疑論者賀爾西，直到臨終前才徹底懺悔自己是萬惡的罪人，相信、承認耶穌是萬物的創造主，詎料因為並沒神父為他施洗，懺悔時也沒有見證人，這時對於他是否得救，耶穌竟愛莫能助，表示必須先請示天父。結果年復一年，耶穌始終告知，天父仍在考慮，還沒作成決定，於是可憐的賀爾西只能守在界碑處，無法進入天堂。

東方白藉由這個寓言故事，對本應講求內在修為的宗教卻囿於世俗形式的僵化，提出深刻的嘲諷與嚴厲的批判，呂興昌指出，〈臨死的基督徒〉用心之處不在宗教本身，而是企圖對世俗化、形式化的宗教儀式進行嘲弄，認為人安身立命（所謂靈魂得救）的契機，並非外在有形的動作（施洗、見證），而是內心深處（臨終一刻的徹悟）所表現的真誠。[13]像這樣對

---

[11] 東方白，《真與美》第一冊，頁305。
[12] 東方白，〈自序──並論寫作〉，《臨死的基督徒》，頁4。
[13] 呂興昌，〈走出痛苦的寓言──談東方白短篇小說的憂患主題〉，林瑞明、陳萬益主編，《東方白集》（臺灣作家全集之一）（臺北：前衛出版社，1993年12月），頁271～297：278。

於宗教的探討，一直是東方白小說的重要主題，發展至大河小說《浪淘沙》，更有了全面而深入的思考。[14]

四、宗教情懷的提升

曾被歐陽子選入《現代文學小說選集》[15]的〈□□〉，是東方白的力作，小說男主角是一位醫學院六年級學生，發現自己罹患了肝癌，將不久於人世，就在生死交關之際，一位懷孕卻遭男友遺棄的少女找上他，請他充當「情人」，俾便在私人診所進行墮胎手術。不料手術失敗，少女終因失血過多致死。醫生隨即棄屍，並要求小說主角保守祕密，以免惹上官司。小說主角憤然拒絕後，醫生畏罪服毒自殺，小說主角內心幾番掙扎，最終還是認為「一個活的醫生要比死的醫生對人類有用得多」[16]而把醫生救活回來。等到少女屍首被發現，小說主角出面自首，獨自扛下所有的罪行，被判處無期徒刑，但入獄不到半年即病發死亡。至於那位醫生則因良心不安而罹患精神分裂症，最後終於瘋了。

〈□□〉發表於 1964 年，正是存在主義盛行的時期，其篇名即象徵著「空白」與「虛無」，歐陽子認為，此篇以戲劇的手法探索生與死、罪與罰的課題，而小說主角以悲憫的情懷，效法基督，揹負十字架，則具有代罪羔羊的受難精神。[17]正因為小說主角這種崇高的人道情懷，使得他獲知自己不久於人世之後遊魂般的空白與虛無，不但不再毫無意義，更代表著生命意義的向上飛躍。此一宗教情懷的提升，對讀者心靈產生洗滌的作用，在大河小說《浪淘沙》的主要人物丘信雅、江東蘭與周明德身上，也都一一重現。

---

[14]詳見歐宗智，〈追求文學的極致——談《寒夜三部曲》與《浪淘沙》的宗教情懷〉，《走出歷史的悲情——臺灣小說評論集》（臺北：臺北縣文化局，2002 年 12 月），頁 105～118。
[15]歐陽子編，《現代文學小說選集》（臺北：爾雅出版社，1977 年 6 月）。
[16]東方白，《臨死的基督徒》，頁 39。
[17]參歐陽子，〈關於《現代文學》小說的編選〉與〈「□□」簡介〉，見所編《現代文學小說選集》第一冊，頁 36、205。

五、哲思色彩值得咀嚼回味

〈天堂與人間〉也是寓言小說，敘述一位祈禱會見亡故親人的虔誠教徒李彼得，在一次夢遊中，目睹了天堂生活。基督教徒嚮往天堂，乃天經地義，諷刺的是，酷嗜思想的東方白透過天使，揭示天堂的真相，說：「天堂是最自由不過的了，每個人都有自由選擇他一生中最快樂的生活方式去消磨時間。但正如你所說的，他們若老是重複著同樣的生活，再快樂的生活方式也會變得枯燥無味而令人厭倦。」[18]這讓李彼得的生命有了全新的體認與覺醒，也就是「所謂天堂正是最美好的人間生活的切片，與其寄望未來某一切片的不斷重複，不如掌握此生每一美好時刻的歡欣，如此，人間實即天堂，天堂何必外求？」[19]於是他更加珍惜現實世界的一切，認為人世間樣樣皆美，他繼續上教堂、念聖經、研究聖經，安靜滿足地過日子。

〈母親〉寫一個母親連續生下三個盲眼孩子而被視為「女妖」，連她也自覺是一個罪犯，不斷在製造罪惡，當丈夫無法忍受，選擇離開，不知去向，她幾乎發狂，終於勒死三個兒女，一一投入井裡。她在投海自盡被救起後，遭檢察官提起公訴，求處極刑。同樣在小學任教的丈夫曾引用了叔本華的話：「一切都是意志，我們被生下來受苦，為什麼又要生別人去受苦⋯⋯若非意志，究竟是為了什麼？」[20]東方白藉由這樣不快樂的故事以及叔本華哲學，逼迫我們去思考，生命的意義何在？雖然殺死無辜孩子的是母親的手，但是把生理的殘障當作不祥，冷酷無情的卑視、排斥他們的社會大眾，豈不更殘忍、愚昧？那麼，到底誰才是真正的的罪人呢？

〈老樹，麻雀與愛〉中，當麻雀被頑童舉槍射死，其他麻雀再也不將人類當做朋友看待，新婚的妻子因此而悲嘆不已，丈夫乃藉由聖經經文安撫妻子的傷心：「在所有的動物中，只有人類才能明瞭真正的『愛』；那就

---

[18]東方白，《臨死的基督徒》，頁132。

[19]呂興昌，〈走出痛苦的寓言──談東方白短篇小說的憂患主題〉，林瑞明、陳萬益主編，《東方白集》，頁275。

[20]東方白，《臨死的基督徒》，頁62。

是為什麼只有在人類的聖經裡才能找到——『忘記你的仇恨；去愛你的敵人。』——這樣至理名言的話。」[21]另外，描寫讓小說主角自尊受創的「跑馬車」生活的〈錢從天上飄下來〉，小說主角「我」的言語、想法，如「我突然想起都蘭在西洋哲學史中的一句話：『正如叔本華發現意志一樣；尼采到處發現了權利。』」[22]、「一個空著肚子的人與一個肚子添滿雞汁的人判斷同一件事物，當然會有一段遙遠的距離。」[23]莫不充滿哲思的色彩，值得讀者細細咀嚼回味。

　　為了表達思想哲理，東方白採用了寓言虛構的形式。關於「寓言小說」，東方白於文學自傳《真與美》成年篇特別加以解釋：「就像托爾斯泰的〈上帝知道一切，等待吧〉，作者心裡有一種哲學思想，但他不用枯燥深奧的哲學辭彙來敘述，而用有趣動人的文學形式來表達，叫讀者自己去體味，去揣摩，這便是『寓言小說』。」[24]東方白果真身體力行，在處女作《臨死的基督徒》中有許多篇如此，以後的短篇小說集《黃金夢》、《東方寓言》、《十三生肖》乃至《魂轎》[25]，仍可以明顯看出東方白對於以寓言做為小說表現形式的偏愛。是以臺灣作家全集之《東方白集》書序〈寓言虛構與現實刻畫的結合〉謂，東方白的創作風格是「短篇小說比較著重於寓言虛構的完成，長篇小說卻是歷史的、現實的呈現」[26]，誠一針見血之論也。

六、故事性強而真實

　　故事性強卻又十分真實，也是東方白小說的特點。比如其長篇小說

---

[21] 東方白，《臨死的基督徒》，頁86。
[22] 東方白，《臨死的基督徒》，頁155。
[23] 東方白，《臨死的基督徒》，頁157。
[24] 東方白，《真與美》第四冊（臺北：前衛出版社，2001年4月），頁107～108。
[25] 東方白，《魂轎》（臺北：草根出版公司，2002年11月，初版）。
[26] 羊子喬，〈寓言虛構與現實刻畫的結合——《東方白集》序〉，林瑞明、陳萬益主編，《東方白集》，頁11。

《露意湖》是聽來的愛情故事，書中的男女主角如今都成了他的好友[27]；大河小說《浪淘沙》三個家族的百年故事，也都是在加拿大時，從蔡阿信、張棟蘭、陳銘德三人親耳聽來的真人真事。[28]這種情形在《臨死的基督徒》一書也十分普遍。

　　如〈□□〉為東方白從大姐夫的會社同事「魯肉」的感情經驗中獲得靈感而寫成[29]；〈少女的祈禱〉是東方白以其與高中女友「晨美」的交往所鋪延而成[30]；〈母親〉是東方白根據高中休學去苗栗問病所聽來的有關通宵國民學校一位李老師的身世，加以戲劇化而成[31]；〈中秋月〉乃東方白根據其大姐「臺灣株式無盡會社」女同事「嬌樣」丈夫前妻的故事而寫成[32]；〈夢中〉為東方白聽愛妻 CC 敘述婚前生病期間，所做的愛人移情別戀的夢以後，感動之餘寫出來的[33]；〈錢從天上飄下來〉是東方白初中暑假跟鄉下少年一起「拖馬車」，走遍臺北市的大街小巷，像小丑一樣娛樂人間，以賺錢貼補家用的痛苦經驗所轉化而成[34]；東方白曾把高中時代女友靜子的哥哥誤會為情人，弄得自己妒火中燒，這令人啼笑皆非的事件經過，就成了〈忌妒〉的故事骨幹[35]；描述乙未抗日戰爭中，臺灣人打的一場最漂亮的仗——〈烏鴉錦之役〉，則是東方白的父親親口告訴他的。[36]

　　這些真實經驗或故事，經過東方白的重新安排、鋪延與轉化，成為一篇篇小說，正因人物、故事皆有所本，讀來更予人身歷其境之感。

　　小說敘述技巧方面，東方白每每透過小說中的人物來說故事，這種類似薄加丘《十日談》的創作手法，在《浪淘沙》與《魂轎》也都明顯可

[27]東方白，〈湖濱憶往——寫在《露意湖》五版之前〉，《露意湖》（臺北：爾雅出版社，1996 年 1 月）。
[28]東方白，〈命定——《浪淘沙》誕生的掌故〉，《浪淘沙》。
[29]東方白，《真與美》第二冊，頁 105～106。
[30]東方白，《真與美》第二冊，頁 227～239。
[31]東方白，《真與美》第二冊，頁 24。
[32]東方白，《真與美》第二冊，頁 102～103。
[33]東方白，《真與美》第二冊，頁 128。
[34]東方白，《真與美》第一冊，頁 200～202。
[35]東方白，《真與美》第一冊，頁 154。
[36]東方白，《真與美》第二冊，頁 46。

見。至於《臨死的基督徒》書中，〈母親〉有三分之二以上篇幅是勒殺三名兒女的少婦在自述經過；〈夢中〉絕大部分是「瓊」向「林」敘說婚前焦慮的夢；〈線〉有一半以上的篇幅為舞會高瘦迷人的青年在敘述自己被母親從瀕臨自戕的危險中救回來的經過[37]；〈烏鴉錦之役〉從頭到尾都是採取父親講古的方式進行的；〈重逢〉的第一節，全部是已經當了祖母的女主角，在收到一封 30 年前的求婚信之後，對年輕時代戀情的回憶；〈勝利的敗仗〉則是一個菲律賓中校為大家敘述一個他親自經歷的荒謬戰事。

七、小說呈現方式之商榷

　　東方白的小說中，常有故事中又有故事的情形，像〈忌妒〉的舞會裡，「他」告訴第一次參加舞會的「我」，「他」因忌妒而做了呆瓜的故事，這種小說中主要的敘述者，因敘述策略的需要而退居為聽述者的敘述模式，林鎮山稱之為「包孕」結構（embedded structure）。[38]東方白後來在大河小說《浪淘沙》與中篇小說《芋仔蕃薯》、《小乖的世界》亦一再使用，成為東方白小說的一大寫作特點。然「包孕」結構的敘述模式是否允當，見仁見智，畢竟其於人物內在心理描寫與刻畫上，顯然有所不足，因而這種敘述方式下的小說人物，容易流於平面，難以留下深刻、立體的形象，這是值得小說家注意的課題。

　　小說語言使用方面，《臨死的基督徒》有些對話的「文藝腔」，令人感覺扭怩不自然，如〈少女的祈禱〉的「還是談談電影吧。有時它會叫人寬心。」[39]、〈線〉的「小姐，你甘心讓這麼美麗的舞曲被人奚落嗎？」[40]、〈把船漂到臺灣海峽去〉的「噓！小白鼠──你這膽小鬼；你這寡婦的兒

[37]〈線〉多年後成為〈跪〉的第六個故事之情節，〈跪〉收入東方白「後浪淘沙」小說集《魂轎》，據林麗如〈無求於外的文學僧──專訪東方白先生〉所言，此〈跪〉之第六個故事中的主角正是東方白本人。見《文訊》第 207 期（2003 年 1 月），頁 84～87：86。
[38]林鎮山，〈解構父權──東方白的〈古早〉與《芋仔蕃薯》〉，收入東方白「後浪淘沙」小說集《魂轎》，頁 255～290：274。
[39]東方白，《臨死的基督徒》，頁 49。
[40]東方白，《臨死的基督徒》，頁 161。

子，你真是人不如狗。」[41]這多像翻譯，不該是人物應有的說話方式。當然這總是東方白的處女作，與近期的小說集《魂轎》、中篇小說《小乖的世界》[42]相較，在小說語言運用上難免顯得生澀、不夠成熟。

　　綜觀之，東方白小說內容的思想哲理性、重視故事真實性等特色，以及短篇小說的寓言虛構風格，在處女作《臨死的基督徒》即可見出梗概。東方白在《臨死的基督徒》自序中宣稱：「我自己知道得十分清楚——我沒有寫作的天賦，我也從來不執意做個作家。」事實上，東方白早在《臨死的基督徒》展現了他的才華，經過多年「文學馬拉松」之後的今天，東方白也已自成一家，果真沒有偏離處女作所顯示的趨向，大河小說《浪淘沙》與近期出版的小說集《魂轎》、中篇小說《小乖的世界》都是最為有力的證明。

——選自歐宗智《橫看成嶺側看成峰——臺灣文學析論》

臺北：臺北縣文化局，2004 年 12 月

---

[41]東方白，《臨死的基督徒》，頁 173。
[42]東方白，《小乖的世界》（臺北：草根出版公司，2002 年 11 月，初版）。

挑戰另一文學高峰
東方白《魂轎》與《小乖的世界》評析

◎歐宗智

一、前言

　　旅加作家東方白繼巨著大河小說《浪淘沙》[1]與文學自傳《真與美》[2]之後，於 2002 年 11 月同時出版了小說集《魂轎》[3]與長約九萬字的中篇小說《小乖的世界》[4]，前者包括將近五萬字的中篇小說《芋仔蕃薯》、短篇小說六篇和 4000 字以內的「精短篇小說」五篇，二書以數量言，只不過 13 篇，卻量少質精，篇篇精采，每每令人沉思低迴，一再回味，這也在在展現了作家寫作技巧爐火純青之美。

二、深具歷史延續的旺盛企圖

　　《魂轎》與《小乖的世界》是《浪淘沙》之後誕生的作品，《魂轎》一書更清楚標示──東方白「後浪淘沙」小說集的字眼。事實上，東方白享譽文壇的大河小說《浪淘沙》，以時代背景言，自臺灣日據時期丘雅信、江東蘭的童年起，至臺灣光復二年後的二二八事件，是小說情節發展的重點時段，但從第三部「沙」第十章「天下沒有可恨之人」第七節起[5]，經常是輕描淡寫，僅僅用幾句話就交代了許多年的經過，尤其二二八事件以後臺

[1] 東方白，《浪淘沙》（臺北：前衛出版社，1990 年 10 月，臺灣初版）。
[2] 東方白，《真與美》（臺北：前衛出版社，2001 年 4 月出齊）。
[3] 東方白，《魂轎》（臺北：草根出版公司，2002 年 11 月，初版）。
[4] 東方白，《小乖的世界》（臺北：草根出版公司，2002 年 11 月，初版）。
[5] 東方白，《浪淘沙》，頁 1939。

灣發生的許多重大歷史事件，都未寫入小說之中，因而臺灣的政治、經濟
發展以及社會變遷也沒能適度反映出來，誠美中不足也。

　　《魂轎》與《小乖的世界》的小說背景，正好是從臺灣光復到公元
2000 年，不但與《浪淘沙》的重點時段銜接起來，更充分顯示東方白對當
前臺灣社會敏銳而深刻的觀察，從東方白筆下，我們可以看到省籍情結、
喪葬習俗、才藝補習、聯考、校園民歌風潮、開放大陸探親、兩岸聯姻，
乃至總統大選，甚至於中國大陸的文化大革命、六四天安門民運等，東方
白都有所著墨。可見東方白頗有歷史延續的旺盛企圖，從而證明了，東方
白即使遠離臺灣，卻依然與臺灣社會的脈搏一同躍動，保持著對中國大陸
政經、社會發展的高度認識。

三、省籍情結與族群融合

　　誠如陳芳明所言，族群、省籍、身分認同等等糾葛的問題，一直是東
方白的小說主題[6]，《魂轎》與《小乖的世界》在這方面的表現也最值得我
們重視。

　　首先是省籍情結與族群融合。〈古早〉裡土生的姐姐玉蘭愛上番伯公眼
中的「外省豬」──于中尉，番伯公聞之大怒，要告于中尉強姦；相愛的
戀人就這樣硬生生被拆開來，結果于中尉因遭誣告而被軍方槍斃，不久，
玉蘭鬱卒而終。這是國民政府遷臺後，民間普遍存在的、典型的「省籍情
結」，秉持人道主義的東方白認為，「世上只有善人與惡人之分，豈有國籍
種族之別？」[7]是以東方白在促進族群融合方面，始終不遺餘力。

　　比如〈古早〉結束時，目睹了省籍情結所造成悲劇的土生，其么女就
嫁給了外省人，而且相處得十分融洽。《芋仔蕃薯》的馮震宇，生於屏東，
父親是湖南人，母親是浙江人，他一直是同學們眼中的「外省人」，自大專

---

[6]參閱陳芳明，〈大河與細流──序東方白短篇小說集《魂轎》〉，《魂轎》，頁1～7。
[7]此乃《浪淘沙》福州人家族代表周明德所言（見《浪淘沙》，頁 1932），而周明德無疑是東方白人
道主義之代言人。

畢業，服完兵役，馮震宇移民美國，看清大陸民運人士「不過是想把他們這些知識分子拉到統治階級同等的地位，以及享受特權階級的物質生活」的真相[8]，他不但勤學臺語，還教唱臺灣歌謠，贊成「良心臺獨」，也就是——「我是人，不是牛羊，任何有關我利害的問題，應由我來決定，別人沒有權利用傳統的思考方式來決定我的命運。」[9]最後，馮震宇決定回到臺灣，呼籲：「不必再分『本省人』與『外省人』，大家都是『新臺灣人』！」[10]不過，即使馮震宇說「像我這種『外省人』可不少哩，又不是只有我一個！」[11]這樣的說法仍難免讓人存疑，這到底是多少外省族群的共同想法？陳芳明亦不認為東方白已準確掌握到這個敏感問題的癥結[12]，然無論如何，作者東方白促進族群融合的苦心則是無庸置疑的。

又如《小乖的世界》的主人翁小乖，生於 1980 年的臺北，父親是隨軍來臺的外省人，母親是臺灣人，小乖本身就具有族群融合的身分，誠如彭瑞金所言，小乖清楚標示了「她」是臺灣人個體和群體都經過全新的定位之後的「新生事物」。[13]這當然是東方白的刻意安排。而且，東方白仔細描寫小乖與「揹她在雪地上行走」的三哥，二人之間的親密，以及小乖親生母親對於大陸夫家親族的慷慨大方，莫不是促進族群和諧的用心之處。《小乖的世界》結束時，對於愛「統一」卻又怕「一統」、怕「臺獨」卻又愛「獨臺」、痛惡「共產制度」卻又熱愛「中共頭子」的、充滿矛盾的老父，小乖有時設身處地替他老人家想想，同情之心油然而生，這是因為父親生逢亂世才變得如此糊塗。小乖暗暗可憐自己的老父，「是戰爭逼他離開故鄉，叫他流落異鄉，卻夢迴故鄉，等年老回到故鄉，故鄉已變成異鄉，只好又回到原來的異鄉，永遠做個沒有故鄉的異鄉人」。[14]唯有透過這樣的寬

---

[8]東方白，《魂轎》，頁 219。
[9]東方白，《魂轎》，頁 239。
[10]東方白，《魂轎》，頁 250。
[11]東方白，《魂轎》，頁 244。
[12]陳芳明，〈大河與細流——序東方白短篇小說集《魂轎》〉，《魂轎》，頁 6。
[13]彭瑞金，〈《小乖的世界》——東方白的小說演繹〉，《小乖的世界》書序，頁 3～7。
[14]東方白，《小乖的世界》，頁 231。

容與尊重，各個族群才能夠和諧相處，進而促成社會的文明發展。

四、兩岸關係的論述

　　藉由小說，進行兩岸關係的論述，也是《魂轎》與《小乖的世界》內容的一大特色。

　　〈我〉不及 3000 字，東方白卻以其一貫擅長的寓言手法[15]，將臺灣在兩岸關係中不被承認的無奈處境，微妙的呈現出來。當小說主人翁「吳真一」早上從噩夢中醒來，他現實的噩夢才剛開始，已離職的公司老同事、公司裡的私人祕書、以及年老的母親都把他看成弟弟──「吳善一」，甚至連自己的妻子也將他當「簡直跟我先生一模一樣」的客人對待，等他與所謂「妻子的丈夫」面對面時，那個「鳩佔鵲巢」的人竟然自稱「吳真一」！完全被取而代之的「我」大驚失色，奪門而出，在大雨滂沱之下，握緊雙拳，連連仰問蒼天：「我是誰？我是誰？」乍看難免莫名其妙，但若將「我」與弟弟視為海峽兩岸的投射，必定豁然開朗，並且會為作者設想之奇特而拍案叫絕！

　　《芋仔蕃薯》中，馮震宇本是堅決的「中國主義者」，對「中國」寄予無限希望，唯眼見開明的「民運學生」根本不能體會，「臺灣」與「中國」隔離這麼久，生活習慣已跟「中國」完全不同，何況它一向就獨立自主，怎麼可能跟「中國」說合就合？偏偏這些民運學生仍一味將臺灣當成一片失去的國土，一廂情願的認為，島上的百姓一律嚮往回歸祖國，盼望與大陸統一，這使得馮震宇長久以來的「中國夢」徹底破滅了。後來，馮震宇向說不好臺灣話的本省人小燕敘述一個「血濃於水」的故事，把那生性好賭、想要強暴女兒的父親喻為「共產政權」，家中十個被強暴的女兒是「大陸人民」，另外逃走的女兒等同臺灣的「外省人」，而那送人抵債、變作別

---

[15] 前衛版臺灣作家全集之《東方白集》書序〈寓言虛構與現實刻畫的結合〉謂，東方白的創作風格是「短篇小說比較著重於寓言虛構的完成，長篇小說卻是歷史的、現實的呈現」。見林瑞明、陳萬益主編《東方白集》（臺北：前衛出版社，1993 年 12 月），頁 11。

人女兒的么妹便是「臺灣人」了。如此這般的兩岸論述強而有力，令人印象深刻，只是也因為太過於直接、明顯，就少了含蓄之美與回味的空間了。

到了《小乖的世界》，小乖的臺灣母親病逝之後，老父返回大陸相親、再婚，結果此無異「引狼入室」，長沙的「那個女人」來臺後，與小乖相處不來，小乖跟父親的感情也因此產生裂痕，接著「那個女人」又為了爭奪家產，與臺灣和大陸的親族都鬧得不愉快，最後，小乖的老父終於想清楚了，與「那個女人」顯然不可能有好結果，失望之餘，總算離婚了事，這才徹底除去心頭大患，此時小乖的老父有感而發：「還好有你這個女兒，不然我的錢早被『那個女人』騙光了！她簡直像黑洞，深不見底，怎麼填也填不滿；一點兒也不像你媽，她像銀行，錢交給她，她全存起來，不但一文不少，而且還會生利息……」[16]東方白透過兩岸聯姻的安排，暗示著雙方勉強結合的後果。不過，小乖的老父並不死心，甫離婚，在回臺過境香港的飛機上，老父又表示「想再結婚」的心願，小乖並未反對，只要求勿重蹈覆轍。但接著的幾次相親都不合意，以後也就慢慢冷卻下來了，於是小乖安慰父親：「寧缺勿濫，不要勉強，還是隨緣吧，爸爸。」[17]此外，小乖之所以主張「兩國論」，乃是基於求學過程中一段個人自由意志不受尊重而受到斲傷的不愉快經驗——喜愛她的老師未先徵求她個人意願，逕自將她調到自己班上——使得小乖日後對個人意志的表達特別敏感，也特別堅持，於是成為她主張臺灣中國一邊一國、最主要的理論依據。

東方白藉由小說來演繹兩岸關係的論述，充分提高作品的思想性，同時促使我們認真去思索臺灣未來的走向。

---

[16]東方白，《小乖的世界》，頁234。
[17]同前註，頁232。

五、諷刺的運用

寫作技巧方面，《魂轎》與《小乖的世界》的諷刺、數字諧音運用、敘述方式，乃至於命題，都值得我們注意。

比如東方白於〈百〉裡，諷刺那些三姑六婆們，整天東家長西家短，還加油添醬，簡直像「圓周率」一樣的沒完沒了；〈魂轎〉中，小虎的父親好不容易為他爭取到，在祖父出殯的葬禮坐上魂轎，誰知小虎因為睡過頭而錯失了；〈所羅門的三民主義〉裡，讓讀過柏拉圖、亞里斯多德、斯賓諾莎、康德、黑格爾、叔本華、尼采……諸大家巨作的美國哲學系畢業生所羅門，遠道來臺修讀三民主義；〈跪〉的盲眼命相大師，只望千里，不看眼前，於是栽到池底，狂呼救命；《芋仔蕃薯》裡的六四民運學生說話論事都有兩把尺，他們學生在北京被屠殺是一回事，而西藏人在拉薩被屠殺又是另一回事；過去被國民黨所譴責判刑的「叛國分子」，原來都是中規中矩的「民主鬥士」；主張臺獨的是說「標準國語」的「外省人」，反對臺獨的抓巴仔卻是說著一口濃濁「臺灣國語」的「臺灣人」；外省人講起臺灣話來像臺灣人，臺灣人反而不會講臺灣話，倒像外省人。

《小乖的世界》的諷刺就更多了，如小乖父親江蘇老家，既沒有自來水設備又沒有廢水處理系統，所以那豪華的馬桶就乾擺在家裡當裝飾品了；在大陸鄉下，尋找「廁所」是要用鼻子的；小乖江蘇老家的祖墳，因為墳頂太高，被認為騎在人民的頭上，以致遭到剷平；大陸武昌小女孩當街大便，母親拿衛生紙擦淨女孩的屁股，順手將紙往便上一扔，隨即揚長而去，面對此景，三哥表情尷尬，索性扮起來自臺灣的小乖，聲色俱厲地把大陸人痛批一頓；小乖坐火車時，請求乘客幫她把行李放到鐵架上，卻沒有人理會她，自認沒這種義務；北京幾個公園的草地枯死，但為了申辦奧運，給奧委會考察團留下好印象，北京市政府居然派幾千個工人，臨時用噴漆將所有枯草都噴成綠色；小乖的老父常去「石碑路」巷口日本人專為賺取老人退休金而開設的「榮民茶坊」；昨天還教育學生「恨匪仇匪」，

今天卻示範「親匪附匪」。諸如此類運用「對比」所形成的諷刺，不勝枚舉，不一而足，莫不令人叫絕！

六、數字與諧音的結合

數字諧音的運用，則充分顯示東方白寫作的設計感。東方白認為，幾何乃是「真」與「美」的結晶。[18]且由於他熱愛數學，所以在小說中經常可以看到，利用數字和諧音來烘托主題。

數字方面，如〈百〉的四組電話號碼，分別是「3141592」、「6535897」、「9323846」以及「2643383」，依序剛好是圓周率的數目字。諧音方面，如〈髮〉之因為失「髮」，所以得「法」；〈空〉的寫信給萬人迷的「貓王」，其女友名「瑟」，「瑟」正與「色」同音；〈我〉的「吳真一」，「吳」與「無」也諧音，影射主人翁個人身分的迷失，可謂饒富趣味。

再者是數字與諧音的有機結合，如〈殼〉的「九祖」，「九」的臺語發音即是「缺」，有所不足之意，〈殼〉中的「九」前後出現數十次，後來當一連九年以豆殼為生的雲水僧被眾人擁為住持，從此大家溫良謙讓，尊稱他為「十祖」，「十祖」的臺語發音正是「十足」，象徵完滿，豈不妙哉！再如《小乖的世界》，小乖爺爺的墓地位置是：沿溪而行，數了六十四株垂柳，向右轉九十度，背對小溪，再往前數六百三十三步。[19]此「六十四」是八八（爸爸）相乘，同時也意指「六四」天安門民運；六百三十三又叫「六三三」，與「淚潸潸」發音近似，所以「六四六三三」等同於「六四事件淚潸潸」或是「爸爸淚潸潸」，豈不巧妙！又，《小乖的世界》裡的高中同學「美妹」，模擬考名次為「444」，剛好與「死！死！死！」韻諧，結果「美妹」爬到教室最高的「四」樓，跳下自殺身亡，在在讓人留下深刻印象。

---

[18]東方白，《真與美》第二冊（臺北：前衛出版社，2001年3月），頁64。
[19]東方白，《小乖的世界》，頁51。

七、「包孕」結構的敘述模式

東方白嗜讀薄加丘《十日談》[20]，喜歡說故事，其小說故事性強為一大特色。東方白經常讓小說人物說故事，甚至於有時因敘述策略的需要，而退居為聽述者，此林鎮山稱之為「包孕」結構（embedded structure）的敘述模式。[21]此種敘述模式自其處女作《臨死的基督徒》起，直到《浪淘沙》，均屢見不鮮，新作《魂轎》與《小乖的世界》亦復如此。

如〈所羅門的三民主義〉，「我」先自述認識所羅門的經過，其間插敘「所羅門王」種種「智慧」的故事，或所羅門敘述其家世等等；〈髮〉的智海師父自述如何步上菩提之道，其後身旁的女禪師接續故事，終於真相大白；《芋仔蕃薯》中，馮震宇跟來自上海的「老謝」喝酒暢談，藉由老謝之口說出一件又一件中國共產黨統治下的小故事；同樣的，少馮震宇兩歲的「小高」，出身桃園眷村，回四川探親，小說中亦經由小高之口說了些家鄉事。

《小乖的世界》「包孕」結構的敘述模式更多了，如江蘇老家的奶奶述說家族在文革期間遭遇的悽慘故事，以及絮絮談起小乖父親小時候的行徑；三哥帶著小乖遊徐州、武漢，參觀名勝古蹟時，為小乖說了許多大家耳熟能詳的歷史故事；小乖父女和三哥遊居庸關長城時，小乖向三哥說了三件在電視上看到的事情——包括天安門事件、千島湖命案、法輪功事件。以上的敘述，雖然使得小說因為故事的加入而變得內容豐富，但在人物刻畫上，難免就顯得有所不足了。

八、禪佛思想、臺語書寫、命題及其他

此外，《魂轎》中的〈空〉、〈殼〉、〈髮〉內容皆與禪佛思想有關，每每發人深省。實則東方白早於《浪淘沙》寫作時，即充分呈現其哲學宗教思

[20] 參閱東方白，《真與美》第三冊（臺北：前衛出版社，2001年3月），頁20。
[21] 林鎮山，〈解構父權——東方白的〈古早〉與〈芋仔蕃薯〉〉，《魂轎》，頁255～290：274。

想，並且透過江東蘭、長谷川大佐、熹微禪師來表達對禪佛思想的濃厚興趣[22]，是以〈空〉、〈殼〉、〈髮〉都可視為東方白禪佛思想的延續，而我們由此也可以推測，未來東方白仍會有此一類型的新作繼續出現。

至於小說語言之臺語書寫，乃是東方白大河小說《浪淘沙》的一大寫作特色，而且成績斐然[23]， 12 年後，《魂轎》與《小乖的世界》的臺語書寫，益發爐火純青，尤其〈髮〉前半部的九份鄉親、〈魂轎〉的祖父、《小乖的世界》的阿媽所說的臺語都相當活潑生動，值得細細品賞。

綜觀《魂轎》12 篇作品之中，以單獨一字做為篇名的就有〈我〉、〈空〉、〈殼〉、〈百〉、〈跪〉、〈髮〉等六篇之多，其短篇小說集《黃金夢》的〈飄〉、《東方寓言》的〈道〉、〈池〉、〈島〉以及《十三生肖》的〈棋〉、〈船〉亦皆以一字命題，有著佛家拈花微笑的奧妙，形成了另一種特殊形式的趣味。

不過，《魂轎》與《小乖的世界》在形式表現上，尚有以下商榷之處。

首先，〈魂轎〉裡小虎與祖父的如影隨形，其細節跟《浪淘沙》中周明德和祖父周福生的相處，太過於近似；〈跪〉裡的「六跪」，幾乎是《臨死的基督徒》之〈線〉的翻版。畢竟，文學貴在創新，是以如何避免題材重複，應是東方白須多加留意的。

又，《小乖的世界》有大量篇幅寫的是小乖旅行大陸的所見所聞，東方白如同導遊一般，不但介紹風景，也加入詳細的歷史典故解說，這些與小說主題卻無必然關聯，如此反而使小說結構變得鬆散。所以說，這樣的插敘是否必要？作者允宜慎思。

九、以精短篇小說挑戰另一文學高峰

完成三巨冊大河小說《浪淘沙》與六大冊文學自傳《真與美》之後，

---

[22] 參閱歐宗智，〈崇高的宗教情懷與特殊的小說語言表現──論東方白大河小說《浪淘沙》的寫作特色〉，《東吳中文研究集刊》第 9 期（2002 年 9 月），頁 283～300。
[23] 同前註。

東方白面臨了生命中的兩次大真空，讓他感到非常空虛，生命沒了重心。[24]
所幸他很快就找到解決、征服空虛的辦法，也就是——開啟另一個更長遠
的寫作計畫。東方白於《魂轎》與《小乖的世界》新書發表會上公開宣
示，近期內決心以精短篇小說挑戰另一文學高峰。[25]以其歷經《浪淘沙》十
年的寫作磨練，回過頭來撰寫中篇小說或精緻的短篇，東方白必然駕輕就
熟，由 2002 年年底問世的《小乖的世界》與《魂轎》即可獲得初步印證。
所以說，東方白專心經營的「精短篇小說」，其開花結果也是指日可待的。

——選自歐宗智《橫看成嶺側看成峰——臺灣文學析論》
臺北：臺北縣文化局，2004 年 12 月

---

[24]林麗如，〈無求於外的文學僧——專訪東方白先生〉，《文訊》第 207 期（2003 年 1 月），頁 84～
87。

[25]李令儀，〈東方白換口味‧挑戰短篇小說〉，《聯合報‧文化版》，2002 年 11 月 12 日，14 版。

輯五◎
研究評論資料目錄

作家生平、作品評論專書與學位論文

專書

1. 張良澤　　臺灣文學兩地書　臺北　前衛出版社　1993 年 2 月　333 頁

本書係鍾肇政、東方白兩人於 1979—1991 年間所有往返書信，記錄東方白先生創作《浪淘沙》的過程，及鍾肇政先生於美麗島事件後對臺灣社會及文學界的觀察。

2. 東方白　　浪淘沙之誕生——《浪淘沙》創作十二年日記　臺北　前衛出版社
2005 年 2 月　542 頁

本書提供東方白先生於 1978—1989 年間之生活資料，創作之前置作業，諸如訪問、錄音、做筆記、閱讀各類資料，以了解時代與社會背景、實地勘察、整理臺灣諺語，亦可從中探見東方白先生之文學觀。正文後附錄〈東方白寫作年表〉、〈東方白作品書目〉。

3. 歐宗智　　多少英雄浪淘盡——《浪淘沙》研究與賞析　臺北　前衛出版社
2005 年 5 月　355 頁

本書為學位論文出版。

4. 余昭玟　　東方白大河小說《浪淘沙》研究　高雄　春暉出版社　2013 年 2 月
275 頁

本書探討大河小說的形成與《浪淘沙》在其中的獨創性，以日本人與白種人的族裔問題、異國情調、女性話語、臺北的空間、庶民記憶、傳統的闡發、歌謠書寫等論點，進行論證分析及綜合詮釋。全書共 9 章：1.臺灣大河小說的特質與書寫場域之形成；2.東方白創作歷程與《浪淘沙》的獨創性；3.《浪淘沙》人物論；4.城市語境與歷史隱喻——《浪淘沙》的臺北書寫；5.身體隱喻與武士精神實踐——東方白《浪淘沙》的二戰書寫；6.《浪淘沙》的市井性；7.《浪淘沙》的臺語書寫；8.《浪淘沙》中的歌謠及其意義；9.《浪淘沙》主題論。正文前有余昭玟〈自序〉，正文後附錄〈參考書目〉。

學位論文

5. 王淑雯　　大河小說與族群認同——以《臺灣人三部曲》、《寒夜三部曲》、《浪淘沙》為焦點的分析　臺灣大學社會學系　碩士論文　蕭新煌教授指導　1994 年 7 月　121 頁

本論文從族群認同角度切入，試圖勾勒出小說文本及社會脈絡中臺灣意識與中國意識之變遷，以及小說與社會之間在族群認同上所可能產生的互動。全文共 5 章：1.導論；2.悲劇英雄的鄉土悲歌；3.從亞細亞孤兒的哭聲中覺醒——《寒夜三部曲》的分析；4.在歷史的裂痕中求存——剖析《浪淘沙》；5.結論。

6. 游玉楓　　東方白《浪淘沙》之研究　中興大學中國文學系　碩士論文　賴芳伶教授指導　2003 年 6 月　215 頁

本論文以《浪淘沙》為研究對象，分論其中的美學、主題思想及其評價。全文共 6 章：1.緒論；2.東方白的文學道路；3.《浪淘沙》的小說美學；4.《浪淘沙》的主題思想；5.《浪淘沙》的評價；6.結論。正文後附錄〈東方白寫作年表〉、〈浪淘沙人物圖表〉。

7. 歐宗智　　東方白《浪淘沙》析論　東吳大學中國文學系　碩士論文　李瑞騰教授指導　2005 年 1 月　234 頁

本論文藉由結構主義的理論與批評，分析《浪淘沙》的小說世界，以及內在意義和藝術成就。全文共 7 章：1.緒論；2.創作理念；3.形式結構；4.人物結構；5.意義結構；6.《浪淘沙》的特色；7.結論。正文後附錄《浪淘沙》之〈故事情節分析表〉、〈人物敘述故事分析表〉、〈引經據典分析表〉、〈臺語俗諺運用表〉、〈東方白信函暨手稿〉、〈東方白獲第 25 屆鹽分地帶文藝營「臺灣新文學貢獻獎」——人物訪談〉、〈東方白寫作年表〉。

8. 董學奇　　從《真與美》探究《浪淘沙》的創作理念與實踐　嘉義大學中國文學系　碩士論文　蔡尚志教授指導　2005 年 7 月　325 頁

本論文藉由對東方白文學自傳《真與美》與《浪淘沙》的對照閱讀，對東方白的創作理念與其所建構的作品做為主體的觀察，並進行整理摘記、歸納分析及詮釋，探討東方白的創作理念，及作品中豐富的時空背景及故事題材之由來出處，藉此探索東方白《浪淘沙》從概念構成到形諸文字所經的歷程。全文共 5 章：1.緒論；2.東方白的創作理念；3.影響東方白創作理念形成的因素；4.東方白創作理念在《浪淘沙》的實踐；5.結論。正文後附錄〈《真與美》與《浪淘沙》創作相關摘記〉。

9. 翟文秀　　東方白短篇小說研究　彰化師範大學國文學系　碩士論文　王年双教授指導　2005 年 8 月　176 頁

本論文從文學史的角度，逐章探討主題的多面性及東方白在文學技巧上的成就；尤其是對語言文字的運用，從小說的標題、敘述風格及對方言的重視，最後歸結他對臺灣文學的貢獻及其價值。全文共 7 章：1.緒論；2.從《真與美》看東方白；3.超越

個人生命的終極關懷；4.小說的藝術形式（上）；5.小說的藝術形式（下）；6.臺灣文學的金字塔；7.結論。

10. 李世煌　　《浪淘沙》日治時期現代性、本土性、反殖民之探析　南華大學文學研究所　碩士論文　侯作珍教授指導　2006 年 12 月　127 頁

本論文以「後殖民論述」來研究《浪淘沙》文本，探討其場域及待解之糾葛。方法上則以法農‧薩依德的觀點來印證《浪淘沙》的殖民情境與人物困境，並尋求解脫超越之道。全文共 5 章：1.緒論；2.《浪淘沙》小說人物對現代性的認同與本土性的堅持；3.《浪淘沙》小說人物抵殖民意識之表現；4.《浪淘沙》三代人物對殖民現代性的抵抗與屈從；5.結論。

11. 羅英財　　東方白《浪淘沙》的小說藝術　臺北教育大學臺灣文學研究所　碩士論文　張春榮教授指導　2006 年　210 頁

本論文對東方白的長篇小說《浪淘沙》進行縱、橫面向的研究，並進一步深入小說的主題內涵，以敘事和文化角度探討《浪淘沙》的特色與小說藝術，體現出其在臺灣文學史上長篇小說的地位。全文共 5 章：1.緒論：2.小說中之形象敘述；3.敘事焦點與方式；4.女性敘事話語；5.結論。

12. 鍾秋月　　《真與美》東方白文學自傳的研究　南華大學文學研究所　碩士論文　陳章錫教授指導　2007 年 5 月　222 頁

本論文以東方白文學自傳《真與美》為研究對象，透過文本分析以了解東方白的先天性格及後天環境對他的影響，並以《真與美》為鎖鑰，探究東方白創作的心路歷程與創作風格特色。此外，比較文學自傳《真與美》與域外《歌德自傳》間的傳承與創新。全文共 5 章：1.緒論；2.東方白的文學之路；3.《真與美》的內涵特色；4.「傳記文學」視角下的《真與美》；5.結論。

13. 佘姿慧　　東方白及其《浪淘沙》人物研究　臺南大學國語文學系教學碩士班碩士論文　王琅教授指導　2008 年　207 頁

本論文以思想與情感的角度切入文本，爬梳出作者對小說主題和人物的巧思與安排，以及對傳統社會男女不平的控訴與主要人物在性格上出現的矛盾與迷思。全文共 6 章：1.緒論；2.永樂市場之子——東方白；3.《浪淘沙》人物塑造之特質；4.《浪淘沙》人物形象之特色；5.《浪淘沙》人物表現之思想與情感；6.結論。

14. 李展平　　太平洋戰爭書寫——以陳千武《活著回來》、李喬《孤燈》、東方白《浪淘沙》為論述場域　中興大學臺灣文學研究所　碩士論文　楊

翠教授指導　2010 年　128 頁

本論文針對小說的歷史元素、文學的表現手法、敘述結構、精神構圖、小說技巧、多語運用，以及擺脫殖民惡夢等面向，探索登場人物在小說中的位置與角色，同時辯證創傷書寫與敘事治療，彰顯太平洋戰爭中的生命圖像。全文共 5 章：1.緒論；2.陳千武《活著回來》的太平洋戰爭書寫；3.李喬《孤燈》的太平洋戰爭書寫；4.東方白《浪淘沙》的太平洋戰爭書寫；5.結論——邊緣發聲與戰爭敘述。正文後附錄〈陳千武訪問稿〉、〈李喬訪問稿〉。

15. 呂俊德　　語境的對話：東方白《浪淘沙》、邱家洪《臺灣大風雲》比較研究　臺北教育大學臺灣文化研究所　碩士論文　李瑞騰教授指導　2011 年 12 月　391 頁

本論文採用新歷史主義批評家葛林布萊（Stephen Greenblatt）的主張，分析比較這兩部以歷史為題材的大河小說，並從歷史語境觀察，《浪淘沙》與《臺灣大風雲》的歷史擦痕。全文共 8 章：1.緒論；2.作者生平與寫作歷程；3.小說人物分析；4.小說空間分析；5.小說與歷史：日治時期；6.小說與歷史：國民黨主政時期；7.本土語言；8.結論。

作家生平資料篇目

自述

16. 東方白　自序——並論寫作　臨死的基督徒　臺北　水牛出版社　1969 年 3 月　頁 1—4

17. 東方白　自序　黃金夢　臺北　臺灣學生書局　1977 年 10 月　頁 1—6

18. 東方白　自序　黃金夢　臺北　爾雅出版社　1995 年 1 月　頁 1—6

19. 東方白　〈大文豪與小方塊〉的前言　黃金夢　臺北　臺灣學生書局　1977 年 10 月　頁 171

20. 東方白　〈大文豪與小方塊〉的前言　黃金夢　臺北　爾雅出版社　1995 年 1 月　頁 169

21. 東方白　跋　東方寓言　臺北　爾雅出版社　1979 年 9 月　頁 287—288

22. 東方白　跋　東方寓言　臺北　爾雅出版社　1992 年 8 月　頁 287—288

23. 東方白　大學之美　我的大學生活（一）　臺北　中華日報社　1980 年 12

4 月　頁 9—10

43. 東方白　　自序　十三生肖　臺北　爾雅出版社　1983 年 9 月　〔1〕頁

44. 東方白　　自序　十三生肖　臺北　爾雅出版社　1994 年 5 月　〔1〕頁

45. 東方白　　自畫像　十三生肖　臺北　爾雅出版社　1983 年 9 月　頁 173—
175

46. 東方白　　自畫像　十三生肖　臺北　爾雅出版社　1994 年 5 月　頁 173—
175

47. 東方白　　自畫像（代序）　神農的腳印　臺北　九歌出版社　1995 年 1 月
頁 1—4

48. 東方白　　建中二白　聯合報　1994 年 5 月 1—11 日　37 版

49. 東方白　　建中二白　迷夜——美之群影　臺北　草根出版公司　1995 年 11
月　頁 223—265

50. 東方白　　自序　父子情——東方白散文選　臺北　前衛出版社　1994 年 8 月
頁 1—2

51. 東方白　　文學之誼（後記）　神農的腳印　臺北　九歌出版社　1995 年 1 月
頁 215—217

52. 東方白講；莊紫蓉記　　文學的志業　自立早報　1995 年 2 月 18 日　19 版

53. 東方白　　論語文（自序）　雅語雅文——東方白臺語文選　臺北　前衛出版
社　1995 年 4 月　頁 3—4

54. 東方白　　自序　迷夜——美之群影　臺北　草根出版公司　1995 年 11 月
頁 5

55. 東方白　　初序　真與美（一）詩的回憶——幼年篇・童年篇・少年篇　臺北
前衛出版社　1995 年 11 月　頁 3—4

56. 東方白　　初序　真與美（二）詩的回憶——青年篇（上）　臺北　前衛出版
社　1996 年 12 月　頁 1—2

57. 東方白　　初序　真與美（三）詩的回憶——青年篇（下）　臺北　前衛出版
社　1997 年 5 月　頁 1—2

58. 東方白　　初序　真與美（四）詩的回憶──成年篇　臺北　前衛出版社　1999 年 12 月　頁 11—12

59. 東方白　　初序　真與美（一）詩的回憶──幼年篇‧童年篇‧少年篇　臺北　前衛出版社　2001 年 3 月　頁 1—2

60. 東方白　　初序　真與美（二）詩的回憶──青年篇（上）　臺北　前衛出版社　2001 年 3 月　頁 1—2

61. 東方白　　初序　真與美（三）詩的回憶──青年篇（下）　臺北　前衛出版社　2001 年 3 月　頁 1—2

62. 東方白　　初序　真與美（四）詩的回憶──成年篇　臺北　前衛出版社　2001 年 4 月　頁 1—2

63. 東方白　　初序　真與美（五）詩的回憶──壯年篇（上）　臺北　前衛出版社　2001 年 4 月　頁 1—2

64. 東方白　　初序　真與美（六）詩的回憶──壯年篇（下）‧中年篇　臺北　前衛出版社　2001 年 4 月　頁 1—2

65. 東方白　　湖濱憶往──寫在《露意湖》五版之前　爾雅人　第 92 期　1996 年 1 月 25 日　1 版

66. 東方白　　湖濱憶往──寫在《露意湖》五版之前　露意湖　臺北　爾雅出版社　1996 年 1 月　頁 1—2

67. 東方白　　湖濱憶往　聯合報　1996 年 2 月 3 日　34 版

68. 東方白　　再序　真與美（二）詩的回憶──青年篇（上）　臺北　前衛出版社　1996 年 12 月　頁 3

69. 東方白　　再序　真與美（二）詩的回憶──青年篇（上）　臺北　前衛出版社　2001 年 3 月　頁 3—4

70. 東方白　　卅年雪窗　文訊雜誌　第 172 期　2000 年 2 月　頁 44—46

71. 東方白　　後記與銘謝　真與美（六）詩的回憶──壯年篇（下）‧中年篇　臺北　前衛出版社　2001 年 3 月　頁 321—322

---

[1]本文後節錄為〈開拓「慧」的文學——東方白精短篇語錄（代序）〉。

87. 東方白　　序　真與美（七）詩的回憶──忘年篇　臺北　前衛出版社　2008年 2 月　頁 1—4

88. 東方白　　後記　頭──東方白短篇精選集　臺北　前衛出版社　2011 年 7 月頁 252

他述

89. 王晉民，酈白曼　　東方白　臺灣與海外華人作家小傳　福州　福建人民出版社　1983 年 9 月　頁 69—70

90. 鄭瓊瓊　　走在結冰的溪上（上、下）　聯合報　1990 年 4 月 10—11 日　29版

91. 吳嘉芩　　十年不悔的文學工程師──東方白　中國時報　1990 年 12 月 14 日28 版

92. 向東清　　側寫東方白　自立晚報　1990 年 12 月 23 日　5 版

93. 鄭瓊瓊　　「浪淘沙」之旅（上、下）　自立晚報　1991 年 7 月 15—16 日19 版

94. 錢文孝　　東方白開始撰寫短篇小說　聯合報　1992 年 1 月 18 日　25 版

95. 鍾肇政　　序　臺灣文學兩地書　臺北　前衛出版社　1993 年 2 月　頁 1—6

96. 鍾肇政　　《臺灣文學兩地書》（序）　鍾肇政全集・書簡集 1　桃園　桃園縣文化局　2001 年 4 月　頁 3—8

97. 陳　燁　　文學僧──東方白紀事（上、中、下）　聯合報　1994 年 1 月 14—16 日　35 版

98. 陳　燁　　文學僧──東方白紀事　迷夜──美之群影　臺北　草根出版公司　1995 年 11 月　頁 307—331

99. 邱　婷　　李喬、東方白、林衡哲三人行　中央日報　1995 年 11 月 19 日　15版

100.〔拾穗〕　　東方白只附和自己的口號　拾穗　第 539 期　1996 年 3 月　頁60—61

101. 沈　怡　　東方白為臺灣文學演講　聯合報　1996 年 5 月 21 日　35 版

102. 董成瑜　東方白換一種心情寫回憶錄　中國時報　1996 年 6 月 13 日　38
　　　版

103. 〔九歌雜誌〕　書緣・書香〔東方白部分〕　九歌雜誌　第 183 期　1996
　　　年 6 月　4 版

104. 張雯玲　有朋自遠方來──記作家東方白　海洋臺灣　第 5 期　1997 年 10
　　　月　頁 33—34

105. 徐淑卿　東方白自剖人生真與美　中國時報　2001 年 4 月 6 日　21 版

106. 鄭清文　《浪淘沙》──文學長河的泳者・東方白　誠品好讀　第 11 期
　　　2001 年 6 月　頁 56—57

107. 鄭清文　《浪淘沙》──文學長河的泳者・東方白　多情與嚴法　臺北
　　　玉山社出版公司　2004 年 5 月　頁 49—55

108. 胡文青　東方白始終把故鄉放心裡，走出真與美的足跡　臺灣新聞報
　　　2001 年 6 月 9 日　25 版

109. 胡文青　東方白始終把故鄉放心裡，走出真與美的足跡　新觀念　第 152
　　　期　2001 年 6 月　頁 30—37

110. 李令儀　濃縮生命精華，迷人，無關作者身分　聯合報　2001 年 12 月 22
　　　日　41 版

111. 莊紫蓉　鍾肇政專訪：談第二代作家〔東方白部分〕　臺灣文藝　第 181
　　　期　2002 年 4 月　頁 30—33

112. 李令儀　行走在結冰溪上的小說家──東方白與《浪淘沙》　打造風火輪
　　　少年城　臺北　業強出版社　2002 年 9 月　頁 76—89

113. 李令儀　東方白換口味，挑戰短篇小說　聯合報　2002 年 11 月 12 日　14
　　　版

114. 賴素鈴　東方白雙構齊發，指日預約看聯副　民生報　2002 年 11 月 12 日
　　　10 版

115. 〔王景山編〕　東方白　臺港澳暨海外華文作家辭典　北京　人民文學出
　　　版社　2003 年 7 月　頁 101—103

116. 歐宗智　　儒道並濟的東方白　青年日報　2004 年 5 月 20 日　10 版

117. 〔彭瑞金編〕　　作者　國民文選・小說卷 3　臺北　玉山社出版公司　2004 年 7 月　頁 108—109

118. 褚姵君　　東方白的一生，為《浪淘沙》而活　民生報　2005 年 4 月 27 日　5 版

119. 李安君　　孤戀花、浪淘沙・名作改編・質感細膩──白先勇、東方白・都曾有質疑・終被說服　中國時報　2005 年 5 月 2 日　D4 版

120. 劉郁青　　《浪淘沙》,《真美的百合》鬥鬧熱──東方白珍本和小說新作並饗　民生報　2005 年 5 月 18 日　11 版

121. 陳希林　　東方白：我還有一百篇小說沒寫　中國時報　2005 年 11 月 6 日　D8 版

122. 顧敏耀　　東方白（1938—）《浪淘沙》熱映　2005 臺灣文學年鑑　臺南　國家臺灣文學館籌備處　2006 年 10 月　頁 366

123. 〔鹽分地帶文學〕　　前輩作家寫真簿──東方白：我右足名「真」,左足曰「美」。　鹽分地帶文學　第 14 期　2008 年 2 月　頁 16

124. 〔封德屏主編〕　　東方白　2007 臺灣作家作品目錄　臺南　國立臺灣文學館　2008 年 7 月　頁 408—409

125. 歐宗智　　文人相重──寫於《東方文學兩地書》　臺灣文學評論　第 9 卷第 3 期　2009 年 7 月　頁 214—216

訪談、對談

126. 方　群　　滾滾江流《浪淘沙》──專訪本屆吳三連文藝獎得主東方白　聯合報　1991 年 11 月 17 日　39 版

127. 胡文青　　風櫃裏的晤談──感性的東方白　臺灣文藝　第 158 期　1997 年 1 月　頁 126—131

128. 林育卉　　當代成名作家訪談錄──訪東方白　臺灣新文學　第 7 期　1997 年 4 月　頁 18—30

129. 葉益青　　接合歷史與文學的真與美──陳芳明 VS.東方白　自由時報　2001

年 4 月 26 日　39 版

130. 歐宗智　追求「真與美」的臺灣小說家——欣見東方白　臺灣新聞報
2002 年 11 月 26 日　9 版

131. 林麗如　無求於外的文學僧——專訪東方白先生[2]　文訊雜誌　第 207 期
2003 年 1 月　頁 84—87

132. 林麗如　無求於外——我手寫我口的東方白　走訪文學僧——資深作家訪
問錄　臺北　文訊雜誌社　2004 年 10 月　頁 395—405

133. 歐宗智　人物訪談——東方白獲第二十五屆鹽分地帶文學營「臺灣新文學
貢獻獎」　2003 臺灣文學年鑑　臺南　國家臺灣文學館　2004 年
8 月　頁 138—139

134. 歐宗智　東方白獲第 25 屆鹽分地帶文藝營「臺灣新文學貢獻獎」——人物
訪談　東方白《浪淘沙》析論　東吳大學中國文學系　碩士論文
李瑞騰教授指導　2005 年 1 月　頁 221—222

135. 喻淑柔　拜訪東方白的書房——像烏龜一樣慢慢走　中國時報　2005 年 6
月 21 日　E6 版

136. 林麗如　東方白：每天陷在悲傷裡　文訊雜誌　第 288 期　2009 年 10 月
頁 76—78

年表

137. 〔東方白〕　東方白寫作年表　露意湖　臺北　爾雅出版社　1978 年 9 月
頁 443—450

138. 〔東方白〕　東方白寫作年表　露意湖　臺北　爾雅出版社　1984 年 1 月
頁 443—452

139. 〔東方白〕　東方白寫作年表　露意湖　臺北　爾雅出版社　1996 年 1 月
頁 443—456

140. 〔東方白〕　東方白寫作年表　東方寓言　臺北　爾雅出版社　1979 年 9
月　頁 291—292

---

[2]本文後改篇名為〈無求於外——我手寫我口的東方白〉。

141.〔東方白〕　　東方白寫作年表　東方寓言　臺北　爾雅出版社　1992 年 8 月　頁 291—296

142.〔東方白〕　　東方白寫作年表　盤古的腳印　臺北　爾雅出版社　1982 年 5 月　頁 137—148

143.〔東方白〕　　東方白寫作年表　盤古的腳印　臺北　爾雅出版社　1983 年 8 月　頁 137—149

144.〔東方白〕　　東方白寫作年表　十三生肖　臺北　爾雅出版社　1983 年 9 月　頁 177—190

145.〔東方白〕　　東方白寫作年表　十三生肖　臺北　爾雅出版社　1994 年 5 月　〔6〕頁

146.〔東方白〕　　東方白寫作年表　夸父的腳印　臺北　前衛出版社　1990 年 10 月　頁 235—245

147.〔東方白〕　　東方白寫作年表　浪淘沙（下）　臺北　前衛出版社　1990 年 10 月　頁 2087—2097

148.〔東方白〕　　東方白寫作年表　浪淘沙（下）　臺北　前衛出版社　1991 年 9 月　頁 2069—2079

149.〔東方白〕　　東方白寫作年表　浪淘沙（下）　臺北　前衛出版社　1994 年 6 月　頁 2069—2080

150.〔東方白〕　　東方白寫作年表　浪淘沙（下）　臺北　前衛出版社　1996 年 5 月　頁 2069—2084

151.〔東方白〕　　東方白寫作年表　浪淘沙（下）　臺北　前衛出版社　2005 年 5 月　頁 2055—2067

152.〔東方白〕　　東方白寫作年表　OK 歪傳　臺北　前衛出版社　1991 年 11 月　頁 161—170

153.〔東方白〕　　東方白寫作年表　OK 歪傳　臺北　草根出版公司　2000 年 5 月　頁 135—156

154. 東方白編；方美芬增訂　　東方白生平寫作年表　東方白集　臺北　前衛出

版社　1993 年 12 月　頁 303—314

155.〔東方白〕　　東方白寫作年表　父子情——東方白散文選　臺北　前衛出
版社　1994 年 8 月　頁 227—239

156.〔東方白〕　　東方白寫作年表　黃金夢　臺北　爾雅出版社　1995 年 1 月
頁 195—201

157.〔東方白〕　　東方白寫作年表　迷夜——美之群影　臺北　草根出版公司
1995 年 11 月　頁 335—349

158.〔東方白〕　　東方白寫作年表　真與美（六）詩的回憶——壯年篇（下）‧
中年篇　臺北　前衛出版社　2001 年 4 月　頁 325—344

159.〔東方白〕　　東方白生平寫作年表　小乖的世界　臺北　草根出版公司
2002 年 11 月　頁 241—264

160.〔東方白〕　　東方白寫作年表　魂轎　臺北　草根出版公司　2002 年 11 月
頁 293—316

161. 游玉楓　東方白寫作年表　東方白《浪淘沙》之研究　中興大學中國文學
系　碩士論文　賴芳伶教授指導　2003 年 6 月　頁 204—206

162.〔東方白〕　　東方白寫作年表　真美的百合　臺北　草根出版社　2004 年
11 月　頁 551—571

163.〔東方白〕　　東方白寫作年表　真美的百合　臺北　草根出版社　2005 年
5 月　頁 551—571

164. 歐宗智　東方白寫作年表　東方白《浪淘沙》析論　東吳大學中國文學系
碩士論文　李瑞騰教授指導　2005 年 1 月　頁 223—234

165. 歐宗智　東方白寫作年表　多少英雄浪淘盡——《浪淘沙》研究與賞析
臺北　前衛出版社　2005 年 5 月　頁 343—355

166.〔東方白〕　　東方白寫作年表　浪淘沙之誕生——《浪淘沙》創作十二年
日記　臺北　前衛出版社　2005 年 2 月　頁 527—540

167.〔歐宗智〕　　東方白寫作年表　頭：東方白短篇精選集　臺北　前衛出版
社　2011 年 7 月　頁 256—275

其他

168. 陳宛蓉　「面對・東方白」文學月活動　文訊雜誌　第 187 期　2001 年 5 月　頁 78

169. 康俐雯　東方白、林雙不、賴和、楊逵系列影片重製出版　自由時報　2004 年 2 月 16 日　49 版

170. 郭士榛　九歌文學獎，沈君山散文勝出，老友余光中頒獎，盛讚生命力令人印象深刻，東方白獲小說獎，楊隆吉獲童話獎　中央日報　2006 年 3 月 10 日　14 版

171. 林英喆　喜獲九歌年度散文獎，沈君山：像范進中舉，東方白獲小說獎，沒有到場，楊隆吉獲童話獎　民生報　2006 年 3 月 10 日　A13 版

172. 呂方平　沈君山、東方白、楊隆吉　臺灣日報　2006 年 3 月 14 日　12 版

173. 陳美文　東方白慷慨捐贈──《浪淘沙》原稿進文學館　中國時報　2006 年 10 月 1 日　D1 版

作品評論篇目

綜論

174. 隱　地　作家與書的故事──林海音、東方白　新書月刊　第 4 期　1984 年 1 月　頁 54—55

175. 隱　地　東方白　作家與書的故事　臺北　爾雅出版社　1985 年 11 月　頁 29—31

176. 公仲，汪義生　六十年代後期和七十年代臺灣文學──東方白　臺灣新文學史初編　南昌　江西人民出版社　1989 年 8 月　頁 269—270

177. 彭瑞金　回歸寫實與本土化運動（1970—1979）──鄉土文學的全盛時期〔東方白部分〕　臺灣新文學運動 40 年　臺北　自立晚報社　1991 年 3 月　頁 171—172

178. 賴伯疆　美洲華文文學方興未艾──加拿大華文文學〔東方白部分〕　海外華文文學概觀　廣州　花城出版社　1991 年 7 月　頁 210

179. 包恆新　七等生及其他現代傾向作家的創作〔東方白部分〕　臺灣文學史
（下）　福州　海峽文藝出版社　1993 年 1 月　頁 239—240

180. 羊子喬　寓言虛構與現實刻劃的結合——《東方白集》序　東方白集（臺
灣作家全集）　臺北　前衛出版社　1993 年 12 月　頁 9—11

181. 羊子喬　寓言虛構與現實刻劃的結合——《東方白集》　短篇小說卷別冊
（臺灣作家全集）　臺北　前衛出版社　1994 年 3 月　頁 131—
133

182. 呂興昌　走出痛苦的寓言——談東方白短篇小說的憂患主題　東方白集
（臺灣作家全集）　臺北　前衛出版社　1993 年 12 月　頁 271—
297

183. 張超主編　　東方白　臺港澳及海外華人作家辭典　江蘇　南京大學出版社
1994 年 12 月　頁 80—81

184. 彭瑞金　探索與偷窺〔東方白部分〕　臺灣日報　1998 年 4 月 26 日　27
版

185. 劉紋綜　真與美的糾結與相生：東方白散文論　何沛雄教授榮休紀念中國
散文國際學術研討會　香港　香港大學中文系主辦　2000 年 1 月
11—12 日

186. 王德威　溫文爾雅——《爾雅短篇小說選》序論〔東方白部分〕　爾雅短
篇小說選——爾雅創設二十五年小說菁華（第一集）　臺北　爾
雅出版社　2000 年 5 月　頁 6

187. 朱文華　東方白——臺灣現代病的診斷者　臺港澳文學教程　上海　漢語
大辭典出版社　2000 年 10 月　頁 98—99

188. 鍾肇政　小說創作種種——臺灣的大河小說〔東方白部分〕　臺灣文學十
講　臺北　前衛出版社　2000 年 11 月　頁 213

189. 鍾肇政　小說創作種種——臺灣的大河小說〔東方白部分〕　鍾肇政全
集‧演講集　桃園　桃園縣文化局　2002 年 11 月　頁 178

190. 林慶文　東方寓言的宗教理想——東方白（1938—）　當代臺灣小說的宗

教性關懷《作者文學活動紀要》　東海大學中國文學系　博士論

文　洪銘水教授指導　2001 年 6 月　頁 83—122

191. 劉潔妃　東方白短篇小說，十年有成　人間福報　2002 年 11 月 12 日　7

版

192. 歐宗智　東方白小說對於宗教的反思——透過神話與傳說的轉用　文學臺

灣　第 48 期　2003 年 10 月　頁 243—250

193. 歐宗智　東方白小說對於宗教的反思——透過神話與傳說的轉用　橫看成

嶺側看成峰——臺灣文學析論　臺北　臺北縣文化局　2004 年 12

月　頁 121—133

194. 歐宗智　東方白小說中仙鄉傳說的轉用及其思想意涵[3]　國立中央圖書館臺

灣分館館刊　第 10 卷第 2 期　2004 年 6 月　頁 124—129

195. 歐宗智　東方白小說中仙鄉傳說的轉用及其思想意涵　橫看成嶺側看成峰

——臺灣文學析論　臺北　臺北縣文化局　2004 年 12 月　頁 108

—120

196. 歐宗智　東方白小說中神話與傳說的轉用及其思想之呈現　臺灣大河小說

家作品論　臺北　前衛出版社　2007 年 6 月　頁 139—161

197. 歐宗智　慧的文學——談東方白的作品特色　更生日報　2005 年 5 月 15 日

9 版

198. 歐宗智　東方白文學‧顯示真善美　更生日報　2005 年 6 月 12 日　9 版

199. 董學奇　「不有」與「無懺」——東方白的文學世界　臺灣文學館通訊

第 13 期　2006 年 11 月　頁 24—29

200. 林皇德　東方白——人生即學校　用愛釀成篇章——臺灣文學家的故事

臺南　國立臺灣文學館　2011 年 7 月　頁 129—132

201. 歐宗智　真善美的永恆追求——東方白短篇小說創作導論[4]　頭：東方白短

篇精選集　臺北　前衛出版社　2011 年 7 月　頁 9—31

---

[3] 本文後改寫部分，並改篇名為〈東方白小說中神話與傳說的轉用及其思想之呈現〉。

[4] 本文評論東方白短篇小說風格、描寫手法，及其文學成就。全文共 5 小節：1.自成風格，獨樹一幟；2.求真以感人；3.求善以安人；4.求美以動人；5.臺灣文學精采的一面。

202. 歐宗智　真善美的永恆追求——東方白短篇小說創作導論（節錄）　國文天地　第 322 期　2012 年 3 月　頁 71—74

203. 歐宗智　真善美的永恆追求——東方白短篇小說創作導論　真善美的永恆追求——小說名著鑑賞　臺北　致良出版社　2013 年 7 月　頁 231—247

204. 歐宗智　求真求善求美——東方白短篇小說特色　文訊雜誌　第 312 期　2011 年 10 月　頁 32—33

205. 陳芳明　眾神喧嘩：臺灣文學的多重奏——一九八〇年代回歸臺灣的海外文學〔東方白部分〕　臺灣新文學史　臺北　聯經出版公司　2011 年 10 月　頁 700—702

206. 余昭玟　低音主調——《臺灣文藝》的寫實路線——戰後第二代作家——大河小說的繼承者東方白　從邊緣發聲——臺灣五、六〇年代崛起的省籍作家群　臺南　國立臺灣文學館　2012 年 10 月　頁 216—221

207. 廖宇盟　東方白的生平略述、詩作風格及作品表　蕭泰然五首臺語藝術歌曲研究選自東方白，向陽，陳雷，蕭泰然之詩作　臺北藝術大學音樂學系　碩士論文　徐以琳教授指導　2012 年　頁 16—19

208. 朱文華　臺灣現代派作家的創作（二）——東方白——臺灣現代病的診斷者　臺港澳文學教程新編　上海　復旦大學出版社　2013 年 1 月　頁 68—69

分論

◆單行本作品

散文

《迷夜——美之群影》

209. 陳　燁　魔法精靈——《迷夜——美之群影》導讀　迷夜——美之群影　臺北　草根出版公司　1995 年 11 月　〔4〕頁

210. 彭瑞金　《迷夜》——閱讀東方白的鑰匙　民眾日報　1996 年 1 月 20 日

19 版

《臺灣文學兩地書》

211. 張良澤　　編者序[5]　臺灣文學兩地書　臺北　前衛出版社　1993 年 2 月
　　　333 頁

212. 張良澤　　《臺灣文學兩地書》編者（序）　鍾肇政全集・書簡集 1　桃園
　　　桃園縣文化局　2001 年 4 月　頁 11—14

213. 鍾肇政　　健忘者言──序《臺灣文學兩地書（續）》　鍾肇政全集・書簡
　　　集 4　桃園　桃園縣文化局　2004 年 11 月　頁 52—53

小說

《露意湖》

214. 林鎮山　　在水之湄（代序）──論東方白的《露意湖》　露意湖　臺北
　　　爾雅出版社　1978 年 9 月　頁 1—16

215. 林鎮山　　在水之湄（代序）──論東方白的《露意湖》　露意湖　臺北
　　　爾雅出版社　1984 年 1 月　頁 1—16

216. 林鎮山　　在水之湄（代序）──論東方白的《露意湖》　露意湖　臺北
　　　爾雅出版社　1996 年 1 月　頁 1—16

217. 亮　軒　　待月池臺空逝水──讀東方白的《露意湖》　中央日報　1991 年
　　　4 月 3 日　16 版

218. 歐宗智　　除卻巫山不是雲──論東方白首部長篇小說《露意湖》　臺灣文
　　　學評論　第 2 卷第 4 期　2002 年 10 月　頁 117—130

219. 歐宗智　　除卻巫山不是雲──論東方白首部長篇小說《露意湖》　橫看成
　　　嶺側看成峰──臺灣文學析論　臺北　臺北縣文化局　2004 年 12
　　　月　頁 83—107

《浪淘沙》

220. 鍾肇政　　滾滾大河天上來（上、中、下）　自立晚報　1989 年 3 月 19—21
　　　日　14 版

---

[5]本文記述抄寫東方白與鍾肇政兩位先生書信之感，並說明此書編輯情形。

221. 鍾肇政　滾滾大河天上來──序東方白《浪淘沙》　浪淘沙（上）　臺北　前衛出版社　1990年10月　頁7─21

222. 鍾肇政　滾滾大河天上來──序東方白《浪淘沙》　浪淘沙（上）　臺北　前衛出版社　1991年9月　頁29─43

223. 鍾肇政　滾滾大河天上來──序東方白《浪淘沙》　浪淘沙（上）　臺北　前衛出版社　1994年6月　頁29─43

224. 鍾肇政　滾滾大河天上來──序東方白《浪淘沙》　浪淘沙（上）　臺北　前衛出版社　1996年5月　頁29─43

225. 鍾肇政　滾滾大河天上來──談東方白和他的《浪淘沙》　鍾肇政回憶錄──文壇交遊錄　臺北　前衛出版社　1998年4月　頁209─227

226. 鍾肇政　滾滾大河天上來──序東方白《浪淘沙》　浪淘沙（下）　臺北　前衛出版社　2005年5月　頁2037─2050

227. 林英喆　故鄉多少事都付《浪淘沙》　民生報　1990年2月18日　26版

228. 關海潮　東方白十年辛苦不尋常　聯合報　1990年5月7日　29版

229. 鍾肇政　含淚的歡呼──聞東方白巨著《浪淘沙》完成書感　臺灣文藝　第121期　1990年10月　頁62─65

230. 鍾肇政　含淚的歡呼──聞東方白巨著《浪淘沙》完成書感　浪淘沙（上）　臺北　前衛出版社　1990年10月　頁3─6

231. 鍾肇政　含淚的歡呼──聞東方白巨著《浪淘沙》完成書感　浪淘沙（上）　臺北　前衛出版社　1991年9月　頁25─28

232. 鍾肇政　含淚的歡呼──聞東方白巨著《浪淘沙》完成書感　浪淘沙（上）　臺北　前衛出版社　1994年6月　頁25─28

233. 鍾肇政　含淚的歡呼──聞東方白巨著《浪淘沙》完成書感　浪淘沙（上）　臺北　前衛出版社　1996年5月　頁26─28

234. 鍾肇政　含淚的歡呼──聞東方白著《浪淘沙》完成書感　鍾肇政回憶錄──文壇交遊錄　臺北　前衛出版社　1998年4月　頁229─232

235. 鍾肇政　含淚的歡呼──聞東方白巨著《浪淘沙》完成書感　浪淘沙

（上）　臺北　前衛出版社　2005 年 5 月　頁 21—23

236. 鄭瓊瓊　《浪淘沙》的背後　浪淘沙（下）　臺北　前衛出版社　1990 年 10 月　頁 2055—2068

237. 鄭瓊瓊　《浪淘沙》的背後　浪淘沙（下）　臺北　前衛出版社　1991 年 9 月　頁 2037—2050

238. 鄭瓊瓊　《浪淘沙》的背後　浪淘沙（下）　臺北　前衛出版社　1994 年 6 月　頁 2037—2050

239. 鄭瓊瓊　《浪淘沙》的背後　浪淘沙（下）　臺北　前衛出版社　1996 年 5 月　頁 2037—2050

240. 鄭瓊瓊　《浪淘沙》的背後　浪淘沙（下）　臺北　前衛出版社　2005 年 5 月　頁 2001—2014

241. 陳明雄　東方白臺語文學的心路　浪淘沙（下）　臺北　前衛出版社 1990 年 10 月　頁 2069—2074

242. 陳明雄　東方白臺語文學的心路　浪淘沙（下）　臺北　前衛出版社 1991 年 9 月　頁 2051—2055

243. 陳明雄　東方白臺語文學的心路　浪淘沙（下）　臺北　前衛出版社 1994 年 6 月　頁 2051—2055

244. 陳明雄　東方白臺語文學的心路　浪淘沙（下）　臺北　前衛出版社 1996 年 5 月　頁 2051—2055

245. 陳明雄　東方白臺語文學的心路　浪淘沙（下）　臺北　前衛出版社 2005 年 5 月　頁 2015—2020

246. 林鎮山　人本主義的吶喊——試論東方白的《浪淘沙》　浪淘沙（下）臺北　前衛出版社　1990 年 10 月　頁 2075—2084

247. 林鎮山　人本主義的吶喊——試論東方白的《浪淘沙》　自立晚報　1990 年 12 月 23 日　5 版

248. 林鎮山　人本主義的吶喊——試論東方白的《浪淘沙》　浪淘沙（下）臺北　前衛出版社　1991 年 9 月　頁 2057—2066

249. 林鎮山　人本主義的吶喊——試論東方白的《浪淘沙》　浪淘沙（下）　臺北　前衛出版社　1994年6月　頁2057—2066

250. 林鎮山　人本主義的吶喊——試論東方白的《浪淘沙》　浪淘沙（下）　臺北　前衛出版社　1996年5月　頁2057—2066

251. 林鎮山　人本主義的吶喊——試論東方白的《浪淘沙》　浪淘沙（下）　臺北　前衛出版社　2005年5月　頁2021—2030

252. 張大春　混合史實、政治諷喻和人道關懷的浪漫寫實作品——《浪淘沙》　中國時報　1990年12月28日　27版

253. 〔臺灣文藝〕　《浪淘沙》文學座談會紀要　臺灣文藝　第123期　1991年2月　頁4—17

254. 彭瑞金　《浪淘沙》掠影　文訊雜誌　第64期　1991年2月　頁69—72

255. 彭瑞金　《浪淘沙》掠影　瞄準臺灣作家　高雄　派色文化出版社　1992年7月　頁225—233

256. 高惠琳　東方白出版《浪淘沙》　文訊雜誌　第64期　1991年2月　頁113

257. 陳芳明　寒風裡過澳底——雜記東方白　自立晚報　1991年2月

258. 陳芳明　寒風裡過澳底——雜記東方白　荊棘的閘門　臺北　自立晚報社文化出版部　1992年9月　頁119—125

259. 陳芳明　寒風裡過澳底——雜記東方白　夢的終點　臺北　聯合文學出版社　1998年9月　頁121—126

260. 林柏燕　《浪淘沙》的人物與迷失（1—4）　自立早報　1991年8月18—21日　19版

261. 林柏燕　《浪淘沙》的人物與迷失　文學廣場　新竹　新竹市立文化中心　1993年1月　頁22—40

262. 葉石濤　臺灣人命運的史詩〔《浪淘沙》部分〕　中國時報　1991年12月29日　27版

263. 葉石濤　臺灣人命運的史詩〔《浪淘沙》部分〕　浪淘沙（上）　臺北

前衛出版社　1994 年 6 月　頁 45—47

264. 葉石濤　　臺灣人命運的史詩〔《浪淘沙》部分〕　浪淘沙（上）　臺北
　　　　　　　前衛出版社　1996 年 5 月　頁 45—47

265. 葉石濤　　臺灣人命運的史詩〔《浪淘沙》部分〕　浪淘沙（上）　臺北
　　　　　　　前衛出版社　2005 年 5 月　頁 24—26

266. 葉石濤　　臺灣人命運的史詩〔《浪淘沙》部分〕　葉石濤全集・評論卷四
　　　　　　　臺南，高雄　國立臺灣文學館，高雄市文化局　2008 年 3 月　頁
　　　　　　　316—317

267. 林柏燕　　《浪淘沙》的客家經驗　文學廣場　新竹　新竹市立文化中心
　　　　　　　1993 年 1 月　頁 1—13

268. 林柏燕　　《浪淘沙》與新竹中學　文學廣場　新竹　新竹市立文化中心
　　　　　　　1993 年 1 月　頁 14—21

269. 岡崎郁子著；涂翠花譯　　二二八事件與文學〔《浪淘沙》部分〕　臺灣文
　　　　　　　藝　第 135 期　1993 年 2 月　頁 34

270. 岡崎郁子著；涂翠花譯　　二・二八事件與文學——未經歷二二八事件的作
　　　　　　　家筆下的二二八事件——二二八事件在八〇年代〔《浪淘沙》部
　　　　　　　分〕　臺灣文學研究在日本　臺北　前衛出版社　1994 年 12 月
　　　　　　　頁 208—210

271. 王德威　　大有可為的臺灣政治小說〔《浪淘沙》部分〕　小說中國——晚
　　　　　　　清到當代的中文小說　臺北　麥田出版公司　1993 年 6 月　頁 96
　　　　　　　—97

272. 喻麗清　　東方白與《浪淘沙》　尋找雨樹　臺北　林白出版社　1994 年 1
　　　　　　　月　頁 33—38

273. 楊　照　　歷史大河中的悲情——論臺灣的「大河小說」〔《浪淘沙》部
　　　　　　　分〕　四十年來中國文學　臺北　聯合文學出版社　1995 年 6 月
　　　　　　　頁 188—189

274. 楊　照　　歷史大河中的悲情——論臺灣的「大河小說」〔《浪淘沙》部

分〕 文學、社會與歷史想像——戰後文學史散論 臺北 聯合
文學出版社 1995 年 10 月 頁 106—107

275. 楊　照　　歷史大河中的悲情——論臺灣的「大河小說」〔《浪淘沙》部
分〕 臺灣文學二十年集 1978—1998——評論二十家 臺北 九
歌出版社 1998 年 3 月 頁 474—475

276. 楊　照　　歷史大河中的悲情——論臺灣的「大河小說」——《臺灣七色
記》與《浪淘沙》 霧與畫——戰後臺灣文學史散論 臺北 麥
田出版・城邦文化公司 2010 年 8 月 頁 146—150

277. 齊邦媛　　冰湖雪山和南國鄉夢 中國時報 1996 年 5 月 30 日 35 版

278. 齊邦媛　　冰湖雪山和南國鄉夢——賀《浪淘沙》七版問世 浪淘沙（上）
臺北 前衛出版社 1996 年 5 月 頁 21—25

279. 齊邦媛　　冰湖雪山和南國鄉夢——賀《浪淘沙》七版問世 霧漸漸散的時
候 臺北 九歌出版社 1998 年 10 月 頁 281—288

280. 齊邦媛　　冰湖雪山和南國鄉夢——賀《浪淘沙》七版問世 浪淘沙（下）
臺北 前衛出版社 2005 年 5 月 頁 2031—2036

281. 麥查理　　從想像社群的虛構鏡子照出《浪淘沙》的認同定義 北美洲第一
屆臺灣歷史文化研討會 奧斯丁 德州大學奧斯丁校區東亞系
1996 年 8 月 9—12 日

282. 宋澤萊　　臺灣文學的「奧狄賽詩篇（Odyssey）」——試介東方白的悲情小
說《浪淘沙》 臺灣新文學 第 12 期 1999 年 7 月 頁 200—
229

283. 鍾肇政　　臺灣文學精萃〔《浪淘沙》部分〕 新世紀閱讀通行證 臺北
賴國洲書房 1999 年 10 月 頁 144

284. 陳麗芬　　為伊消得人憔悴——尋找臺灣 現代文學與文化想像——從臺灣
到香港 臺北 書林出版公司 2000 年 5 月 頁 195—212

285. 歐宗智　　本土小說裡的族群情結——以《怒濤》、《埋冤一九四七埋

冤》、《浪淘沙》為例[6] 臺灣文學評論 第 2 卷第 1 期 2002 年 1 月 頁 78—83

286. 歐宗智 本土小說裡的族群情結——以《怒濤》、《埋冤一九四七埋冤》、《浪淘沙》為例 走出歷史的悲情——臺灣小說評論集 臺北 臺北縣文化局 2002 年 12 月 頁 134—144

287. 歐宗智 本土小說中的族群情結——以《怒濤》、《埋冤一九四七埋冤》、《浪淘沙》為例 臺灣大河小說家作品論 臺北 前衛出版社 2007 年 6 月 頁 27—37

288. 歐宗智 絕望的愛戀與宿命的必然——以鍾肇政、東方白的大河小說為例（上、下） 臺灣新聞報 2002 年 4 月 11—12 日 13 版

289. 歐宗智 人道精神的謳歌——談東方白《浪淘沙》的崇高主題[7] 臺灣文學評論 第 2 卷第 2 期 2002 年 4 月 頁 62—68

290. 歐宗智 人道精神的謳歌——談東方白《浪淘沙》的崇高主題 走出歷史的悲情——臺灣小說評論集 臺北 臺北縣文化局 2002 年 12 月 頁 94—104

291. 歐宗智 崇高的宗教情懷與特殊的小說語言表現——論東方白大河小說《浪淘沙》的寫作特色[8] 臺灣文學評論 第 2 卷第 3 期 2002 年 7 月 頁 111—127

292. 歐宗智 崇高的宗教情懷與特殊的小說語言表現——論東方白大河小說《浪淘沙》的寫作特色 東吳中文研究集刊 第 9 期 2002 年 9 月 頁 283—300

---

[6]本文以鍾肇政的《怒濤》、《埋冤一九四七埋冤》，以及東方白的《浪淘沙》三部小說作品為例，探討臺灣的族群情結問題在本土小說之中的表現方式。全文共 5 小節：1.前言；2.《怒濤》的族群情結；3.《埋冤一九四七埋冤》的族群寬容；4.《浪淘沙》重現理解其他民族的思想與感情；5.結論。

[7]本文從《浪淘沙》一書的丘雅信、江東蘭、周明德、遠山明四個角色的個性，探討書中所呈現的人道精神。全文共 6 小節：1.前言；2.丘雅信的仁愛襟懷；3.江東蘭也是一位不折不扣的人道主義者；4.周明德無疑是東方白創作理念的代言人；5.遠山明發揮人道主義的平衡效果；6.結論。

[8]本文從宗教情懷以及特殊的小說語言表現兩方面，探討東方白《浪淘沙》一書中的寫作特色。全文共 4 章：1.前言；2.《浪淘沙》崇高的宗教情懷；3.《浪淘沙》小說語言的特殊表現；4.結語。

293. 歐宗智　絕望的愛戀及其象徵意義——以吳濁流、鍾肇政、東方白日據時
　　　代背景小說為例[9]　國文天地　第 209 期　2002 年 10 月　頁 53—
　　　62

294. 歐宗智　絕望的愛戀與宿命的必然——以吳濁流、鍾肇政、東方白的小說
　　　為例　走出歷史的悲情——臺灣小說評論集　臺北　臺北縣文化
　　　局　2002 年 12 月　頁 119—133

295. 歐宗智　不屈不撓的精神與意志——談《浪淘沙》周明德之人物塑造
　　　（上、下）　臺灣新聞報　2002 年 12 月 12—13 日　9 版

296. 歐宗智　追求文學的極致——談《寒夜三部曲》與《浪淘沙》的宗教情懷
　　　走出歷史的悲情——臺灣小說評論集　臺北　臺北縣文化局
　　　2002 年 12 月　頁 105—118

297. 歐宗智　《浪淘沙》重視理解其他民族的思想與感情　走出歷史的悲情—
　　　—臺灣小說評論集　臺北　臺北縣文化局　2002 年 12 月　頁 140
　　　—142

298. 歐宗智　《浪淘沙》小說語言的特殊表現　走出歷史的悲情——臺灣小說
　　　評論集　臺北　臺北縣文化局　2002 年 12 月　頁 145—161

299. 歐宗智　正港的臺灣英雄——談《浪淘沙》周福生之人物塑造（上、下）
　　　臺灣新聞報　2003 年 1 月 22—23 日　11 版

300. 歐宗智　臺灣知識份子特殊的殖民經驗——談《浪淘沙》江東蘭之人物塑
　　　造（上、下）　臺灣新聞報　2003 年 2 月 19—20 日　16 版

301. 歐宗智　營造性格對照的戲劇張力——談東方白《浪淘沙》日本人的善惡
　　　對比（上、下）　臺灣新聞報　2003 年 3 月 13—14 日　16 版

302. 歐宗智　西方人的善惡對比——談東方白《浪淘沙》次要人物的塑造特色

[9]本文藉《亞細亞的孤兒》、《濁流三部曲》、《臺灣人三部曲》以及《浪淘沙》，探討日據時期臺灣人與日本人談戀愛結果註定為「絕望的愛戀與宿命的必然」的宿命觀。全文共 9 小節：1.前言；2.《亞細亞的孤兒》的絕望之愛；3.《濁流三部曲》的絕望之愛；4.《臺灣人三部曲》的絕望之愛；5.《浪淘沙》的異族愛戀；6.吳濁流、鍾肇政、東方白日據時代背景想小說「絕望的愛」比較表；7.日據時代臺灣人「絕望之愛」成因探討及其象徵意義；8.吳濁流、鍾肇政、東方白「絕望之愛」寫作技巧之商榷；9.結語。

臺灣新聞報　2003 年 3 月 26 日　16 版

303. 歐宗智　東方白大河小說《浪淘沙》俗諺之運用探析　國文天地　第 214
期　2003 年 3 月　頁 74—78

304. 歐宗智　反映臺灣歷史際遇的奇女子——談《浪淘沙》丘雅信之人物塑造[10]
臺灣文學評論　第 3 卷第 2 期　2003 年 4 月　頁 39—49

305. 周慶塘　80 年代政治小說題材類型〔《浪淘沙》部分〕　80 年代臺灣政治
小說研究　臺灣大學中國文學系　博士論文　吳宏一教授指導
2003 年 6 月　頁 95—101

306. 周慶塘　個別作家處理政治小說的差異〔《浪淘沙》部分〕　80 年代臺灣
政治小說研究　臺灣大學中國文學系　博士論文　吳宏一教授指
導　2003 年 6 月　頁 214—218

307. 歐宗智　呈現人性多面變貌——談東方白《浪淘沙》臺灣人與大陸人的善
惡對比　更生日報　2003 年 7 月 9 日　14 版

308. 歐宗智　期待令人自豪的臺灣歷史劇——欣聞東方白大河小說《浪淘沙》
將搬上螢幕　更生日報　2003 年 9 月 21 日　23 版

309. 歐宗智　再現逝去的時代及地域風情——論東方白《浪淘沙》小說環境的
掌握與表現　國文天地　第 220 期　2003 年 9 月　頁 80—85

310. 歐宗智　東方白大河小說《浪淘沙》主要人物塑造析論　東吳中文研究集
刊　第 10 期　2003 年 9 月　頁 341—367

311. 歐宗智　東方白《浪淘沙》主要人物塑造析論　橫看成嶺側看成峰——臺
灣文學析論　臺北　臺北縣文化局　2004 年 12 月　頁 156—205

312. 歐宗智　《浪淘沙》江東蘭生命中三個女性之塑造（上、下）　臺灣新聞
報　2003 年 10 月 23—24 日　16 版

313. 歐宗智　丘雅信生命中的三個男人——談東方白《浪淘沙》的林仲秋、彭

---

[10] 本文以《浪淘沙》中的女性人物——丘雅信一生的際遇，探討作者東方白對於丘雅信這個角色的
人物塑造。全文共 8 小節：1.臺灣女性之原型；2.歷史因素造成坎坷命運；3.膽小愛哭又冷靜堅
強；4.聰明、機智、專業、好學的女性；5.宗教情懷與人道精神的實踐；6.政治無可避免影響了一
生；7.愛情與婚姻的不幸；8.深具歷史象徵意義。

英、吉卜生（上、下） 臺灣新聞報 2004 年 3 月 2—3 日 11版

314. 歐宗智 《浪淘沙》眾多人物的開心果——關馬西牧師的人物塑造 臺灣新聞報 2004 年 3 月 19 日 11 版

315. 歐宗智 東方白大河小說《浪淘沙》次要女性角色之塑造 國文天地 第 226 期 2004 年 3 月 頁 4—11

316. 歐宗智 性格鮮明的周家父子們——談《浪淘沙》次要人物之塑造（上、下） 臺灣新聞報 2004 年 4 月 4—5 日 11 版

317. 歐宗智 獨居陋巷的傳奇人物——談東方白《浪淘沙》的黎立及其他（上、下） 臺灣新聞報 2004 年 5 月 17—18 日 11 版

318. 歐宗智 人性多面的變貌——談東方白《浪淘沙》臺灣人與大陸人的善惡對比 臺灣新聞報 2004 年 5 月 25 日 16 版

319. 歐宗智 江東蘭的忘年之交——談《浪淘沙》的一目少爺 臺灣新聞報 2004 年 5 月 26 日 11 版

320. 歐宗智 追求永恆的東方白——兼賀《浪淘沙》電視連續劇開拍 臺灣新聞報 2004 年 6 月 10 日 11 版

321. 歐宗智 國族認同的矛盾與象徵——談《浪淘沙》的臺籍日兵李再生 臺灣新聞報 2004 年 6 月 20 日 11 版

322. 歐宗智 歷史大河劇，從《浪淘沙》出發 中國時報 2004 年 6 月 24 日 15 版

323. 歐宗智 東方白《浪淘沙》小說形式之擇定（上、下） 臺灣新聞報 2004 年 6 月 28—29 日 11 版

324. 康俐雯 文建會與公視合作文學大戲——東方白《浪淘沙》改編成電視劇 自由時報 2004 年 8 月 1 日 45 版

325. 歐宗智 江東蘭的童年摯友——談《浪淘沙》的水生 臺灣新聞報 2004 年 8 月 8 日 14 版

326. 歐宗智 東方白《浪淘沙》人物死亡之探析 更生日報 2004 年 12 月 31

日　18 版

327. 董學奇　臺灣人與世界的對話——東方白《浪淘沙》中丘雅信的海外生活

經驗與適應歷程[11]　第 10 屆全國中國文學所研究生論文研討會論

文集　桃園　中央大學中國文學研究所　2005 年 1 月　頁 1—20

328. 董學奇　文學中的臺灣女性海外經驗——以東方白《浪淘沙》中的丘雅信

為例　臺灣文學評論　第 5 卷第 1 期　2005 年 1 月　頁 109—124

329. 歐宗智　都云作者癡，誰解其中味——我看《浪淘沙》之誕生　浪淘沙之

誕生——《浪淘沙》創作十二年日記　臺北　前衛出版社　2005

年 2 月　頁 3—13

330. 歐宗智　都云作者癡，誰解其中味？——看《浪淘沙》之誕生　臺灣大河

小說家作品論　臺北　前衛出版社　2007 年 6 月　頁 97—107

331. 歐宗智　東方白《浪淘沙》的小說語言運用——兼賀《浪淘沙》電視連續

劇拍攝完成　臺灣新聞報　2005 年 5 月 2—3 日　13 版

332. 楊美紅　追溯大河的源流——東方白談《浪淘沙》之總總　自由時報

2005 年 5 月 3 日　47 版

333. 歐宗智　別具一格的藝術視角——東方白《浪淘沙》主要人物塑造特色

中華日報　2005 年 5 月 6 日　23 版

334. 林瑞益　十年前寫《浪淘沙》，東方白被笑是瘋子　臺灣日報　2005 年 5

月 7 日　14 版

335. 曹麗蕙　《浪淘沙》臺灣文學金字塔　人間福報　2005 年 5 月 18 日　6 版

336. 歐宗智　多少英雄浪淘盡——談《浪淘沙》之研究與賞析　臺灣新聞報

2005 年 5 月 18 日　13 版

337. 陳玲芳　東方白的超級任務《浪淘沙》——徵求偉大的讀者觀眾　臺灣日

報　2005 年 5 月 24 日　20 版

338. 陳俊宏　談「淡水河文學」〔《浪淘沙》部分〕　臺灣文學評論　第 5 卷

---

[11] 本文以《浪淘沙》的角色丘雅信為例，從她的生平經歷之中，探討書中所呈現出來的臺灣女性海
外經驗與代表意義。全文共 5 章：1.獨在異鄉歷挫折；2.文化交會經衝擊；3.亂中沉潛覓頭緒；4.
悲天憫人迎新生；5.結語。

第 4 期　2005 年 10 月　頁 150—151

339. 歐宗智　東方白《浪淘沙》主要人物之身分認同與後殖民論　更生日報
　　　2006 年 2 月 12 日　9 版

340. 歐宗智　《浪淘沙》——主要人物之身分認同與後殖民論述　明道文藝
　　　第 378 期　2007 年 9 月　頁 96—101

341. 林鎮山　永樂市場之子的傳奇——東方白與《浪淘沙》[12]　臺灣大河小說家
　　　作品學術研討會論文集　臺南　國家臺灣文學館籌備處　2006 年
　　　12 月　頁 1—14

342. 申惠豐　說故事——論《浪淘沙》的敘事型態及其意義[13]　臺灣大河小說家
　　　作品學術研討會論文集　臺南　國家臺灣文學館籌備處　2006 年
　　　12 月　頁 117—150

343. 歐宗智　《浪淘沙》主要人物結構及其身分認同[14]　臺灣大河小說家作品學
　　　術研討會論文集　臺南　國家臺灣文學館籌備處　2006 年 12 月
　　　頁 151—178

344. 歐宗智　《浪淘沙》主要人物結構及其身分認同　臺灣大河小說家作品論
　　　臺北　前衛出版社　2007 年 6 月　頁 66—93

345. 彭瑞金　評介《浪淘沙》　臺灣時報　2007 年 2 月 23 日　12 版

346. 彭瑞金　臺灣人民的歷史命運與精神意志——《浪淘沙》評介　孕育臺灣
　　　人文意識——50 好書　臺北　前衛出版社　2007 年 9 月　頁 71—
　　　76

347. 朱雙一　從遷移到扎根：海與山的交會——臺灣文學「土地」情結的產生
　　　與傳衍〔《浪淘沙》部分〕　臺灣文學與中華地域文化　廈門

---

[12]本文探討東方白及其作品《浪淘沙》。全文共 5 小節：1.緣起；2.文學的召喚；3.人文關懷與敘述
　／敘事策略；4.庶民性的大河小說；5.文學臺灣的園丁。
[13]本文重新審視《浪淘沙》敘事型態，以給予作品公允的評價。全文共 4 小節：1.本土與現代；2.
　說故事的人；3.說故事：《浪淘沙》敘事型態的意義；4.結論：邊緣形式的邊緣書寫。
[14]本文透過《浪淘沙》中丘雅信、江東蘭、周明德三個主要角色的人物結構，探討書中所呈現的身
　分認同，以及其內在的象徵意義。全文共 4 章：1.前言；2.《浪淘沙》的主要人物結構分析；3.
　《浪淘沙》主要人物的身分認同；4.結語。

鷺江出版社　2008 年 9 月　頁 90—91

348. 歐宗智　《浪淘沙》之誕生的價值　臺灣時報　2008 年 11 月 9 日　15 版

349. 藍建春主編　腳踏臺灣天、嘴講臺灣話——三十年代「臺灣話文」的討論
及其實踐——小故事：東方白的《浪淘沙》　親近臺灣文學——
歷史、作家、故事　臺中　耕書園出版公司　2009 年 2 月　頁
123

350. 楊涵超　從知識分子心靈解殖：談東方白《浪淘沙》歷史、宗教與人道主
義之盲點　成大臺文系研究生研討會　臺南　成功大學臺灣文學
系主辦　2009 年 5 月 23 日

351. 歐宗智　《浪淘沙》臺日愛戀的文學表現（上、下）　臺灣時報　2009 年
6 月 20—21 日　14 版

352. 應鳳凰，傅月庵　東方白——《浪淘沙》　冊頁流轉——臺灣文學書入門
108　臺北　印刻文學生活雜誌出版公司　2011 年 3 月　頁 162—
163

353. 余昭玫　東方白《浪淘沙》中的歌謠及其意義　臺北文獻　第 184 期
2013 年 6 月　頁 79—111

《OK 歪傳》

354. 彭瑞金　政治文學的壽命　文學隨筆　高雄　高雄市立中正文化中心管理
處　1996 年 5 月　頁 38—40

355. 彭瑞金　政治文學的壽命——兼論《OK 歪傳》　OK 歪傳　臺北　草根出
版公司　2000 年 5 月　頁 1—4

《真與美》

356. 彭瑞金　文學創作無師傅，《真與美》的一些聯想　臺灣日報　1997 年 1
月 5 日　23 版

357. 彭瑞金　再序——《真與美》的一些聯想　真與美（三）詩的回憶——青
年篇（下）　臺北　前衛出版社　1997 年 5 月　頁 3—5

358. 彭瑞金　再序——文學回憶錄　真與美（四）詩的回憶——成年篇　臺北

前衛出版社　1999 年 12 月　頁 13—14

359. 彭瑞金　再序——《真與美》的一些聯想　真與美（三）詩的回憶——青
年篇（下）　臺北　前衛出版社　2001 年 3 月　頁 3—5

360. 彭瑞金　再序——文學回憶錄　真與美（四）詩的回憶——成年篇　臺北
前衛出版社　2001 年 3 月　頁 3—4

361. 彭瑞金　文學家的回憶錄與文學回憶錄——四種文學回憶錄的取樣與探
討：吳新榮《震瀛回憶錄》、葉石濤《文學回憶錄》、張良澤
《四十五自述》、東方白《真與美》[15]　臺灣史料研究　第 11 期
1998 年 5 月　頁 11—12

362. 彭瑞金　文學家的回憶錄與文學回憶錄——四種文學回憶錄的取樣與探討
驅除迷霧找回祖靈——臺灣文學論文集　高雄　春暉出版社
2000 年 5 月　頁 233—235

363. 葉石濤　臺灣作家的自畫像——《真與美》　民眾日報　2000 年 1 月 20 日
19 版

364. 葉石濤　臺灣作家的自畫像——《真與美》　文學臺灣　第 34 期　2000 年
4 月　頁 6—7

365. 葉石濤　臺灣作家的自畫像——《真與美》　舊城瑣記　高雄　春暉雜誌
社　2000 年 9 月　頁 121—122

366. 葉石濤　臺灣作家的自畫像——《真與美》　真與美（一）詩的回憶——
幼年篇・童年篇・少年篇　臺北　前衛出版社　2001 年 3 月　頁
3—4

367. 葉石濤　臺灣作家的自畫像——談東方白的《真與美》　自立晚報　2001
年 6 月 21 日　17 版

368. 葉石濤　臺灣作家的自畫像——《真與美》　葉石濤全集・評論卷六　臺
南，高雄　國立臺灣文學館，高雄市文化局　2008 年 3 月　頁 69

---

[15] 本文論述吳新榮《震瀛回憶錄》、葉石濤《文學回憶錄》、張良澤《四十五自述》、東方白《真
與美》4 人的文學回憶錄。全文共 3 小節：1.文學回憶錄與戰後文學發展；2.4 種文學回憶錄的取
樣與探討；3.文學回憶錄及其他。

　　　　　　　—70

369. 彭瑞金　　顛覆小說、解構文學？——東方白《真與美》的嘗試解讀（1—
　　　　　　　6）　民眾日報　2001 年 3 月 10—15 日　15 版

370. 彭瑞金　　顛覆小說、解構文學？——東方白《真與美》的嘗試解讀　真與
　　　　　　　美（六）詩的回憶——壯年篇（下）‧中年篇　臺北　前衛出版
　　　　　　　社　2001 年 3 月　頁 283—296

371. 彭瑞金　　顛覆小說、解構文學？——東方白《真與美》的嘗試解讀　文學
　　　　　　　臺灣　第 39 期　2001 年 7 月　頁 39—50

372. 彭瑞金　　顛覆小說、解構文學？——東方白《真與美》的嘗試解讀　淡水
　　　　　　　牛津臺灣文學研究集刊　第 4 期　2001 年 8 月　頁 135—140

373. 曹永洋　　豐富之旅——總校記　真與美（六）詩的回憶——壯年篇
　　　　　　　（下）‧中年篇　臺北　前衛出版社　2001 年 3 月　頁 319—320

374. 齊邦媛　　怎樣的人生可以寫「詩的回憶」？　真與美（一）詩的回憶——
　　　　　　　幼年篇‧童年篇‧少年篇　臺北　前衛出版社　2001 年 3 月　頁
　　　　　　　5—10

375. 齊邦媛　　怎樣的人生可以寫詩的回憶？　聯合報　2001 年 4 月 4 日　37 版

376. 齊邦媛　　怎樣的人生可以寫詩的回憶？　一生中的一天　臺北　爾雅出版
　　　　　　　社　2004 年 5 月　頁 213—221

377. 林鎮山　　話說皓月當空／年華似水而不知東方之既白——東方白的《真與
　　　　　　　美》　真與美（六）詩的回憶——壯年篇（下）‧中年篇　臺北
　　　　　　　前衛出版社　2001 年 4 月　頁 297—317

378. 林鎮山　　話說皓月當空／年華似水而不知東方之既白——東方白的《真與
　　　　　　　美》　文學臺灣　第 39 期　2001 年 7 月　頁 51—73

379. 林鎮山　　話說皓月當空／年華似水而不知東方之既白——東方白的《真與
　　　　　　　美》　臺灣小說與敘事學　臺北　前衛出版社　2002 年 9 月　頁
　　　　　　　287—311

380. 康俐雯　　東方白《真與美》搭文史橋　大成影劇報　2001 年 4 月 2 日　7 版

381. 李令儀　東方白十年寫就文學自傳《真與美》　聯合報　2001 年 4 月 2 日　14 版

382. 趙靜瑜　東方白出版文學自傳《真與美》　自由時報　2001 年 4 月 2 日　36 版

383. 張夢瑞　東方白完成巨作《真與美》　民生報　2001 年 4 月 2 日　6 版

384. 陳玲芳　東方白返臺發表文學自傳　臺灣日報　2001 年 4 月 2 日　14 版

385. 陳玲芳　東方白真與美的六彩人生　臺灣日報　2001 年 4 月 6 日　14 版

386. 李奭學　東方白的文學見證《真與美》[16]　中國時報　2001 年 5 月 27 日　14 版

387. 李奭學　火浴的鳳凰——評東方白著《真與美》　書話臺灣——1991—2003 文學印象　臺北　九歌出版社　2004 年 5 月　頁 217—220

388. 曹永洋　豐富之旅——先讀《真與美》為快　自立晚報　2001 年 6 月 21 日　17 版

389. 歐宗智　美麗女體的歌頌——由《真與美》談東方白「性」的書寫　臺灣新聞報　2002 年 4 月 26 日　13 版

390. 歐宗智　東方白文學觀的建構——由東方白文學自傳《真與美》談起　臺灣新聞報　2002 年 7 月 1 日　13 版

391. 歐宗智　饒富小說趣味的作家自傳——談東方白《真與美》的寫作特色　更生日報　2002 年 7 月 9 日　14 版

392. 歐宗智　東方白文學原貌之顯影——論東方白文學自傳《真與美》　中央圖書館臺灣分館館刊　第 8 卷第 4 期　2002 年 12 月　頁 82—95

393. 歐宗智　東方白文學原貌之顯影——論東方白文學自傳《真與美》　橫看成嶺側看成峰——臺灣文學析論　臺北　臺北縣文化局　2004 年 12 月　頁 206—237

394. 劉紋綜　東方白《真與美》的出版　2001 臺灣文學年鑑　臺北　行政院文建會　2003 年 4 月　頁 159—160

---

[16]本文後改篇名為〈火浴的鳳凰——評東方白著《真與美》〉。

395. 歐宗智　　生命原汁寫成的作家自傳——談《真與美》的寫作特色　真與美
　　　　　　　（七）詩的回憶——忘年篇　臺北　前衛出版社　2008 年 2 月
　　　　　　　頁 5—10

396. 歐宗智　　生命原汁寫成的作家自傳——談《真與美》的寫作特色　全國新
　　　　　　　書資訊月刊　第 113 期　2008 年 5 月　頁 51—53

《魂轎》

397. 陳芳明　　大河與細流——序東方白短篇小說集《魂轎》　魂轎　臺北　草
　　　　　　　根出版公司　2002 年 11 月　頁 1—7

398. 陳芳明　　大河與細流——序東方白短篇小說集《魂轎》　孤夜讀書　臺北
　　　　　　　麥田出版公司　2005 年 9 月　頁 72—76

《小乖的世界》

399. 彭瑞金　　《小乖的世界》——東方白的小說演繹　小乖的世界　臺北　草
　　　　　　　根出版公司　2002 年 11 月　頁 3—7

400. 彭瑞金　　《小乖的世界》——東方白的小說演繹　臺灣日報　2002 年 12 月
　　　　　　　15 日　19 版

《真美的百合》

401. 歐宗智　　臺灣長篇小說藝術美學的突破——東方白《真美的百合》探析及
　　　　　　　其他　真美的百合　臺北　草根出版社　2004 年 11 月　頁 7—31

402. 歐宗智　　臺灣長篇小說藝術美學的突破——東方白《真美的百合》探析及
　　　　　　　其他　文學臺灣　第 54 期　2005 年 4 月　頁 265—280

403. 歐宗智　　臺灣長篇小說藝術美學的突破——東方白《真美的百合》探析及
　　　　　　　其他　真美的百合　臺北　草根出版社　2005 年 5 月　頁 7—31

404. 歐宗智　　《真美的百合》結構語碼探析　臺灣大河小說家作品論　臺北
　　　　　　　前衛出版社　2007 年 6 月　頁 108—138

合集

《臨死的基督徒》

405. 歐宗智　　東方白小說創作理念初探——讀東方白處女作《臨死的基督徒》

（1—3） 臺灣新聞報 2003 年 9 月 19—21 日 16 版

406. 歐宗智 東方白小說創作理念初探——讀《臨死的基督徒》 橫看成嶺側看成峰——臺灣文學析論 臺北 臺北縣文化局 2004 年 12 月 頁 68—82

407. 應鳳凰 東方白／《臨死的基督徒》 人間福報 2012 年 11 月 26 日 15 版

408. 應鳳凰 作家第一本書的故事——之五：東方白獻出版權費 鹽分地帶文學 第 49 期 2013 年 12 月 頁 89—90

◆多部作品

《露意湖》、《東方寓言》

409. 任蓓蓓 不知東方之既白——《露意湖》與《東方寓言》 爾雅 臺北 爾雅出版社 1981 年 7 月 頁 111—114

《芋仔蕃薯》、〈古早〉

410. 林鎮山 解構父權：論東方白的《芋仔蕃薯》〔《芋仔蕃薯》、〈古早〉〕 文學臺灣 第 20 期 1996 年 10 月 頁 65—91

411. 林鎮山 解構父權——東方白的〈古早〉與《芋仔蕃薯》 臺灣小說與敘事學 臺北 前衛出版社 2002 年 9 月 頁 157—190

412. 林鎮山 解構父權：論東方白的〈古早〉與《芋仔蕃薯》 魂轎 臺北 草根出版公司 2002 年 11 月 頁 255—290

《真與美》、《浪淘沙》

413. 歐宗智 東方白《真與美》和《浪淘沙》對照讀趣 臺灣新聞報 2002 年 10 月 27 日 18 版

414. 歐宗智 《真與美》和《浪淘沙》對照讀趣 臺灣大河小說家作品論 臺北 前衛出版社 2007 年 6 月 頁 94—96

415. 歐宗智 揭開東方白的文學原貌——由《真與美》談東方白小說的形成 臺灣文學評論 第 3 卷第 4 期 2003 年 10 月 頁 189—195

《魂轎》、《小乖的世界》

416. 洪士惠　東方白返臺發表新書　文訊雜誌　第 207 期　2003 年 1 月　頁 75

417. 歐宗智　史識與鄉情——談東方白《魂轎》與《小乖的世界》的二大特色　文訊雜誌　第 210 期　2003 年 4 月　頁 26—27

418. 歐宗智　挑戰另一文學高峰——東方白《魂轎》與《小乖的世界》評析（上、中、下）　臺灣新聞報　2003 年 5 月 5—7 日　16 版

419. 歐宗智　挑戰另一文學高峰——東方白《魂轎》與《小乖的世界》評析　橫看成嶺側看成峰——臺灣文學析論　臺北　臺北縣文化局　2004 年 12 月　頁 140—155

單篇作品

420. 歐陽子　關於《現代文學》小說的編選〔〈□□〉部分〕　現代文學小說選集（一）　臺北　爾雅出版社　1977 年 6 月　頁 36

421. 歐陽子　東方白：〈□□〉　現代文學小說選集（一）　臺北　爾雅出版社　1977 年 6 月　頁 205

422. 封祖盛　臺灣現代派小說——現代派小說的基本特徵和得失〔〈□□〉部分〕　臺灣小說主流派初探　福州　福建人人出版社　1983 年 10 月　頁 212—213

423. 封祖盛　〈□□〉評析　臺灣現代派小說評析　福州　海峽文藝出版社　1986 年 5 月　頁 111—116

424. 古繼堂　在世界主義的陡坡上——臺灣現代小說的表現藝術〔〈□□〉部分〕　臺灣地區文學透視　西安　陝西人民教育出版社　1991 年 7 月　頁 36

425. 楊全瑛　死亡因素及主題——生存價值的否定〔〈□□〉部分〕　六〇年代臺灣小說死亡主題研究　南華大學文學研究所　碩士論文　陳啟佑教授指導　2002 年 12 月　頁 136—138

426. 應鳳凰　〈□□〉導讀　頭：東方白短篇精選集　臺北　前衛出版社　2011 年 7 月　頁 79—80

427. 郭玉雯　《現代文學小說選集》的現代主義特色〔〈□□〉部分〕　聚焦

臺灣——作家、媒介與文學史的連結　臺北　臺大出版中心　2014 年 6 月　頁 315—316

428. 林　梵　〈奴才〉簡評　舞鶴村的賽會　臺北　民眾日報社　1979 年 11 月　頁 242—243

429. 葉石濤　一九七九年臺灣小說選〔〈奴才〉部分〕　民眾日報　1980 年 2 月 28 日　12 版

430. 葉石濤　序〔〈奴才〉部分〕　一九七九年臺灣小說選　臺北　文華出版社　1980 年 6 月　頁 5—6

431. 葉石濤　一九七九年臺灣小說選〔〈奴才〉部分〕　作家的條件　臺北　遠景出版公司　1981 年 6 月　頁 37

432. 葉石濤　一九七九年臺灣小說選〔〈奴才〉部分〕　葉石濤全集・隨筆卷一　臺南，高雄　國家臺灣文學館，高雄市文化局　2008 年 3 月　頁 203

433. 彭瑞金　〈奴才〉簡介——傳統的休止符　一九七九年臺灣小說選　臺北　文華出版社　1980 年 6 月　頁 41—43

434. 季　季　站在相同的轉捩點——《六十八年短篇小說選》編選序言〔〈奴才〉部分〕　六十八年短篇小說選　臺北　爾雅出版社　1980 年 6 月　頁 4

435. 季　季　站在相同的轉捩點——《六十八年短篇小說選》編選序言〔〈奴才〉部分〕　年度小說選資料篇　臺北　爾雅出版社　1983 年 2 月　頁 79

436. 季　季　評介〔〈奴才〉〕　六十八年短篇小說選　臺北　爾雅出版社　1980 年 6 月　頁 52—56

437. 夏　耕　最後的奴才：簡介東方白的〈奴才〉　北美日報　1981 年 10 月 6 日　8 版

438. 林瑞明　現實社會的心靈建設——剖析「眾副」的九篇小說力作〔〈奴才〉部分〕　臺灣文學的本土觀察　臺北　允晨文化公司　1996

年 7 月　頁 183—184

439.〔彭瑞金編選〕　　〈奴才〉賞析　國民文選・小說卷 3　臺北　玉山社出版公司　2004 年 7 月　頁 129—130

440. 彭瑞金　混世讀〈奴才〉　臺灣日報　2005 年 3 月 7 日　19 版

441. 林鎮山　臺灣文學的歷史定位———一個加拿大比較／文學／史觀的反思——自由主義與人道主義：離散書寫〔〈奴才〉部分〕　離散・家國・敘述——臺灣當代小說論述　臺北　前衛出版社　2006 年 7 月　頁 62—65

442. 胡蘊玉　符號、語言、與位置翻轉：東方白〈奴才〉的文本初探　第五屆臺灣文學與語言國際學術會議　臺南　真理大學主辦　2008 年 11 月 23 日

443. 應鳳凰　〈奴才〉導讀　頭：東方白短篇精選集　臺北　前衛出版社　2011 年 7 月　頁 115—116

444. 沈萌華　微雲淡月迷千樹——七月份國內短篇小說佳作選評（上、下）〔〈異鄉子〉部分〕　臺灣時報　1981 年 9 月 7—8 日　12 版

445. 王瑞雪　〈島〉：大地的一部分　中央日報　1990 年 12 月 1 日　16 版

446. 陳玉玲　〈魂轎〉導讀　臺灣文學讀本（二）　臺北　玉山社出版公司　2000 年 11 月　頁 84—85

447. 應鳳凰　〈魂轎〉導讀　頭：東方白短篇精選集　臺北　前衛出版社　2011 年 7 月　頁 133—134

448. 歐宗智　東方白〈尾巴〉的神話轉用及其思想意涵　更生日報　2003 年 8 月 17 日　23 版

449. 歐宗智　東方白〈尾巴〉的神話轉用及其思想意涵　橫看成嶺側看成峰——臺灣文學析論　臺北　臺北縣文化局　2004 年 12 月　頁 134—139

450. 歐宗智　十年辛苦不尋常——我看東方白〈浪淘沙之誕生〉　臺灣新聞報　2005 年 1 月 20 日　7 版

451. 歐宗智　仙鄉故事的時間概念──談〈浦島太郎〉和〈棋〉　中國語文　第 98 卷第 1 期　2006 年 1 月　頁 75─76

452. 歐宗智　仙鄉故事的時間概念──談〈浦島太郎〉和〈棋〉　臺灣大河小說家作品論　臺北　前衛出版社　2007 年 6 月　頁 162─166

453. 歐宗智　史實和想像的融合──談東方白的短篇小說〈頭〉　文訊雜誌　第 247 期　2006 年 5 月　頁 19─21

454. 歐宗智　史實與想像的融合──2005 年度最佳小說〈頭〉評介　臺灣大河小說家作品論　臺北　前衛出版社　2007 年 6 月　頁 167─172

455. 郭佳燕　從「歷史的虛構性」探究東方白小說〈頭〉的主題意識　臺灣文學評論　第 9 卷第 4 期　2009 年 10 月　頁 69─84

456. 歐宗智　〈頭〉導讀　頭：東方白短篇精選集　臺北　前衛出版社　2011 年 7 月　頁 169─170

457. 彭瑞金　臺灣新文學的民間信仰態度及其影響〔〈寶仙〉部分〕　臺灣文學史論集　高雄　春暉出版社　2006 年 8 月　頁 42─43

458. 歐宗智　豐富多元的象徵意義──談東方白的〈網〉　臺灣大河小說家作品論　臺北　前衛出版社　2007 年 6 月　頁 173─176

459. 歐宗智　〈網〉導讀　頭：東方白短篇精選集　臺北　前衛出版社　2011 年 7 月　頁 191─192

460. 李　喬　臺灣文學與本土神學──由基督教談起──臺灣文學的宗教主題表現〔〈臨死的基督徒〉部分〕　李喬文學文化論集（一）　苗栗　苗栗縣文化局　2007 年 10 月　頁 157─158

461. 李　喬　臺灣小說中的宗教主題〔〈臨死的基督徒〉部分〕　李喬文學文化論集（一）　苗栗　苗栗縣文化局　2007 年 10 月　頁 194─195

462. 歐宗智　〈臨死的基督徒〉導讀　頭：東方白短篇精選集　臺北　前衛出版社　2011 年 7 月　頁 41─42

463. 歐宗智　充滿文學趣味的新體遊記──兼介東方白〈波羅的花〉　文訊雜

誌　第 268 期　2008 年 2 月　頁 14—16

464. 歐宗智　充滿文學趣味的新體遊記——兼介東方白〈波羅的花〉　真與美

（七）詩的回憶——忘年篇　臺北　前衛出版社　2008 年 2 月

頁 295—299

465. 許俊雅　淡水河流域的文化與文學——八里鄉——文學八里——藝文人士

〔〈黃金夢〉部分〕　續修臺北縣志・藝文志第三篇・文學

（上）　臺北　臺北縣政府　2008 年 3 月　頁 114—115

466. 應鳳凰　〈黃金夢〉導讀　頭：東方白短篇精選集　臺北　前衛出版社

2011 年 7 月　頁 93—94

467. 歐宗智　人生不必強求——品讀東方白〈秋葉〉　中華日報　2011 年 5 月

4 日　B7 版

468. 歐宗智　〈秋葉〉導讀　頭：東方白短篇精選集　臺北　前衛出版社

2011 年 7 月　頁 251

469. 歐宗智　〈黃玫瑰〉導讀　頭：東方白短篇精選集　臺北　前衛出版社

2011 年 7 月　頁 146—147

470. 歐宗智　〈命〉導讀　頭：東方白短篇精選集　臺北　前衛出版社　2011

年 7 月　頁 181

471. 歐宗智　〈絕〉導讀　頭：東方白短篇精選集　臺北　前衛出版社　2011

年 7 月　頁 211—212

472. 歐宗智　〈鱸〉導讀　頭：東方白短篇精選集　臺北　前衛出版社　2011

年 7 月　頁 219

473. 歐宗智　〈鬱〉導讀　頭：東方白短篇精選集　臺北　前衛出版社　2011

年 7 月　頁 229—230

474. 歐宗智　〈蛋〉導讀　頭：東方白短篇精選集　臺北　前衛出版社　2011

年 7 月　頁 234

475. 歐宗智　〈色〉導讀　頭：東方白短篇精選集　臺北　前衛出版社　2011

年 7 月　頁 248—249

多篇作品

476. 史峻著；連文山譯　後殖民反思——東方白〈古早〉及〈尾巴〉的主題形式和功能[17]　臺灣大河小說家作品學術研討會論文集　臺南　國家臺灣文學館籌備處　2006 年 12 月　頁 75—115

477. 歐宗智　東方白寓言小說耐人尋味——談〈長城〉、〈太子〉與〈道〉的寓意　臺灣時報　2008 年 9 月 7 日　15 版

478. 歐宗智　東方白禪佛寓言小說的對比運用〔〈東東佛〉、〈池〉、〈十三生肖〉、〈普陀海〉、〈如斯世界〉、〈髮〉、〈殼〉〕　中國語文　第 103 卷第 3 期　2008 年 9 月　頁 92—101

作品評論目錄、索引

479. 方美芬，許素蘭　東方白小說評論引得　東方白集（臺灣作家全集）　臺北　前衛出版社　1993 年 12 月　頁 299—314

480.〔封德屏主編〕　東方白　臺灣現當代作家評論資料目錄（二）　臺南　國立臺灣文學館　2010 年 11 月　頁 1437—1458

---

[17]本文藉〈尾巴〉與〈古早〉，探討族群、語言和暴力等主題和後殖民的關係。全文共 5 小節：1.導論；2.〈尾巴〉；3.〈古早〉；4.從臺灣的後殖民歷史看〈尾巴〉和〈古早〉；5.結論。

國家圖書館出版品預行編目資料

臺灣現當代作家研究資料彙編. 80, 東方白 / 彭瑞金編
選. -- 初版. -- 臺南市：臺灣文學館, 2015.12
　面；　公分
ISBN 978-986-04-6403-0 (平裝)

1.東方白 2.傳記 3.文學評論

863.4　　　　　　　　　　　　　　　104022678

【臺灣現當代作家研究資料彙編】80
東方白

發 行 人　陳益源
指導單位　文化部
出版單位　國立臺灣文學館
　　　　　地　　址／70041 臺南市中西區中正路 1 號
　　　　　電　　話／06-2217201　　　　　傳　　真／06-2218952
　　　　　網　　址／www.nmtl.gov.tw　　　電子信箱／pba@nmtl.gov.tw

總 策 畫　封德屏
顧　　問　林淇瀁　張恆豪　許俊雅　陳信元　陳義芝　須文蔚　應鳳凰
工作小組　白心瀞　呂欣茹　陳欣怡　陳映潔　陳鈺翔　莊淑婉　張傳欣
編　　選　彭瑞金
責任編輯　陳欣怡
校　　對　陳欣怡　張傳欣
計畫團隊　財團法人台灣文學發展基金會
美術設計　翁國鈞・不倒翁視覺創意
印　　刷　松霖彩色印刷事業有限公司

著作財產權人　國立臺灣文學館
　　　本書保留所有權利。欲利用本書全部或部分內容者，須徵求著作財產權人
　　　同意或書面授權。請洽國立臺灣文學館研究典藏組（電話：06-2217201）

經銷展售　國家書店松江門市（02-25180207）
　　　　　國立臺灣文學館－雪芙瑞文學咖啡坊（06-2214632）
　　　　　三民書局（02-23617511）　　　　五南文化廣場（04-22260330）
　　　　　台灣的店（02-23625799）　　　　府城舊冊店（06-2763093）
　　　　　南天書局（02-23620190）　　　　唐山出版社（02-23633072）
　　　　　草祭二手書店（06-2216872）

初版一刷　2015 年 12 月
定　　價　新臺幣 350 元整
　　　　　第一階段 15 冊新臺幣 5500 元整　第二階段 12 冊新臺幣 4500 元整
　　　　　第三階段 23 冊新臺幣 8500 元整　第四階段 14 冊新臺幣 5000 元整
　　　　　第五階段 16 冊新臺幣 6000 元整
　　　　　全套 80 冊新臺幣 24000 元整

GPN　1010402160（單本）　　ISBN　978-986-04-6403-0（單本）
　　　1010000407（套）　　　　　　　978-986-02-7266-6（套）

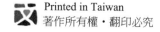